后宫

甄嬛传

4

流潋紫 著

浙江文艺出版社

图书在版编目（CIP）数据

后宫·甄嬛传. 4 / 流潋紫著. —杭州：浙江文艺出版社，2015.2
ISBN 978-7-5339-4146-8

Ⅰ. ①后… Ⅱ. ①流… Ⅲ. ①长篇历史小说－中国－当代 Ⅳ. ①I247.5

中国版本图书馆CIP数据核字（2014）第311770号

责任编辑 柳明晔 徐 莺
特约监制 孟 祎
产品经理 张馨月
特约编辑 张 倩

后宫·甄嬛传. 4
流潋紫 著

出版 浙江文艺出版社
地址 杭州市体育场路347号 邮编 310006
网址 www.zjwycbs.cn
经销 浙江省新华书店集团有限公司
印刷 北京慧美印刷有限公司
开本 700mm×980mm 1/16
字数 280千字
印张 17
版次 2015年2月第1版 2015年2月第1次印刷
书号 ISBN 978-7-5339-4146-8
定价 32.80 元

目录

后宫

甄嬛传

4

第一章
再相逢

这样过了三五日，我的精神渐渐好转，玄清的病倒是愈发重了，整日发着高烧。问起温实初玄清为何这样病重起来，他也只是含糊其词，说玄清着了风寒后就没有好好休养，所以身子一松下来，那病势就狠了。

这一日我吃过了药靠在床上闭目养神，觑得浣碧在旁，便问："那么王爷是如何得的风寒？"

浣碧低一低头，迟疑着道："小姐真要知道么？"

青花缠枝香炉中稀薄香雾飘出，淡淡散在空气中，弥漫出一股清浅的佛手柑香气。这样的气味叫人神志清明。

仿佛还是在昏寐之中，有一个冰冷的身子怀抱着我，那么冷的身体，仿佛冰雪寒霜一般，叫我在燥热的昏聩中获取一丝清凉与舒适。我缓一缓神气，道："自然。"

浣碧怔怔地似乎出神，缓缓道："那一日小姐发高烧，人烫得了不得，都开始说胡话了。我与槿汐敷了多少冷毛巾也不中用。那会子温大人正好奉召进宫去为胡德仪诊治去了，我去了自然也请不来。正巧王爷带着阿晋回清凉台，在山下瞧见了我一同去了禅房，见小姐这个样子，立刻让阿晋骑马去请了清凉台的大夫来。可是那么巧偏偏下起了大雪，封住了山路，大夫也请不来。其时小姐的病症便在发热高烧不止上，没有大夫诊治，也找不到退烧的药物，于是……”她脸上红云大起，迟疑着说不下去。

她这样忸怩，我心中倒隐隐有些晓得了，不觉脸上如火烧一般。

在我昏热之中，那个浑身冰冷抱着我的人，是玄清。

浣碧扯着手中的绢子，声细如蚊：“王爷只穿着中衣，卧冰雪之上，自己身子冷透了之后再抱着小姐，如此反复多次，让小姐的高热退下来。后来雪停了，王爷就抱着小姐上了清凉台。加之小姐后来一直昏睡不醒，王爷几乎目不交睫地与温大人一同照顾。这样连番辛劳，饶是身子是铁打的，也扛不住了。”浣碧见我低头默默，脸红得要滴出血来，忙急急分辩道，“小姐放心，那时候小姐是穿着衣裳的。”

我定一定心思，慢慢坐起身子来，道：“浣碧，你去取我的外衣来，陪我去瞧瞧王爷。”

浣碧急道：“小姐的身子还没好全呢，断断不成的。”

我咳嗽两声，摆手道：“王爷于我有大恩，如今他病着，我不能不去瞧。”

浣碧见我执意要去，只得翻了件大毛的衣裳出来为我穿上，扶着我一路往绿野堂去。

我居住的地方离绿野堂的路不近，我身子虚弱，少不得走走歇歇，走了良久方到。绿野堂极有古意，阿晋看见我，耷拉着脑袋道：“娘子来了，王爷还睡着呢。”

我轻轻点头，轻声道：“我进去瞧瞧，等会儿就出来。”又问，“太妃来过么？”

阿晋摇头：“怎么会来呢？太妃今生今世都不能出安栖观的。王爷身子不好的事还瞒着呢。”

我点头：“先瞒着吧，免得太妃焦心。”

绿野堂里疏疏朗朗，只摆着几件金柚木家什，除了书还是书，墙上悬挂着各色名剑兵刃。我心中生出一点儿漫然的欣慰，当真是一点儿女人的痕迹也没有。

他兀自昏睡着，容颜有病中的憔悴支离。一身素白的寝衣，领口有素净的起伏的竹叶纹。他的眉头微微皱起，连在睡中也不是快乐的神情。

阳光浅薄如纱，隔着帘帷照着他的脸，有微微的柔和的光芒。他的檀木大床黑沉沉的，愈发让人觉得一袭白衣如梦。

我轻缓走近他。病中一点儿含糊的记忆，仿佛很久以前，他的一滴泪落在我的脸上，那种温热的触觉；还是这一次，他用寒冷的横卧在冰雪中的身体，来冰冷我灼热的病体。冷与热的记忆在心底纠缠着融化开来，因了他的存在，在久已荒漠的心上绽出第一朵花来。

我在他床前坐下，轻轻伸出手去，按上他轻蹙的眉心，轻轻为他舒展。我总是愿意见他笑着的、诚挚的、狡黠的，温暖着我冰凉荒芜的心思。

我别过头去，窗下的长案上供着一盆文竹，叶若层层青羽翠云。我想，大约是无情的植株吧，才能这样常年青翠，不凋也不谢。

而人，并非草木啊。

我就这样静静坐着，安静无语地看着他的睡容，心底无限宁静。只觉得，这样安静，这样静静的，就很好。

他醒来，已经是一个时辰后了。

他双眼睁开的一刹那，迸发出一丝惊喜，照亮了他整张因病而黯淡的脸。他挣扎着起身，道："你来了，你可好了么？"

我含笑："已经能起身来看你，你说好了么？"

他握一握我的手："手还这样凉。"又问，"来了多久了。"

我缩回手："不过一个时辰，看你好睡，便不想叫醒你。"我问他，"清，你要喝些水么？"

他几乎不能相信，怔了一怔，喃喃道："你叫我什么？"

我缓缓站起身，泡了一杯白菊茶递到他手中，嘴角含了浅浅的笑容："清。我可以这样叫你么？"

"可以，当然可以！"他倏然坐起身，笑容漫漫洋洋泛起在他清俊舒朗的脸上，紧紧握住我的手，"嬛儿，我做梦也想不到。"

这次，我并没有缩回手，只轻轻道："世间的事，往往是想不到的。"我把茶水就到他口边，"先润一润喉吧。"

他喝了一口水，并不急着咽下去，只含在口中，静静看着我，目光中情深无限。

他低低的语气如温柔明亮的光线："你今日穿了白衣裳。"

我低头，身上正是一件雪色织锦的长衣，用淡银白色的线绣了精致的梨花。我有些赧然，浅笑道："自进了甘露寺，再没有穿过这样的衣裳了。"我低低道，"这是莫大娘拿来给我的，我只随手拿了穿，并不晓得你也穿了白色。"

他厚实的手心贴在我的手背上，连掌纹的触觉也是温暖而蜿蜒的。他说：“我总是相信心有灵犀的。”

窗外有凛冽的寒风，带着沉重的寒意呼啸如龙。室内融融如春，我含笑望着他，心中亦是安宁欢喜。

良久，我正要叫人进来帮他盥洗，却听得外头步履纷乱，阿晋匆匆奔进来，道：“王爷，皇上和敬妃娘娘、胡德仪来了。”

玄凌！我骤然听见这个名字，心头大震，仿佛是无数雷电一同闪耀在天际，轰然一片。玄清也微微变色，道：“皇上怎么来了？”

阿晋使劲朝着我使眼色，我茫茫然站起来，道：“我出去回避下吧。”

阿晋急道：“外头正进来呢，出去就要撞上啦！”

玄清旋即镇定下来，道：“我榻后有一架屏风，先到屏风后面避一避吧。”

我二话不说，立刻避到屏风后面，刚刚站稳，隐隐闻得珠翠之声淅沥，胭脂香风细细，一把阔朗男声道：“六弟这一病，都没有人来与朕谈诗论画了。”

那声音，还是熟悉，这样骤然而无防备地听见，几乎冰冷了我的身体。那样冷，仿佛还是在棠梨宫中与他的最后一次相见，那种如刀锋一样的冰冷和决绝，在瞬间攫住了我所有的意识。我紧紧扶着屏风，只觉得酸楚而头痛。

却是阿晋扶着玄清行礼的声音：“皇上万岁金安。”

玄凌一把按住他，笑道：“既病着，还拘什么礼数。”

敬妃的声音是熟悉的，与玄清见礼之后，却是一把极娇俏甜美的女声：“王爷安好。”

玄清咳了两声，笑道：“皇兄今日兴致好，连胡德仪也一起出来。只是怎么想到到臣弟这里来了？”

玄凌道：“难得雪化了，今儿天气又好，她们整日闷在宫里也是无趣。因听说你病了，所以出来看你。”他端详着玄清，“人倒还有病色，只是精神还好，红润得好似人逢喜事精神爽一样。”于是转头向胡德仪道：“蕴蓉，你如今倒拘束了，从前见着时还叫一声‘六表哥’，现下倒一声也不言语了。”

胡德仪掩口笑道：“皇上取笑我不懂事么。如今臣妾是皇上的嫔妃，自然把这个放着首位，见了六王爷也要守君臣之礼呀，哪里还能只先叫表哥呢。”

敬妃笑吟吟道：“胡妹妹这样懂事，皇上还说她拘束呢，真是冤枉妹妹了。”

忽而一个小小童稚的声音甜甜软软道：“胧月向皇叔请安。”

敬妃笑："胧月听说你病了，也很是挂心呢。所以今日特意带了她来。"

小女儿家的声音软绵绵入耳，我的身子陡地一震，所有的心力魂魄都被那个小小的声音吸引住了，不由自主地便向外看去。目光所及之处，一个两岁左右的孩子，被敬妃抱在怀里，揪了两个圆圆的双鬟，鬟上各饰了两颗明珠，一身粉红色的水锦袄，细白甜美的瓜子小脸上乌溜溜一双大眼睛。

我只看了一眼，仿佛全身的血液都涌到了心口，就算我一直以来都没有见过胧月的画像，只看这一眼，我也知道这就是我心心念念、日思夜想的女儿了。

胧月，我好想抱抱我的胧月。

然而，我不能出去。我怎么能出去呢？我死死抵在屏风上，极力克制着即将要夺眶而出的眼泪。

那边厢玄清伸手笑道："胧月来了，可要皇叔抱一抱么？"我晓得玄清的意思，他的位置，我是最能看清胧月的。

胧月笑嘻嘻躲开："母妃，抱抱，抱抱。"

她腻在敬妃怀里左蹭右蹭没一刻安生。玄凌大笑道："这丫头鬼精灵着呢，知道你病了不肯要你抱，还要寻个由头装懂事说怕吵着你呢。这股机灵劲儿和她母妃是一模一样的。"

玄凌话一说完，众人都有片刻的安静，玄凌话中所指，自然不是敬妃。然而胡德仪娇笑道："是呢。说起来别看敬妃姐姐平时一声不吭的，可是论起机灵聪慧来是没的说的。也只有皇上知道姐姐这么聪慧大方，所以这样疼爱姐姐和胧月帝姬呀。"

胡德仪软语娇俏，倒是解了一番尴尬。玄凌拊掌笑道："到底是蕴蓉会说话。"

胡德仪愈加爱娇，道："是啦。蕴蓉是皇上的表妹，比旁人更多一分亲近，自然更了解皇上啦。"

我的目光落在胡德仪身上，这位所谓玄凌的新宠，出身之贵在宫中只有皇后凌驾其上。只见她一张鹅蛋粉脸，配上一双大眼睛顾盼有神，粉面红唇，身量亦十分娇小，上身一件玫瑰紫锦袄，绣了繁密的花纹，外罩金边琵琶襟外袄，系一条粉霞锦绶藕丝缎裙，整个人恰如一枝笑迎春风的艳艳碧桃。迎春髻上一支金丝八宝攒珠钗闪耀夺目，另点缀珠翠无数，通身的豪贵气派，生生把身边着一袭绣冬梅斗艳宝蓝色织锦裙衫的敬妃给比了下去。

然而，这样身家显赫、貌美多姿的胡德仪亦有她的短处，想必敬妃已经了然于心了吧，才会笑得这样波澜不惊。

玄凌正问着玄清的病因，又问治得如何，玄清只依礼一一答了。玄凌道：“有段日子你没来宫里，连朕也闷得慌。你若不来，连个和朕说说诗词歌赋的人都没有，若是当年她还在……”玄凌神色微微一变，即时住口，没有再说下去。

我很想看一看他此刻的神情，然而玄清的身子挡着，只能看到他一袭明黄色的衣角。那样明亮的黄色，我不过看了一眼，已经觉得森冷刺眼，旋即低下头去。

玄清道：“当年纯元皇嫂新进宫时，常见皇兄与皇嫂谈词论赋，一同和歌。那时臣弟不过五六岁，才刚刚晓得些人事，心里总是很羡慕的。”

玄凌默默出神片刻，感慨道：“后来也只有甄氏还能与朕说上几句，只可惜，她太不受教了。”

彼时胧月正玩着一个绣球，闻言好奇道：“母妃，甄氏是谁？”

敬妃为难，一时难以启齿，只拿眼瞧着玄凌。玄凌抱过胧月，亲一亲她的额头，笑道：“一个你不认识的人。别问啦，叫你母妃抱吧。”

我心头骤然哽住。胧月，她是从来不知道有我这样一个母亲存在的吧。她有那么多的母妃，她父皇有那么多的妃妾，却刻意隐瞒着她，不让她知道我的存在。

我的亲生女儿，当她问起我时，我只是一个陌路人啊。哪怕有一天我与她擦身而过，我也终究只是个路人啊。一辈子，都只能形同陌路。

胡德仪俏生生道：“原来皇上一直嫌弃咱们蠢笨说不上话啊，敬妃姐姐气量好，臣妾可要生气了。”

玄凌刮一刮她的鼻子，笑道：“就你小气，又爱撒娇。”又向玄清道：“你的清凉台朕还是第一次来，一直听说甚好，如今一看果然精妙。更好的是建在山顶，一览众山小，风景无限。”

玄清笑道：“皇兄若喜欢，常来坐坐就是。”

玄凌叹道：“哪有这样好福气能常常出来，出宫一趟多难，多少言官的眼睛盯着呢。”说着大笑道：“你的清凉台好是好，只是还缺了一位女主人。上次沛国公家的小姐，朕与太后都瞧着甚好，偏偏你百般推辞，只得作罢了。只是你年纪不小，是该纳位正妃的时候了。”

玄清淡淡一笑，“再说吧。若有中意的，臣弟一定把她奉为清凉台的女主人，一生爱护。”

玄凌道："你自己有了主意也好。终身大事，到底是要慎重的。左右也过了最着急的时候了，就放出眼光来好好挑吧。"他半开玩笑，"你若喜欢，下一届的秀女也先挑几个好的给你留着。"

玄清只是一径淡淡微笑："皇兄说笑了。"

玄凌打一个呵欠，道："天色也不早了，回去还有奏折要看呢。六弟，你且好好养着吧。"

玄清忙挣扎着起身，玄凌按住他，笑道："不必了，你好生把病养好了要紧。"于是带了敬妃与胡德仪，一行人逶迤而去。

须臾，听他们去得远了。

玄清过来拉我的手，柔声道："他已经走了。"

我低低"嗯"一声，忍了半日的眼泪终于再耐不住，滚滚落了下来。他轻轻拍着我的背，低声安慰道："即便皇兄不肯承认，你终究是胧月的母亲，这是谁也更改不了的。"

我内心的软弱与伤怀纠缠郁结，如蚕丝一般，一股股绞在心上，勒得那样紧，几乎透不过气来。

片刻，我仰起头，挣开他的怀抱，缓缓摇头道："胧月不知道也好，我这样的母亲，会是她的耻辱。"

玄清皱眉道："胡说！有你这样处处为她着想的母亲，是她最大的骄傲。"

我叹息道："知道不知道都不要紧，只要她过得好就好，我也能稍稍安心。"

我拭一拭泪，重又唤他："王爷……"

他错愕："嬛儿，你怎么不叫我的名字了？"

我低首，望着那一盆莹莹生翠的文竹，淡淡道："方才称呼王爷的名字，的确是莫愁失仪了。偶犯过错，还请王爷见谅，也还请王爷如从前一样称呼我吧。"

我这样刻意，重新明确我与他的区别，其实我与他之间，何止是天渊之别啊。

我的人生，好容易逃离了皇宫的人生，怎么与来自宫廷的他再有沾染呢。我的情不自禁，是断断不能再有了。

玄清的愕然和震惊没有消减，更有了深深的疑惑，道："是因为皇兄么？"

我摇头，怀抱着小小的手炉，汲取一点儿温热的可以支撑我的力气："皇上的意外到来只是让我清醒罢了。我方才一时迷糊，才会不论尊卑冒犯了王爷。”

他蹙眉，苦笑道：“他从来没来过清凉台，我也并没想到他会这样突然来了。可是他是兴之所至骤然来访，于我于你却是……”

“世间的事，往往是想不到的。”我缓缓低首，小心隐匿好眼角的泪珠，声音没有一丝温度。

他依然微笑，眼中却泛出一抹悲凉：“你方才说这话时，不是这样的。”

这句话，是我方才说过的，含着融融的暖意与期待。和我的身体一起活转过来的，是我尘封已久的心。然而玄凌的骤然到来让我觉察到这个季节的天寒地冻。此刻，已经是截然不同的心境了。

我的手指攥紧如雪的衣裙，仿佛手里攥着一把冰冷的雪：“王爷既然相信心有灵犀，那么此刻，也一定了然我的心思，又何必要我再多言语。”

我的冷漠，再度为我筑起牢牢的城墙，抵御着他的关怀与温情。

我情愿自己生活在这样的冷漠里。

玄凌，他总是一盆浇醒我美梦的冷水，叫我彻骨地寒冷。

玄清的嘴角蕴着浓重的苦涩：“我几乎要恨皇兄，若他不来……”

我的语调是死寂的苍凉，冷得如这时节呼啸而过的山风，阳光怎样灿烂照耀，总是照不暖的。我打断他：“他来不来，有些梦，终归是要醒的。”我见他赤脚站在地上，不觉心疼，道，“王爷身子还没有好，还是好好歇着吧。莫愁先告辞了。”

我整一整衣衫，矜持离开。玄清的声音有沉沉的愁绪和坚定：“我知道，方才有一刻，你心里的风是吹向我的。哪怕只有那短短一瞬间，我亦十分欢欣。我会等你，等你心里的风再度吹向我。只要你愿意，我总是走在你旁边，只要你转头，就能看见。”

我驻足，心中一软，几乎要落下泪来，然而开口却是：“王爷在意胡德仪这位表妹么？”

他诧异：“什么？”

我静静道：“如若王爷在意，请提醒胡德仪，在与宫中任何人言语时都不要表现自己很了解皇上，至少皇上会很反感，这于她在宫中的地位十分不利。”

玄清一愣，旋即道：“我会设法提醒她。”

我淡淡道：“胡德仪的性子，未必听得进王爷的劝，王爷尽力就是了。”说罢，转身即走。

玄清唤了浣碧进来，道："你现在的住处实在不方便，我已命人打扫了萧闲馆供你居住。你……娘子若有空儿，便去看看是否合意吧。"

我欠身道："王爷病中还为我这样费心，真是过意不去。其实不拘住哪里都可以。"

他的容色和他的寝衣一样素白，道："你且去看一看喜不喜欢吧。"

他盛大的情意，我该如何抵挡呢？我无言以对，只深深低首，缓缓走出。

堂外阳光明媚，冬天有这样的好太阳，当真是难得的。阳光照在我身上的一瞬间，我几乎有恍若隔世的感觉，仿佛方才种种，都是梦境一般。

第二章 萧闲往事

待到玄清能起身走动时偶尔过来瞧我，也只说到萧闲馆之事，随口闲谈几句，绝口不提那日玄凌的到访，免去了彼此的尴尬。采蘋与采蓝一日三回地来请我去萧闲馆看看，我推辞不过，只好由浣碧和采蘋、采蓝陪着一同过去。

萧闲馆便在绿野堂后不远，小小巧巧一座独立的院落，很是清幽敞丽。漫步进去，厅上随便陈设着几样古玩，皆是精巧简洁的，壁间挂着一幅唐代周昉的《簪花仕女图》，地下是一色的黄花梨透雕云纹玫瑰桌子和椅子。左边耳室里，一排书架上皆是装订得齐整考究的古籍，有淡淡墨香盈溢。

采蘋含笑在旁道："咱们王爷说小姐喜爱看书，特特嘱咐了把他书房里最好的书拣选了放在小姐这里，好给小姐解闷呢。"

我道："劳烦你们王爷这样费心，实在过意不去。"

采蘋伶伶俐俐道："要是小姐看了这些书觉得有趣好看，只怕王爷更高兴呢。"

我笑道："难怪你们王爷这么疼你和采蓝，把你们收作近身侍婢，果然是灵巧聪敏会说话的。王爷有你们这两位可人在身边，日日相伴左右，想必也能解去不少烦恼，安享浮生悠闲。"

采蓝一听，忙忙摆手道："小姐误会了。王爷贴身的事都是阿晋伺候着的，我们只是服侍王爷，和其他侍女并没有什么两样，说不上‘近身’二字。只不过王爷觉着我们还不算太粗笨，才特意抬举了来服侍小姐的……”她微微沉吟，脸色泛红如晕生颊，迟疑着说不下去了。

到底采薪快人快语，小声道：“而且奴婢与采蓝也不是王爷的侍妾宠婢，所以……”

方才不过是一句玩笑，可是听她们当着我的面亲口否认了，心头竟漫出一丝微不可觉的轻松来，全然没有察觉身后的浣碧是如何露出一脸轻松自在的神情。

然而我又颓然，即便明知不是他的侍妾，我又有什么好高兴的呢。

我正要说话，却见一直沉默不语的浣碧曼步上前，一手拉起采薪一手拉起采蓝，亲亲热热道：“我们小姐方才不过是玩笑罢了。小姐眼瞧着两位姑娘模样又标致，气性又好，心里头爱得不得了。想着以两位姑娘的容貌性情，虽然未必有侧妃之位，但是侍妾姨娘的好位子总是笃定的，所以才说这样的话。再说眼下不是，谁知将来也没有这样的好福分呢，旁人是羡慕也羡慕不来的。莫说是小姐，便是我，心里口里迟早也是要向二位姑娘道喜的。”

自玄清遣了采薪和采蓝来服侍我之后，因二人容貌出挑，服采鲜明不似寻常侍女，浣碧与她们相处时总是淡淡地不甚亲热，如今竟主动与二人说得这般亲热客气，我心中亦暗暗诧异。

采薪忙正色道：“咱们清凉台有个不成文的规矩。因为咱们这些在清凉台做奴婢的，比不得清河王府里头都是好人家挑出来的女儿。咱们这些人都是家道凋零、漂泊在外头生死垂于一线的，被王爷救了回来才在清凉台服侍的。在咱们眼里，王爷就是咱们的大恩人，断断不会存了非分之想。如今咱们尽心尽力侍奉王爷，将来尽心尽力侍奉王爷和王妃。”说着看向我道：“王爷视小姐为知己，小姐必然知道，咱们王爷不会有妾侍侧妃的。若有，也只会只有一位正室王妃，是不是？”

我颔首：“王爷确实这样说过。天下女子如三千弱水，他亦只取一瓢饮。”

浣碧的目光微微一跳，很快如常笑道：“那么，能在王爷身边侍奉一辈子也是旁人修也修不来的福气呀。”

浣碧如此一说，蓝薪双姝自然觉得投趣，三人你一言我一语，逐渐熟稔起来。我见她们说得热闹，也不忍去打扰，只顾环视萧闲馆。

萧闲馆内室有一对博古橱，里面是三五盒好印章。窗前横着一张书案，澄心堂纸随意铺散着，只等着人去落笔。朝南长窗下放着一张紫绒绣垫杨妃榻，榻边案几上放着两盆水仙，吐蕊幽香。窗上一色的雨过天青色的蝉翼纱帐，窗下悬着一盆吊兰，虽在冬日里，也长得葳蕤曼妙，枝叶青葱。桌子旁边搁着一副绣架，千百种颜色的丝线都是配齐了的，只挽作一团放在丝线架子上。绕过一架四扇楠木樱草色刻丝琉璃屏风，再往里头便是一张睡床，秋水色熟罗帐子顺服垂下。杏子红金心闪缎的锦衾，底下是银鼠皮的褥子铺成，十分绵软暖和。西番莲花打底的青石板面上建起溜光雪白的粉墙，墙上再无字画，只是悬着两幅苏州精工刺绣，一幅是青绿如意牡丹，一幅是凤栖梧桐，各自张于床头。

我闭目轻嗅，闻得甜香细细，沁入肺腑，却见床帐的帐钩上各挂着一个涂金镂花银薰球，香气便是从此传出，正是我一向喜爱的百和香。

他如此细心安排，无一不周到，当真是像极了闺秀女儿的卧房。

我眼见窗外影影绰绰，一时好奇推开，却见窗外正是一座园子，园中所植，竟是开淡绿花瓣的双碧垂枝绿梅。此时正是梅花盛开的时节，满园绿梅累累如碧珠缀枝、翡翠披光，连照射其间的阳光亦有了轻薄透明的绿玉光华，大有不似春光而胜似春光的美态。

我默默无声，只看着满园绿梅。若他真真知道我与玄凌在倚梅园中遇见而避开了种植红梅、白梅怕我伤心，那他也真是心细如发了。即便不是，这么多绿梅要搜罗起来，也是千难万难的。

浣碧不知是何时进来的，目光亦被绿梅吸引，呆呆片刻，忽然欣喜万分道："小姐，你瞧，那梅花皆是碧色的呢？"

玄清的话语仿佛还在耳边："清在宫中时便曾诚心邀请娘子光顾清凉台小聚，娘子却以盛夏已过，清凉台过于凉爽而推辞。然而清一心所盼，若真有机缘巧合，能使娘子一往清凉台，亦是好的。萧闲馆自清初识娘子时便已准备下，如今终于有机会可使娘子小住了。"他说这番话时有难以掩饰的欣喜与满足。

我亦笑："王爷也曾说，清凉台冬暖夏凉，如有一日我若觉得天寒难耐，亦可来一聚，王爷的红泥小火炉愿为我一化冰寒霜冻。虽然王爷也期盼永远没有那一日，而如今不辞冰雪、雪中送炭的，亦是当年千金一诺的清河王。"

他亦体贴，怕我不安，只让采蘋与采蓝陪着来看。

我闻得脚步声轻悄，却是采蘋与采蓝进来。二人相视一笑，道："萧闲馆的布置，小姐可还满意么？若是满意，今日就可住进来了。"

我心中略略犹豫，浣碧忽然牵一牵我的袖子，低声恳求道："小姐，咱们住这里好不好？"她又道，"这儿的景致好，适合小姐养病。而且……"她的眼光贪恋在梅花之上。

我笑道："你喜欢那梅花是不是？"

浣碧点一点头。仿佛是她这一点头，坚定了我动摇不定的心，遂道："这里我很喜欢，就麻烦采蘋和采蓝帮我收拾了衣物搬过来吧。"

采蘋与采蓝巴不得这一声，欢天喜地出去了。

到了当晚夜间，我已住在萧闲馆中。居室雅致，被褥温软，通风敞亮，开窗即可嗅到满园绿梅清芬。浣碧对那绿梅爱之不尽，便日日折了几枝来供在床头，一得空儿便伏在花前，贪看不已。

梅花清冽的香气让我心情愉悦。我斜靠在被褥上，笑吟吟看着她道："少有见你这么喜欢什么花的。"

浣碧低低一笑："我是在看花，也是在品王爷的心意。"她停一停道，"小姐以为王爷是只有这次才这样费心么？其实早在宫里的时候……"她欲言又止。

我打断她，静静道："我知道。"我怎么会不知道呢，在我私下探望眉庄归来时他的掩护，在我的生辰之上那些盛放的荷花的用心，在那些失意寥落的日子为我带来安慰的、为我悉心开解的，是他，也唯有他啊。

然而浣碧摇头："我说的不是王爷讨小姐欢喜的那些事。"她微微偏转头去，"小姐还记得那回小产的事么，在晳华夫人的宓秀宫里。"

前尘往事沉浮间，眼前瞬即浮现上那无尽的猩红，血腥的气息急迫涌上鼻端，脑子嗡嗡地乱了起来。

我怎么会忘呢？那是我的第一个孩子。若没有那次小产，我恐怕还是后宫中不谙苦痛滋味被玄凌捧在手心的宠妃吧。

而浣碧却这样突兀地提起，这样猝不及防地在我面前提起我的痛处。她郑重道："小姐还记得那次么？是谁救您出的宓秀宫……"

是谁？是玄清啊。

他当日这样贸然闯进宠妃所居住的宓秀宫中救我于危难，不只是大大地得罪了骄纵的华妃，亦是与汝南王一党直接起了冲突，大大不同于他往日韬光养晦、事事皆不用心的作风。

浣碧从未在我面前说起当日的事，如今也娓娓说来："当日小姐罚跪在晳华夫人的宓秀宫中，我就知道坏事了。那天槿汐陪着小姐在里头，自然脱身不得，太后病得昏昏沉沉，自顾不暇，怎么还能顾得上小姐呢，真真是上天无门、下地无路。然而，宫中又有谁敢得罪晳华夫人呢？"浣碧停一停道，"正巧那时，我碰上了路过的阿晋，这才想起来，原来六王爷为了能方便侍疾，照顾太后，就住在太液池上的镂月开云馆。”

镂月开云馆，是玄清出宫开府前所居住的地方。他未曾成婚嫁娶，又是太后抚养长大的，于是依旧在太液池上留了这样一间殿阁居住，方便在宫中与王府之间来往，既可陪玄凌闲话诗书，亦便于向太后问安尽孝。且镂月开云馆就建在太液池湖心，嫔妃女眷即便划船嬉戏也不会去得这样远，正好也可避嫌。

“于是我求了阿晋带我去镂月开云馆找六王爷想办法救小姐。”浣碧沉浸在思绪之中，道，“那是我第一次去镂月开云馆，馆外开了无数粉红的合欢花，风吹过像是下着花雨一般，若不是急着要救小姐，我一定是要贪看住了的。王爷就站在那花雨底下，一笔一笔写着字。他看见我来，知道一定是出什么事了。因为王爷曾经在小姐有孕后叮嘱过我，若小姐在宫中有什么难处，让我去镂月开云馆找他，他若不在，阿晋也会传话告诉他。于是我哭，我跪下来求他，求王爷一定要去宓秀宫救小姐。”她怔怔出神道，“王爷一听，脸都白了，扔了纸笔拉了我就往宓秀宫去。阿晋急得都快疯了，拼命拉住王爷，求王爷不要冒失得罪了晳华夫人和汝南王。可是王爷的力气那么大，别说阿晋，连守卫宓秀宫的侍卫都被吓住了，拦也拦不住。于是，我们便这样闯进了宓秀宫，晳华夫人生了好大的气，与王爷争执。”

当日痛楚的记忆里，唯见玄清为了我和慕容世兰当面争执冲突，那是我第一次见他这样急怒攻心、神色大变。而玄清，从来是温和而从容的。

“当时小姐出了好多好多的血，人都昏死过去了。我吓得只会哭，王爷顾不得男女大防，抱着您就回了棠梨宫。”浣碧讲到动情处，不禁泪光盈然，“紧接着敬妃娘娘也来了，忙不迭地叫请太医。王爷吩咐了阿晋快马加鞭去请回皇上，又亲自守在棠梨宫外以防晳华夫人借机生事，直到皇上归来。”

我心念震动，激荡如潮，一时竟说不出一句话来。原来他一早已经是这样待我、保护我，为我周全。我总以为自己是知道的，却知道得那样少、那样零散，不过是冰山一角而已。

“人人都说，因为您是莞贵嫔，是皇上最喜欢的宠妃，怀有皇嗣，所以六王才会这样不顾一切来救您，甚至不惜得罪有汝南王撑腰的晳华夫人。”浣碧望着我，眸子幽深如两潭静水，暗沉到底，幽幽道，“我也总是那样以为的。可是若不是那日亲眼见到王爷为您而落泪，我几乎都不能相信。那是我第一次见到男子流泪。男儿有泪不轻弹啊，可是那天在宓秀宫，我亲眼见到王爷的泪落在您脸上，虽然只有我一个人看见。可是小姐，我什么都明白了……王爷是为您在心疼啊。”

那一滴泪水的热度，仿佛是烧灼过的印记，只要我一想起，就在我的脸颊上隐隐燃烧。泪水的痕迹，在脸颊上早就消逝得一干二净了。只有我明白，那热烈的温度，是怎样落在了我的心上，烙下了深刻而清晰的烙印。

我默然不语，只是望着花团锦簇的锦被怔怔出神，那样繁绣的花朵，团团连欢，是官用的样式。我晓得玄清细心，已叫人换去所有宫样的图样，怕勾起我对旧日的伤心。虽然是在他的别院清凉台，远离宫禁，可是宫廷的气息真正远去了么？

香炉中袅袅如烟升起的我所喜欢的香料，正是宫廷贵眷方用得起的贵重的沉水香。

而他这个人，本也就是与宫禁深苑有着千丝万缕割舍不断的牵连的人啊。

心意有一刹那的虚空，连自己也不能把握。有那么一瞬间，心念激荡，忽然觉得自己也是这样爱着他的，却一定不能让自己这样爱着他。这样恍惚的一瞬间，所有的悲欢、辛酸、惊喜、失落和着少女时代的深切期许一起涌上我的心头。

在最初的年岁里，在对爱情还抱有期待和向往的时候，我曾经多么渴望有一个不以我容貌妍媸而喜忧，不为我家世尊卑而在意，与我志趣相投、两情相悦，可以天长地久朝朝暮暮地厮守到老，守住一个“长相思、长相守”的神话的人，就这样“愿得一心人，白头不相离”。

然而，眼前有了这样的人，他符合我一切最初也是最终的对于爱情的梦想。他懂得我、爱惜我，与我灵犀一点通，与我的灵魂相互契合而不在意我容颜的更改。

而我，却退却了，害怕了。

时间的手让我们在最初时便错过了。到如今，还能更改么？

我无数次想，若在从前，我没有进宫，没有成为玄凌的宠妃，或许我有万分之一的机会可以与他相遇、相知、相爱。这万分之一的机会，也远远大于如今。

可是，我遇见他时，已经是玄凌的新宠了，我什么也不能改变，不能说、不能做，面对他无意流露的情意只能装作懵懂不知，充耳不闻，极力压制住自己的心绪。

而到现在，我与他的身份这样分明。哪怕我是弃妃，哪怕我与玄凌再无夫妻之分，我亦是他曾经的皇嫂啊。何况，他依旧是当年的天之骄子，玉堂光耀。而我，却是落魄而憔悴的女子，家世凋零。面对他依然如故甚至愈演愈烈的情意，怎能不叫我在他面前自惭形秽、无地自容。

第三章
子夜歌

这样拥被而坐，闷闷地竟不觉得时光的易转，从清晨到日落，光影的变化，于我却只是无知无觉。

天色渐渐暗沉了下去，浣碧起身一支一支点亮了蜡烛，重又在我身边坐下。暗红的一苗一苗火光，静静跳跃在温暖的空气中，好似一颗虚弱而挣扎的心。

只闻得有轻微的脚步声，我转头看去，却见是玄清进来了。我不愿他知晓我的心思，于是打叠起精神，含笑欠身道："王爷怎么这个时候过来，用过晚膳了么？"

他笑："才刚回了趟王府，在府里头用过了。"

我看向窗外："槿汐独自在山里，也不晓得怎样了。"

他笑道："来时刚去看过槿汐，一切安好。她只惦记着你。"又说起槿汐独在山中的状况，已吩咐人送了炭火衣食去。我侧耳倾听，窗外似乎有朗朗的歌声传来，却是女子曼然合唱的声音。

我听了一晌，不觉含笑道："似乎是在唱《子夜歌》？"

他的唇角微微牵动，引出一丝浅淡而和煦的笑意："《子夜四时歌》按四时各有所唱，我常命清凉台的侍女应四时之景歌唱。如今在冬日里，她们所歌的便是冬歌了。"

我不觉微笑得愉悦："这般风雅的事，也唯有王爷会做。"我应着她们所唱一句句慢慢吟诵了出来，"渊冰厚三尺，素雪覆千里。我心如松柏，君情复何似。涂涩无人行，冒寒往相觅。若不信侬时，但看雪上迹。寒鸟依高树，枯林鸣悲风。为欢憔悴尽，那得好颜容。[1]……"

他的笑容舒展如春日的阳光，似乎带有广玉兰清新的气息，叫我一个恍惚。他徐徐道："冬歌有十七首，这只是前三首。"

我仔细倾听，歌女们仿佛只是在远处唱和，仿佛银丝脉脉一线缠绕上来，更觉韵味无穷，缓缓沁入心肠。然而那些歌女们悠悠扬扬反复吟唱，却只是唱这三首。

我微觉疑惑，道："怎么只唱这几首，不再唱下去了呢？"

他摇摇头，神色似火苗一跳，稍稍黯淡了下去，但笑不语。

我凝神想了片刻，微微一笑："我已想到为何歌女只唱《子夜冬歌》的前三首了。"我的笑容渐渐沉寂下去，"因为愈到以后，情致愈是凄凉，愈到无路可去。一直到适见三阳日，寒蝉已复鸣。感时为欢叹，白发绿鬓生。"

他淡淡含笑："冬歌所述之情，自然是肃杀萧条，无一线生机可觅，叫人看了亦是伤心绝望。"

我依旧笑着，语中凄凉之情却是已不可抑制："《子夜四时歌》按四时所制，春夏秋冬轮回不止。一段情意，有春之温暖、夏之热烈，也必然会走到秋之悲寥、冬之肃杀。若在当日满心欢喜时，谁又会想到有'白发绿鬓生'的一日。所以，不如一开始就是无情，便也省去这无数苦恼。"

他有些诧异，明白之中也意外，便道："情之所终，未必皆是悲戚。若说情爱得以成就，本来就是要天时地利人和，若现在已经有天时和地利，人和之数只在人为而已。"

"那么……"我转头注目于他，语中微带了几分倔强与意气，"王爷可曾与女子相爱过？"

他默然以对，片刻转过头去，道："没有。"

"我却经历过，所以明白。惭愧说一句，我是过来人。"我凄微一笑，神思哀凉如窗外的寒凉天气。屋内的炭火嗡嗡烧着，我只觉得眼角酸涩，想是烟熏的。其实炭盆里燃着的都是上好的银炭，并没有一丝烟的，又扔了几片橘皮在里

[1] 出自《子夜歌》。《唐书·乐志》曰："《子夜歌》者，晋曲也。晋有女子名子夜，造此声，声过哀苦。"

头，只觉得清香四溢，无半点儿烟火杂气。我徐徐道："有些事如果一开始就明知道不能得善终，就不要痴心妄想，去勉强求一个善果。譬如我从前与他，若一开始我就以一般的妃嫔之心待他，一心只求荣华富贵不求一丝真情，或许今日依旧在宫中屹立不倒的那个人，就是我了，也不至于今朝连累父兄到此地步了。"

我说话间，连玄凌的名字亦不愿提，只以"他"代之，玄清自然十分明白。而话中的另指，我虽只是点到即止，想必他也明白的。

他眼中已无声漫上了一层凉薄如霜的清冷，清冷中却似有幽蓝火焰灼灼燃烧，道："你伤心了一次，便要对人世间的'情'之一字都失望了么？"

我不答他，只以手支颐，娓娓而道："王爷有无听说过《白蛇传》的故事？相传古时有白蛇精修炼千年化为人形，只为寻一份人世间最平常的男女夫妻之情。细雨西湖，断桥相遇，同舟共济，纸伞定情，白娘子与许仙终于结成姻缘。也不是没有恩爱过，只是经不起法海轻轻一挑拨，连有了许仙的骨肉许仙亦不愿意回头帮她，还亲手喂她喝雄黄酒。难为白蛇为了这样的男人水漫金山、苦盗灵芝，为他操持家业、生儿育女。只不过因为她是异类，即使待许仙一片真心亦罪不可恕，到底被永镇雷峰塔底。"

他看着我微笑，而那笑亦是没有暖意的，道："我听说过，似乎是雷峰塔倒、西湖水干方能使白娘子逃出生天。"

我冷冷一笑："哪里能呢？这不过是后世人给白娘子的一点儿期许罢了。如今西湖风景如画，雷峰塔屹立不倒、湖水年年如新，如双珠辉映，何曾见有谁逃出生天？只可惜了白娘子永居雷峰塔底，苦海无边，不得超生。许仙却平平安安活到老死。只怕想也不会想这个曾经为他出生入死、痴心一片的女子！"我抬眸望住他，眼中不自觉已带上了一抹犀利的怨，那怨似一把青锋双刃剑，呼啸的剑气刺了他亦刺了我，"怎么会想呢？在他眼中，她再好也不过是一条企图来诱惑他、谋他身家的蛇精罢了。不知白娘子永困在雷峰塔底的黑暗困顿里，是否有一丝后悔，后悔当日在断桥遇见许仙会生出那一缕情心，以至今后受苦至此，永沦绝境。"我硬一硬声气，终究没有忍下，直接道，"若我是白娘子，我必定后悔。我情愿从来不要遇见他、不要认识他，老死不相往来。"

心中有汹涌的狂潮，一波一波激荡得心头酸楚难言。那浪潮一卷一卷拍上来，全是粉红到诡异的颜色，粉红的杏花花瓣，如诡异的爪印，漫天漫地飞舞开来。密密匝匝的花影之后，却是他的面目。他的声音沉沉入耳，第一句话便是："我是……清河王。"

却原来，从我们相识的第一句话开始，他便是在骗我的。

酸楚之后只觉得胸口气闷，直欲呕吐出来。我几乎恨自己，为何要记得。

他的眼中有幽然的火簇，透出微蓝的光泽来，似是懂得的怜惜："那么，你也后悔，那一日他假借我的名义与你相识，是不是？"

我一惊，旋即只作无事，冷冷道："你怎么知道？"

他略弹一弹衣襟，道："他自己说与我听。"他的神色有难以言说的复杂，"直到我见到你，直到他告诉我你就是他在上林苑杏花树底下遇见的女子。我才晓得。"他自嘲地一笑，"人世的际遇难以分明，就如明明你的小像在我手中，明明他遇见你时是以我的名义，明明最初……"他眼中的火芒倏地一跳，转瞬黯淡了下来，"明明最初，你以为你喜欢的人是我。可是最终拥有你的人，却是他。我与你，仿佛总是有些什么一直错过了。"

他眼中分明有些什么东西，我明明看清了，却始终不敢深深相信。我心中悸动，却只维持着以冷漠相对："你我身在宫中，我只晓得一入宫门深似海，任何事与人都只能错过。"我低头漠然道，"王爷的际遇如何我并不知晓，也不想知晓。而我的际遇，我都情愿忘记了，也请王爷不要再提。"

他微微扬起唇角，颇有些心疼，道："我也情愿你永远忘记了。"

"是。"我昂一昂头，道，"因为不肯相信了，所以要忘记。也害怕再有其他。"我低微了语气，黯然道，"《唐书·乐志》中说，晋有女子名子夜，造《子夜歌》，声过哀苦。《子夜歌》虽然让后人琅琅上口、回味无穷，却不知当日晋女子夜如何经历欢喜哀苦、期盼失望，直至对心爱之人绝望到底，才有了这《子夜歌》。若早知有此，子夜必定不肯，不肯受这煎沸苦楚。"我所有悲沉的隐痛，在一瞬间迸发了出来，"情爱辛苦，一路行来总是风雨处多，明媚时少。不如一开始就不要也好，免得日后苦痛无尽。"

他默默沉吟，片刻道："风雨处多，明媚时少。只因这个人不对，不能给你四时明媚，反而为你带来满天阴霾。若有人一心一意待你，愿给你四时明媚，为你遮蔽风雨，你也不愿意么？"

我凄楚一笑，坦白胸襟道："我吃过痛，已经害怕了。"我不敢看他，只低头道，"还有一首《子夜歌》，王爷可听过？"

他微微垂眸："未知娘子说的是哪一首？"

我思量须臾，慢慢道："人生愁恨何能免？销魂独我情何限！往事已成空，还如一梦中。[1]”我道，“这是李后主的《子夜歌》，虽不应景，却有两句话是事事皆通的。往事已成空，还如一梦中。于我，往事既已成梦，将来之事也是一眼望得到底的，踏实过下去就好，不必再有任何做梦之事了。”

心底的凄微与悲凉，如浓重的阴影，纵然烛火明暖如斯，亦是无法照亮了。

他也不说别的，只问：“往事的种种委屈，真能俱已成空了么？”

良久无言。纵有千言，亦只能如此。

---

[1] 这首《子夜歌》是李后主入宋后的作品。表达了亡国的悲痛和对故国的无限思念。是说往事不过是一场春梦，美好但难以留住。醒来依旧是空，什么也抓不住。剩下的只是无穷无尽的回忆和痛苦。

第四章
碧玉歌

也不知过了多久，仿佛是很久，亦没听见他出去的声音，我也不敢动，只蜷曲在被中。屋里极暖和，这样紧紧抱着被子，身上竟沁出些微的汗意，背心毛毛地热，似幼年春天的时候穿着杏子红的单衫躺在草地上，新长出来的草叶尖而嫩，就这样隔了衣裳扎着。

却是浣碧轻巧的叹息，似蝴蝶缓缓落在耳边。

我也不睁眼，亦不动，只轻声问："好好儿的，你叹气做什么？"

浣碧的身影是青翠的底色，落进我眼帘之中："我叹小姐太狠心了。"

她扶我起来，取了个垫子在我身后，我只是枯坐着，心内微凉如秋风中飘零的一片叶，晃荡不定。我静一静心，接过她递来的桂花蜜酿喝了一口，不觉皱眉道："太甜了。"

浣碧疑惑，尝了一口，道："并不甜啊。"浣碧把手搭在我的手上，神色悲悯而心疼，道，"小姐心里太苦了，所以连一点点甜也经不得了，总觉得太甜。"

我看她："你想说什么？"

她的目光有些呆滞，静静片刻，道："小姐知道王爷方才出去时是什么样子么？"

有一瞬间的冷，我紧紧拥住厚实的被子，仿佛要借助它的厚与暖来汲取一点支撑自己的力量。我摇头："我并不愿知道。"

浣碧的倔强在那一刹那迸发出来，她的眸中盈盈有光，道："小姐不愿意听，浣碧也要说一句，王爷那样难过。王爷对小姐这样好，小姐为何要让他这样难过呢？"她微微出神，"方才小姐与王爷的话，我全听见了。"

我定一定神："我并没打算瞒你，听见又有何妨。"我看住她，"否则，你打算让我如何对他说。"浣碧浓密的发间别着一枚珍珠，那样雪白润泽的一点，在烛火下有淡淡的流转不定的微红光泽，映照出我心底刹那汹涌的灰暗的凄苦与无奈，然而很快被强行平息了下去，"除了这些，我对他说任何话都是错的。"我反握住她的手，似是安慰她，也是安慰自己，"浣碧，有些事若一开始就没有希望，总比来日失望要好得多。你别怪我狠心。"

浣碧的笑暧昧而苦涩："小姐拒绝了温大人，也拒绝了王爷。"

我低头，锦被上连绵不断的"事事如意"的图纹，方胜和如意团纹千回百转、连绵无尽，织银的花纹，在绛紫色的绣被上有格外清冷而高贵的色泽，我恍然道："与其是玄清，不如是温实初，到底也能平淡些到老，心无杂念。"

浣碧的眼神在那片刻里尖利而敏锐，似利箭那一点银光灿烂的箭头，直刺人心："小姐真的是这样想的么？其实小姐不喜欢温大人是情理之中的事，温大人从来不是小姐喜欢的那种男子，从前不喜欢的，现在也不会喜欢。可是王爷，小姐对王爷的真心，难道从未有一丝动心过么？"

我怔住，张口结舌说不出话来，对玄清一向的真心，我真的半分动心处也没有过么？譬如那一夜的太平行宫的夕颜，譬如夜访眉庄后的太液池中最后一垄荷花，譬如我失子后的心有灵犀，譬如我病中他的种种照顾与贴心，譬如那一日我在他面前唤的名字"清"。我真的没有半分动心过么？

我是在害怕呀。

浣碧的话并没有完，她是语气稍稍松缓，一手不自觉地抚着我身下柔软厚密的绒毯，抚了一下又一下，仿佛不能控制一般，道："其实温大人并没有什么不好，只是不合时宜，总在小姐不喜欢的时候提喜欢不喜欢的事。可是王爷呢，若在从前小姐未嫁时，小姐在闺阁中常常期许的，不正是六王这样的男子么？愿得一心人，白头不相离，这是小姐常常说的话，只要小姐心里还这样想，那么六王总是您喜欢的那一种男子。我方才说，小姐从前不喜欢的，现在也不会喜欢，那么换言之，小姐从前喜欢的，现在也未必会变得不喜欢。"她的笑意幽幽晃晃似摇曳的烛光，“小姐才刚说与其是王爷，不如是温大人，到底也能平淡些到老，心无杂念。我相信小姐说的是真心的，因为小姐不喜欢温大人，所以可以平淡、可以心无杂念。若是喜欢，怎能做到平淡而心无杂念呢？”

浣碧的话一针见血，亦是刺心之语，仿佛一支冰锥一下子钻入脑中，冰得我哑口无言，只觉得浣碧的话怎么那么凉，怎么会那么凉，凉得自己都不敢去相信。

浣碧的神色有些深沉叵测，我从未听她这样说过话。她一直是温顺而少言寡语的，我晓得她聪明而细心，总在旁人不轻易察觉处察觉。可是她的明白只放在心里，甚少像今日这样直接而了然地说出来，而且切中我的要害。

我的语气里有了显而易见的森冷与抵抗：“浣碧，不要说你不该说的话，你也从不会说这样的话……”

浣碧的回应却并不如她以往的驯顺，她的声音清冷犀利如窗外的梅花：“小姐，我也从未见过王爷这样伤心。”她愣一愣，“小姐为什么要让喜欢你的人伤心？而且你也并不是不喜欢他，何必一定要对他说这样的话。”她的语调柔和而伤感，“小姐方才虽说睡着，可是眉头却皱得那样紧，我便知道，小姐心里也不好过。”

我的心思终于颓败下来，强撑着的一点儿意念竟禁不住浣碧这样的话。窗台下的长桌上搁着一盆水仙，骨骼清奇的花朵，被室内的暖气一烘，香气却不见热烈，只见更深幽处去。

那样简单的花朵，黄蕊、白花瓣、绿色茎叶，我有刹那恍惚的羡慕。若做人如这一枝水仙一般该有多好。简单到了极处，明白到了极处，且出水盈立，不必沾染尘埃。

可惜终究是不得，不管是在宫中，或是避居在甘露寺中的岁月，还是在清凉台养病的日子，心思总是奇曲而转折的。有时做人，真真不如做一枝花罢了。

我忽地想起一事：“浣碧，从前也是你劝我要与六王注意分寸，缘何今天又用反话劝我。”

浣碧愣住，半晌，只攒起清亮的目光，目光中有隐隐心痛与忧愁游离：“我只是不忍心，亦舍不得，看小姐与王爷各自伤心。”

我颓然闭目：“浣碧，不必再说了。六王是皇室中人，与他有千丝万缕割舍不下的牵连，我何必再去招惹。”

浣碧欲言又止，终究没有再说下去。我的种种无奈与担忧，她不是不晓得。

片刻，她望住我，似是劝慰似是安慰道："可是王爷的心意小姐已经明白了，只怕见面尴尬。也不知小姐方才回绝王爷的话王爷听进去没有，若还没明白，真真是教人烦恼。"

萧闲馆外梅花疏散而淡薄的香气幽幽传来，窗外梅枝修颀，疏影横斜缭乱映在窗纸上，仿佛我此刻迷茫而混乱的心事。

真真是叫人烦恼啊！浣碧的话生生落在我耳中，挥之不去。

"这清凉台，咱们是住不得了。"我紧了紧衣裳起身，环顾四周，道，"浣碧，去拿纸笔来。"

她应声道："是。"又问，"小姐才好些，又要纸笔做什么呢？这样劳神，等下又脑仁疼。"虽说着，到底很快找出了纸笔，送到我面前。

萧闲馆里备下的纸张是香草笺，清浅的蓝色花纹，依稀可以闻到香草的甘甜气味。

他想得这样周到。我叹息一声，香草美人，是天下多少男子的心愿。

柔软的笔尖饱蘸乌黑的浓墨，我迟疑着，该说怎样的话好呢？说得轻了，他未必肯听得进去；说得重了，我又不忍，亦不肯。

思虑良久，墨汁滑落，落在雪白宣纸上乌黑一点。浣碧在旁道："小姐想写什么？这张纸污了，我替小姐换一张吧。"

我摇头："不用。"

提笔一笔一笔落下，我落笔那样轻，仿佛是怕自己微一用力就划破了纸张，还是怕划破了自己支撑着的坚定。

"碧玉小家女，不敢攀贵德。感君千金意，惭无倾城色。"

我一字一字写完，恍惚自己的力气也用尽了，只觉得头昏眼花，十分难耐。

我勉强稳住思绪，扶着紫檀木桌子稳住自己的身体。紫檀木的桌子生硬，硌得我手心发痛，我道："咱们的东西不多，你收拾下，咱们明日就回去。"

浣碧担心道："可小姐的身子撑得住么？"

我颔首："去告诉温大人，若王爷问起，就说我身子已经好了，不必再留于清凉台休养了。再向他要几服提神的药给我，明日陪咱们回去。"

浣碧指一指桌上的道："可要打发人送去给王爷么？"

我摆一摆手，口中道："罢了。王爷这两日该是不会来的，特特送去反而刻意了。随它放在桌上吧，王爷回来自会看见的。"心情激荡，兼之一番劳动，我只觉疲惫。浣碧忙扶我睡下，又换了一把安息香焚上，轻柔在我耳边道："小姐好好歇息吧。”

我辗转在柔软的被中，强撑着逐渐昏沉的意识，含糊着向浣碧道：“咱们明日就走吧，这里实实是住不得了。”

次日清早起来，天色阴阴欲雪。采蓝进来时，见我已经梳妆打扮整齐，只静静坐在妆台前。我含笑欠身：“这些日子来烦劳你与采蘋照顾了，当真是费心。如今我与浣碧也该回去了。”

采蓝神色一变，忙笑道：“小姐怎么好端端说起这个来了呢？小姐的身子才稍稍见好些，怎么能舟车劳顿地下山回去呢。真是万万不成的。再说，王爷可晓得么？”

“王爷在王府中有几日耽搁，也不能特特地请他回来道别呀，这样太失了礼数了。”我转头看浣碧，“温大人不是说即刻就来么，怎么还不见人影？”

正说话间，有冷风贯穿而入，回头却见温实初掀了帘子进来。他穿着暗红色的丝绵锦袍，一进来便道：“外头像要下雪的样子了，赶紧走吧。”说着抖开怀中一个包袱，取出一件铁锈红羽纱面石青刻丝灰鼠里的披风，兜头兜脸把我裹了起来。他笑吟吟看着我道：“这样铁锈红的颜色穿起来，倒有几分像昭君了。”

浣碧微微皱眉不悦，道：“铁锈红的颜色哪里像昭君了，昭君出塞可是大红披风的。”

我一言不发，也懒怠说话。我其实最不喜欢铁锈红色，可是温实初总是赞这个颜色沉稳大方，压得住场面。仿佛后来我在玄清送来的画卷上常常看到，眉庄也喜欢穿铁锈红了，只是眉庄穿铁锈红颜色的衣裳，倒真真是沉稳大方，端庄而不失丽色，却比我好看多了。

车外风雪欲来，我与浣碧一同坐在车中，只觉得寒意侵人。阴晦天色之中，我偶然挑起帘子，回望清凉台如斯美景，心中空落，以后终究是无缘再见了。

譬如有些东西，还是仰望更让人容易接受些。

我所不能承受的，能避开的，都一应避开了吧。

第五章 丁香结

我的匆促离开，玄清必然是晓得的。然而，他没有来寻我。我感谢他这样的懂得，因为这懂得，哪怕我选择与他保持距离，亦能获得稍稍的平静。

归去时，凌云峰的禅房也被槿汐收拾得整齐妥帖，庭前栽花植树，欣喜迎接病愈归来的我。日子便过得这样波澜不惊。精神稍稍好些的时候，我把从清凉台收集来的夕颜花的种子细心播入泥土，眼看着它们抽出浅绿鹅黄的芽丝。

温实初也常常来看我。他的手搭在我的脉搏上，温和道："你的身体已经好多了。只是嬛妹妹，我总觉得从清凉台回来后，你一直郁郁寡欢。不过，离开了清凉台，于你来说，也是一件好事。"

"好事？"

"不错。"温实初的目光有一丝我难解的复杂，"我总觉得，清河王是一种危险，让人易受蛊惑。你还是不要和他接近为好。"

"蛊惑？"我淡然而笑，"你是担心我被他蛊惑么？"

"不不不。"他摆手，"我只是为你着想而已，并不是那样的意思。"

我慵懒地伏在桌上，手指轻轻抚摩着瓶中供着的一枝桃花，淡淡道："无论你是什么意思，我都不会在意。"

桃花开得夭浓多姿，我忽然觉得厌倦，红艳的花朵，如何抵得上绿梅的清雅怡人呢。

这样想着，任由桃花开桃花落，这一年的春天，就这样过去了。

暮春中某一日，已是落花纷纷，余香坠地的时节。这一日我心情不错，又想起“长相思”的琴弦损坏后一直放在舒贵太妃处修整已快一年，算算时间，想来也该修好了，于是便起身去看望在安栖观中修行的舒贵太妃。

却不想推门进去，迎面看见的却是玄清，正负手立在舒贵太妃身边，兴致盎然地说着什么。他的身影这样猝不及防地闪进我的眼帘，有一瞬间屏住了呼吸，我与他，已经三个月不曾见了啊。

这么想着，脚步便停滞了。正想悄然退去，然而积云却看见了我，笑吟吟迎上前来道：“娘子好久没来了呢。”

玄清闻声转头看我，唇边已蕴上了如碧海晴空一般的阔朗微笑，朝我颔首示意。心底无声地想着，一别三月，他竟然清癯了不少呢。

我不好再退，于是亦迎上去，向舒贵太妃福了一福，方回首向他一笑。

太妃招手向我笑道：“今天天气好，你也难得愿意出来走走。”这样闲聊几句，三人并立于后庭，闲看庭中落花委地无声于菁菁漫漫的芳草之上。

良久，太妃笑道：“好久没有这样安安静静赏赏落花了。”她含笑拈了一朵落花在手，“这样落花时节，听着花落无声，倒想听一听琴呢。”她说着唤积云去内堂，向我道，“上次损坏了的琴弦已经修好了，你也正好试试称不称手。”

玄清笑道：“正好。儿子随身携带着‘长相守’，可以与娘子同奏一曲。”他坦然向我道，“昔年与娘子合奏《长相思》之事，清时时记得，娘子琴技甚好。”

我向太妃谦道：“‘长相思’的旧主人在此，我怎么敢夸口自己的琴技呢，当真是班门弄斧了。至于与王爷合奏一事，也是多年前的事了，王爷不说，我都几乎忘了。”

玄清的目光微微一黯，太妃只温婉道：“先帝去世之后，我也再不碰‘长相思’。这合奏之音，再也不曾听闻过了。甄娘子，请全一全我这个未亡人的心愿吧。有生之年，我很想再听一听‘长相思’与‘长相守’齐发齐奏的妙音。”

她琥珀色的眸中已盈然可见泪光，我再不忍拒绝，于是道：“好。”

玄清注目于我，和言询问：“奏什么好呢？”

我微一凝神，袅袅浮上心头的却是那一日，我在棠梨宫中弹琴疏解心事，那半阕无力继续的《长相思》，却是他在遥遥的偏殿外应接了下去，于是脱口而出："《长相思》吧。"

不料话一出口，他也是兴冲冲说出这样一句："《长相思》可好？"

舒贵太妃莞尔而笑："你们俩的心意倒是相通啊。"

我微微脸红，颇觉得有些不自在，忙笑着道："只因琴名'长相思'，是而我与王爷想到了此处。"

舒贵太妃笑道："就这一首好了。"

我调弦试音，缓缓舒袖拨了起来。同一瞬，他的笛声亦悠悠轻扬而起，清旷如幽泉一缕，脉脉沁入人的心房。

我最初的不自在在那一瞬间被他的笛声无声无息地安抚了下去。舒贵太妃侧耳倾听，似是十分入神。我弹完一阕，听得他的笛声并无停滞歇微之意，微一转头，却见他扬眸向我浅浅一笑。我一凝神，转瞬已经懂得，曲调又随着他的笛音转了上去，从头再来一次。

一曲终了，只觉得心头舒畅，什么心事也随着曲声倾倒尽了。

舒贵太妃含笑如迎风花蕊，颔首道："自先帝去世后，很久没有再听到'长相思'与'长相守'合奏的声音了。"太妃含情望向一双琴笛，爱怜地轻轻抚摩过琴身，似沉浸在美好回忆之中，笑容如花雪堆树、清月明光，"今日再闻琴笛合奏，很有当日我与先帝合奏的情味了。"

舒贵太妃说者无心，我听在耳中，心下如琴弦五丝，被谁的手用力一拨，铮铮地乱了起来。我不由自主地转首过去，正好遇上玄清的目光，不觉五内灼热，面红耳赤起来。

偏偏积云又道："太妃说得是呢。别的琴笛便也罢了，咱们的'长相思'与'长相守'却不一样，非要考较弹奏者的功力与技巧，光有功力与技巧还不够，还要合奏时心有灵犀，彼此知晓。更要紧的是，要有情致在里头，要不然，哪里有相思、相守的韵味。"

我心头一紧，脸上却若无其事笑道："我只和王爷合奏过一次，要说彼此知晓还说得过去，若说情致韵味，那可真真是贻笑大方了。平白叫太妃笑话。"

舒贵太妃缓缓斟了一盅茶递到我手里，淡淡笑道："话说回来，合奏最考较的是彼此的默契，若失了默契，只怕技艺再高超，终究也是枉然。总之今日得以再闻'长相思'与'长相守'二者和鸣之声，我亦无所遗憾了。"

如此谈笑一番，便也散了。玄清也向太妃告辞，送我下山去。

山路弯弯，风中隐隐闻得一丁点儿马脖子上铃铛的丁零之声，远远的，像是谁唱着一首叫人愉快的歌曲。马蹄踏在山野落花之上，亦有甘甜芬芳的汁液漫香满路。我与他隔着一拳的距离默默并行，谁也不说一句。

山路口有大株的野芭蕉生长，明晃晃的阳光似瀑布飞洒下来，本就翠绿的颜色愈加浓翠盈盈，直要淌下来一般。路边零零落落地开着几枝丁香花，淡紫或浅蓝的颜色，纤细柔和。

我见玄清含笑注目在芭蕉与丁香之上，不由得也笑道："芭蕉不展丁香结，同向春风各自愁。[1]王爷可在笑这个？"

他眸中含着清亮的笑意："不知该夸娘子聪慧呢还是说娘子可怕？"

"那么王爷的意思是说我侥幸猜对了。"

玄清伸手拈起一朵紫色丁香轻嗅不已："清正是想起这一句才笑。眼前虽然丁香与芭蕉同在，可是此刻清与娘子皆是心情舒畅，未见离愁相思，这句话实实是不应景了。"

我笑着指向怀中所抱的"长相思"："有此物在此，也算不得不应景。这琴本就是叫'长相思'的。"我看着他手指间的一朵丁香，轻轻道，"它很漂亮呢。"

玄清看花的眼神是怜惜的，回首向我清颐而笑："的确很美，然而清并不打算赠予娘子。"

我笑言："虽然我并不打算要，可是还是很想问问为什么。"

玄清的目光从丁香移到我的脸庞，道："丁香是相思甚苦的花朵，清不希望娘子如是。"

"我是修行之人，自然不会沾染相思，王爷多虑了。"我想起方才之事，目光定定落在他腰间，道："'长相守'是贵重之物，王爷总这样携带在身么？"

"没有。"他摇头道，"只是每次来这边才会带上。"

我隐约猜到他话中的深意，不觉有些害怕，忙忙道："王爷对太妃果然深有孝心。"

玄清的目光似漫天满地洒落的阳光，叫人笼罩其间无处可逃，他认真道："是因为'长相思'在你这里。我是'长相守'的主人，来寻'长相思'的主人。"

[1] 出自唐代李商隐《代赠》。原诗是一首七绝，写思妇之离愁。这两句是说，芭蕉的蕉心没有展开，就像丁香的花蕾一样含苞不放，同是春风吹拂，而二人异地同心，都在为不得与对方相会而愁苦。比喻愁思郁结。

我抱住“长相思”的手心冒出潮湿的汗珠，扣在琴身之上有胶凝的质感。我讪讪道：“王爷真会玩笑。”

他无奈地看着我，良久道：“你知道我不是与你玩笑。”

我硬一硬心肠，骤然抬头盯着他，冷然道：“可是我只能当王爷是玩笑。”

他并不逼视我，只淡淡凝眸于我，道：“自你在清凉台留了一张纸不告而别，我怕你伤心为难，忍耐着不去寻你。可是你晓得我心里有多难过。芭蕉不展丁香结，同向春风各自愁。我不晓得你是否与我一样。可是于我而言，因你那一句‘感郎千金意，惭无倾城色’，这年春天怕是我有生以来最难挨的春天了。”

“我从前是宫中的宠妃，那么今生今世哪怕被逐出宫墙亦脱离不了宫廷的影子。”我的眼角生生有酸涩的泪意漫出，我死死忍住，“人非草木，只是莫愁是从宫里出来的残躯，实在不愿和皇室贵胄再有沾染，纠缠不清。”

“因为你曾经是他的妃子，而我也出身宫廷，所以，你不能接受我。”他看着我，眼中无限痛惜与怜爱，“我只问你一句，昔年在宫里，可曾有一日过得平安喜乐？”

平安喜乐？我心中骤然一痛。每一日，每一刻，哪怕有着玄凌浩大而隆重的宠爱，我过着的哪一日，不是刀锋噬血，如履薄冰？

平安喜乐，那是想也不敢想的。

我只求我能活着，活得好一些。

他怔怔道：“我遇见你的每一次，你何曾真心开怀过。连哭，也要极力忍耐着。”

那么多年的苦，那么多年的争斗，我的伤心和失落，只有他真真切切地目睹过，抚慰过。

我心意灰凉，唏嘘道：“即便没有宫里那段日子，过去和如今，到底也不一样了……”

他打断我的话：“过去，你是甄家的千金小姐，容颜如玉；如今，你是我皇兄逐出宫闱带发修行的女子。可是无论过去还是现在，撇开在宫里那段日子，你都是自由之身，可以去和任何人在一起。从前和现在，一切并没有不同。不同的，只是你的心。”他的话泠泠如水滴石穿，一记一记敲在我心上，“从前我认识的那个骄傲勇敢、无所畏惧的甄嬛哪里去了？”

“哪里去了？”我低低自问，亦像是问他，心里的种种委屈和痛苦终于喷薄而出，“她死了，那样的甄嬛早已经在家破人亡的那时候就死了！现在活着的这个，叫莫愁，是甄嬛留下的一副躯壳，再不是你认识的那个甄嬛了！”

我一字一字把积在心里太久的话掷地吐出，忽然有一瞬间空洞和软弱，踉跄几步，抵在石壁上，大口喘息。

他的笑容，在凄楚中绽放出一点点的欢喜，那欢喜看起来像溺水人的稻草，他说：“你方才说人非草木，那么孰能无情，你心里也是有一点点喜欢我的，是不是？就如那一天，你会叫我的名字。”

我拼命摇头，摇得自己也头晕了，仿佛只有这样，才能肯定自己的言语：“王爷误会了。因为多年来王爷对我种种照拂，人非草木，我自然明白王爷对我的心意。可是明白归明白，我对王爷，却只能是当个知己。若因为那日我冒失叫了王爷的名字叫王爷误会，那么是我的过失。”

他的热情像烛火一般一分一分地消减下去。我抵在石壁上，硬声道：“王爷曾说，有女如云，匪我思存。沛国公家的小姐虽然德行出众、娇美无俦，你却偏偏不喜欢。那么今日恕我冒犯说一句，有女如云，匪我思存。这句话当真是十分好，而我对王爷的心思也是一样。王爷虽然贵为天家之子，天潢贵胄、近宗亲王，文才武略俱是凌于众人，可是我甄嬛……”我硬一硬心肠，冷然道，“可是我甄嬛，却也偏偏不喜欢。”

他的呼吸急促着，渐渐沉重起来，那一呼一吸间的沉重与滞缓，绝望地冲击在我的心间。他的眼神仿佛受了伤的兽，冰凉地绝望着。

我多么害怕看他，多么害怕。我用力别转头不去看他，可是他这样的眼神，幕天席地，我如何逃得开。我被他这样的眼神望着，一种难以言喻的空虚汩汩涌上来，仿佛整颗心都被掏得空空的，再也无法填满。我的手指微微战栗着，我怕被他瞧见，牢牢藏在身后，用力蜷缩成一团。

他的神色渐渐冷寂了下来。良久，他把丁香别在自己衣襟之上，苦笑道：“你这般说，那么这朵相思甚苦的丁香，看来便要属于我了。”

我狠狠心说完，踉跄奔出，却不觉也是清泪漫盈于睫了。

第六章
沉心如醉

玄清果然是不来了，也再没有见面。那一日他绝望的眼神总是浮现在眼前时，我是这样心疼而不忍卒睹，不愿去想，也不愿去看，于是只好沉静着，终日跪在香案前数着佛珠诵读着经文，以此来让自己心志安宁。

身后，浣碧与槿汐凝望我时的叹息，却是日复一日地沉重了。

温实初面对我苍白的脸色时，几乎心疼得要落泪，再度来时，手里却多了一只鸟笼。他兴致勃勃道："我买了几只画眉，听它们叫着挺好听的，给妹妹玩吧。"

那画眉许是温实初着意挑选过的，都活泼得紧，一味叽叽喳喳地爱叫，倒也添了不少热闹。

这一晚睡得熟，睡梦迷离中隐约听得有什么锐利的东西"咔咔"抓着窗棂，窗口悬挂着的鸟笼里，几只画眉叽喳闹成一团，啼声尖锐而刺耳。我模糊地想着："这鸟怎么那么爱闹呢。"

"刺啦"一声，是窗上棉纸被撕破的声音，我来不及点上蜡烛，借着月光别过头去看，却见窗上豁然撕了一个大口子，画眉在笼子里喧嚣乱叫。一双碧油油的眼睛在毛茸茸的硕大脑袋上格外幽深可怖，"喵——"的一声向我扑来，它壮硕的身体猛扑过来时有凌厉的腥风。我本能地伸手去挡，几乎是在同时，我尖锐地惊叫起来："猫！有猫！"

夹杂着风声，混乱的脚步声，是浣碧的身子，抱住被子紧紧兜到我身上，尖叫道："槿汐，你快把猫赶出去，小姐见不得的，见不得的！"

我害怕得发抖，仿佛还是小时候，去范侍郎家做客，范家公子才七八岁，却淘气得紧，手里抱着一只猫儿，趁我不注意，兜头塞进了我的锦袄里。猫儿钻在里头找不到出来的方向，死命乱抓着狂叫，棉絮被抓了出来，雪白地飞舞着，我的身子被抓得生疼。我声嘶力竭地大哭，我永远不能忘记，它从我怀中跃出跳上肩头的感觉。它带着臊气的毛毛的尾巴扫过我的下巴，那双诡异的深绿色的眼睛狠狠地瞪着我，让年幼的我，完全失去抵抗。

我因此大病了一场，身上的抓伤好了，也没有留下痕迹，却再也见不得猫，只要稍稍靠近，就会吓得尖叫不已。而如今，在陌生的深夜里，这样骤然出现的大猫，几乎吓得我魂飞魄散。

我被浣碧裹在被子里，耳中却听到连浣碧也惊恐的声音："这猫怎么这样大！"槿汐手里的棍子一下一下仿佛都是打了空，敲在墙壁上。仿佛还不是一只猫，有好几只，在屋子里窜来窜去，混乱而凶猛地叫着。

"砰"的一声，门仿佛被谁踢开了，是猫惊恐的叫声，凄厉的惨叫，浣碧的惊呼，槿汐的安慰。有一个人冲过来紧紧抱住我，拍着被子，柔声道："没事了，没事了。"

我惊魂未定地掀开被子，抬眼却是玄清温柔而心疼的脸，我的软弱和害怕在一瞬间无可抑制，抓住他的手臂，伏在他怀里低声地啜泣起来。

他拍着我的背，安慰道："没事了，是闯进来要夺食的狸猫。"

我别过头看了一眼，地上横七竖八倒着几只身形硕大的灰猫，比一般的猫大了许多。鸟笼被扑在地上砸碎了，几只画眉的肚肠都被撕了出来，鲜血狼藉。我只看了一眼，吓得身子一缩。玄清道："别怕别怕，已经死了，没事了。"他蹙眉道，"这是山里，怎么可以养鸟呢。山里虽然没有猛兽，可是狸猫却有，这些狸猫常常一起出入，最爱以鸟为食，性子凶猛，又善夜行，体形壮大也敢伤人的。多半是听到了鸟叫被引进来捕食的，幸好没有伤到人。"

浣碧期期艾艾道："我们不晓得有狸猫，都是温大人，好不好的送什么画眉来。"

槿汐松一口气："还好王爷来得及时。说起来真是温大人好心办坏事了。"说着找了大布袋，把猫尸和画眉一同装了进去扔掉，又和浣碧一同清洗屋子。

浣碧和槿汐都在，我大觉不好意思，忙理了理头发坐起，疑惑道："今晚幸亏有你，只是怎么会这么晚了还在附近呢？"

玄清眉目间微有担忧之色："你不愿见我，我只能偷偷来瞧你了。这一个多月来，你都是快二更天才睡的，难怪脸色这样难看。"

我一怔，道："我竟都不知道。"

他笑一笑，有难言的苦涩："我若存心不想让你发现我，你又怎么能察觉我在外头呢。"

我愕然："那么，我从清凉台不告而别之后，你是否也常常如此。"

他低首不语，然而那神情，已经是昭然若揭。我的心口突突地跳着，他形容颇有些憔悴，眼下有一片小小的乌青，哪里还是从前那个疏狂清朗、温润如玉的翩翩少年。我低低叹道："你这又是何苦呢？"

他直一直身子，淡淡笑道："我不苦。只是想见你睡下了才走。"

他的衣衫上有夜露深重的痕迹，我轻声道："既然是我睡下了你就走了，怎么今日还在这里？"

他低叹一声："你何苦要这么聪明，就当我是贪看月色好了。"他歉然道，"今日是我不好，贪睡打了个盹儿，才叫你受惊了。你养的画眉，我一时也没想到会招来狸猫。"

我心中一动，却只能无言以对，半晌，凄然道："你是千金之体，何苦这样为难自己呢。"

他苦笑，神情益发憔悴，道："比起你那一日的话，能在窗外看看你屋子里的光，已是我最大的安慰了。"

我内心怔忡不已，仿佛有浪潮一重又一重地冲刷上来，静默片刻，推一推他的手臂，轻声道："我没有事了。王爷也请回去睡吧，都三更天了。"

他的目光清澈如一潭清泉，这样盯着我，我几乎连心跳都偷偷地漏了一拍，竟不能回避，只是静静地回视着他。

良久，他起身道："你好好睡吧，别想着今晚的事了。"

我温顺点头："好。"

他正要伸手为我掖一掖被角，我忙拦道："我自己来吧。"

他涩涩一笑，如秋风中摇曳不定的芦花："上次这样为你掖被子，还是在清凉台。"他停一停，目光中有一丝祈求，"很久没有这般做了，就让我再帮你掖一次被子吧。下次，恐怕也没有下次了。"

我心中骤然一酸，不忍再拒绝，任由他帮我掖好被角，抵在我下巴下，道：“夜里别着了凉，你的脸色这样差。”

我点一点头，见他眼中眷恋不已，再也不忍去看，转头闭上了眼睛。

我的梦魇从这一日后开始严重。浣碧和槿汐的陪伴也无济于事，狸猫的血腥和幼年的惊惶让我整夜整夜地无法安睡。

而笛声，是在这一刻响起的。脉脉一线，不绝如缕。即便不侧耳细听，也知道是“长相守”的笛音。清亮圆润的笛声被夜风送来，清晰入耳。我拥被而坐，顿觉心中的恐惧和不安都沉淀下去，只剩下这一刻的笛声，仿若山间静谧处的一泓清流，直流到心坎里去。

浣碧起身打开窗子，低声道：“是王爷在吹笛子呢。”她的身影被浸润在月色里，轻声道，“今晚，王爷不知道又要吹笛到几更呢。”

我倚靠在墙壁上，但见月色溶溶如梨花，遥想他在月下吹笛的身影，静默良久，终于无声地落下泪来。

这一晚，依旧是在玄清悠悠扬扬的笛声中入睡的。惊醒我的，不是梦魇，而是窗外突然而至的暴雨。

暴雨惊雷，带着水汽的风阵阵袭来，从半开的窗扇间卷入。槿汐惊醒过来，忙关上了窗子扣好。见我只是和衣而坐，便静默在我身旁坐下。

烛火摇曳不定，一场滂沱的雨沉沉挥落在天地间。雷声雨声之中，隐隐听得那一缕笛声悠悠不绝如缕。

心口像被谁狠狠抽了一把，只一心期盼着，那笛音快停了吧，快停了吧。

槿汐叹一口气：“真是可怜，外头那么大的雨，可是要淋坏人的。”

“那么大的雨……”我呢喃着，心中悚然惊起，更是担忧不已。

槿汐的目光犹如窗外一束强烈的闪电，把自己照成了个水晶透明人。她肃然中带着温和关爱，道：“有句话奴婢一直不敢说，如今看娘子的情状，倒是到了不得不说的时候。娘子，过去的事已经过去了。娘子这般憔悴，是折磨了自己也是折磨了王爷。奴婢这么多年看在眼里，王爷情深义重，是一个可以托付的人。”

有轰然的雷滚过深重黑暗的天际，轰得耳根发麻。笛声依旧悠悠，我心里也仿佛滚着惊雷一般。

暴雨如注，槿汐见我只是默默出神，于是微笑道："从前在宫里时奴婢也爱听戏，有一曲《思凡》听得最熟，有句唱词是奴婢最喜欢的，便是'火烧眉毛，且顾眼下'。"

仿佛有蓝紫色的闪电明亮划过天际，心头骤然分明。我心头大震，只反反复复想着"火烧眉毛，且顾眼下。火烧眉毛，且顾眼下"。

我倏地站起身，疾步向外奔出。浣碧不知何时起身了，急忙唤我道："小姐，伞呢？"

我回眸灿烂一笑："不用了。"拾裙急急奔出。

身后，仿佛是浣碧在向槿汐落寞地叹息："小姐，终于出去了。"

大雨哗哗如注，仿佛鞭子抽在身上，一记又一记，微微地疼。身上的衣衫全湿透了，粘腻在肌肤上。雨水迷蒙了我的眼睛，打散了我的头发，风雨阻绊着我的脚步，焦雷轰断了树顶的枝条。我浑不在意，也不觉得累。这么多年，无论是在深宫梨花如雪的重重回廊，还是在禅房怀抱香烟缭绕的经文佛珠，我的心里，从来没有一刻像现在这样畅快自在过。

我奔跑着，像重新安上了羽翼的飞鸟，寻觅着他的笛声，飞奔而去。他在的地方，就是我的方向。

夜雨惊雷，他站在岩边，一袭白衣萧萧，恍若自电光中而来，含笛于唇边，缓缓吹奏，清粹冷冽如白露含光。

我的眼泪，在一瞬间灼热涌出眼眶。狂奔数步，扑到他怀里。

雨水自他的脸上滑落。他怀抱着我，几乎不能相信，喃喃道："嬛儿……是你么？"

我用力点头，紧紧揽住他的脖子，流泪笑道："是我。我来了。"

他似乎不相信一般，用力盯着我看了又看。突然，他一把扯下自己的外裳，披在我身上，气结道："你疯了！下着那么大的雨，你还跑出来。自己的身子不要了么！"

我咬着下唇，瞪着他呜咽道："明明是你，这么大的雨，疯了一样在这里吹笛子。"

他把我的头抵在他的胸口，叹息着道："你最怕打雷闪电了。"

他的心跳沉沉入耳，隔着湿透的衣裳，他的温度暖洋洋传到我身上。

心中有无数的柔情蜜意，我伏在他胸口，低低道："只要你在，我就不怕了。”

他仿佛没有听清，怔怔道：“什么？”

雨水腾起无数细白的水汽，却模糊不了他的容颜。我的心意在那一刹那坚定如岩间老松。此生良苦如斯，却终有什么是始终没有放弃，始终都在追寻的。

我仰起头，定定望着他，一字一字道：“清，只要你在，我便不再害怕。所以，我一直要你在。”

夜色浓稠如汁，哗哗的雨声激在万千树叶草木之上，冲出湿冷清新的草木清馨。他望着我，眼眸中牢牢固定住我的身影，仿佛有滟滟无尽的刻骨柔情在流转生波，连我的身影亦被映照得流光宛转了。他的脸上有无尽的喜悦，他紧紧拥抱住我，那么紧，仿佛连骨头也隐隐作痛。我恍若在梦境之中，唯有那痛，叫我觉得他的拥抱如此真实、如此欢欣甜蜜。他欣喜若狂，沉沉道：“只要你愿意，我便永远在你身边，不离不弃。”

他的目光这样温暖而坚定，带着得到梦寐已久的幸福与希望的光晕，透过交织的雨水与泪水，与我执手相看情深，只觉得总也看不够一般。原来心与心的距离，可以如此贴近，也可以遥迢如彼岸。由此及至彼，只要跨出这一步就可以。

他冰凉的唇贴在我的额头上：“嬛儿，若你还不对我说，还躲着我，只怕我就要疯了。”

我微微愕然，含羞道：“难道我要对你说的你都晓得么？”

他整个人熠熠如明珠生辉，在暗夜里散发出一种温润夺目的光彩来，笑道：“傻子，你当我这样傻么，你喜欢我，难道我瞧不出来么。别说是我，只怕是槿汐和浣碧都瞧出来了。我只是心疼你，这样忍耐着折磨自己。”

我唏嘘：“清。我心里，总有许多的不能和不敢。”

他的嘴唇，有细腻而饱满的纹路，他轻轻道：“嬛儿，是什么时候，你对我有了这样的心意？”

我摇头，老老实实道：“我不晓得。”我凝神细想，“或许是在清凉台，或许是在长河边。或许……更早，是我当年小产之后，在你用笛声引我出棠梨宫为我开解心事的时候。”我叹息，“清，我并不晓得是什么时候，因为一直以来，在我最需要的时候，总是你伸手拉住我，不让我倒下。”

他摇头，眸光中有无数神采流转：“不重要，都不重要了。要紧的是，你现在在我怀里，对我说这样的话。嬛儿，我盼了多少年！”

雨渐渐停了，偶尔从树枝上疏疏滑落一滴，清凉地流到脖子里。他的十指与我的十指牢牢交握，仿佛无尽欢悦和懂得的感激都被握在这双手心中了。

东方的天色逐渐明亮起来，晨光有浅蓝的柔和色调，带着露水的潮湿。他的语言字字在耳边，轻缓如暮春四月的风贯入耳中："我在你心中，是怎样呢？"

我想一想，满心的情意都化作十六个字："积石如玉，列松如翠。郎艳独绝，世无其二。[1]你在我心里便是'世无其二'。"

他的额头抵着我的额头，轻轻笑道："这是古词里赞美男神的，我并没有这样好。"

我笑而不语，只问他："那么我呢，在你心中又是怎样？"

他略略思量，答得郑重而坚定："在我心目之中，你便是我的天地人间。"

我来不及细细品味话中深意，眼泪已经滚滚落了下来，心上有蓬勃的喜悦轰然开放，就如春日里一树一树花树在我眼前勃然开放，开出无数圣洁雪白的花朵，如鸽子洁白的羽翼，凌然在世间尘烟之上，绝尘而出。更如明光晓映，皓月当空，于无底无尽的黑暗之中骤然照耀在我心上，那种光明皎洁，几乎叫人不敢逼视。

"天地人间？"我喃喃自语，几乎不敢置信。

他的语气肯定如山顶悬崖置放千年的磐石："是。得到你，便是得到全部。若你不在，这一切繁华锦绣，于我也不过是万念俱空而已。"他的声音忽然有些凝滞，"嬛儿，因为你在，从前无论我失去多少，亦都觉得值得了。"

我低声抽泣，摇头道："我是当今皇帝的废妃，我身在佛门之中，是罪臣之女，还生育过女儿。而你，有无数名门闺秀可以选择，有锦绣灿烂的前程，实在不需要和我这样的残躯败体在一起……"

他的手掌是温暖的，紧紧覆盖在我的唇上堵住了我下面的话，他用力抱住我："在我心中，你就是最好的。嬛儿，你要相信。"

我点头："如你方才所说，你在我心中，亦是最好的。"他的微笑徐徐绽放开来，我的泪水融进他的衣衫之中，仿佛开了一朵又一朵明媚的小花，这样鲜活明媚地绽放开来。

他的怀抱辽阔而温暖，像碧蓝宁和的阔远天空，我被他拥在怀中，仿佛一直

---

[1] 积石如玉，列松如翠。郎艳独绝，世无其二：出自流传于民间的南朝民歌《吴歌》中神弦歌十一曲之一，神弦歌大都为江南一带民间祀神歌，曲中所述之神灵，体态优雅，风姿绰约，富于浪漫主义温情，和《楚辞·九歌》相似。神弦歌具有人神恋爱的特色。这一曲名《白石郎曲》，是赞叹男神的美貌高贵的。

在巢穴中仰望天空的鸟儿终于展翅飞到了渴慕已久的天空之中，只觉得重重心事都放了下来，重重喜悦如浮云海浪涌上身来，身心俱是松弛祥和，柔软了下来。

我低声道："清，也是因为有你，无论从前身受多少艰难委屈，我都可以不再怨恨了。"

黎明已至，天光畅亮。天边朝霞灿若云锦，我从没有发现，连朝霞也可以美到如此让人叹慕的境地。

和清在一起的每一天，我都是快乐而充实的。然而每一天，我又都在矛盾和挣扎之中入睡，想着我和清，似乎是没有未来的。此刻所有的一切，是如槿汐所说的"火烧眉毛，且顾眼下"，也是"拼将一生休，尽君一日欢"的热烈与无望。尤其当芳若来看望我时，告诉我任何与我的过去息息相关的宫廷的事。我一次次惊觉，我的身体发肤，都是被深深烙着过去的印子的。

我不晓得我该怎样挣脱自己的身份，他该怎样挣脱自己的身份。这样可恼的身份，让我尴尬而羞耻。

可是每一日醒来，看见微薄的晨曦从窗棂的格子里细细地筛进来，想到这一天里，我也许又可以看见他，整个人，便浸淫在巨大的喜悦和甜蜜里。

有时候，我情愿自己是一个无知的女子，没有道德，没有廉耻，没有是非观，甚至……没有记忆。这样，我便不会痛苦，不会难过。

如果可以，我情愿拿我自己现在所有的一切去换和清在一起的相知相许的快乐。

我情愿。

这一日，我几乎是与他在山间漫步同行。

其时日落西山，余晖如金，最后一缕金色的霞光笼在他身上，他转过身来看我，他的脸在逆光里看不清楚，他缓缓向我伸出手："山路难行，我牵着你吧。"

他的身子在霞光下如同天神一样皓洁庄严，山风如梭，他宽大的袍袖被风吹得微微鼓胀，飘扬若三尺碧水。

只觉得心中怦地一跳，四面暮色，无限温软的夏日微风，静得如能听见自己的呼吸。我犹疑伸不出手去，暗暗交握着，手心细密沁出汗来。

隐隐有歌声从山下长河传来，渐渐听得清了，原来又是阿奴在歌唱，唱的正是她一直在唱的那首山歌："小妹子待情郎呀——恩情深，你莫负了妹子——一段情，你见了她面时——要待她好，你不见她面时——天天要十七八遍挂在心！"

那歌仿佛是刻在我心上，这时候听到不由得心神激荡，一时间说不出话来。

他的目光一清如水，那么澄净，声音柔和若四月的暖风，轻轻道，"你听。"

我低声答道："听见了。"

他的手伸得更前些，几乎要碰到我的袍袖。他离我那样近，他说："我待你也是一样的心思。"他见我不语，容色微微黯然，"那一日你写给我的《碧玉歌》——感郎千金意，惭无倾城色。翻过整本《乐府》，我从来没有这样害怕这一句话。"

我仰起脸看他，灰白的佛衣下徐徐伸出素白的纤手，素食久了，双手那样苍白，细薄得透出微蓝细弱的血脉，流转反映着霞光滟滟。

我直视着他，微笑如花绽放在颊上："这回换我来说，我要说的是——既见君子，云胡不喜。"

他紧紧握住我的手，脸上露出那样温润如玉的温柔与惊喜的神色，在渐渐阴暗的天色下明亮得如同夏天最最明媚灿烂的阳光。

他的手那样热、那样大，显得我的手小得不盈一握。

他洁净温暖的气息盈在身边，我突然向前一倾，脸就埋入他襟前。他紧紧搂着我，我的发摩挲着他的下巴，他在耳畔说："我们一起走。"

心似被什么东西撞了一下，隐隐作痛，鼻中也酸楚。

其实我不知道我们可以走到哪里去。我是皇帝下旨逐出宫修行的废妃，他是翩然如玉的天潢贵胄近支亲王，如槿汐所说"火烧眉毛，且顾眼下"而已。可是眼下听着他这样郑重其事地说，心里顿觉安慰舒畅。对于邈远的未来，也有了一丝可以依傍的想象。

山风在耳边呼呼作响，零星初绽的凤仙花儿明艳动人，婵娟如烟。他执着我的手一步步往山顶走，走一步回头看我一眼。

他一根根地展开我的手指，将他的每一根手指都放入其间，十指交握。我微微疑惑，只看着他。玄清的话语坚韧而执着，微笑道："这种牵手的姿势叫作'同心扣'，据说这样牵着手走路的男女，即便生死也不会分开。"

仿佛纵身跃入海中，溅起庞大而跳跃的雪白水花，如我此刻欢悦而震荡的心绪。然后一睁眼见到海底珊瑚光华簇簇。如同置身在梦中，却明明伸手就可以触碰得到。

真的是恍如梦中啊！我心下蓦然一动，突发奇想道："清，我总觉得是在做梦一般，你咬我一口或者掐我一下，好不好？叫我知道我并不是在做梦。"

玄清低头吻一吻我的鼻子，轻声笑道："我不舍得。"我忽然觉得自己傻气。怎么这样傻呢，连自己都不好意思了。

我微觉羞涩，低头看见自己足上最简朴不过的芒鞋，踏在厚厚的青苔上，一步一个欢喜。

忽然想起当年盛宠时玄凌曾赐给我一双鞋子。菜玉做底，内衬香料，精绣鸳鸯荷花的金错绣绉蜀锦鞋面，鞋尖上闪耀着合浦明珠。那样奢华而矜贵。

可是，眼下我心中的欢喜与感动，是得获那样的殊宠也抵不过万一的。心里只觉得那样的精美绣鞋的步步生莲，也不及着一双芒鞋与他携手同行的温馨。

他与我一同看过晚霞，抚一抚我的头发，柔声道："陪我去安栖观看母妃吧。"

我怔一怔："我怎么好意思去。"

他牵过我的手，含笑道："母妃一向是喜爱你的。"他见我害羞，"母妃是坦荡的人。嬛儿，你不晓得我有多快活，我都急着想要对母妃说，你的儿子得到了这世上他最想得到的人！"

我笑一笑，纵然妾身未明。我如何能拒绝他这样的欢欣和拳拳心意呢。于是低眉含羞，轻声道："好。"

安栖观依然如昨，而我去见舒贵太妃时的心情却是截然不同了，竟还有一丝难言的紧张。小叩门扉，出来开门的正是积云，见我与玄清一同而至，不由得惊讶道："今日怎么这样巧，王爷和娘子一同来了呢？"

玄清笑而不答，只道："母妃呢？"

积云笑道："太妃才诵经完毕，正喝茶呢。"

时值夏日，安栖观里窗户洞开，因着周遭树木繁密，凉风如玉，十分凉爽。庭院的缸里养着好些莲花，小小巧巧的，倒也十分可爱。

太妃正盘腿坐在凉榻上喝茶，见我们来了，只一味招手笑道："来得正是时候，积云炖了百合汤呢。"说着招呼积云盛了两碗上来。

玄清道："先给母妃行礼吧。"

我盈盈一拜："太妃安好。"玄清未等我起身，亦是一拜到底："给母妃请安。"说罢扶着我，携手而起。

太妃恍然大悟，不由得以手覆额，满面含笑道："好！好！总算在一块儿了。"

我满面红晕："听太妃方才的语气，好像早晓得我与清……"我不好意思，于是停口，只瞪一眼玄清。

太妃笑道："清儿是什么都没和我说。只是那一日你们琴笛合奏十分默契，心有灵犀。真当我老了，什么也瞧不出来么？心有灵犀这回事，本当是情意相通的人才会有。"太妃拉着我的手让我走近，爱怜道，"好孩子，也不早告诉我。"

玄清略略不好意思："此事峰回路转，也是刚刚定下来的，儿子赶紧就带了嬛儿过来给母妃请安了。"

太妃满面欢喜地看着我，继而叹了一口气道："嬛儿，你是个聪明孩子，我打心眼里喜欢得紧。你是命苦的孩子。我的清儿，也是个苦命的孩子。你们两个人要好好在一块儿，也是受了不少磨难的。并且，只怕以后的路也不是一帆风顺。"

玄清看我一眼，道："母妃……"

太妃正色道："你听我先说。"又向我道："从前的路你们算是熬过来了，守得云开见月明，我心里安慰得紧。但是以后的路，既然你们一块儿走了，就要好好走下去。或许这条路比从前的路还要难，但我相信，事在人为，只要你们两人心在一处。你们好好记着我这一句吧。"

太妃的话句句入情入理，我与玄清一道深深拜下。

太妃慨叹着道："我今日真是高兴得很，'长相思'和'长相守'又成了一对儿，总算不辜负了。"太妃慈爱地抚着我的手，道："好孩子，两个人真心喜欢彼此是多么难得的事，能坦荡又心甘情愿地爱慕对方更是不容易，好好惜福吧。"

我盈盈施了一礼："太妃的话，嬛儿铭记在心。"

自安栖观出来，玄清神色喜悦，道："如今可放心了么？"

我诧然道："什么？"

玄清认真道："我带你来见母妃，告诉母妃我们的事，是想要你明白，我待你，不是作朝夕露水之情，而是希望执子之手，与子偕老。"

执子之手，与子偕老。是多久以前，我还是闺阁里从茜纱窗内望着蓝天做梦的少女，心下被《诗经》里的这句话深深震动，仿佛打开一扇窗，看见情爱浩瀚里最美的海洋。与我的“愿得一心人，白头不相离”一般执念不已。

如今，我与他，我总以为是没有未来的，却不想，他把我带到他的母亲身边，对我说这样的话。

他握紧我的手放在他的胸口，低沉而坚定：“你要相信我。”

我用力点一点头，伏在他肩上。有他这样的允诺，哪怕前路再渺茫，我也可以有一份坚持的执信了。

这一晚睡前，再无挣扎与矛盾的念想，只安然伏枕而卧。睡足醒来时已是次日午后，夏日的阳光是澄明的金色，隔着青竹细帘渺渺地、一丝一缕地透进来，仿佛柔软的轻纱迤逦在地上，浓一条浅一条。

我懒怠睁开眼睛，整个人仿佛在浮在睡梦里。睡得久了，身上有潮潮的汗意，恍惚有谁在打着扇子，扇来凉风徐徐。

我睁眼，却是槿汐，她笑吟吟道：“娘子一觉醒来，宛若新生。”

宛若新生么？

这样寂寥而清净的山中岁月，我曾经日夜诵读经文，如困兽一般抵抗着内心不堪的记忆与痛楚，连心境亦是晦暗到阴阴欲雨、暗无天日的。然而他的了解与懂得，只因为他的了解和懂得，幽闭的心才能够一线天开，漏进天外无数清明之光。

若没有玄清，或许我就这般沉溺了下去吧，沉溺在记忆和过往带给我的无法挣脱的痛苦和凄凉心境之中，这样无声无息地沉溺到底、萧条到死。

若不是清，若不是清宽大的爱慕和懂得，我也许真要走到那样的一天了。他的爱慕和懂得，他给我的情意，是安抚忧伤、平息仇恨的最好的良药。

我曾经寻寻觅觅一帖良药，治我的心，疗我的情，医我的命。杏花天影里，总以为自己是找到了，满心欢喜迎来的却是冰冷凉薄的倒戈一击。

却原来，过了这样久，我才知道。玄清，他宽容等待着的爱，才是我那一帖良药啊。

错过了那样的时间，错过了那样多的人，隔着红墙碧瓦琉璃翠影的笼罩下的无数刀光剑影、粉黛修罗。我终于找到了他，他也终于等到了我。忘却悲喜，执手相看。

终于，竟也有今天。

浣碧倚靠在门上，远远望着我，含着漠漠的一缕笑，道："人逢喜事精神爽，果然王爷和小姐夙愿以偿，人都欢欢喜喜的。"

其实仔细看去，浣碧的眉眼是与我极像的。就如不仔细去看，玄清与玄凌的背影也是有几分相似的。毕竟，他们是兄弟啊。

偶尔，我在与玄清的日夕情深之中，想到玄凌。如今，玄凌是真真切切地已经远离了我的生活，红尘两隔。撇开玄清，偶尔还带着宫中沉靡的气息而来的，只有芳若。

其实自我迁到凌云峰的禅房独居，芳若已经是很少来了。

那是她最后一次来看我，她的神色从容而有些忧伤："已经快三年了，日子过得真快啊。"她缓缓道，"宫里对娘子放心不下的人已经无暇顾及娘子了，也不会再理会娘子。所以奴婢也无必要再常常来了。"

我吃惊，依依不舍："即便没有她们虎视眈眈，姑姑也可以常常来瞧我的。"

芳若慈爱地道："奴婢从前来，是为太后点醒她们，不要轻举妄动。如今她们的心思已经不在娘子身上了，奴婢再来，只会让娘子太过招眼，反而适得其反了。"

我望着芳若鬓角新生出的白发，想起多年来她对我的种种照顾，心中感念不已："姑姑照顾我多年，实在是辛苦了。今后姑姑再不能来看我了，我有个不情之请，只希望姑姑在宫里能为我多多看顾胧月与眉庄姐姐，我便安心了。"

芳若眼中隐隐含泪，道："娘子放心就是了。"

我伫立门边，望着芳若远去的背影，想她自我入选宫闱之始便对我的种种关爱照拂，心中不由得一酸。而如今，连她也不来了，我与紫奥城的牵连，便又断了一分了。

第七章
秋夕

浮生静寂如斯，常来常往的便只有温实初和玄清了。只是温实初和玄清见面的时候往往岔开，于是二人也不甚照面。玄清每每三五日来一趟，与我笑谈古今，或者下棋和诗，寻一些风雅的乐趣，或者传递来一两句关于眉庄或是胧月的消息。这样一两句，只是这样的片言只语，不会挑动我的伤心，却也抚平了我心底的牵挂与关切。

玄清也对我抱歉，抱歉他往往只能三五日来一回，却不能时时陪伴在我身边。于是让阿晋驯养了一只鸽子给我，笑道："如此，我们就可以飞鸽传书，互通往来了。即便不能见面，也能说上一些话。"

我故意打趣他："我可不要，等下还没飞鸽传书几次，先把狸猫给引来了，我可再经不起吓。"

玄清笑着夹我的鼻子，道："你以为鸽子那么傻，会待在鸟笼里等狸猫来吃么？它平时自己会飞会觅食，你要找它来传书信，打个鸽哨就好了。"

有时候也想，为何他会对我的心事把握得这样清楚而恰当，总是这样恰到好处地一点一点化解了我心中的冰冻。

这一日的午后，他与我西窗棋罢，槿汐端上绿豆汤来，我道："喝这个最解暑，方才正午太阳那么大，还跑马过来，真是疯了。"

玄清仰头一气饮下，望着屋外竹影道："你这里是纳凉的好所在，我才特意跑马过来，又寻一碗好汤饮解解暑气。"

恰巧浣碧进来，婉约一笑："外头这样热，王爷等下不论是回王府还是回清凉台，都怕得一身汗呢，不如在这里吃晚饭吧。"

玄清笑着看我："小婢相留，不知主人意下如何呢？"

我扑着一把白绢团扇，笑道："浣碧都开口留你了，我还好意思赶你走么，只要你不嫌咱们这里素菜寡淡就好。"

玄清道："不拘吃什么，随心就好。"

我拂一拂衣裳起身，含笑道："既然如此，今日我便亲自下厨，为王爷做一碗羹汤吧。"

日落西山之时，庭院里瓜架下搁了一张方桌子，我端了一碗米饭并一碗清汤上来，道："王爷请尝一尝吧，这汤要配着白饭吃才不失味道。"

汤色有一点浅浅的碧莹莹，配着莹白的瓷碗，色泽清爽，笋片和香菇丁沉静伏在碗底。玄清笑道："看着很让人食指大动。"他舀了一口，闭目细品，"有荷叶的味道，有松子、香菇的气味，仿佛还有笋。"他好看的眉毛微微轩起，"还有一点清香，很是特殊，不太品得出来。"

我笑道："是你自己清凉台的东西呢，自己却不知道了。是去年在你的清凉台养病时在绿梅上收的雪水。绿梅的气味不似寻常梅花，那股清冽之气愈加脱俗，才配拿了嫩荷叶和松子来熬汤。"

他侧首而笑："有梅花上的雪水，有荷叶、松子，有菇有笋，都是天然清净的东西，难怪味道这样清新。"

我微微含笑："若是俗物，可敢拿来给你品尝么？"

玄清道："如此佳物，有什么名字么？"

我的语气云淡风轻："梅花、松子、香菇和笋都是山间之物，荷花是水中才有，几物并成一碗，有山亦有水，皆是格调清新。"

他"哦"了一声，颇有些揣测道："可是叫'山光水色'？"

我掰着指头道："山水只是末节，可贵的是几物的品格，皆是极有气节风骨的。"我笑道，"便叫'清气长存'。"

他拊掌："你的脑袋里刁钻古怪，连我也自叹弗如。"

我扬一扬眉毛："不过闲来无事在饮食上留心罢了，这也算是刁钻古怪么？"

他神采飞扬："清气长存，仿佛我的名字。"

我拍一拍扇子，掩唇笑道："好没道理的一个人，我做一碗汤，便硬赖着和自己名字相像。可也好意思？"

玄清眼角微微有一小片淡淡的红晕："你若否认，我也只当是真的。"他大笑，"只为这个名字，也实在不该辜负，我要一饮而尽了。"

炎夏的晚风有些闷闷的水汽，扑到我面上时却有润泽的清凉。夕阳如醉，庭院里的夕颜一朵一朵似纤巧纯白的蝴蝶，缓缓吐露令人闻之忘忧的香气。

他吃了两碗饭，风卷残云一般把菜全吃完了。

我见他吃得美味，心头十分欢喜。一股甜香扑鼻，玫瑰的浓香夹杂着酒酿的沉醉气味。连我也被吸引，不禁转头去看，却见浣碧盈盈曼步过来，笑容满面道："我方才下厨做了一碗玫瑰酒酿，当点心吃最好，王爷尝一尝吧。"

却是雪白一碗酒酿，撒了好些玫瑰花瓣丝，嫣红可爱。

我笑道："闻着好香。浣碧下厨的手艺是不错的。"

玄清略略有些为难："我今日实在是吃饱了。且酒酿甜腻，实在是吃不下了。"

浣碧望着桌上吃得精光的盘子，有些失望，道："那么，只尝一口可好？"

她身姿楚楚站立面前，手中的玫瑰酒酿香气扑鼻，中人欲醉，实在是很难拒绝的。玄清笑吟吟道："浣碧的手艺，一看就知道是好的。只是今日实在是吃不下了，不如改日吧。"

浣碧有些懊丧，也有些进退不是，只低声道："那好吧。"

我见他为难，心里也晓得他并不喜欢吃这样甜的东西，然而也不必要为了这个叫浣碧难堪。我略想一想，笑道："方才不是说要去安栖观看望太妃么，趁着天色还早，赶紧去吧。"我急着打发他走，浑然不觉身后的浣碧一脸落寞。

他会意："那么，我过两日再过来。"

我见他走了，看浣碧低头用力擦拭着桌面。她咬着唇道："我本以为王爷闲时喜爱小酌，所以才会做一碗玫瑰酒酿，没想到用错心思了。他方才推诿的时候，一眼也没瞧那碗玫瑰酒酿，可见他是不喜欢吃的。"她伸手把酒酿倒进泔水桶里，面色沉静，丝毫不可惜。

我愕然："他既不吃，你便放着就是，何必倒掉。"

浣碧恍若无事："我是做了给他的，他既不吃，我倒掉就是了，也不打算给别人。小姐和槿汐若喜欢，我重做新的就是。"

我望着她的身影，心底一点疑惑的阴翳，渐渐变得浓重。

此后不久便是七夕，我料想宫中循例都要开宴庆祝，玄清必定是不会来了的。于是便去安栖观看望太妃。积云姑姑见我来了，已是满面含笑，招手道："太妃在内堂念经呢，娘子先来坐坐吧。"她笑吟吟道，"娘子来得真巧，我正要摘了葡萄洗呢，娘子也尝个鲜吧。"

太妃与我一同吃着葡萄，慢慢道："今儿是七夕，清儿还没有来么？哦，今日七夕宫中想必又有欢宴，他是不会来了。"太妃道，"不是我这个做母亲的偏心，这个时候，只怕他身在宴席，心里也是一样想着你的。"

我唇角微微扬起，道："太妃不用劝解，他的心，我自然知道。哪怕一时三刻不在一起，又有什么要紧呢？"

太妃抚一抚我的额头，叹道："你这样明白他的心，就是最好了。"

凉风轻轻拂到面上，和太妃的手一样凉而温柔，吹面只觉舒服。

太妃望着夜空，四周静谧，有喜鹊扑棱着翅膀飞过。太妃的声音柔缓似春水泛波："清这孩子像极了我和他父皇。从前，我是摆夷降臣的女儿，跟着父亲在大周朝廷中存活着本就身份尴尬，后来爹爹又因罪被贬，我又身在罪籍被没入荣德长公主府为婢。后来皇上为了能让我进宫给我一个名分，让我一直在他身边，就叫我认知事平章阮延年阮大人做义父，费尽了多少周折，却也只被允许住在太平行宫。"太妃似沉浸在往事之中，皎洁的脸庞被如乳如烟的月光映照着，似拂上了一层柔软的鲛绡轻纱，无比光润柔和，"因为昭宪太后不满我的出身，于是不许我进紫奥城册封。昭宪太后是先帝的嫡母，先帝的生母昭慧太后去世之后，一直是由昭宪太后亲自抚养先帝长大的，十数年母子之情，先帝自然不好违拗昭宪太后的意思，却也不忍太委屈我，如是才在太平行宫建了桐花台迎接我入宫行册封嘉礼。"

桐花万里路，连朝语不息。桐花台，那是舒贵太妃当年进宫行册封嘉礼的所在，亦是她与先帝可以公开站在世人面前携手同进退的地方。当日先帝立于桐花台之上，亲自吹"长相守"歌《凤凰于飞》，迎接他毕生心爱的女子归来。于一个女子而言，这样盛大的情意，自然是十分美好的回忆。

然而对我而言，桐花台——我的嘴角不自觉地漾起一抹温柔的笑意。

那一夜的夕颜，开得如斯洁白纯净。每每在伤心时，脑海中想起那一夜的言语，亦染上了这样洁净的安宁气息。

太妃见我微笑，不由得问：“嬛儿，你在笑什么？”

我这才惊觉过来，盈盈浅笑道：“我只是想起了从前见过桐花台，所以微笑。”

太妃道：“是啊。桐花台高三丈九尺，皆以上好的洁白玉石铺就，琼楼玉宇，栋梁光华、照耀瑞彩。为了造桐花台，还费了不少能工巧匠的心思呢。先帝还命人在桐花台边缘植嘉木棠棣与梧桐，梧桐——是象征恩爱长久的树木啊。”

我点头道：“是啊。梧桐引得凤凰来，的确是恩爱且贵重的树木。可见先帝对太妃的心思，确实不是一般的兴之所至。”

太妃微微颔首，下颌的弧度柔美如新月，轻轻道：“每年春夏之际，棠棣便会花开若雪，暗香清逸。偶尔亦有开紫色的，更为难得，那种美景仿若漫天扬起紫色的轻雾，花繁秾艳，令人望之心醉。每每这个时候，先帝便会命善歌的侍女在梧桐树下歌唱《棠棣之华》，与我携手漫步其间，共赏花开花落。我进宫多少年，先帝便这样待我多少年。虽然经年之中总有数月先帝要回紫奥城居住，两地分离。而且，太后不喜，皇后不满，诸妃非议，朝臣议论，但先帝待我的情意总是没有改变。”

“我也时时耳闻，当日先帝的废后是太后的亲眷，宫中又有得势的玉厄夫人，甚至先帝为了太妃有封宫之举惩罚嫔妃。”

“先帝待我，其实是非常好的。若在太平行宫居住，他必定不会随意召幸除我之外的任何妃嫔。虽然上至太后，下至朝臣，总对我诸多刁难，可是有先帝一力维护，我总不觉得这宫中岁月辛苦。”

我听她这样说，内心其实是有些害怕的。先帝愈专宠舒贵太妃，其实愈是把她逼到了与众妃敌对的地步。

集宠于一身亦同集怨于一身啊！难怪玄清当日会在桐花台劝诫我“帝王恩宠太盛则如置于炭火其上，亦是十分辛苦”。

这句话，恐怕也是玄清对他母妃所受恩遇的感慨吧。

那么，舒贵太妃虽然嘴上说甘之如饴，其实内心亦是十分痛苦吧。

只是，或许在她心中，只有先帝的情意才是最重要的。

太妃颇有些失落道：“只可惜当今太后不喜欢桐花台，觉得它过于奢靡，如今多年不见，应该也荒废到无人打理了吧。”

我淡淡微笑，劝慰道：“那又如何呢，桐花台无论繁盛或是衰败，在太妃和先帝眼中，永远都是当日情意合欢的桐花台啊。”

舒贵太妃清浅微笑："是啊，在我心中，桐花台永远是我与先帝多年情意的见证。"

太妃笑得十分欢悦，连银灰色的衣袍也仿佛被月光染就了莹润通透的色泽，她的周身就这样如月一般熠熠生辉，晚风带起她的衣角，飘飘若举。舒贵太妃此时已经四十有余，我见她容貌形状宛若当年一般，沐浴在星光月光之中。遥想她初入宫闱，与先帝携手并肩临风站于高台之上，会是何等翩翩若仙的风姿仪态。

我眼见月上中天，时辰也不早了，才起身告辞离去。我正聚精会神走在山路上，忽然身后"啪"的一下，是谁的手拍上了我的肩膀。周遭山影晦暗，怪石嶙峋如兽，我的心一阵狂跳，失声叫了出来——"是谁？"

迎面却是一双带笑的眼睛，这样熟悉而温暖，我的心骤然安定下来，又惊又喜，道："你怎么来了？"

却是阿晋在旁边笑嘻嘻道："本来宫里开宴，我们王爷装着喝醉了，皇上才叫赶快送回府去。结果才入府，见宫里的人走了，这酒也马上醒了，忙忙地就往这里赶。"

天气炎热，他只穿了件银灰色的刺绣薄罗长袍，只在袖口刺了两朵银白色的四合如意花纹。这个样子，半分也看不出亲王气度，倒像是一个寻常的读书公子。

我暗赞他细心，道："阿晋说你装醉出来，赶得这样急，衣服却是半点破绽也没有，走在路上，谁晓得你是天潢贵胄、近宗亲王呢。"

他低头看看，自己也笑了："清河王府里不缺这样的普通衣衫，只是这银灰色么……"

我心下晓得，因我身在禅房中，素日穿的也就是银灰色的衣袍，所以他才特特选了这颜色来配我。

他笑意愈浓，伸手欲牵我的手，道："我们去走走，好不好？"

我欢欣一笑，把手安放在他手心之内。我也不晓得他究竟要带我走去哪里。只觉得这样被他牵着手且行且走，无论走到哪里，心中都十分安乐平和。

他走路其实并不安分，腰间系了个小小的纱制的透明囊袋。山路安静幽长，偶尔有深蓝色的闪着光的萤火虫飞过。他的手法极快，眼光又准，一下子就把那些三三两两飞着的萤火虫抓住，收进纱袋里。

我含笑嗔怪道："也不好好走路，像个顽童。"

他也不作声，只慢慢一路收集着。

山路蜿蜒而下，转眼已到了山脚河边。河水悠悠缓缓向东流去，只微闻得流水潺潺之声，风吹过河岸长草的簌簌之声，反而让人觉得更加宁静。

他指着阿奴日间摆渡的船只道："我来做船夫，快上船吧。"

我见他兴致颇高，也跳上船去，他徐徐划动竹篙，向河心划去，手势十分娴熟。我想起昔年在太液池偶遇他的情景，也是这般，他在船头划桨，而我安静坐于船中，太液池中最后一垄荷花的芬芳气息，仿佛还盈盈流动于鼻端。烟水波光的浮动间，依稀恍惚还是那年那月，而时光荏苒，如这身边的河水悠悠向前流去，如今的我，竟也能与他携手而行了。

他的背影颀长，倒映在我身上，仿佛整个人都被他的影子所笼罩着。天地明光照耀，都不如这一刻在他身影的笼罩下来得安心。

我不觉轻笑了一声，望着他道："划船的手势还是这样熟练，难道时常去太液池中练习么？"

他"哧"一声轻笑："即便时常去太液池划船，你以为每次都能遇上你这样扮作宫女偷跑出来的女子么？"他看我，"那时候你的胆子可真大，敢这样偷偷跑去看禁了足的惠贵嫔？"

我疑惑："惠贵嫔？"

"是。"他略略沉吟，"七月初一，奉太后恩旨，皇兄晋了沈眉庄为正三品贵嫔，别居衍庆宫为主位，另建存菊殿居住。"

听得是太后的恩旨，我心下明白太后必定还护佑着眉庄。而衍庆宫是宫中几所形制较大的宫殿中的一所，与眉庄从前所住的畅安宫，也就是敬妃的宫殿毗邻而居，自是个十分好的所在。于是心下略略放心，神色也松弛了下来。

"可是……惠贵嫔拒绝了。"

我吃了一惊，忙道："为什么，是皇后为难么，还是安陵容作梗？"

"不。是惠贵嫔自己拒绝的。她自请独居棠梨宫。"玄清也似乎十分感慨，"惠贵嫔不愿居住形制富丽的衍庆宫，而是自请居住到被宫中所有人等视为不祥之地的棠梨宫，只怕从此之后，君恩更是稀薄了。"

我脱口问道："她这样做，难道太后不制止么？"

他感悯似的摇了摇头："你与她自小交好，难道不晓得她的脾气么？何况皇后和安氏等人巴不得她失宠，自然会顺水推舟的。"玄清划桨的手势许是因为心情的缘故也慢慢缓了下来，"我看她的意思，是想为你好好守着棠梨宫，一人冷清居住了。"

我内心惊动，原来她拒绝玄凌的好意，另要迁宫居住，还有这样一层深意。棠梨宫乃是我和玄凌最后诀别之所，玄凌心中耿耿，自然不会让别的宠妃住进去。而一旦谁住在棠梨宫中，玄凌自然也是不愿再踏足一步的。也意味着，住在棠梨宫中，是和被皇帝冷落、再不相见没有分别的。

眉庄啊眉庄，她竟然对玄凌也决绝到这样的地步。

然而也是，以她的气性，是宁愿孤老宫中，也绝对不会再回头向玄凌乞怜的。

我又是感动，又是担忧。想到眉庄如此绮年玉貌，却要独居在我的棠梨宫中郁郁终生，胸中更五味杂陈，忧烦不堪："眉庄的一生，真是太可惜了。"

玄清的手抚上我的脸颊，怜惜道："你觉得她的一生是可惜了么？有太后的保护，而且她是失宠之人，不会有人去害她的。"

我的家族变故，我的离开，我的母女离散，眉庄未必不想为我报仇。可是如今的宫中，她势单力孤、孤掌难鸣。哪怕她再恨、再有心，太后也容不得她为我去做什么。而太后必定是对她晓以利害，太后也必定是答应了她什么，才会让芳若每月来看我，要我呈上每月所抄录的经文，证明我还活着，确保我还活着。那么，眉庄得宠与否又有什么重要呢？因为在我心中所盼望的，也只是要她好好活着，活得平安宁静。

我往深处想去，慢慢也泛起一点欣慰来："就如同我的胧月是公主，不会像皇子一般招人注目。我只要眉庄和胧月平安，不要活得那么辛苦。"

我的心境稍稍平复，抬头看见他关切的目光，心下骤然一松，整个人舒缓了下来。

然而，我还有关心的人，于是问："那么……"

他知晓我的心意，含笑道："有'绾绾'两个字，皇兄和太后，还有敬妃，视她为掌上明珠，何况胧月本身就很讨人喜欢。"他轻声说，"每个人都好，你只需爱护你自己。"

我投入他的怀抱，轻而坚定地点头，哽咽道："是。我要好好爱护我自己，是因为你，也因为每一个让我牵挂着、爱着我的人。"

浩浩长河漫漫无尽，他与我泛舟河上，停了竹篙，任小舟自行漂泊。天际辽阔无尽，满天繁星倾倒在河中，颗颗明亮如碎钻，青青水草摇曳水中，有郁郁的河水蓬勃的气息，桨停舟止，如泛舟璀璨银河之间，迢迢不止。他牢牢执着我的手，我安静伏于他膝上。因是带发修行，长长的头发随意散着，半点妆饰也无。他简洁的衣衫有穿旧了的料子才有的柔软服帖的质感，紧紧贴在我的皮肤上。

只是这样安静相对。

他的声音如三月檐间的风铃，闻风丁零轻响，轻淡而悦耳。头发散碎地被风吹进眼中，我一次次拨开。他轻声笑道："宿昔不梳头，丝发被两肩。"

我慵懒地侧一侧头，婉转接口道："婉伸郎膝上，何处不可怜？"

我仰头看他，"哧"一声轻笑出来。他下巴有新刮过的青郁的色泽，像清晨日出之前那抹微亮的晨光。

他的笑清朗而愉悦，拢我于他怀中，手指怜惜地穿过我如流波一般微有光泽的青丝，道："难怪世间女子都这样珍视头发，青丝满头，亦是情思满头。"

我一时调皮心起，用力拽下他额前一根头发。拔得突然，他"哎哟"一声，痛得皱了皱眉，道："什么？"

我一笑对之，道："你方才不是说青丝满头亦是情思满头么？清郎青丝这样多，我便帮你拔去些烦恼情思，让你少烦恼一些，不好么？"

他大声笑，曲了两指来夹我的鼻子。小舟太小，我躲亦无处可躲，只得被他夹了一下鼻子才算完，他道："谁说情思烦恼了。你便把我头发全拔完了，我待你亦是一样。"

我轻轻啐了一口，道："也不害臊。"话未说完就已笑倒在他怀抱之中。他怀里，永远是这样清洁芬芳的气息，似衿缨淡淡的杜若清新。

他把腰间系着的纱袋解开，把袋中的萤火虫一只只放出来拢在我手心之中，问："喜欢么？"

美丽的萤火，散发着清凉微蓝的光芒，若寒星点点。我惊喜道："已经有满天星光，我不敢再多贪心。"

流水的声音湲湲潺潺，温柔得如情人的低语呢喃。我贪恋地看着，终究还是觉得不忍，松开手把萤火虫全放了出来，看它们漫漫散散飞在身边。

我的手一伸，探到他怀中，小小的衿缨便稳稳落在我手心之中。想是这些年他保存得悉心完好，衿缨没有半分旧去的样子。我小心打开，道："积年旧物了，还这样贴身藏着么？"

他注视衿缨的目光柔和而恳切，道："虽然是积年旧物，但这些年若没有它陪在我身边，恐怕我的心也不会这样平静。"衿缨中照例有几片杜若的花瓣，干去的花朵依然有清甜的芬芳，芬芳之中安静放着我的小像，他轻轻道，"山中人兮芳杜若，也唯有杜若这样的花朵，才能匹配你的小像。"

我的手指从红色的小像上轻轻抚过，指间也带了流连的意味，道："这是我从前的样子了。”

这张小像，是我刚进宫那年的除夕小允子亲自为我剪的，以作祈福之用。他的手工极好，剪得惟妙惟肖。

我想起一事，不由得好奇道：“有件事我一直想问你，却总忘了——这小像，你到底是如何得到的。”我想一想，“当日我在倚梅园中遇见的人，并不是你。”

他点头：“自然不是我。”他缓缓道给我听，“当日皇兄离席散心，走到倚梅园中遇见了你，我并不知晓。我只是见他带了酒意离去，又听说是去了倚梅园，因此不放心，才同李长一同赶过去看看。”他的声音略略低微，“倚梅园中的梅花是宫中开得最好的，当年纯元皇后入宫，最得皇兄的珍爱，这倚梅园中数品珍贵的梅花，都是皇兄陪着纯元皇后亲手栽下的，供她冬日赏玩。所以我听说皇兄中途离席去了倚梅园，才不放心亲自过去。”

我微微低头感慨：“凡此种种前因，原来都是从纯元皇后而起。”我苦笑，“原来从一开始，我就没有逃开过她的影子。”

他温和安慰道：“其实你和她，并不是十分相像的。”

我点头：“你只管说吧。”

“我到倚梅园时，皇兄已经出来了，只吩咐了李长要尽快在倚梅园中寻出一个宫女来，我便知道，必是出什么事了。当时，也不过一时好奇，见李长扶着皇兄走了，便进倚梅园中看看。我想起，皇兄说那宫女与他隔着花树说过话，我便往花开最盛、积雪下足印最深处去找，便发现了你的小像挂在树枝之上，我便想应该是那宫女留下的。”

我掩唇轻笑：“你怎知那宫女，也就是后来的妙音娘子不是小像上之人。你见过妙音娘子么？”

“见过。”他轻笑一声，“我一见，就知道她不是皇兄要找的那个人。”

“小像虽然剪得惟妙惟肖，但到底不是活人，其实也并不能一眼看出是谁。”

他颔首：“这个自然，我也不是凭小像知道她不是你。”他的眉毛微微轩起，颇为得意，“你知道我是怎么知道的么？”

我故意不理他：“你爱说便说，不爱说，我也不要听了。”

他大笑：“因为足印。我那日看到雪地上的足印，比妙音娘子的双足小得多了。而且皇兄曾与我说起过，和他说话的那宫女懂得些诗文。而妙音娘子出身莳花宫女，怎么也不像说得出‘朔风如解意，容易莫摧残’的人。后来我又以诗文试探她，她居然连李白的诗都不知道，我便更有数了。既然不是她，我便拿定主意，把这小像匿藏了下来。”

“为什么要藏匿下来？”

“妙音娘子后来处处争宠，越发证实了我的猜想。若她真是当夜与皇兄说话的那个宫女，既然有心躲避，又怎会在成为皇兄的嫔妃之后时时处处惹是生非。可见绝不是同一人。”他笑，“既然与皇兄说话的宫女自称是倚梅园的宫女，虽然未必是，但一定是这宫中的女子。她自然知道妙音娘子冒名顶替的事，却也不作声。我便觉得有趣，这样视君恩皇宠如无物，将皇权富贵视作浮云，又善解诗文的女子，若只做宫女实在是可惜了。”

我忍不住笑道：“我明白了，你是有心要把她瞒下来做自己的姬妾。”

清的眼中有荡漾四溢的浓浓笑色，道：“我并无这样想。只是觉得，若是可以，便与她做个诗歌唱和的知己，若让她沦落在宫中辛苦操持，或是有一日步了妙音娘子的后尘，要与她这样的女子争宠争斗，又有华妃高压，那日子实在是十分辛苦了。我总觉得，这样的女子是不该埋没宫中的。”

我苦涩一笑，惶然别过头道：“可惜，无论怎样逃，我终究没能逃脱自己的命。”

他回首往事，淡淡道：“所以当日你失子失宠，备受冷落。可是那一日我见你一袭素衣出现在倚梅园中为皇兄祷福，即便落了刻意之嫌，可是皇兄心里，是不会有半分在意的。”

我漠然一笑：“我总以为那次他是被我的心意打动，却不晓得还有纯元皇后的缘故。”

他道：“你肯回头取悦他，皇兄自然是高兴的。虽然有些小小机心，可是在他看来只会是可怜可爱，更被你误打误撞选在倚梅园。所以你后来的得宠，已经是显而易见了。”

我低头，缓缓道：“我其实并不知道倚梅园的缘故。”我凄冷一笑，转头道，“原来从一开始，就是因为她。”

他点头：“我知道。只是现在都不要紧了，不要紧了。”玄清的神色渐渐有些凄微，像被湿凉的夜露沾湿了花瓣的夕颜，更像天边那道薄而弯的月亮，冷光似秋霜，“我第一次在太平行宫见到在泉边浣足的你，听你念‘人生若只如初见，何事西风悲画扇’的句子时，我便已清楚，你必定是小像上的女子。虽然小像不是真人，我却实实在在有那样的感觉，一定是你。只可惜……我初次见到你时，你已经是皇兄身边最得宠的甄婉仪了。”

我极力不愿去回想惹我不快的与玄凌有关的往事，只笑道：“当日你好莽撞，看见我赤足也不回避，还敢问我的闺名，真真是个浪荡子。”

他握住我的手，颇有些赧然地笑道：“当日我真是冒失了，可是我从未在宫中见过像你一般赤足吟唱的不羁女子。也只是很想知道你的名字，所以虽然知道不妥，还是问了出口。”

我笑着去羞他，用手指刮他的脸道：“女子裸足最是矜贵，只有在洞房花烛夜时才能让自己的夫君瞧见，竟这样被你白白瞧了去。问名也是夫家大礼，你怎么能问得出口！”

他大笑搂住我的肩，道：“想想真是呢。可见你我之间的缘分早定，否则我怎会问出那样的话，今日你又怎会在我身边。”

我羞不自胜，啐道：“我怎么认识这样的人呢，真真是运数不好。”

他也不答，只道：“我本想在寻到那名宫女时亲手把小像还到她手中，可是从见到你那时起，我便知道，这小像，我再也不肯还出去了。”

我明白他的用心，低低道：“我知道，因为我是皇帝的人，所以，你能保留的，只有这枚小像了。”

“在那些只能遥遥望着你的日子里，我所能保有的一切，都只有这枚小像。”他点头，如浮云一般的伤感中有显而易见的喜悦欢欣，“我总以为，这一辈子，能留得住的，也只有那枚小像了。”

我的手停留在他手心中，默默感受他手心传来的温度，轻轻道：“不会的。”他“嗯”一声，我道，“在宫中时，我便把你视作知己。只是，是我害怕自己的心。”

“那么，你现在还害怕么？”

他的肩膀坚实而稳妥，我靠着他，听他的心跳声沉沉入耳，定定道：“只要你在，我便什么都不怕。”

他的目光有让人安定的力量，我清晰地看到他眼中自己的身影，漫天星光再璀璨，亦璀璨不过他眼中执着的明光。

流萤飞舞周遭，明灿如流星划过。我微微侧首，他温暖洁净的气息裹着他的吻铺天盖地地覆盖了下来。

第八章
北游

秋凉的时候，玄清策马而来，意气风发道：“皇兄许我北游两月，我已经收拾好行装，咱们一起去吧。”

我愕然：“你北游而去，我怎么能跟去呢？”

他笑：“我一向独来独往，微服出行。谁又知道我是王爷，而皇兄，他自得了新宠傅氏，哪里有空来理会旁人。”

浣碧亦含笑道：“小姐身边不能没有服侍的人，不如带上我吧。”

阿晋笑嘻嘻拍手道：“碧姑娘服侍娘子，阿晋我服侍王爷，四人一行，最妙不过了。”

我迟疑，槿汐却在旁笑道：“娘子和浣碧姑娘同去吧，奴婢留下看家就是。这时节北上上京，正是秋光如画的时候呢。”她温和道，“咱们还有好些旧年的颜色衣裳，娘子换上不就和寻常女子一样了么？”

玄清目色中尽是笑意：“咱们从未一同出游过呢，你可愿意么？”

“上京”是大周建国时的旧都，距离如今筑有紫奥城的京都“中京”大约三百里。大周建元十年，北境的赫赫屡屡进犯上京周遭，最甚的一次，赫赫的济格可汗甚至领精兵长驱直入至距上京只有八十里的“雁鸣关”。

雁鸣关南接上京，北有指仙关紧接落铁山栈道，历来为兵家必争之地。落铁山之外茫茫草原戈壁，大漠群山，皆都是赫赫的领地了。因而雁鸣关是赫赫挥兵进入大周万里江山的要地，也是一道如铁锁屏障的关隘。因其关防所在地势险峻，易守难攻，仰头望去几乎与天相接，连大雁亦难飞过，每到深秋季节，往往闻得成群大雁盘旋周遭哀鸣不已，故而名叫“雁鸣关”。雁鸣固然悲哀不已，而雁鸣关四周的百姓亦是备受苦楚。赫赫部族常年驻于北地，逐水草而居，水草丰美的年节还可，若到深秋时水枯草竭，民无温饱之资，便会铁蹄南下，踏马落铁山边境烧杀抢掠。民生哀苦之状，令人不忍卒睹。

建元十年，正逢大旱时节，赫赫千里肥美水草尽成荒芜，入秋不过十日，气候竟然大变，数日后大雪降临，冰冻三尺。赫赫为求国运，维系部族命数，倾尽国力集合十万大军挥戈南下。

彼时大周亦在旱灾之中，国力十分疲惫，军中关口难免粮草不济，又遇天降大雪，守关将士谁也不曾料到大雪纷飞直欲迷人双眼之中竟会冲出赫赫数万铁骑，霎时目瞪口呆，只能任由铁蹄南冲而来。

若是雁鸣关被破，彼时的上京便如铁齿被断，喉舌尽会暴露在敌军面前。太祖征战十数年才打下的锦绣江山全要落入蛮夷手中，危急之时幸得大将齐不迟不顾征战沙场半生的老迈之身，以六十花甲之龄冲入战阵身先士卒，一箭射中济格可汗的肩头，一扫赫赫南下以来大周军士的颓唐之气，亦使赫赫士气大伤，萎靡不前。此后数次征战，受伤未愈的济格可汗终引兵逃遁，旧伤复发死在半路中。齐不迟乘势扩大战果，派慕容政诸将追击而上，杀敌万余人，血流成河，赫赫军被迫退回都城藏京。

齐不迟一生征战，铁血丹心，终于于六十花甲之年凭此“雁鸣关”一战封侯拜相。居大周武将第一侯“定勋侯”，可惜齐不迟在封爵三月后积劳成疾而死。其后人虽渐渐凋零，但将门百年，积威犹存。这也是端妃齐月宾自幼养在深宫，为玄凌必选嫔御的缘由。

齐不迟死后数年，死讯依旧被大周朝廷牢牢封锁。赫赫畏惧齐不迟的余威，加之元气大伤，数年内不敢对大周轻举妄动，一味地安分守己。不久，继任的赫赫大汗英格向大周议和，愿以落铁山为界，建立“互市”买卖，以牛马换取大周茶叶、丝绸、米粮，各守边境，永不互犯。此后虽然大周与赫赫边境偶尔也有小冲突发生，然而终究保全了百年平安，再无遍地狼烟烽火燃起了。

此刻我与玄清携手游历“上京”，打扮一如民间夫妇。我着一身蜜合色大朵簇锦团花的芍药纹锦长衫，玄清亦是一身淡青色银线团福如意锦缎长袍，他道：

“你穿了粉霞色，我便选青绿色来配你，颜色益发热闹了。”

浣碧捧了梳妆盒在手，仔细盯着我与玄清，忽然扭过头整理衣裳不再看我们，只淡淡笑道：“小姐和公子这样子，倒是很像燕尔之际一同出游的新婚夫妇。”

如今浣碧的笑容越发浅淡了，总像隐在乌云后头的毛月亮，即使有清辉落下，也是隐晦而淡漠的。

我只拉了浣碧的手问道：“许久不做这样的打扮，我竟浑忘了，民间女子是梳什么发髻的？”

浣碧微微一笑，道：“小姐既是做新婚打扮方便与王爷出游，自然头发是要全部拢起来梳理成发髻的。”她一边说，一边为我梳成一个寻常的芭蕉髻，挑一支赤金榴钗插上。那钗也不过是寻常质地，只是上头一双明珠拇指一般大，洁白浑圆，熠熠生辉，越发映得人容颜出彩，亦如明珠生辉一般。

玄清与我并立其间，铜镜上描绘的图案也是再寻常不过的鸳鸯戏水、比翼连枝，粗陋的刀功，却掩饰不住那世俗安乐里的花好月圆、人世完满。

如此携手并游，仿佛陌上春游的少年少女，带一点期待与满足的心思，同去游历“上京”最出名的“辉山晴雪”。

玄清喟叹道：“风景最佳处，未必最得游人流连欢喜。”

我不由得好奇心起，问：“为何这般说呢？”

玄清负手仰望辉山，淡淡道：“大凡世间风景秀丽奇绝处，往往在险峻处方能得见。而世人常常耽于安乐畏惧险地，往往只肯口传其美名而不肯亲身涉及。就如辉山晴雪，在山脚仰望的人多，上山观雪的人到底是少了。”

我依言望去，果然见山脚下人潮济济，而山顶冰雪寂寞横绝，万籁俱寂。玄清道：“辉山高峻，在山顶北望，可以看见赫赫的大漠红日，南望则可遥见中京无限山河美景。这是何等开阔景致。”

我心向往之，兴致勃勃道：“既然无人肯去，那么冰雪满山，只待你我。”

玄清与我相视一笑，爱怜地抚上我的肩头，道：“山上那么冷，我怕你身子受不住，咱们今日又没带衣裳出来，又没带多少银子。山下看一看也就罢了。”

我顾盼人群间，见远远有一个贩夫担着紫貂狐皮来贩卖，我招手唤他过来，翻一翻见质地还好，伸手拔下发髻上的赤金榴钗递到贩夫手中，笑道：“我拿这个跟你换三件紫貂皮的披风，好不好？”

贩夫仔细攥在手里瞧了又瞧，生怕我后悔，忙忙地藏进怀里，满脸堆笑地挑了最好的三件貂皮披风送到我手里，又赠了手套、围脖，欢天喜地地走了。

浣碧不免有些心疼："这样好的明珠，至少能换十件这样的貂皮，小姐可是亏大了。"

我一笑置之："千金难买心头欢喜，何必吝啬一颗明珠呢？"

玄清笑着拉过我的手，道："肯爱明珠换一笑，便是说你这样的了。不过，上山容易，有样东西，却是不能不准备下的。"

我不由得好奇："是什么？"

玄清自怀中掏出一包东西，气味甚是难闻，颜色也黄黄的，是粉末状的东西。他郑重道："这是蛇药。辉山有样最可怕的东西，便是寒蛇。别的蛇一到寒冷处就要冬眠，而寒蛇却不是，依旧活动自如，寒蛇体形虽小，却有剧毒。若被咬中，轻则昏迷，重则一命呜呼。涂上这些蛇药，可以确保无虞。万一被咬，内服外敷，也有些效用。"玄清见我与浣碧一脸吃惊害怕，笑着安慰道，"不过寒蛇是不会主动攻击人的，而且辉山上的数量也不多。只是虽然未必会遇上，但还是准备万全的好。"

浣碧心下害怕："既然如此，咱们不如不要去山顶了。那寒蛇听着就教人害怕。"

玄清笑道："若为一蛇而舍弃如此风景，实在有些可惜。"他看我，"嬛儿，你意下如何？"

我盯着他手中的蛇药，笑道："不是说有它就可确保无虞么？"说着取过蛇药，便抹在手上。玄清会心一笑，也抹在身上。

我向浣碧道："你若害怕，在这里等我们也好。我与他去去就来。"

浣碧看看我，又看看玄清，眼中微微一亮，小声道："我也去。"

原本山脚树木繁多处尚且游人如织，到了草长处，已经游人稀少，偶尔有几人驻足，穿着貂皮暖裘，也是迟疑着停步不前。只觉寒风侵骨，阵阵袭来，浣碧身子已经微微发抖，依在我身旁。

玄清向我微微一笑，道："咱们还要不要上去？"

我仰望山顶，如碧海一般的晴空之下，雪山巍峨高耸，那种洁白仿佛从天际垂下的圣洁，让我不由得屏住气息，心怀崇敬。

不知为何，我忽然有一种冲动，很想去山顶瞧一瞧。我肯定道："与其终生仰望，不如亲自登上去看一看。"

我让浣碧把貂裘披风裹上，又取了一件深紫色的为他披上。他穿这样深紫到发黑的颜色其实很好看，越发显得气宇轩昂，如自云中而来。他为我系好紫貂披风，紫貂的毫尖有簇簇点点的银灰色，远远望来，比他身上那件颜色浅了些许，却是相映生辉。一边厢，浣碧也已经穿戴好，三人一同上山去。

山路越来越陡，因为人迹罕至，冰雪渐渐覆盖其上，几乎已经无路，并没有下过新雪的痕迹。前方的路上有两对足印蜿蜒而上，足迹清晰。

我不由得暗暗纳罕，向玄清道："竟然有人与咱们兴致相同，还捷足先登了呢。"

玄清亦笑："如此也好，也可见咱们不是曲高和寡。"

到山顶时，已经是向晚时分了。虽然山顶冰雪凛冽，却也有松柏挺立，冰冻霜雪积压枝头，如千树万树梨花开放，蔚为壮观。遥遥见赫赫境内戈壁黄沙飞扬、红河日落孤烟。而大周境内市肆鼎盛，人烟热闹。南地的繁华锦绣、纸醉金迷、红尘奢华，一如这天际云霞，令人沉醉。

眼见大漠孤烟、长河落日，浓醉山水、繁丽人世皆在自己左右，苍茫天地间山山水水几乎可以盈握在手中，不由得胸怀激荡，顿时生出一股"握江山于手掌"之中的豪情壮志。

我自肺腑间感概出来："果然江山如画，令天下英雄豪杰皆为此折腰。我即便是一小小女子，亦愿为此倾倒。"

玄清抚一抚我的脸颊，道："怎么高兴成这样？令天下英雄豪杰尽折腰，你的心思倒不亚于男子了。"

我粲然笑道："君子见此，莫不兴天下兴亡之感。我是女子，亦有所同。"

玄清向赫赫方向远远一指，朗声道："你瞧见了吗？那里黄沙红日，大漠孤烟，正是赫赫境地。当年赫赫的济格可汗挥兵雁鸣关，意欲夺取我大周锦绣江山。幸得大将齐不迟率军血战数月，才换回我大周今日祥和。"他豪情顿生，"所谓男儿当如是！若清早生百年，得遇此战，必定要驰骋疆场、浴血奋战，才不枉我男儿一生。"

他的雄心，我如何不晓得。只可惜……我神色微微黯然，只可惜了他是舒贵太妃的儿子，这一生，注定是要将锋芒收敛在他的玩世不恭中了。

冰雪的清冷，一分分投上我的心头，也蔓上他的容色。他注目赫赫河山，大有不平之意："如今赫赫的摩格可汗蠢蠢欲动，其野心不下于他的先祖济格可汗。赫赫与大周已有百年未曾有大征战，虽然偶有小争斗发生，却也是和平为多。合久必分，分久必合，乃世间常理。摩格可汗这些年来厉兵秣马，不断吞并赫赫周遭的一些弱小部落，壮大自身。前些年皇兄一直把精力放在西南战事上，力图收复疆土，后又为平定汝南王费了不少精力，难免对赫赫有所迁就，也有所放松。摩格野心勃勃，只怕十年之间，赫赫与大周又有一场硬仗要打了。”

我微微沉吟：“大周兵力不弱，只是兵士再强悍，也要有将帅带领。那么如今朝中，可有有用之将才？”

玄清微微苦笑，只是不语。我顷刻已经明白，大周一向重视以文治国，限制将领兵权。仅以玄凌的乾元一朝就已知分晓。汝南王在平定西南后被囚，甄家平定汝南王之患后被流放。敢问国中，有谁再敢效命沙场？都只能埋头读书了，以文取仕道。

如此一语，我与玄清自是各怀伤感了。

第九章 蛇毒

浣碧见我们都是沉默，便道："太阳快落山了呢，山上又这样冷，还是早些回去好。"

三人正要携手而下。忽然听得不远处有呼呼嗬嗬之声，四周寂静，越发显得这声音十分突兀而怪异。玄清微一思索，忽然大声道："不好！"随即循声奔去。我与浣碧立时也顾不得别的，跟着他跑了过去。却见有一男一女横躺在雪地之中，皆是面色发黑，二人眉头紧皱似乎十分痛苦，然而双眼以下却是满面堆欢，咧嘴嘻笑。二人双膝蜷曲，手脚痉挛不止，口中发出"嗬嗬"怪声。

我与浣碧见了这诡异场面，登时齐齐愣住。玄清在我身前一挡，急道："小心！那两人中了寒蛇的毒了。"

浣碧闻得此言，"啊"的一声，吓得连退几步。我没见过这种场面，心中自然有些害怕，只牢牢看住他道："怎么办？"

玄清低喝一声道："救人要紧！"我用力点一点头，紧紧跟随在他身后。玄清掏出怀里的蛇药向我手中一扔，他力气极大，一把压在那名男子身上，一壁用力控住他的挣扎，一壁低声向我道："内服外敷，把蛇药倒在他伤口上！"

我手忙脚乱，忽地看见那人穿着华贵的银针狐裘，唯有双手裸露在外，忙抓起他的左右手，果然发现左手手背上有两枚小小的牙痕。忙解下衣裳上挽着的手绢勒住他的伤口近旁。伤口附近被死命一勒，伤口的洞孔立刻豁然张开好些，我忙忙把药粉撒到他伤口上，厚厚撒了两层。

这男子一身富丽风雅打扮，好似寻常富豪人家的公子哥儿。然而在看到他虎口的一瞬，我几乎一愣，极厚极硬的一层老茧，厚实得微微发亮。我稍稍迟疑，又去看他的手心和十指，亦是如此！

那人牙关紧咬，却怎么也掰不开灌进药去。玄清用力在那男子下巴上重重一击，那男子便张开了喉舌，我把药粉倒入他口中，又取出皮囊中的水将他口中药物冲了下去。

玄清看看他的神色，顿时如释重负，轻声道："赶紧去看那名女子。"我依言与他一同过去。我瞧她面如死灰，似乎欢喜似乎痛苦，"呜呜"发出怪声，如夜枭凄厉的嘶鸣喊叫。玄清重重击在她下颌上，她却毫无反应，依旧咬紧牙关。玄清眉头深锁，翻一翻她的眼皮，黯然道："她中毒太久，不中用了。"我心中大惊，忙把药粉下雪般撒在她如枯枝般没有生气的手上，心中也十分惊惶。

玄清按一按我的手，低声道："没用的。"

很快，那名女子在我怀中激烈地抽搐了一下，整个人筛糠似的抖了起来。也许是因为这突如其来爆发的疼痛，她痛苦得蜷缩成一团，额头、手上青筋暴起，如青蛇横亘，整张脸如被墨汁浸透了一般，从皮肤底下透出一层层黑来。

我问玄清："她是不是要死了？"

玄清痛苦地别过头："是。但不会那么快。寒蛇的蛇毒发作起来极折磨人，痛楚难当。却不会立刻死去。她虽然瞳孔已经散大无救，却总还有一刻钟的性命。"

"那么，她一定会死，是不是？"玄清低低"嗯"一声，别过头不忍看她。

我见他侧身过去，腰际的软银腰带上斜插着一把小小的匕首，那匕首原是他防身用的，十分锋利。我轻轻"嗯"一声，霍地拔出匕首插入那名女子心口。

我心志坚定，这一串动作以迅雷不及掩耳之势发生，那匕首拔出时锋利的青锐寒气比霜雪还冷，扑在脸上，下一刻就已经迅速地刺进人体绵软而温热的血肉中去，"噗"的一声，淹没其间。那声音是十分温柔的，像情人低语间偶然的一句呢喃。

她死了。

她的身体平静下来，仿佛沉寂于季节中不再飘零的一片落叶，彻底归于尘土。

浣碧在旁目睹这一切，愣愣片刻，“啊”一声，失声尖叫起来。玄清大惊失色，道：“嬛儿！你做什么？”

出人意料的，我已然平静下来，安静道：“我杀了她。”

浣碧的尖叫还在继续，对我示意她安静的话语置若罔闻。我反手一个耳光清脆打在她脸颊上，低喝道：“闭嘴！”

玄清一把拦下我的手，不敢置信地盯着我：“你杀了人，还打浣碧！”

“是。”我坦荡回望着他，“这是雪山，常年积雪。浣碧的叫声即便不把旁人招来也会引起雪崩。我虽然杀了人，却不想陪葬。”

玄清气结，指着地上的尸体道：“她与你无冤无仇……”

“如果有冤有仇，我必定眼瞧着她痛苦完这一刻钟再死。”我望着玄清，语气尽量柔和些，“清，她瞳孔已然散大，你也说她没得救了，何必还要她活活痛苦？”

“你……”玄清无言以对，不能反驳我，只得道，“毕竟是一条人命……”

我反诘：“那么，你情愿看她受尽痛苦死去？”

玄清默然摇头，蓦地抬头，眸光幽暗：“嬛儿，我承认你没有做错。”他微微闭眼，近乎叹息，“可是你的狠辣，出乎我的意料。”

狠辣！我的狠辣！我几乎冷笑出来，一股戾气因他的话语而从心底深处汹涌喷出。“我狠辣？”我冷淡了语气，“难不成你觉得从宫里活着出来在你面前的甄嬛真的洁白纯真、善良无辜，是任人宰割的绵羊？”我冷笑，“狠辣是我的傍身之技。杀她亦是救她。可是杀她之前，死在我手中的人早就不止她一个了。”

他的神色变得厉害，一阵青一阵白。

心底有骤然而澎湃的失望，是对他，更是对自己。我心底的苦楚一点点蔓延出来，从唇齿间犀利迸发而出：“此时此刻你是否发现，我其实并非你理想中的人。你爱的甄嬛纯真洁白，并不是我。或者，你爱的，只是你的某一个理想，而不是我本身。”

有瞬间的沉默，那样寂静，能清楚听到积雪缓缓融化的声音，缓慢的一滴，良久，又一滴。仿佛在穿肠噬骨一般。

有一把荒芜空旷的嗓音在身后响起，冷冷道：“你杀了她？”

我循声望去，正是方才那名男子，他已然清醒过来，盘膝坐在雪地上，只是气息虚弱，脸色金黄如蜡，凄惨得耀眼。我正在气头上，反手把染血的匕首掷在地上，索性坦然大声答他：“是又如何？”

金属落地的声音“叮啷”刺耳。他的声音嘶哑而虚弱，虽然从鬼门关转了一圈回来，然而一身银毫狐裘，气势丝毫不减。“多谢。”他说得真挚而恳切。我一震，然后他说的话更叫我吃惊，“那蛇一口咬下去，是两个人的性命。”他的语气温柔而伤感，伤感之中更有沉默的叹息。

电光火石的一瞬间，我忽然醒悟过来，亦惊道：“她怀了身孕？”

“不错。”他点头，“如果生下来，会是我和她的第三个儿子。”

我微微一笑：“是否第三个儿子我并不关心，只是……你们赫赫人一向重视儿子。”

他脸上的肌肉微微一跳，很快又恢复了坚毅刚硬的线条，嘿嘿一笑：“你如何知道我是赫赫人？”

我微笑欠身，慢条斯理地抚摩着貂裘柔软暖和的皮毛：“你的口音和打扮没有丝毫破绽，是你的手出卖了你。”他下意识地低头去看自己的手，我徐徐道，“你手上的老茧是长年拉弓射箭造成，没有二十年的苦练绝不会有那样的老茧。大周崇文薄武，除了军士之外绝没有普通百姓学习骑射。赫赫马背上得疆土，最攻骑射，才会有这样的印记。如果你愿意，可以让我身边的公子看一看你的小腿肌肉，内侧必定结实胜于外侧，那是长年骑马的缘故。”

他含笑听着，不置可否，只顾左右而言他：“这种蛇真厉害，我不过无心踩了它一脚，它便险些要了我的命。”他目光犀利并不亚于地上匕首的寒光，盯着我，唇角缓缓牵起一个弧度，“你很聪明。可是你知道太聪明的女人会怎么样么？”

我笑容不改：“你会杀了我？你现在的身体足够力气杀我么？甚至不需要我身边的公子出手，我就能用杀你妻子的匕首杀了你。”

他镇定地笑，坚硬的轮廓因为这笑容而柔和许多：“我根本不想杀你。”他顿一顿，“聪明的女人，同时具有美貌，是很容易叫人喜欢的。”

我“扑哧”一笑，那笑激发起方才的痛楚，我轻嗤道：“方才你若是留意，必定听到那位公子说我狠辣。那么，对于一个狠辣的蛇蝎女子，你还敢有非分之想么？”

我故意将自己说得这样不堪，心底的难过被面颊的笑容完好地掩饰住。眼角余光瞥去，见玄清闻言，目光倏忽一跳，定在我身上。我转头向别处，只不肯看他。

他仰天大笑：“如果一个女子身负美貌和智慧，再有狠辣，更容易教人倾慕于你。”

“是么？”我只当笑话听，蓦地转首瞟向玄清，我有心要刺痛他，于是粲然一笑道，“果然是甲之熊掌，乙之砒霜。”果然，玄清目光一跳，神色哀伤。

那男子定一定，牢牢逼视着我。想来蛇药十分有效，他的气色已经好了许多，神色也转圜过来。我留神打量他，他大约三十左右，五官极有棱角，剑眉横张，一双黑沉沉眸子深沉如鹰。虽然刻意做了寻常富贵子弟的打扮，然而眉眼间那股霸气与锋芒，犀利如剑光跃虹，分毫消减不去。他嘴角牵引算是笑了一笑，然而眼眸中毫无笑意：“一个女子兼有美貌、智慧和狠心，着实会叫人倾慕。你这样的女子，我走遍赫赫也没有见过。所以我很想杀了你或者带你走，让周朝再没有你这样出色的女子。”

玄清本是默默听着，闻得这一句，饶是他涵养再好，也按捺不住，口气放重，道：“这位公子，你的言辞已经过分了！”

他见玄清长身立于一旁，温文尔雅，书卷气极重，不觉神色轻蔑，道：“你是她什么人？”

我心头本就生玄清的气，此刻一齐发作起来，笑盈盈道：“自然算不得什么人！”我剜了玄清一眼，只向那男子道，“他若是我什么人，方才你说‘倾慕’二字轻薄于我时，他就会斥责你了。哪里还到此刻呢。”

那男子不置可否，道：“也是。不过，我倒瞧着你们像是小两口在赌气。”我啐了一口，只不理会。他嘿嘿一笑，“只是我不管你和他是不是小夫妻。你自己选，是要死还是要跟我走。”

玄清闻言气得脸色发白，漫山冰雪，越发显得他容色苍白如白璧微莹。玄清再忍耐不住，一步跨上，横挡在我身前，将我护在身后，冷然向那男子道：“我不许你冒犯她分毫。我方才救了你，自然也杀得了你！”

男子盘膝而坐，被寒气呛了两口，方定了气息，道：“虽然你救了我的命，可是向来我想要的，一定要得到。我虽然中了蛇毒没有完全解去，可要对付你，自然绰绰有余。”

玄清淡定一笑，道：“如此，请尽管一试。”

男子下颌微仰，昂然道：“你们周朝的男人何来男儿热血、铁骨铮铮。放眼周朝，我看得入眼的不过是你们从前的汝南王玄济，后来他被囚禁，听说你们皇帝也费了好一番功夫才拿下他。平定汝南王，有一位姓甄的少年将军还颇引人注目，只是后来犯事被流放，也不知所终了。周朝没有一个可用的将才，国中又尚文不尚武，百姓大多手无缚鸡之力。只凭一众散兵游勇，我还未必放在眼里。”

他如此嚣张，我却也不放在心上，以玄清的本事，要对付中了蛇毒的他，自然不在话下。然而听那男子的口气与神态，却是极有把握。而且对大周政事颇为知晓一些，倒真不知是什么来头。万一真是在赫赫族中颇有地位，一旦为玄清所杀，反而要牵扯出我与他私自出游、过从亲密的事来，倒是得不偿失了。我暗暗思忖，若他就近还伏有帮手，或者有人前来援手，这个事情却也棘手。玄清独身自然能应付自如，可是拉上我和浣碧两个，却是大大的麻烦和掣肘。

我靠近玄清身边，极力压低声音，道：“先别动手。”

他“嗯”了一声。我轻轻一笑，笑声在空旷的雪野里格外清脆，隐隐有回声，仿佛四面八方皆有女子在若无其事的地笑。我曼步上前福了一福，道：“蒙您垂爱，小女子自然不胜荣幸。只是你倾慕于我，不过是认为我足够聪敏，相貌又还不算污了你的眼睛，或许更看得上我那不入流的狠辣。可是……”

我故意迟疑，吸引他注意倾听，说话间一个眼神递给浣碧，若有似无地瞟过地上的匕首。浣碧会意，蹑手蹑脚拾起匕首，掩到男子身畔。

我幽幽向那男子道：“你仔细瞧瞧我，其实我哪里有那么好呢。”

他倾神打量于我，正要开口说话，忽然眉头一皱，神色痛楚，眸中凶光毕露，迅即转过身去看浣碧方才站立的方向。浣碧手足敏捷，几步已经躲到近旁玄清的身后，神色慌张不已。

我拍一拍浣碧的肩膀，安抚道：“怕什么，不过戳了他一刀，又不是要害，他可死不了的。”我故意笑吟吟打趣道，“浣碧，从前你杀个人不费吹灰之力，今天怎么手下留情了？”

浣碧讪讪道：“长久没动手，手腕都软了。”

那男子神色大恨，忍痛反手一把拔出浣碧掷入他肩胛的匕首，半截锋刃上俱是血迹殷红，滴答落在雪白冰雪之上，如开了一朵朵嫣红的腊梅。他意欲起身，然而蛇毒未清，肩胛又受了伤，到底体力不支，又重重跌了下去。

我道：“你可别乱动，要不然伤口裂开可有你受的。”

他大恨：“你要杀我，自然有这男人为你出头。何必叫一个小丫鬟用这等龌龊手段暗算于我，岂是君子所为？”

我止不住咯咯而笑：“我们本就是女子，自然不必在乎君子所为。何况你方才欲强行夺我回赫赫，又岂是君子所为，我又何必以君子之道待你？”我指一指浣碧，“她是我的侍女，容貌自然不十分输于我，讲到聪明狠辣，方才她能在你毫不觉察的情况下，无声无息靠近你用匕首掷伤你，也算是厉害了。”

他神色阴沉似乌云密布，沉默片刻，爽然道：“不错。”

浣碧仿佛惊觉什么，急急唤我：“小姐……”我示意她噤声，她只得望着玄清，双唇紧紧抿住。

我含笑道：“我不过区区一民间寻常女子，我的侍女尚且能暗算于你，可见大周聪慧机敏、容貌妍丽又果敢的女子不计其数，任选一人都会得到你的倾慕。那么，请问尊驾，你是要一一抢走呢，还是尽数杀了？”我抚一抚脸颊，“无论哪一种，我都敢担保，你不能像混进上京一般再安然无恙地出去了。”

他神色微变，眸光犀利而寒冷：“你倒为我打算得清楚。”

我直截了当道：“自然。因为我看得出来，尊驾是爱惜性命的人。”

“何以见得？”

我讥诮道：“因为你知晓我杀了你妻子与她腹中孩子，那么对为你生儿育女的妻子，你得知她死讯时是何表情？你明知是我杀了她，却不想报仇，虽然我是为她好，可是身为丈夫却不闻不问，还要将我这个杀妻仇人纳为己有，实在不合常理。唯一能够解释的是，一则你并不打算为了她以带伤之身与我们起冲突；二则你为了自己的身家性命，虽然难过也只能忍耐。所以，你总是把自己的性命放在首位的。”

他哧地一笑，漠然道：“用你们周朝的话来说，你倒是我半个知音。”

我骇笑：“不然。尊驾夸我是半个知音，我已经觉得尊驾个性凉薄，若真了解了尊驾，只怕我会因为害怕落荒而逃。所以，实在不敢担当‘知音’二字。我只盼再不要见到尊驾尊容，已经是毕生大幸。”我比一个手势，“尊驾请自便吧。”

他狐疑：“你放我走？”

我反问：“否则，你以为我要你的性命来做什么？”

他的目光似钢刀划过我的脸颊，许是我的错觉，竟仿佛有一点温柔与激赏在里头。他踉跄着站起身，走了两步，倒也稳当了些。

浣碧见她转身就走，轻轻“嗳”了一声，指着地上他妻子的尸首道：“你不要你娘子了么？”

他回头看了一眼，面无表情，一点丧妻之痛的哀戚也无迹可寻，道：“已经死了。难道要我背着尸体出城么？”他看我一眼，冷冰冰道，“你要记得，你杀了我的妻子，你要还一个给我。记住！”说着再不回头，转身离去。

浣碧气到无以复加，恨恨道："世间竟有这样不可理喻的男人，尸体不要，难道连埋一下妻子的尸身也不肯么？简直枉为人夫！"说着叹气看那女子，"她真可怜！"

玄清抚着我的肩膀："他说的话，你别放在心上。"

我半跪在雪地里，伸手扒开女子身边的积雪："世间男子的薄幸自私，浣碧你是第一次见到么？何必还要生气。"

玄清望一望我，嘴唇微动，终究还是没说什么，只与我一同扒开积雪，将女子埋入雪中。十指冻得失去知觉，我缓缓呵一口气暖手，看着地上隆起的雪包，叹息道："本是洁净女儿家，如今归入洁净雪中，倒也比埋于黄土要好得多了。"

浣碧紧紧依在我身边，轻声道："小姐，你方才要我去拿匕首掷他，我真害怕，我从未做过这样的事。"

我握着她的手，安慰道："亲手杀人，我今天也是第一回。若不是迫不得已，谁愿意沾染血腥呢。浣碧，今日也要谢谢你，若不是你掷伤了他，我也找不到说辞应付他。"

浣碧神色疑惑且愤愤："有公子在，要杀他并不是什么难事，何必一定要放他走呢？他这样轻薄小姐。"

我的目光迎上玄清的目光，轻声问："你如何看？"

他略略沉吟："此人在赫赫必定颇有权势。只怕此行是为了刺探两国之事。"他摇头，"边防松懈至此，赫赫国人竟可这样大摇大摆地进来。"

我想一想，道："他的打扮与大周国民无异，边境又有互市交易，他若打通关防，自然能够进来。"

玄清道："待我回京，自然要禀明皇兄要加紧边防一事。赫赫的野心，由此可见一斑了。"

我沉默颔首，只不过，心中另有一层意思未说出来。浣碧听得疑惑，问道："小姐怎么知道那人在赫赫身份显赫？"

我道："你可留意他身上所穿的银毫狐裘？毛色纯黑，半点杂质也无，毛尖的银灰也十分齐整，想必是出自'墨狐'身上。墨狐做成的狐裘就好比大周宫中用的南珠，十分难得。穿得起这种银毫狐裘的，必定是赫赫一族中非同寻常等闲的人物。"

浣碧静声片刻，怯怯道："小姐，我方才以为……"她微微迟疑，"我以为小姐在他面前夸赞我，是要我代替小姐跟随他去赫赫。”

我一怔，旋即笑道：“你可多心了。”

浣碧急忙道：“我知道我知道，是我不好，多心了。我以为……”她没有再说下去，只脸色绯红，垂首默然。

玄清微笑道：“你是嬛儿的妹妹，她怎会如此？”

我睨他一眼，冷冷道：“方才是谁说我狠辣，如今又来打圆场。”

浣碧拉我的手，柔声道：“小姐，是我不好，我不该惊叫起来的，小姐是该打我，我没有怨言。”

我心疼地抚一抚她微微红肿的脸颊，道：“好些了么？是我不好，一时情急下手太重了。我并不是存心要打你。”

浣碧含泪道：“我知道的。”

玄清温和中带了歉然，道：“天已经黑了，山上太冷住不得人。咱们还是从原路回去吧。”我默不作声，玄清让浣碧陪伴我，自去折了几枝松枝来，摸出腰间的打火石打了燃上。松枝的火把火焰明亮，燃烧时有清香溢出。

玄清一手举火把，一手便来拉我的手。

我缩了缩手，背转身去，玄清叹口气苦笑道：“方才是我不好，说话伤你的心。可是现在天黑路滑，你拉着我的手才好走啊。”我无法，只得把手交到他手里，二人携手而行，他力气又大，自然走得稳妥而迅疾。浣碧独自一人跟随在后，不免就落后了一大截。

我与玄清因方才一事有了心结，难免二人有些神色郁郁。片刻，玄清停下脚步，伸手向浣碧，道：“三人一同走吧。”

浣碧不由得一愣，脸色一红，随即看向我来。我见她一人着实走得吃力而艰难，心中也是心疼，便点头应允。浣碧把手交在玄清手中，与我一左一右走在他身旁。我见她一味低着头只是默默走路，嘴唇微动似在低声说着什么。不由得道：“浣碧，你在说什么？”

她猛然一惊，脸色越发赤红如霞，连连摇头。

我见她不说，又见玄清只扶着我们一味往前走，也不说话。心中更惦记着适才玄清所说的话，心中愀然不乐，也不肯再说话了。

待回到客栈房中，已是半夜了。玄清自去房中梳洗，我与浣碧在自己房中舀了热水盥洗。滚热的毛巾敷上面孔那一刻，身体微微打了个激灵，神志才稍稍放松下来。

正换了家常的衣裳，却见玄清叩门而入，端了夜宵进来，微笑道："肚子饿了吧，我吩咐小二煮了松子粥，热热的正好用。"

我心中为他所说的"狠辣"二字生气，于是淡淡道："多谢王爷费心了。"

他嘘一口气，道："你还在因我说错话生气么？"

我清冷一笑，道："王爷千金之躯，我如何敢生气呢。"

他眉目间微有自责之色，道："我知道是我不好，不该这样说你。可是你这般说便是赌气了，难道你要和我生分了么？"

我眼圈微微一红，鼻中酸涩，道："你要当我赌气也好，生分也好。我是断断当不起王爷的话的。"

玄清使一使眼色，浣碧道："光有松子粥怎么吃呢，我叫厨房再去弄几个小菜来。"说着掩门出去。

玄清在我身边坐下，歉然道："今日的确是我不好，不该出言伤你。只是方才那女子一息尚存，你却一刀利落杀了她。我虽晓得你是为她好，不忍让她身受蛇毒苦楚，也是心惊不已。毕竟你是一介柔弱女子，如何能如此干净利落了结她一条性命，终究你也是日夜诵读经文的人。"

我胸口窒闷，望着他道："你是觉得我没有慈悲之心么，或者你认为我杀她之前该念一遍《往生咒》？"我定定道，"我只是不忍她身受苦楚。后来那赫赫人说她身怀有孕，我也是吃惊得很。只是真正怜悯一条性命，便是眼睁睁瞧她苟延残喘受苦么？"我眼中泪光微微闪烁，"你觉得我下手太过利落凌厉了，可是我杀她之时心里何尝不害怕呢？况且……"我咬一咬唇，"我是从后宫的杀戮和心机中走出来的，你不是不晓得。"

玄清的手指按住我眼角将要滑落的眼泪，急切而心疼："你别哭。我晓得是我说错话伤你的心，叫你想起从前宫里那些事。但我的确不是存心的。"他拍着我的肩，"当时我也是情急了。"他略有一点赧色，道，"说实话，虽然我在平定汝南王时亦杀过不少人，然而见女子杀人，也是第一次，而且是我心爱的女人。"

我叹一口气，哀凉道："或许是我们了解得不够多吧，在宫中偶尔数面，在宫外的次次相处，我都是平和的。你从未见过我在宫中是如何与人狠斗的，或许了解了真正的我，你便不会喜欢我了。"

玄清切切道："即便你如何与人狠斗，都不会是自己主动愿意去伤人的。"他抓住我的手，道，"嬛儿，如你所说，或许我们在一起的时间并不长久，你我了解也不够深。那么，你不要再生我的气好不好？你若一直这样生气，我们如何相处了解呢？”

我心中微微释然，道：“你这个狠心短命……”说到“短命”二字，心下一慌，跺一跺脚，长叹了一声怨道，“人人都可以说我狠辣，说我不好，偏偏你不可以……”

他道：“是。我不可以。”

我睨他一眼：“即便世上人人都嫌我不好，你却不可以，因为你和旁人不一样的。”

他眼中有虹彩样的霓光划过，璀璨一道。他伸手揽住我道：“因为这个世上，你最爱惜我，我最疼惜你，在彼此眼中都是独一无二的。今日的确是我错怪了你，嬛儿，若你不原谅我，我真要成了狠心短命的……”

我忙捂住他的嘴，恨恨道：“总爱胡说八道，看我还理你么？”我看他一眼，“清，我总是觉得你很好很好，如今可也发觉你一样不足了。”

他道：“你尽管说，我仔细听着。”

我叹道：“此番一事，我是觉得你的心肠过软了。或者说，是你心地太好，太怜悯众生为别人着想。”

他澹澹一笑：“或许我真是过于悲天悯人了。”

我伏在他肩头，轻轻道：“但愿你的善良好心不会成为你的负累。”

第十章
陌上花

游历完上京之后，天气渐渐冷了下来，便策马驱车回中京不提。寒冬时节，宫中饮宴颇多，玄清并不能常常过来，偶尔来了，不过是小坐半日，就要匆匆回去的。

那一日清晨起来，却见玄清已经负手伫立于门外，他着一身云白回纹长衣，腰间系一带湖蓝丝绦，意态闲闲地折了一捧绿梅在手。他见我出来，满面皆是笑意："你起来了。"

我道："怎么这么早就过来了。这样站在外头可冷不冷？"

他的笑容仿佛天际第一抹亮光："一大早骑马回了清凉台，见开了第一束绿梅花，特地拿来给你。"

我含笑接过，轻轻嗅了一口，清雅的香气熏得五脏六腑都透明了一般。我笑道："进来吧，你可吃过东西了？"

他笑："一大早跑马过来，肚子正饿着呢。"

屋子里浣碧正摆好几碟小菜，盛了一碗滚烫的白粥，我道："没有什么好吃的招待你，随便垫垫肚子吧。"

他捧着粥碗暖手，夹了一筷子酱瓜吃了，含笑定定望着我，道："我只觉得，能在你这里吃一点小菜、喝一口热粥就是很安心的事。"

我睨他一眼，道："安心？可是宫里头出了什么事了么？"

他的眼中划过一丝淡淡清愁，随即笑道："能有什么事，左不过是皇兄得了位新宠傅婉仪，难免冷落了朝政，也冷落了六宫。"

我不由得奇道："是位倾国倾城的美人么？"

他怔了怔，须臾道："美则美矣，却没有灵魂。"

我笑道："这可奇了。皇上为什么那么喜欢她？"

玄清微微摇头："原是岐山王福晋的侍女，宫宴的时候不知怎的被皇兄看上了。皇兄总有皇兄的理由。"

我如今很心平气和了，虽然对玄凌依旧怨怼，然而谈起他与别的女子的燕好，却是坦然得如在谈任何一个无关紧要的人。

玄清缓和了情绪，道："今日我都陪你，可好？"

屋子里笼了暖炉，洋洋生了暖意。他坐于我身前，执笔作画，画我侧坐的身形。我择了卷《太平广记》闲闲看着，转头却见他只低头专心致志画着。

我不由得笑道："嗳，哪有画师是这个样子的，连看都不看人一眼，只顾低头画，画出来可像么？"

玄清澹澹笑："你且自己来看。"

我探头过去一看，见笔工细腻流畅，纤毫毕现。

他朗声笑，夹一夹我的鼻子道："我虽没有看你，你的样子却在我心里，怎么会画不出来。"

我别过身去，"扑哧"笑道："尽会一味地胡说……"

我话音未落，觉得身边动静有异，不知何时温实初已经掀帘进来，静静站在门边，脸色白得如一张最澄净的棉纸。

我心下一冷，我与玄清定情之事，温实初全然不知，我也不打算告知他。而玄清一向往来，却不曾与温实初碰面过。而方才与玄清行迹亲密，一定是被他看到了，然而我旋即含笑道："你来了。"

温实初轻轻"嗯"一声，冷道："我来得不巧。"

我望一眼玄清，索性向温实初道："的确不巧。不过清也不是外人。"

温实初微微冷笑："清？"他撂下帘子，道，"嬛妹妹，你出来，我有话对你说。"

温实初霍然走出，玄清扯一扯我的袖子，微微蹙眉道："温太医很生气。"

我微微一笑："有些误会在里头，我去和他说清就好了，你只在这里等我吧。”

玄清颔首，我缓缓踱出，外头的空气冰冷，骤然从暖屋子里出来，不觉身上一缩，冷意刺得头皮微微发麻。

温实初负气站在岩边，脸色沉沉发青，见我出来，直截了当道：“嬛妹妹，你曾经对我说在宫中几年，已对男女之情绝望。你也曾对我说，清河王是宫里的人，又是当今的皇弟。那么如今你和清河王，又是怎么说？”他的语气激愤而伤心。

我静一静心神，道：“如你所说，这话是我曾经说过的。”

“你……”温实初伤心道，“曾经说过的话就不算话了么？”

我轻轻摇头，柔声道：“实初哥哥，不是曾经说过的话就不算话了。而是世事的变化我们常常始料不及，曾经并不能当作永远。就如曾经，我是当今天子的宠妃；就如曾经，我家中鼎盛煊赫；就如曾经，我是不谙世事的甄嬛，只会抱着莲蓬站在船头唱歌。实初哥哥，那些都已经是曾经了。即便我多巴望着它不要过去，终究是过去了。”

温实初怔怔道：“你只说，你和清河王是怎么回事？”

我深深呼吸，冷冽的空气让我头脑清醒，我屏息道：“我喜欢他，他也喜欢我，仅此而已。”

温实初神色大变，苍凉道：“好！好！好！你到今日才肯对我说实话！可是你说，你已对男女之情绝望，何况他是皇帝……你以前夫君的弟弟啊！为什么，偏偏要是他？”

温实初的话，在瞬间凌厉地挑破我的伤口，揭出血肉模糊的过往。我的心口微微作痛：“因为我对男女之情绝望，因为我对我的人生绝望，因为我根本是个沉溺在痛苦里的人，是他，是玄清，他让我对所有的事开始抱有希望，让我愿意去相信我所追求的，以致我可以不顾忌他的皇室身份，你明白了么？”

我一口气说得急了，声音微微失了往日的语调，心清晰突兀地跳跃着，犹如山间訇然作响的暮鼓沉沉。

温实初的眼神凄然而悲凉：“可是你和他在一起，只怕以后受的苦不会少，连最基本的名分也不可得！”

我凄楚而笑，似颤栗在秋风萧瑟里的一朵花：“以我今时今日的身份，即便和谁在一起，都不会有名分可言的。那么，温大人，难道你能给我名分？或者，你觉得名分是我最想要的东西？”

他无言，只怆然看着我：“你会很辛苦……”

我扶着岩壁，盈盈而立："我所辛苦的，他也一样辛苦。只是你怕我所受的委屈辛苦，于我，都是心甘情愿的。我既然愿意跟随他，自然也想好了会遇到什么。我都是心甘情愿的。"

世间的事，再多困苦，再多艰辛，都敌不过一个心甘情愿。

温实初的神情稍稍平静下来，喃喃道："心甘情愿？我对你，也是心甘情愿，万死不辞的啊！"

我温默摇一摇头，走近他道："实初哥哥，那是不一样的，你对我好，我铭感五内。可是我和清，却是两情相悦的。我知道你要劝阻我什么。只是到了今时今日，我也不怕对你说，哪怕我选择了清是一个错误，我也宁可一错到底，永不后悔。"

我回首，迎上身后玄清柔情而热切的目光，心头一暖，整副心思都可以放落了下来。我面对温实初的伤怀与震惊，亦是不忍，轻轻道："实初哥哥，说实话吧，你是觉得和我在一起要紧，还是我真心安乐要紧？"

这话，是带了试探的意味的，若他自私，我或许可以坦荡一些。他启唇的那一刹那，我突然真心盼望着，他也许可以自私一点。

温实初道："在我心里，我总是奢望有一日可以得到你，和你在一起，那是最最要紧的事情。可是嬛妹妹，我连在梦里都清楚地知道你不喜欢我，你和我在一起就不会真正开怀喜乐。那么，还是你真心的笑容更要紧一些。"

他的话，在一瞬间击中了我的心肺，我感动到无以复加。温实初，他是这样待我好，这样真心待我。他的真心，甚至是不亚于玄清对我的爱意的。

然而，感动再多终究也只是感动，而不是感情。

我轻轻道："实初哥哥，谢谢你待我这样好。"

温实初微微扬起唇角，眼中却泛出一抹深重的悲凉，道："我劝你也不中用。那么，既然你心意已决，只要你高兴就好。"他远远凝视玄清站立的地方，声音微冷，一字字清如碎冰，呵出雪白的暖气，"嬛妹妹，他能有你的心甘情愿，你不晓得，我有多羡慕他！"

我勉强微笑，低低柔声道："有什么好羡慕的。实初哥哥，将来你也会遇到一位心甘情愿对你的好女子的。"

温实初凄然一笑，转身离去，温厚的身影在冬日苍茫的寒意里看起来格外孤清。我定定伫立在风口，冷寂的风一阵一阵扑到脸上，连眼眶都热热的，我深切觉得，某些长久以来坚持在我身边的感情，已经被我深深伤害了。哪怕我再不忍，到底也是被伤害了。

玄清的温度和着温软的披风一起裹到我身上，温柔为我拭去正欲夺眶而出的泪珠，轻轻慨叹道："温太医很喜欢你。"

我仰头，逼回泪意，惘然笑道："可惜我终己一生都不能回报他了。"

世上的感情，有获得，就有失去。有人欢喜，也会有人哀愁失落。于温实初是，于浣碧是，于我、玄凌、玄清又何尝不是。

玄清明澈的眸光温和而懂得："嬛儿，你可以用一辈子的友情去回报他。"

我颔首："我会。"

他的神色里有无尽动容，柔情几许，几乎能把我淹没："嬛儿，温太医对你的情意并不比我少，只是我何其有幸，能抱你入怀。你是我一生都在期许的人啊！"

一生都在期许的，于我，玄清又何尝不是。我低眉，在冷风中伏首在他宽容而温暖的拥抱里。唯有他的拥抱，才叫我如此安心。

寒冬如斯，终于也会过去的。

山间四月，自然是桃红柳绿，芳菲无限。

我见屋外天光云影明媚如画，不由得笑道："外头花事正盛，我去采一些来插瓶。"

浣碧盈盈道："正是呢。屋子外头花开得这样好，倒显得咱们屋子里太冷清了呢。"

我于是出去，走在小径上，或者折几枝开白花的野山樱，或者采几朵小小的二月蓝，或者折一脉修长的碧翠鸢草，捧在怀中缓缓走着，心情也是愉悦的豁然开朗。

此时春光正好，无边春色兜头兜脸地扑上身来，犹是踏花归去马蹄香的季节，路旁草间乱花渐欲迷人双眼。几处流莺娇燕恰恰飞过眉梢，或欲争暖树，或正衔春泥，又轻盈地各自飞了。我一时贪看不住，流连回顾盎然春色，连本是无情的青山绿水，亦觉得像是含情的眉眼，盈盈欲横了。

回到禅房时槿汐已经回来了，与浣碧一同忙在灶边。她笑道："娘子可回来晚了，方才王爷来过了呢。"

我微微吃惊，亦有些失落道："怎么这样突然就来过了？"

槿汐道："来得急，回去得也仓促，仿佛是寻了个由头才能过来的。"

我"哦"了一声，知道是错过了，心里便有些黯然，也不愿意她们看出我的怏怏不乐，只寻了瓶子把花一枝一枝整理过插好，又用清水养上，方道："王爷来了可说了什么么？"

浣碧道："王爷来时问小姐去哪里了，我说是赏春去了，本想要出去寻的，可王爷说山里那么大，一时怕也寻不到的。而且小姐既是去赏春，这样找了回来，只怕赏春时的好兴致也没了。后来王爷等了会儿，阿晋来催，也只得走了。并没有说什么话，只写了几个字留在桌上，小姐看过就知道了。"

我没见到他，又知他等我，心下不免怅然若失，他来一趟不易，这样错过了，不知下次见面又在何时。一张便笺，也不过是聊胜于无了。

于是伸手拿了来看。雪白的素心笺上，不过寥寥几字："陌上花开，可缓缓归矣。[1]"

仿佛有一股春水蜿蜒滋润上心田，整颗心就这样润泽而柔软了下去，滋生出最柔嫩而鲜艳的三春花瓣。

他明知，要在这山间寻到去赏花的我是极容易的，只要向花事繁盛处去，就能寻到。

可是他宁愿在此安静等待，也不愿意打断了我赏花观春时的愉悦心情。

他情愿这样等待，等待我或许会早早归来。

他的细腻心肠，他平实温馨的情愫，我眼中几乎要落下泪来。

他对我的爱，竟是这样宽大而耐心。

田间阡陌上的花开了，你可以慢慢看花，不必急着回来。这样的话语，仿佛是他在我耳边呢喃。

陌上花开，万紫千红，他便在花开的那头这样安静等着我呀。

这样等着的时候，淡淡的相思、淡淡的期待、淡淡的寂寞。只为等着漫游即将归来的我。

浣碧见我如此神色，忙上前问道："小姐怎么了？"

我扬眉浅笑，轻声道："没有什么。王爷上次的鸽子呢？"

浣碧道："在外头吃小米呢，我去抱进来吧。"说着转身旋即抱了鸽子进来。

雪白的鸽子犹自"咕咕"叫着。我提笔另写了一张，写道："水是眼波横，

[1] 陌上花开，可缓缓归矣：吴王妃每年以寒食节必归临安，钱镠甚为想念。一年春天王妃未归，至春色将老，陌上花已发。钱镠写信说："陌上花开，可缓缓归矣。"清代学者王士祯曾说："'陌上花开，可缓缓归矣'，二语艳称千古。"后来还被里人编成山歌，就名《陌上花》，在民间广为传唱。

山是眉峰聚。欲问行人去那边，眉眼盈盈处。[1]”

心念激荡，觉得如此犹是不足，又在反面写下几行小字：“山是郎眉峰，水是君眼波，欲问伊人何处去，总在郎君眉眼中。此番错过，来日与君相见，不知是否在山花烂漫处。”

写完，不觉含情微笑，细心卷了起来塞进鸽子左脚的小竹筒里，向浣碧笑道：“这鸽子总该识得飞回去的路吧。”

浣碧笑道：“是阿晋费了好大的功夫才教导出来的，想必不会太笨。”

我把鸽子抱到门外，但见暮色渐浓，扬手把鸽子放了出去，仿佛一颗心，也跟着松脱飞了出去。

次日风和日丽的天气，衣袂间沾染了春花气味的玄清骤然出现在我面前。

我在惊喜之余含笑：“怎么突然来了？”

他笑意盎然，执着我的手道：“接到你的飞鸽传书，我想了一夜也想不出怎么回你的书信才好，只能亲自来了。”他眉目间皆是清爽，“可惜你我不曾在山花烂漫处相见。”

有什么要紧呢，他来，本就是带了山花烂漫。

其时中庭里一棵老桃树正开得花朵灿烂，如云蒸霞蔚，风吹过乱红缤纷，漫天漫地都是笼着金灿灿阳光的粉色飞花。

禅房轩窗下，他从袖中郑重其事取出一样物事。

泥金薄镂鸳鸯成双红笺，周边是首尾相连的凤凰图案，取其团圆白首、凤凰于飞之意。并蒂莲暗纹的底子，花团锦簇，是多子多福，恩爱连绵的寓意。

合婚庚帖。

玄清左手握住我的手，右手执笔一笔一画在那红笺上写：

玄清　　甄嬛

终身所约，永结为好。

仿佛刻在纸上，笔力似要穿透纸背。每一个字都看得那样清楚，又像是都没有看清楚，身上绵绵地软。我心怀激荡，像是极幼的时候爹爹带我去观潮，钱塘潮水汹涌

---

[1] 出自宋代王观《卜算子·送鲍浩然之浙东》。全诗为：“水是眼波横，山是眉峰聚。欲问行人去那边，眉眼盈盈处。才始送春归，又送君归去。若到江南赶上春，千万和春住。”

如万马奔腾滚滚而来，说不出的震动欢喜，眼中渗出泪来，心中隐隐漾起悲意。

我遮住他的手，垂泪道：“我是你皇兄遗弃的人，也是罪妇。前途尚未可知，你何须如此？”

玄清揽我入怀，绛纱单袍的袖子徐徐擦着我的佛衣和垂发，我的眼泪落在他的袍上，倏忽便被吸得无影无踪。

“即便前途未卜，这也是我最真切的心意。”他语带哽咽，“嬛儿，这世间，我只要你。”

我默然，无声无息地笑出来，双手攀上他的脖颈，牢牢地看着他眸中我的身影。玄清亦不作声，目光凝在我脸上，双瞳黑若深潭，不见底，唯见我的身影，融融地漾出暖意，他只紧紧把我拥在怀里。禅房外是开得如云锦样繁盛的桃花，粉红芳菲凝霞敷锦，春深似海。我的脸紧贴着他的肩胛，他的手臂越来越用力，紧紧拥抱着我，那样紧，胸口的骨头一根根地挤得生疼，就像是此生此世再不能这样在一起，痛楚之中，我犹觉得欢喜。

那样欢喜，漫天匝地，满目皆是那泥金双鸳鸯……交颈相偎……不负春光……红罗并蒂莲花……花瓣繁复，一层一层脱落……雪白的蕊，白得似羊脂玉的身体……铜帐钩落，白绫水墨字画的床帐被风吹得微微翻起……凤凰于飞，翙翙其羽。

粉红的桃花被春风吹落，纷纷扬扬似一场暴疾的花雨……纤秀莹白的足尖笔直地伸挺着，几乎耐不住帐内的春暖，盛开着，就像春风中带着无数轻微颤抖的柳枝……男人沉重而芬芳的呼吸……我仰头看见桌上供着的白玉观音像，垂目不语，她亦不语……床头的伽楠木佛珠僵死如蛇，我一闭眼，挥手把它撩下床，骨碌碌散了满地的响。

…………

我蹑手蹑脚整理好衣衫，玄清他双目轻瞑，呼吸均匀，仿佛还在熟睡中，宁和地安睡。我坐在妆台前，打开久已尘封的织锦多格梳妆盒，晶莹闪烁的珠翠玉钿被我闲闲安置了这样久，再次打开见到时，在这样的心怀下，那光华灿烂的耀目也不刺眼了。盒中所有，尽是我入宫时的陪嫁，又悉数带了出来。宫中多年，玄凌所赏赐的珍宝首饰不计其数，全全留在了宫里，连那枚一向钟爱的錾金玫瑰簪子亦搁在了棠梨宫的妆台上，孤零零地闪烁黄金清冷的光泽。

与玄凌，能割舍的，我都尽数割舍了。

缓缓梳妆，精心描绘，很久没有这样用心。梳一个简单清爽的半翻髻，头上如云青丝蓬松松往后拢起，细致地一束一束绾好。斜斜簪一支银簪子，细细垂下一缕银丝流苏，坠着一颗珠子，簌簌打在鬓角。一排十二颗浅浅粉红的珍珠排成新月的形状簪在发髻间，螓首轻扬之际，便有濯濯光华闪烁。窗台上供着一束紫兰，芳香清盈，我心下微微一动，随手摘了两三朵束上，簪在髻边。

打开描金彩绘梳妆匣子，取出胭脂水粉，拍成桃花妆，点上唇脂，再画上涵烟眉，远山藏黛的色泽，明亮如星的双眸，眉眼盈盈，刹那流转出无限情意婉转。我心中也不免感慨，从前的种种萎败凋零，终于全数散去，镜中的人，如同新生，已是容色恬淡、笑生双靥了。

择一身浅紫色的绣花罗襦，绣着玉色的繁花茂叶，枝叶葳蕤，细致缠绵。月白色的软缎百褶罗裙在暖风下轻盈地回旋。

这样清爽的颜色，连人心也变得清爽恬静了。

我走到桌前，毛笔柔润地吸满墨汁，提笔续在玄清的字后：“愿琴瑟在御，岁月静好。”仿佛是在梦里，我与玄清，终于有了今日，竟然也能有今日。也算不辜负此生了。

有温柔的声音唤我：“嬛儿？”

我盈盈转身，他含着惊喜道：“你的装束？”

我含笑望住他，心底有无限的柔情：“我从前出宫落饰出家，上回出游上京做寻常女子打扮只是为了方便，权宜而已。而今日因为你，我重新妆饰，再入尘世。”我低头，低低羞涩，“其实因为你，我的心一直也在人世里。”

他眼中有一瞬的晶莹，拥抱无声无息地靠近身来。

我倚在他手臂上，沉浸在巨大如汪洋恣肆的幸福与欣喜之中。我抱着他的手臂，忽然想起一事，问道：“你的手臂上有刺青，是不是？”

他唇角上扬，带着点邪邪的笑意，轻轻在我耳边道：“你方才不是看见了么？”

我脸色绯红，只管卷起他的袖子。右手手臂上的刺青正是一条铁链，爬满葱茏纠缠的绿色藤蔓和红色血痕，颜色相冲鲜艳，十分夺目。另有一把长剑的图案横亘其下，刺青手法精妙，仿佛有青锐剑气隐隐贯出。

洁白的指尖轻柔抚摩过去，我问：“刺的时候疼不疼？”

“疼。”他笑，“不过忍一忍便好了。”

我的嘴唇吻上他的文身，含糊道：“为什么要刺这样的图案，有特别的意思么？”

“我的身体里流着摆夷族人的血液，摆夷族的男子成年后都要刺这种文身。”

“那么……太后并不反对？”毕竟太后是玄清的养母啊。

他淡淡一笑，笑容里有浅淡的不可捉摸的忧色，轻描淡写道：“我不过是个闲散宗室而已，最自在不过。”

他放下衣袖，目光落在桌上的红笺上：“写了什么？”玄清环住我的腰，一手按住那红笺看。轻缓的气息，有一点暖，拂到耳后、脖中，酥酥麻麻地痒。他的语气坚定如磐石，一字一字漾在耳边：“嬛儿，我必定如你所愿。”

我双目望着窗外开得邪魅般艳盛的桃花，心下泛起黯然：“我知道不过是我的痴心妄想，终究是不能的。”玄清扳过我的身体，手指一根根放入我的指缝，十指交握在一起，纠缠不尽的切近与缠绵。“你信我。等皇兄渐渐淡忘了你，我便使静岸师太报你病逝，你更名改姓，我们便能永远厮守在一起。”他的眼中温柔如春水，这一世都以为不可能，终于也可能了。我如坠梦中，不由自主地“嗯”了一声。隔了那么久，隔了后宫的重檐叠壁，隔着江山万里，那么多的人，那么多的事，重叠繁沓如前世今生，茫茫然不真切。这一刻，却那样笃定，像从云间坠下双脚终于踏到土地。

他的声音如同梦呓：“嬛儿，那一日温宜生辰，你还记不记得？你赤足立在泉里，像一只小白狐……”我“嗯”了一声，他没有说下去，我怎会不记得，那一日的初遇。

我轻笑道：“那日的你无礼至极，十足一个轻薄浪子。”

他微笑道：“你赤足戏水时那样娇俏可爱，可是板起脸生气的样子却拒人于千里。我在想，怎么有这么无趣的女子。”他静静看着我道，“可是当我吹玉笛，见你作《惊鸿舞》，才晓得这世间真有人能翩若惊鸿。”

我轻轻一哂，用手指羞他，道：“哪里有这样夸人的，一下是白狐一下是惊鸿，也不害臊？”我踮起脚去咬他的耳垂，他的眉毛轻扬，含糊道：“嬛儿，你难道不晓得我？”

我闭上眼睛，低低叹息道：“我晓得。”

这世间唯有他最懂得我，我也最晓得他。只是目下，我不愿去想，不舍得松出分毫意志与情思去想。

我轻轻挣开他的怀抱，抽出一根他的头发拔下，他微微吃痛，奇道：“做什么？”我松开散乱的发髻，抬手拔下一根长发，照着窗下的日光把两根发丝绞绕在一起。玄清立时明白我的用意，双目炯炯燃炙如火，眼角隐隐溢出泪光：“你我夫妇永结同心。”我含笑不语，脸上渐次滚烫起来。

玄清的吻伴着灼热的呼吸细细密密地落下来。

第十一章 杜鹃啼

这一年的春与夏，在这样的甜蜜与欢好里倏忽过去了。仿佛伸手去挽，便从指缝里悠悠滑走，连手指的缝隙间都带着清露滋润蔷薇花蕊时最初的那一抹甜香。

那一日的下午，原本是夏末晴好的午后，伴着偶至的凉风，我正在窗下榻上和衣午睡。半醒半眠间，听见外头有隐隐约约的说话声，我便唤："浣碧——"

她应声进来："小姐，是阿晋来了呢。"

我顿时睡意全无，抿一抿鬓发起身："这个时候来，可有什么事么？"

却是阿晋进来，苦着脸道："宫里头来的消息，说是皇上抱恙，紧赶着叫王爷入宫侍疾去了。这一病仿佛还不轻，恐怕十天半个月回不来了。"

我淡淡"哦"了一句，道："可说是什么病呢？"

阿晋挠一挠头，道："这个奴才也不晓得了。只恍惚听皇上身边的小厦子说起一句，仿佛是宿在傅婕妤宫里时吐了血，究竟是什么缘由，宫里头也是讳莫如深。只听说为了这事出在傅婕妤宫里头，连傅婕妤也被禁足了。"

我心头微微触动，口中只漠然道："皇上的心思深，难免操心太过伤了身子。"

阿晋忧心忡忡道："王爷得了太后的嘱咐，和岐山王、平阳王一同入宫侍疾，连皇上的亲姐姐，远嫁在临州的真宁长公主也回来了。瞧样子，皇上这回真真病得不轻。”

我默默转头，望向窗外。槿汐一下又一下拿拍子拍着衣裳，有细蒙蒙的染着金色的尘灰细细飞扬。那“啪啪”的声音在静静的院落里听来格外寂寞而响亮。

我轻轻道：“他这些日子都不能出宫了，是么？”

阿晋从怀中掏出一张小小的花笺：“王爷知道这些日子不能来看娘子，怕娘子无趣，特意写了一首词，请娘子有空时互为唱和。阿晋每日都会来一次，将娘子写的给王爷，王爷写的给娘子。”

我缓缓将花笺打开，却是一首短词：

一张机，采桑陌上试春衣。风晴日暖慵无力。桃花枝上，啼莺言语，不肯放人归。

我看完，不禁破愁为笑，明明是因病侍疾出不得宫，他偏偏只说“花上莺啼留人住”。能在忧虑中还有这样闲雅疏狂之心的，也唯有他了。

不过略想一想，寻了一张薛涛笺来，红笺小字分明，写道：

两张机，行人立马意迟迟。深心未忍轻分付。回头一笑，花间归去，只恐被花知。

我交到阿晋手中，道：“不必日日让王爷回了送来，一来太过显眼，二来王爷在宫中侍疾，想来也十分辛苦，哪里有这样多的时候来和词呢。”

阿晋笑嘻嘻将我写好的薛涛笺小心放进怀里：“娘子果然体贴我们王爷。王爷这些日子出不了宫，这封花笺可是当宝贝来看的。只怕王爷是日里看夜里看，见字如见人，多少个放不下呢。”

如此，玄清虽不能来，他的情深意重却化在字迹笔墨里，每隔三天便到了我的手里。常常，在打开花笺前的一瞬间，我心里含着忧，又衔着喜。

他安慰我心、道尽相思的词，我自然是欢喜的。然而这欢喜到手，亦是告诉我，这两日，他依旧是不能回来的。我含着这般且喜且忧的心情，写下一首首与他唱和的诗词。

三张机，吴蚕已老燕雏飞。东风宴罢长洲苑。轻绡催趁，馆娃宫女，要换舞时衣。

宫中欢宴，因玄凌的病到底是暂停了。没有歌舞的紫奥城，想必也是冷清而寂寞的。而在紫奥城月色如银下的重重殿宇里，玄清，你在做些什么？

四张机，咿呀声里暗颦眉。回梭织朵垂莲子。盘花易绾，愁心难整，脉脉乱如丝。

“莲”同“连”，“丝”同“思”，我的思念，或许你看不见。然而太液池的莲花，亦可道尽我无言的相思。或许当你看见太液池的莲叶田田，亦是这样想念着我。

五张机，横纹织就沈郎诗。中心一句无人会。不言愁恨，不言憔悴，只恁寄相思。

你离开我，已经十五日了。清，你并没有与我倾诉离愁别绪的难为，你只告诉我，风清月明时，你也在想念我。

六张机，行行都是耍花儿。花间更有双蝴蝶。停梭一晌，闲窗影里，独自看多时。

蝴蝶成双成对，嬉戏花间，蝴蝶的翅膀扇动出光影的叠合，如霞影水波迷离摇曳。在日与夜的空闲里，没有你在，我只是这样独自寂寞。

七张机，鸳鸯织就又迟疑。只恐被人轻裁剪。分飞两处，一场离恨，何计再相随。

这样两地分别，你陪伴着的是我从前的夫君。紫奥城，是我记忆的禁地。是你听见了什么，看见了什么，还是你心底，有隐隐的和我一般难以言说的担忧。

八张机，回文知是阿谁诗。织成一片凄凉意。行行读遍，恹恹无语，不忍更寻思。

闲来的时候，我翻看了苏若兰的《回文诗》，字字句句的心血，都是她对丈夫窦滔的思念。我自愧没有这样好的才情，只能带着对她的明白，黯然无语。

九张机，双花双叶又双枝。薄情自古多离别。从头到底，将心萦系，穿过一条丝。

玄清，当你寄来这《九张机》时，已经是第二十七天了。你还没有回来，只说从头到底，心只一思。

我如何不明白呢？我心如你心，都是一样的。

在我提笔要回应的一瞬间，熟悉的拥抱从我身后缓缓拢住我。我抱膝，蜷缩着身体依在他怀里。

“清……”我叹息着道，“我几乎是看着星沉月落，整夜整夜思念着你。可惜，你不能一直这样来看我。”

“我也是。”他的体温沉沉地包围着我，“皇兄的病已经见好了。”他吻一吻我的耳垂，“嬛儿，陪我走一走吧。”

已然是秋天了，秋光亦明媚如斯，我与他携手缓缓而行。

零星盛放在山野里的秋杜鹃，是一道最明媚的秋景。恰巧有杜鹃鸟从枝头轻盈地飞过，声声杜鹃，是悲戚的啼鸣。玄清低低叹息一句：“杜鹃啼血。秋杜鹃，是伤心的花朵啊。”

我轻声道：“是听见了什么，还是看见了什么？这一回从宫里出来，我觉得你总是快快不乐。”

他湖水色的衣袍有简洁的线条，被带着花香的风轻柔卷起：“傅婕妤死了。”

“傅婕妤？”

“自你离宫，傅婕妤最当宠。婢女身份，却以小仪之位去岁入宫，从此专宠。她娇艳中自有清丽，远望便如谪仙。”玄清甚少这样赞扬一名女子，如今用“谪仙”二字形容，可见此女之美。然而他的另一句评价又道来，“然而，也是个空洞的木美人。”他顿一顿，“可是，皇兄喜欢得紧。不日将册为贵嫔，连封妃也是指日可待。听说皇兄与皇后商量时，连封号也已经拟好了。”玄清的笑容有些意味深长，“是个‘婉’字，‘婉约’之‘婉’。”

我心头一惊，涩然道：“她美得像一位故人，是不是？”

去岁入宫，身份低微，一年间已从从五品的小仪一跃而至从三品的婕妤，未有过身孕却不日就要册为贵嫔，即便我在宫中，也不得不视之为劲敌了。

玄清的沉默证实了我的揣测，他说：“与故去的纯元皇后总有六七分相似。”

我冷笑：“我方才正想，既是个木美人，何以会这样得宠，原来如此！”我想起阿晋的话，“皇上是在她宫里头吐的血？”

“是。”他的声音有沉沉的忧伤，“皇兄此番病重，因呕血而起，而呕血的根由，太医说，是因为皇兄服食了过多的五石散，又大量饮性烈的冷酒所致。而五石散，是在傅婕妤宫中发现的，她根本无法推托。连她自己，亦有服食五石散的迹象。”

五石散？我在听闻入耳时只觉得惊恐，五石散在魏晋时代的王公贵族中甚为风行。大约以石钟乳、紫石英、白石英、石硫黄、赤石脂五种矿石研磨成粉后混合使用。此五味药中，钟乳石、白石英、石硫黄确实有壮阳、温肺肾的功效，但药力过后不多时辰，身体会剧冷剧热。甚者大汗脱阳，气绝身亡。

我震惊不已：“此乃宫中禁物，傅婕妤从何处得来，皇上又为何会服食，太医都不知晓么？”

“皇兄自得傅婕妤，朝夕不离，常在她宫中厮混终日，时常连皇后也见不到一面，何况太医呢。这五石散，听傅婕妤身边的侍女招供，是为房中秘戏所用，傅婕妤从宫外弄来以此招徕恩宠，以致损伤龙体。”

我低头默默沉思，骤然道：“不会！以你所说，傅婕妤容貌酷似纯元皇后，皇上宠爱异常，她又何必再以五石散招徕恩宠。而五石散是宫中禁药，即便要招徕恩宠，她自可向太医索取宫中秘制的暖情药，何须自己冒险从宫外弄来。况且她还没有身孕，一身所依只有皇帝一个，她怎么会轻易去损伤他的龙体，不是自伤根本么？”

玄清只望着我：“你记得我方才所说么？皇兄对她近乎独宠，冷落后宫，连皇后也不常常相见。”

我的眼皮倏然一跳：“你也发觉或许是有人陷害？”我惊道，“会不会是皇后？是皇后用的五石散？”

玄清沉静道："皇后入宫以来，一向爱重皇兄非同寻常。即便她会因妒陷害傅婕妤，但是断断不会下五石散损伤皇兄的身体。事后傅婕妤百般辩解。然而宫中因她的得宠已经怨声载道，她到底年轻，在其位时也不知劝皇兄雨露均沾，以致今日墙倒众人推，惹得太后勃然大怒，下旨缢杀，并且将其一族废为庶人。"

我的心思在刹那间冰冷了下来，幽幽道："太后要杀她，不只是因为五石散之事吧？"

玄清默然："有我母妃的前车之鉴，太后如何能容得傅婕妤独占恩宠，她是断断容不得的。"

我了然："因着五石散一事证据确凿，连皇上也不能说什么吧。"

"太后与皇后雷厉风行，皇兄醒转时，傅婕妤已死，即便皇兄想要为她开脱也不得。只不过，皇兄也再没有提起过傅婕妤，哪怕我发觉他失落，他也没有再提起。"玄清缓缓道，"他只道，佳人难再得。"他的手臂牢牢拥抱住我，"嬛儿，我不得不害怕。皇兄，他在梦里，叫了你的名字。我在宫中侍疾二十七日，虽然只听皇兄在睡梦中含糊地喊过一次你的名字，虽然只有一次，我也害怕。嬛儿，我怕失去你。"

我的心突突地跳着，我死劲把脸抵靠在他的肩上。多么可笑，我与他共枕之时，他在梦里呼唤的，是"宛宛"，到如今，却唤了我。

"七张机，鸳鸯织就又迟疑。只恐被人轻裁剪。分飞两处，一场离恨，何计再相随。所以，你会写这样的七张机给我，是不是？"我轻声道，"那么在皇上的睡梦里，常常呼唤着的人，可是纯元皇后？宛宛，是么？"

"是。然而，并不只是在睡梦中。皇兄在养病时，常常独自一人翻看纯元皇后的遗物。"

我颔首，冷静道："他在清醒时，想念的是纯元皇后，会在梦中喊我的名字，大抵是因为……"我冷漠地苦笑，"是因为我有三分似纯元皇后。他不过是在想念纯元皇后本人时偶尔想到了我这个不驯服的影子罢了。"我温柔抬眸，向他道，"何况，我是被驱逐修行的人，怎么还会回去呢。所以，你不会失去我。"

他紧紧拥抱住我，我几乎能感觉到他沉沉的心跳："嬛儿，我竟然发现我是这样胆小的人，害怕失去你。"

我把脸埋在他胸膛里，感受他温暖而让人安定的气息："清，我也曾经胆小，不敢接受你的情意。如今，我们在一起，彼此依靠。清，有你在，我不会再害怕。”

他颔首，眼角有一点明灼灼的泪光，轻吻我的额头。良久，他惋惜：“只是可怜了傅婕好，她亦算一个好女子。”

我默默：“更可怜她圣宠一场，死后皇上连一句叹息也没有。终究，在皇帝眼里，傅婕好和我一般，都不过是个影子罢了。”我按捺住自己的思绪，低头勉强笑道，“那日你好端端写什么七张机来，叫我好生难过。我也和了一首七张机，看怎么罚你？”

我沉思须臾，轻声念道：“七张机。春蚕吐尽一生丝。莫教容易裁罗绮。无端剪破，仙鸾彩凤，分作两般衣。”

玄清忙忙捂住我的嘴：“我不过是说‘只恐被人轻裁剪’，你却已‘无端剪破，仙鸾彩凤，分作两般衣’。你是存心要咒我么？”

我见他神色不同往日，忙笑道：“不过是和诗玩罢了。我不当真，你也不许当真。”

玄清用力点头，抚着我的长发，道：“我自然百万千万个不当真的，我如何敢。”他微微一笑，“其实那日刚进宫，怕你牵挂，很想写些什么给你。然而千言万语，一时也不知道该写什么好。正巧遇见徐婉仪……”他见我不解，遂解释道，“是四年前选秀入宫的女子，虽不是倾城之色，然而颇负才情，只可惜皇兄不是特别喜欢。那一日在太液池偶遇，听她作了一首四张机，颇让人感触。”

“四张机？”

“不错。”他负手吟哦，“四张机。鸳鸯织就欲双飞。可怜未老头先白。春波碧草，晓寒深处，相对浴红衣。”

“鸳鸯织就欲双飞。可怜未老头先白。”我细细呢喃，用心品味。几乎在玄清吟哦的一瞬间，就被这词里深深的伤感所打动。我真心赞道，“闻者只觉伤感难言。这样好的才情，真叫人惊艳。”

他又道：“只听说这次皇兄病着，她日夜跪在通明殿为皇兄祈福，人也虚脱了。”

或许，她是真心爱着玄凌的吧。因为爱慕，所以这样伤感而自怜，叫人不忍细心去品她的心声。然而，她如何明白，就如我当年一般不明白，君王至尊，哪里是我们身为嫔妃所可以爱慕的？终究不过，是自取伤心罢了。

山巅寂静，暖风掠过身旁一树一树的花开，花朵绵绵落地，发出轻微的“扑嗒”“扑嗒”的柔软声响。

有飞鸟扑棱着翅膀，自由飞翔。我笑：“总听说山里有豺狼虎豹，可我住了好些年，除了狸猫之外却没有见过一只半只。”

玄清夹一夹我的鼻子，笑到不行：“傻丫头。名山古刹之中连皇室贵胄都有来焚香参拜的，怎么会有豺狼虎豹呢？”

我不好意思：“我不过是想看看罢了。总在屋子里待着，难免有些闷。”

玄清道：“你若想看虎兽之戏。我认识宫中一名驯兽女师，下次请她来清凉台为你表演就是。”

我故意道：“那驯兽女师很老了吧？”

他还未解，道：“不过十六七岁吧。”

我吃吃地笑，拖长了声音道：“哦，难怪呢。我正想，若不是妙龄少女，你怎会相熟呢？”

玄清用力夹一下我的鼻子，嗤道：“醋劲倒是见长。”

我笑得伏在他怀里：“我晓得你不会，才这般和你玩笑。”他闻言只笑，紧紧拥住我。

不知过了多久，我偶然回首，见浣碧站立在我身后，默默不语。我并不晓得她是何时过来的、来了多久，只觉得若被她看去了我们方才的亲昵，是很不好意思的。

然而浣碧神情淡淡的，只道：“晚饭已经好了，小姐和王爷同去用吧。”

彼时暮色如流离四合的晕彩，山崖上一簇簇鲜红、一丛丛洁白的秋杜鹃，散若天边飘落的云霞。浣碧松松绾着的发髻边斜簪了一朵杜鹃花，水红的花瓣，映着她细腻的肌肤，分外娇艳。玄清偶尔注目，赞道：“浣碧虽然爱穿碧色，可是簪上一朵红杜鹃，却格外好看。”

浣碧不自觉地红了脸，摸一摸发间柔弱婵娟的花朵，极小声道：“多谢王爷赞誉。”

我欲言又止，终究还是没有说出口。秋杜鹃的花瓣太过柔弱娇怯，其实并不适合簪戴，况且，又是这样薄命的花朵。

然而浣碧的样子，仿佛是喜欢得紧，对于玄清的随口赞美，也十分受用。

玄清挽过我的手，微笑道：“天色不早，咱们一同回去吧。”

耳边杜鹃声声啼鸣，秋日如年，仿佛永远没有过完的一天。这样宁静恬美的时光里，我几乎忘了，杜鹃是离别悲泣的鸟儿啊。

第十二章
顾佳仪

过了两日，浣碧不知从何处抱了一大堆书来，都是有些年岁的古籍了，装订得十分考究，半点虫蛀霉迹也无，必定是书香世代的人家才有的书籍。

我奇道："你怎么抱了这样多的书来？从哪里来的？"

她略略思量，还是道："奴婢斗胆，私自求了王爷，今日他特意遣了阿晋送来的。"

我笑道："我平日有那几本解闷的书就够了，清极有眼力，拿来的几册书言简意赅，回味无穷，闲来品读是最好的。你怎么还去向他要这许多？"

浣碧只是抿嘴，道："小姐教我读书好不好？"

我闲闲翻了一下她抱来的书籍，大多是诗经、楚辞、唐诗、宋词一类，更有偏些的四六骈俪、南北艳赋，不免更有些讶异。从小浣碧就被爹爹亲自允许了陪我在书房读书，因此也能识文断字。只是浣碧的性子沉静，更爱女红针凿些，所以虽能识字，但吟诗作赋还是不成的。

我更意外："你不是向来不爱在诗书上多用心么，怎么好端端的如今又要学起来了？"

浣碧脸上微微一窘，很快已是如常，微笑道："奴婢多通点诗书不好么？小姐一向爱这些，奴婢若多懂得一点，也能多陪小姐解解闷。”

我想起前几日的事，心下顿时明白，笑道：“你别编派出一堆话来摆道理。前两日我与清论诗，你是否在后面听见了？”

浣碧脸色微微发红，恰如鬓边她簪着的一朵秋杜鹃，道：“小姐既猜到了，奴婢也不能再瞒。小姐和王爷懂得这样多，成日对答如流，奴婢什么也不懂，又听小姐和王爷和的诗这样好，只觉得自己总像根木头似的杵在那里。”

我心下微微释然，笑道：“你愿意上进博学，那自然是再好不过的。只要你愿意，我自然肯教你。只是……”我些微有些怅然，“女孩子家多看诗词，懂得了多些，只怕愁绪也要多些了。”

浣碧望着窗外，神色异常宁静，如水波不兴：“小姐从前拒绝王爷时曾引用《碧玉歌》。碧玉小家女，不敢攀贵德。感君千金意，惭无倾城色。”

我抬头看她：“如何？”

浣碧淡淡道：“小姐回绝时可曾想到《碧玉歌》的下一首，只差两句，意思却全都不同了。”

我想了想，慢慢道：“碧玉小家女，不敢攀贵德。感郎意气重，遂得结金兰。浣碧，你想说这个是么？”

浣碧微微点头，她浅绿色的衣裙被风缓缓扬起：“你看，小姐，懂得些诗书，也多懂得些情意，总也比无知无觉好许多了。”

她这样一点怅然，毫无遮掩地流露了出来，我瞧见她鬓边艳艳一朵杜鹃，暗暗有些惊心。自玄清赞了一句她簪杜鹃好看之后，她日日簪在鬓角发间的，只一朵秋杜鹃。

她某些暗涌着的心思，我不是没有隐隐察觉的。只是，玄清自然不会留心她，亦不会沾染她。那么，我连这样一点小小的心思也不许她有么？陪着我，她的浮生已然是孤苦凄清了。

况且，要我如何对她开口呢？她的隐秘的小心思，并没有妨碍到我与清的相处啊。怜己悯人，我终究是缄默了。

为着这缄默，任由时光荏苒而过，待到秋深时节，红枫盛开如最华美的一幅锦绣。阿晋驾着马车而来，欢欢喜喜道：“王爷说屋子里待着闷，来接娘子去赏秋呢，娘子请上车吧。”

我上回不过无心一句，他却惦记在了心上。我不由得心头大动，更衣上车。

浣碧自然要跟去，对槿汐道："我服侍着小姐去游秋，你便留下吧。"

槿汐自然无异议，只深深望了我一眼。我懂得，却依旧不动声色。

我与浣碧二人以白纱覆面，秋游人间。京中的富贵繁华、钟鸣鼎食，再度看见，恍若重生一般。

再怎样小心，去的也是京都外人迹稀少的朗苑，闻得那里有甚好的湘妃竹。翠影篁篁，竹竿上或紫色，或黑褐，点点如泪迹斑斑。

"斑竹一枝千滴泪。"我感叹道，"眼见时真叫人感怀不已。"

玄清微微笑着道："娥皇女英为舜之死洒泪而成，湘妃深情，可见一斑。"

浣碧碧生生的衣裙与湘妃竹相映生辉，她低声道："舜的福气真好，有娥皇女英一对姐妹相伴左右。也幸亏她们是姐妹，才能这般和睦相处，成为佳话。"

我心头突地一跳，仿佛被挑动了某根隐秘的神经，微微作痛。

玄清相望于我，澹澹而笑："娥皇女英的深情的确叫人感叹不已。只是舜的福气并不是人人能有。于我等凡人而言，得一个一心人相守到老，于愿足矣。"

浣碧微微黯然失色，旋即释然微笑："有公子这句话，我也可为长姐放心了。但愿公子能如己所言，一生呵护长姐。"

浣碧这样的言语，是我始料不及的。然而，这已是最好的结果，无论她是真心还是假意，我都会因她这句话而铭感终生。她有这样的心意，我何必还要计较她鬓边的一朵秋杜鹃。

如此，一身轻松，欢畅游览完朗苑，趁着天色还早，一同尽兴而归。

我自马车中掀帘，旁边正停驻着一辆朱红油壁车，悬挂着与红正对的浓青色绣折枝花帘子，那帘子的料子是京中显贵最爱用的零霓缎，沾雨不湿。更妙的是在阳光底下仿若霓虹光彩，十分稀罕。且它辕马华贵，连驾车的侍从也一应的整齐衣衫穿着，想来是豪门之家的奴仆伴随主人外出。

我轻轻笑道："不知是哪一家豪门的千金出行，这样豪阔？"

外头牵马的仆从听见我们说话，笑呵呵道："两位娘子不知道，哪里是什么千金小姐。是留欢阁的顾姑娘。"

我一听留欢阁的名字，心中"咯噔"一下，隐隐有些明白过来。

浣碧却是不晓得，追问了一句："留欢阁是什么地方？"

那仆从"哧"一声笑道："两位娘子处在深闺，难怪不晓得。这留欢阁嘛，是男人最爱去也最舍不得离开的地方，也是京城里最有名的销金窝。"

浣碧"呀"了一声，已经明白，失声道："那是青楼呀。"说着自己也觉得失态，“她是烟花姑娘，怎么会有这样的排场？”

一时玄清上车来，从怀中掏出一包东西递给我，和悦微笑道：“尝尝看，是什么？”

我拿起一闻，不觉笑生两靥：“是荣福记的桂花松子糖。”于是取了一颗吃了，笑道，“还是和从前一样的滋味，半点不曾改变。你方才跑下去，就为了买这个么？”

他只是含笑：“你不是说起从前爱吃么？”

我低首微笑，睨他一眼，道：“我不过那天随口说一句，偏你这个人当正经事记着。”

浣碧半是欢喜，道：“公子待小姐真好，小姐说的什么都记在心上。”

玄清又拿出一包东西，给了浣碧道：“嬛儿说你喜欢荣福记的梅子糖，我也帮你拿了。”

浣碧不觉微笑，紧紧抓在手里，欠身道：“多谢公子。”

于是融融洽洽，我吩咐道：“咱们走吧。”

车夫答应一声，吆喝着正要催马前进，忽然回头道：“那边顾姑娘的车要先行，咱们怕是抢不过。”

我笑道：“那有什么抢不抢的，她有事先行一步，咱们就让她好了。”

话音还未落下，却见旁边那辆油壁轻车之上，帘子被轻柔掀起，露出雪白如藕的一只手臂。白玉之后一张芙蓉秀脸迅疾闪过，语声直叫人骨酥：“多谢了。”

方才想起是那位顾姑娘在感谢我们让路之事，于是轻声道：“姑娘客气。”

话还未完，她已经一径垂下帘子乘车去了。帘外阳光灿烂如金，我的眼前仿佛还晃动着那一张芙蓉秀脸，虽然只是惊鸿一瞥，看得并不多么清晰，只是觉得有些眼熟，仿佛是哪里见过。然而她容貌当真秀美，车骑已过，那缭乱容颜似乎闪电刺破长空，美艳到叫人措手不及。

待到回过神来，那车夫大笑道：“顾姑娘艳丽，不仅吸引男人，连娘子这样也看得不住吗？”

我转头问玄清：“你方才瞧见没？那位顾姑娘确实容貌十分出众，却也有些眼熟。”

玄清“嗯”了一声：“有么？我方才并没有瞧见。”

浣碧玩笑道：“听说这位顾姑娘艳名远播，公子一向风流倜傥，也不知道么？”

见玄清摇头，那车夫越发兴致勃勃：“这位顾姑娘，是留欢阁的头牌姑娘，追捧她的王孙公子那是不用说的，常常在留欢阁打起来的也多的是。”

我微微一笑：“五陵年少争缠头，一曲红绡未知数[1]。果然是艳帜高张，名数风流。”

玄清侧首道：“今年欢笑复明年，秋月春风等闲度。[2]”他略略沉吟，“若等到‘门前冷落车马稀，暮去朝来颜色故’的时候，也是可怜。这位顾姑娘若真聪明，也该早早结束烟花生涯，脱籍从良才是。”

“想纳这位顾姑娘的人自然不少，只是各方公侯捧着，直惯得她眼高于顶，什么人也瞧不上。”车夫想起什么，只当一桩趣闻来讲，“前几年倒是差点从良，对方也是位侍郎的公子，为了她神魂颠倒，连家中的父母妻儿也不要了。听说他家娘子当时还怀着身孕，真是可怜。”

浣碧听得入神，连连问道：“后来呢？”

我心中隐隐不定，仿佛山雨欲来，只隐约觉得，那女子的相貌，恍惚有两分像安陵容呢。

那车夫见浣碧有听的兴致，更加高兴，说道：“听说那位公子的姐妹是宫里的娘娘，知道了生气得了不得，结果一怒之下那公子连爹娘也不要了，妻子儿子不要了，连宫里当娘娘的姐妹也不要了，就出了府搬去和顾姑娘住一起了。”他“嘿”一声道，“美色当前，果然是什么都不要了，可见顾姑娘的厉害。那位公子得到顾姑娘倾心，也真是艳福不浅。”说着啧啧有声，好似艳羡不已。

话说到这里，浣碧的脸色也有点发白了：“然后呢？”

“然后……”车夫挠了挠头，“只晓得那公子后来悔过自新，重又回家去了，又得了皇上的赏识封了大官，也没再去找顾姑娘。”

我心口“咚咚”跳得厉害，舌尖微颤，终于还是问了出来：“那顾姑娘的芳名，是不是叫佳仪？”

那车夫啪地一拍手：“果然娘子也知道。”

玄清听得“佳仪”二字，心下陡然明白原委，按住我的手臂道：“嬛儿！你冷静些。”

那车夫不晓得原委，依旧说道：“后来那公子家里犯了事，被流放了老远，

[1] [2] 出自唐代白居易的《琵琶行》。这几句是写琵琶女年少风光时的歌伎生涯。

家破人亡，连那位娘娘也被皇上赶出了宫不要了。真真是可怜，听说他们家坏事还是和顾姑娘有关联的呢。对了，那家公子就姓甄，我可想起来了！”

我身上发冷，拼命抑制住自己，用力压着玄清按住我手臂的手。

浣碧忙对车夫道：“我们家娘子不舒服要歇息下，你先走开些。”

那车夫丈二和尚摸不着头脑，忙走开了。

鬓角有冷汗涔涔渗下来，我缓缓吐出三个字：“是佳仪。”

浣碧目中有幽幽的恨意：“小姐，咱们去问她，咱们要去问她，为什么要这样害咱们甄府？为什么！”

我心口怒火灼烧，那无数悲愤与疑问轰地冲向脑子里，我一下子挣脱玄清，起身就跳出了马车：“清，我要去找她！我要问她！”

这么多的冤屈，这么多的疑问，关节就在她身上，我怎么能不问，我怎么能装作什么都不知道。我是甄家的女儿啊！

浣碧跟着我跑了出来，玄清急追出来，一把牢牢把我扣在他怀里：“嬛儿，你不要命了么？你怎么能去问她！”

我极力挣扎着，玄清的力气极大，我挣脱不开。浣碧用力掰着玄清的手臂，哀求道：“王爷，奴婢也求求你，放我们家小姐去问，她不能不知道。这是咱们家的事呀！”

玄清扣住我的身体，在我耳边喝道：“你这样去问，她肯告诉你么？你要知道，她当初能反口，就证明她是皇后的人，只要你去问她，皇后就有一万个法子处置你，再处置你生活已经稍稍安定些的家人！”

胸口仿佛陡然被人用力击打了一下，我安静了下来，玄清放慢了语气道：“你虽然在宫外，却依旧是在险境里，所以头两年太后才会叫芳若姑姑每个月来看你一次保你平安。现在皇后虽然放松了些，但一有风吹草动，未必不会斩草除根。而在宫里的胧月就是首当其冲。宫中新人选入，皇后不会再理会你，但是你这样跑去找佳仪，不仅什么都问不出来，只会打草惊蛇，叫皇后再度注意你防范你。”

我静静听完，双脚忽然觉得酸软，一时站不住，整个人软了下来。

玄清紧紧抱住我，再不说一句。浣碧的神色悲伤而哀戚，嘤嘤道：“小姐，咱们竟然什么都不能做，只能这样眼睁睁看着。”

我靠在玄清怀中，心中一时转过无数个念头，纷杂凌乱，好不容易定了定心，撇开跑乱了的头发，慢慢道：“不错，咱们现在就是什么也不能做。浣碧，我们现在只要行差踏错一步，只要小小一步，就会害父兄连性命也保不住。浣碧……”我凄然摇头，“现在，就算佳仪在我们面前，我们说什么，她听得进去么？她肯告诉我们原委么？”

浣碧摇头：“她不肯的。”

玄清安慰地拍着我的肩头：“你别急，咱们慢慢来，总有法子可想的。”

“想法子？”我忽然冷笑了一声，“即便佳仪肯说，咱们这位圣明天子肯信么？”我含泪道，“当时皇帝就不信，所以才有甄氏一族的一败涂地，若皇帝肯多信三分，若他……甄门也不至于如此。”我用力咽下哽咽凄楚之声，恨恨道，“从前我在宫里时他都不信，如今我被贬出宫，当日陷害我的皇后、安陵容和管氏个个在宫中屹立不倒。那么如今的我再说什么，还有什么用么？当初若有一分可争之处，若不是到了无力回天的地步，哪怕我再不甘再屈辱也会留在宫中以图后报，也不会让我的胧月尚在襁褓之中就离我而去。”我越说越痛心，心口激荡如潮，澎湃迭起。

玄清心疼不已，轻声道：“嬛儿，你往深处想，若现在真被你问到佳仪，她肯为你翻供，皇兄也了解你家冤屈，那么又会怎样？你父兄会沉冤得雪，官复原职，甄氏一族依旧会显赫。可是皇后的地位不会撼动分毫。”他的语气冷静而理智，“只要有太后在，皇后依旧会是母仪天下的皇后。而且即便佳仪翻供，也没有十足把握把矛头指向皇后。如果事情当真盘根错节，牵连太大，那么为了稳固朝廷根基，皇兄就算明知有冤，也不会查下去。”玄清的声音有些沉痛和无奈，“因为他是皇帝，朝廷才是最重要的，他不会为了一人一事而去做伤害朝廷根本的事。这件事，你一定要明白。而你的父兄，即便返还朝廷依旧为官，但强敌环伺，不啻再入虎口。若再有变故，他们还经得起几次？”

我无声无息地苦笑出来，无力道：“清，若是我父兄可以有个清白，那么他们就要重回官场去无休无止地和人争斗；若是不还他们清白，就是我这个做女儿的不孝，让他们父子远隔南北，与我天伦难聚。清，我该怎么做才是对的？”

他懂得地摇了摇头：“只怕你稍有举动，你父兄的冤屈还未洗刷，你、胧月、你的父兄家人，都已经身遭不测了。”

我只觉左右为难、悲苦无尽，一时间什么话都说不出来了。

他低声道：“嬛儿，我虽然是个闲散宗室，却也是个王爷、当今皇帝的手足。你父兄分居川北岭南，相距千里之遥，若有可能，我会想尽一切办法把他们调往一处。只是委屈你些，不能时时得见父兄了。”

我低头拭泪道："若能让爹爹老怀有慰，即便我活着时不能再见到他们，又有什么要紧。"

浣碧定定看着玄清："王爷可以做到吗？"

玄清神色认真而坚定，看着我道："我答允嬛儿的，一定会做到。"

浣碧手指绕着衣上丝绦，沉吟片刻，道："王爷对长姐的心意浣碧看在眼里自然明白。王爷既然这样说，那么浣碧就代父兄和长姐谢过王爷了。"说罢敛衽为礼，一鞠到底。

他扶我起来，唤了车夫回来，柔声对我道："天色向晚，我们还是先回去要紧。"

时值九月，道路两旁稼禾成熟，尽是荞麦沉坠。偶尔风过，麦浪起伏如黄海生波，汹涌叠嶂如潮起潮落，亦仿佛我心头无尽的心事与哀愁。我为免玄清担心，虽然面上不再露忧愁之色，然而马车稍稍一颠簸，无限心事又翻涌了起来。

第十三章
结爱

佳仪之事，我与槿汐提起，槿汐蹙眉良久，道：“王爷说得对。不要打草惊蛇为是，现在咱们做什么都是无济于事，只能静待时机。”

我于是极力隐忍，因佳仪的出现而重被掀起的沉郁之痛依旧新鲜而血迹淋漓。我极力忍耐着，把心底的痛和恨隐忍成一根尖锐的刺，深深扎进血肉，只待来日。

这一年的冬天，就在这样的隐忍和煎熬中到来了。

这一日小雪，玄清策马而来。

禅房中红烛如双如对，明媚如情人含情相睇的剪水双瞳。桌上一个素白大瓷瓶中插满了盈盈蓬蓬的一大束绿梅，十分清雅。炕中炭火烧得正旺，屋内又搁了两个大大的火盆，炭火“毕剥”一声跳，燃出更多的热气，薰得绿梅益发含香吐蕊，清香四溢。屋外朔风正劲，小雪簌簌，斗室内却是融融洋洋，只觉春暖。

我抱着他的大羽斗篷道：“方才下马怎么那么不小心，好好的斗篷钩破了一块。”

他坐在我身边：“想着有四日没见你了，下马便有些急。”

我看他一眼，心疼道：“雪天山路本就难走，马蹄又容易打滑。这回是钩破了衣裳，下回若是跌伤了自己可怎么好呢？”

他神色不安而疼惜，忙道：“我答应你，小心就是。我也不肯伤了自己，若伤了怎么能来看你呢？”

我忍俊不禁，嗔道：“下回再这样不小心，谁还肯给你补衣裳。”说着也不理他，只在斗篷的破处缝了一朵小小的六合凤尾云纹，掐断了线头，我默默片刻，方抬头问，“明日就要走了么？”

他侧首想想：“十一月二十，不能不走了。否则新年前赶不回来。”

“那……”我依依不舍，“一个月就能回来了么？”

他仔细算了算日子，直直望着我，道：“一月之内，我一定回来。”

“嗯。”我抱膝而坐，用紫铜剔子轻轻拨了拨烛焰，把它挑亮，缓缓道，“一个月，月亮又圆了一回呢。”

他的手怜惜地按在我的手上，轻轻道：“一个月，也很短的。”他微微笑，笑容温暖如春，“我已经都安排好了，等我这次回来，就可以接你离开这里了。”

我欢喜：“真的么？”

“是。”他从怀中取出一个小小的纸包，打开，却是洁白芳香的一包粉末，我好奇，“似乎是香粉。”

他摇头，神情有些神秘：“这是温太医配过来的假死药，名叫‘七日失魂散’，以曼陀罗花粉制成，服下之后如死了一般，呼吸全无。就这样昏迷七日之后，自己就能苏醒。”

“是温太医亲手配制的么？”

“是。我亲眼见他调配好，他亦希望你能早早脱离这里。”

我长长舒了一口气，道：“是他亲手配制的，我就放心了。”我既是感慨又是安慰，“他终究还是肯帮我的。”

玄清亦是颇为感动：“温太医为我们用心良多，的确要好好谢谢他。我已经安排妥当，只等我此番从滇南回来，一切都可完满解决了。”他揽我入怀，眼中有如璧的光华涌动，“明年，就是新的一年了。嬛儿，咱们终于可以永久在一起了。”

灯光映得人的心境温润，我的声音亦温柔如春水：“等你回来，等一一事毕，我才能真正安心。”

他道：“滇南毗邻南诏，从前的摆夷等部族归顺之后都并入滇南数州。这几年天灾人祸，民心浮动。况且滇南出玉陕关往北都是赫赫的疆域，滇南一地关系着我大周小半的粮草丝绸，一旦与赫赫交战，是十分要紧的地界。且那里边民混杂，只怕有赫赫的奸细混了进来打探我大周的消息，因而皇兄很是烦恼。而我生母出身摆夷，也唯有我能走这一趟，去察看民情，安抚人心。”他目光恳切，“事关社稷，我不得不去。毕竟摆夷，也是我的母族，我的身体里留着一半摆夷人的鲜血，我不能不闻不问。”

我了解地颔首，轻轻以食指按住他的嘴唇：“我明白。朝中能不偏不倚地处理这件事的，唯有你，也只能是你。”我脉脉望住他的双眼，“一月而已，我一定等你。”

他微笑：“此去滇南，回来时我便往川蜀走，去探望你爹爹，也好让你放心。”

我软软“嗯”了一声，弯下身，拉起他的品蓝色遍底银滚白风毛直身锦袍的袍角，又扯起自己的衣角，郑重其事地结了一个结，徐徐含情道：“心心复心心，结爱务在深，一度欲离别，千回结衣襟。结妾独守志，结君早归意。[1]”

结挽得似双手合拢成心，他轻声接口：“始知结衣裳，不知结心肠。坐结亦行结，结尽百年月。[2]”

我浅浅笑得温婉，亦有些离别的心酸苦楚，像含了一枚极青的梅子在口中，吐亦吐不出，吞亦吞不下，只得任它酸在口中，酸到心里。

我忍着眼中的泪，躺在他怀抱里，一壁钩着他的袖子，雪白的蚕丝团花隐约在品蓝色的平锦里，似乎白玉堆雪，不仔细看几乎看不出来。

他和我一样，都喜欢这样素净的颜色。

他的气息离我这样近，我的世界，值得让我欢悦的本只有他。我低婉道：“一度欲离别，千回结衣襟。自在一起，从未和你这样分离过，一想到哪怕只是分离一度，也很想千回百回地把咱们两个人的衣襟连到一起。希望人和衣襟的结一样不要分离。”他轻轻吻着我微闭的眼睑，轻柔似若有若无，我只道，“从前听江南来的姨娘说，杭州西湖边上有一座桥，名叫长桥。”

玄清问：“这桥很长么？”

我微微摇头：“其实长桥并不长，之所以叫长桥，是因为当地人总说当年梁山伯和祝英台这对情人在此告别，依依眷恋不舍，所以原本很短的桥也显得特别

---

[1][2] 出自唐代孟郊《结爱》。全诗为：心心复心心，结爱务在深。一度欲离别，千回结衣襟。结妾独守志，结君早归意。始知结衣裳，不如结心肠。坐结行亦结，结尽百年月。

长。”我淡淡一笑，手指张开套进他的指缝之中，双手牢牢扣紧，唏嘘道，“伤离别之情，古往今来，都是一样。”

他急忙捂住我的嘴，笑道：“咱们可不是梁山伯和祝英台，他们一个哭嫁一个吐血早亡，最后只化蝶离开人世，咱们可比他幸运多了。”

他一说，我顿觉不祥，忙笑着道：“我可是胡说了，拿了他们来混比。不过也是传说罢了，咱们听听就是。”

他一笑对之：“也是。我如今总是多心，听不得薄命之语。可见一个男子的心肠若被心爱的女子所系，亦是洒脱不起来了。”

我仰面望着他，只是笑道：“你自洒脱去，清河王风流倜傥，还怕没有曼妙女子前仆后继而来么？”

他一急，便来呵我的痒，我笑得一壁躲一壁嚷嚷道：“这人真经不得说，一说便恼了，这样来欺侮我。真真是恼羞成怒了。”

他一把按住我，瞪我道：“我何曾恼了？”

我笑得止不住，又是害羞，急道：“好好说话就是，你成什么样子。”

他的衣襟和我的衣襟结在一起，方才起身一绊，两人倒在了一起，他半个身子压在我身上，两人倒在榻上，姿势太过暧昧香艳。他离我这样近，却不让开，只说：“你还胡说不胡说了。”

我只得讨饶，道：“你先让开，算我胡说就是了。”

他看一看衣襟，大笑着指着衣襟上的结道：“这可是你自己干的。”见我更是羞恼，他用手指夹一夹我的鼻子，眼中顽皮之意大盛，“等下再胡说，一定把你鼻子给拔下来，看你再这样顽皮。”

我趁他一松，忙推开他，理了理衣襟，只笑不语，斜斜睨他一眼道：“谁要和你顽皮啦？”

他顺势抱住我，额头抵着我的额头，指一指衣襟上的结：“始知结衣裳，不知结心肠。如今可知道好处了。”

我恨恨看他一眼，终于忍不住笑了出来，别过头去，想了想，才缓缓道：“你回来时，总要快二月春上了。”我沉吟，“陌上花初开，风光何等美妙。”

他与我对望一眼，心意俱是了然，想起那一年他来探我我却赏春去了不在，于是他写了一张纸笺，温情无限，却是这样一句：陌上花开，可缓缓归矣。

“陌上虽然花开，但请务必急急归来。”我心中温柔而伤感，低声道，“因为……我在这里等着你回来。”

他的手掌贴在我的脸颊上，那么烫，仿佛他的皮肉与我的皮肉贴合在了一起。他低声耳语："你在这里，我便归心似箭。连我的御风也知道要载我千里归来，什么花香也留不住。"

我低低应一声，埋首在他怀中。想到只消他归来，我便能朝朝暮暮与他相守如一，满心满肺便都是清甜的欢悦，像小胡桃刚刚敲破那一瞬间乍然破溢而出的坚果才有的那种稳健的清香，入口都是绵甜。

只觉他应允了我的，我便安心。

窗外天色暗如墨汁，小雪下得更大了，扑扑地打着窗纸，沙沙声安静入耳，和着他微微急促的呼吸。炭火燃得更旺，室内愈发暖洋，春意无边。

也不知是几时了，阿晋低低在外头叩了两下门，我迷迷糊糊地转一个身，倏然想到是来催清起床赶回王府的。脑中陡地一惊，仿佛凉水湃头，一下子清醒了过来。

他悠悠转了转身子，手臂已经牢牢把我拢在怀中，一丝也不松开。

我心中无端地难过了起来，把头靠在他胸口。门外阿晋略略提高了声音，催促道："王爷，该起来了，还要赶回王府去一趟呢，总不成从这里出发呀。"

玄清的眉头在睡梦里微蹙了蹙，我不愿催他，忙假意闭上眼睛，装作还在熟睡。

片刻，只觉得身边安静，玄清一动也不动。慢慢睁开眼来，却见他已经醒了，只无限情深地看着我。

我一时害羞，低声道："醒了？"

他微微颔首，低头轻吻我的额头，抱着我的手臂更加用力。他轻声在我耳边道："还未别离，已觉别离之苦了。"

我忍一忍心中的酸楚，轻轻道："先苦后甜，等你回来，清，咱们就可以永永远远在一起，再不分开了，是不是？"

他用力点点头，语气坚如磐石："是。等我回来，我便和你再也不分开了。"

我心底的欢喜自酸楚之中开出一朵烂漫明丽的花来，越开越低，几乎要漫到尘埃里去。可是那样欢喜，连这世间的尘埃灰烬也埋不住的欢喜，那种希望充盈心间的感觉，满满地填满一颗心。

我推一推他的手臂，轻轻道："阿晋在外头要等得急了。快出去吧，别落下什么话柄。”我的声音低低如呢喃，“咱们，不在这一时。”

他话语裹在绵密如雨的亲吻里，清凉如小雨：“两情若是久长时，又岂在朝朝暮暮。你不晓得，我现在多么厌恶这句话。过了这些日子，咱们就真正可以朝朝暮暮了。”

我用力地抵在他心口，眼泪几乎又要落下来。他的肩并着我的肩，我郑重道：“咱们拉钩。”

他笑着刮一刮我的鼻子，低笑道：“跟孩子一样。”然而他亦郑重钩住了我的手指，“我从不对你食言。”

我微笑。诚然，他从未食言于我。

我的清，他答允我的，从来都做到。我这样放心。

他起身，原本他的手掌贴在我的手背上，贴了整整一夜，紧贴着的肉身分开的一刹那，忽然有一种什么被生生剥离开身体的感觉。我的心突然“咔”的一声，无声无息的，似碎裂了什么，整个人都空落落地虚空起来。

那种他离开时，肌肤与肌肤生生分离的感觉，好像他和我的皮肤，本就是该生长在一起的。那种亲密脱离后的触感，热热的滚烫，像被烙铁生生地烙过，仿佛他的手心，依然还在我的手背上。

心中的难过，愈加浓重了。

抬头时，却见他已经穿好了衣衫，正望着床前衣架上挂着的衣衫微笑出神。我看了一眼，亦“哧”一声笑了出来。

原来昨晚睡前，我与他的外衫分别挂起，却在袍角结了一个牢牢的结。

我轻笑道：“始知结衣裳，不如结心肠。你这么跟我说，却也还做这样的事。”

他转身过来，熹微的晨光下，他清俊的脸庞如天边升起的第一道日光，执过我的手道：“已结心肠，再结衣裳，你会不会觉得我太贪心？”

我微微羞涩，抱住他的肩，真心愉悦微笑：“我总觉得你的贪心，是很好很好的。”

我缓缓解开袍角的结，亲手披到他身上，柔声道：“穿上吧。”

他收拾整齐，再度道：“等我回来。”

我用力点头，轻轻吻一吻他的嘴唇：“我等你。”

他起身离去，其实我与他相隔长久不见，这也不是第一次了。

然而不知为何，心里总觉得不安，起身想为他缝一件衣袍，才缝了几针，便扎到了手指。鲜红的一滴血沁出来，浣碧急急俯过来道："怎么这么不小心呢？"

我含着手指片刻，勉强笑道："不知怎么的，今天心里总毛毛躁躁的。"

浣碧笑道："想是王爷要走一个月的缘故。"她的目光清亮，笑意悠悠道，"不如小姐去送送王爷吧。"

我忙摆手："这怎么行呢？若被人瞧见可就完了。"

浣碧凑到我耳边，笑吟吟道："我听阿晋说了，皇上派王爷出去的事并没有张扬，所以也不会有朝廷官员去送。阿晋跟着王爷两人，是从灞河便上船。"她的声音听起来是怂恿，"小姐可去么？"

不过是一瞬间心思的转圜，我起身向浣碧道："去拿我的披风来。"

小雪初停，路滑难行，我策马再快，赶到时玄清已经上了船。

我不觉懊丧顿足，然而玄清远远已经看见我，清俊容颜上绽放出惊喜的绯色。

遥遥一水间，伫立岸边，目送离去，玄清目光缱绻，只驻留在我身上，仿佛风筝，千里远飞，亦总有一线来牵引。

他远远呼喊："我很快回来。"言毕，他只无限眷恋地微笑。

我晓得他要说的下一句是什么。

等我回来。

就如昨日烛下之盟。他说，等我回来，我们就可永远在一起了。

于是心底无限欢喜起来，仿佛心花开了一朵又一朵，连绵无尽的欢喜与期待，只要等他回来。于是一壁地应："我一定等你，等你回来。"

我高高地招手，手里的绢子也挥得高高的，杏子黄的绢子，仿若我此刻的心情，虽然离别在即，却因着有永生永世可以期望，亦是那么明媚灿烂。忽然手一松，江风一卷，绢子远远地飞了出去。

我骤然一怔，眼看那绢子如彩蝶一般翩翩飞了出去，风卷得它一扑一扑，我捉也捉不住，只得眼睁睁看它飞走了，不由得心下生出了如许怅惘来。然而转念一想，也不过是条绢子罢了，有什么可惜的，心情也渐渐平复了。

风帆远远去了，日落江晖如红河倾倒，漫天殷红无边无际，仿佛要把人吞没一般。

我踮着脚眺望他黑如一点的身影，那姿态像极了一个殷殷盼望丈夫远归回来的妻子。

他远去，我的心也一点一点寂寥下来，寂寥到了极处。

每一日，每一刻，每一分的牵念与盼望，就是，他能快快回来。

月亮圆了又缺，一个月其实也很快就过去的。只是在我眼里心里，一日不见，如三秋兮。他才去了三日，在我看来，已如九个月一般。

相思之人，是最禁不得远离的吧。也常常因为远别而寂寞，只是这寂寞因为有他即将会回来的盼望，也是寥落中带着欢喜与期待的。

于是闲来抚琴弄曲，以“长相思”的泠泠七弦来寄托我的相思。

槿汐日夕相伴在侧，偶尔在听琴时往香炉中添入一小块香饼，便有清香轻缓地逸出。如斯安宁的时光，槿汐轻声道：“所谓神仙眷侣，奴婢此生只见过两对，除了现在的王爷和娘子，只有当年的皇上和纯元皇后。”

我愉悦微笑，明知我和清两情相悦，偏偏口中还要问一句：“槿汐，你眼里，什么样子才当得起‘神仙眷侣’这四个字？”

她道：“娘子从前和皇上，绝对当不起‘神仙眷侣’这四个字。”

我垂下眼睑，神色便有些萧索，道：“这个自然。”

“若论容貌气度，皇上和娘子自然也算登对。当然王爷与娘子也是一对璧人。所谓神仙眷侣，外貌自然要郎才女貌，相得益彰，不能是无盐配周郎、小乔嫁武大。然而仅仅形貌匹配是远远称不上神仙眷侣的。”槿汐娓娓道，“娘子知道是什么缘故么？奴婢旁观者清，娘子对皇上，虽有真心，却更多算计；皇上对娘子，也不能说是无情，但那情是虚得很了，若非这样，娘子也不会到今日这步田地。何况娘子和皇上之间，尊卑太明。不似与六王，坦然相对、真心相待，无尊卑之分，无猜疑芥蒂，是彼此都用上了全副心思的，情趣心志也都是相投，这才算是神仙眷侣啊。”

她这样贸然提起玄凌和我的过往，我却是释然了：“槿汐也爱慕过男子么？说得这样头头是道。”

槿汐脸上一红道：“娘子取笑，奴婢一直在宫中服侍，轻易见不到男子，现下也三十多岁了，哪里来爱慕之说？这些话，不过是奴婢在宫中住久了，一些所闻所想罢了。”

我以手按住琴弦，问：“当年皇上和纯元皇后也像我和清郎现在一般好么？”

槿汐道："皇上那时还年轻，纯元皇后……她是很好很好的人。"

我有些不信，笑着疑问："可是她妹妹……"

槿汐用力摆首，道："纯元皇后和如今的皇后绝不是同样的人。"

纯元皇后，是我在宫中最大的隐痛。我从未见过她，对于她的一切也不过是宫外宫内听到的些许传闻。然而这个人，我宫中的四年，全是做了她的影子啊。

我按捺住心底的起伏，轻轻道："纯元皇后，究竟是怎样的人？槿汐，你说她帮过你，太后对她念念不忘，皇上为她做了一辈子的痴心冷心人，端妃的琵琶这样好也只得她的几分真传，而《惊鸿舞》亦是得她改编才流传天下，更兼之'婉嫕有妇德，美映椒房'。这世间竟有如此曼妙美好的女子么？"

槿汐微微出神："从前在宫里，是断断不许私下议论纯元皇后的，连皇后也讳莫如深，以致除了先入宫的端妃外，已无人知晓纯元皇后之事了。其实奴婢与纯元皇后的机缘，统共也不过三两次。只觉得整个宫里，没有比纯元皇后更善良没有机心的人了。所以她永远不适合做皇后，也不习惯做皇后。"

我冷笑，却也佩服："说到做皇后，没有比现在的那位皇后娘娘更胜任的了。"

槿汐道："不错。奴婢在宫中服侍娘子时常常劝娘子要狠心有决断，就是因为如此。纯元皇后固然善良，可因此也不得善终。"她淡淡道，"当然，这是从前的话了。"槿汐望着我，真心道，"娘子有今日，也算脱离苦海了。来日王爷能与娘子长久在一起，奴婢也没有遗憾了。"

我微微颔首，想着有那一日，心中也是欢悦憧憬，道："果然有那一日，我也是如愿了。"

槿汐满面含笑，道："那一天便要快了吧，到时娘子可别不要奴婢和浣碧姑娘啊。"

我微笑："咱们三人同甘共苦，总是要在一起的。"

槿汐神色欢喜："若真有长久服侍娘子和王爷那一日，也是奴婢的福气了呢。"说罢又掰着指头，"还有二十日，王爷就要回来了呢。"

手中的"长相思"是最初坚持的梦想，而玄清的"长相守"，是梦想的最终。回首漫漫长路而来，即将走到梦想的最终，心中起伏难定。唯觉和玄清在一起的日子，是一生来最幸福快乐的日子，如此想着，手下的"长相思"琴弦被我拨起，曲意婉转。

第十四章
挽断罗衣留不住

日子，就这样过去了。细细算来，离他回来的日子只有五六天了。

这样想着，心里也是欢喜而雀跃的。这一日见大雪融化，日色明丽，浣碧从外头进来道："小姐让我送去安栖观的棉袄我都送到了，太妃还叫我问小姐的好，说王爷也快回来了呢，到时让小姐和王爷一同去请安。"

我有些倦怠："我这两天懒怠走动，身上总乏得很。不过顶多十日清就要回来了，到时再去也不迟。"正说话间隔，听得外头有尖声尖气的声音禀报："莫愁师太，有宫中贵人到访。"

我与浣碧相顾愕然，不过一个恍惚，却见一个盛装丽人扶着侍女的手翩然而进，莲青锦上添花金线大氅兜头解下，露出眉庄雪白姣好的面容来。

我又惊又喜，不觉热泪盈眶，唤道："眉姐姐。"

话还未说完，眉庄的手已经一把牢牢扶住我，眼中落下泪来："嬛儿，是我不好，到如今才来看你。"

她的话甫一出口，我的泪水亦情不自禁落了下来，相对无言，只细细打量着彼此的身形容貌，是否别来无恙。

眉庄见我亦是哭，忙拭了泪道："咱们姐妹多少年才难得见这一次，只一味地哭做什么？"又拿了绢子来拭我的眼泪。眉庄环顾我的居所，蹙眉向跟着进来的住持静岸道："好端端的做什么叫本宫的妹妹住这么偏僻的地方，本宫从甘露寺过来即便坐轿也要一炷香的工夫，甘露寺就这样照顾出宫修行的娘子的么？"

眉庄的口气并不严厉，然而气韵高华，不怒自威，静岸尚未说话，她身边静白的额头上已经冷汗涔涔流下。

我见了眉庄已经喜不自胜，懒得为静白这些人扫兴，也不忍住持为难，只道："我前些日子病了，才挪到这里来养病的，并不干住持的事。"

静岸默然道："莫愁慈悲了。"

静白连连道："是是是，是莫愁病了才叫挪出来的。"

眉庄眉头微拧，然而并没有说什么，只道："你们且出去候着吧，本宫与莫愁有些体己话要说。"众人正要退出，眉庄又道，"旁人就罢了，静白师太身体强壮，就为本宫扫去回宫必经山路上的残雪吧。"

采月抿嘴儿笑道："为表诚意，请静白师太独力完成吧。"

静白面色发白，此时虽说大雪消融，然而山路上积雪残冰还不少，眉庄回宫必经的山路又远，要她一人去扫，的确是件难事了。

我见静白一行人出去，向眉庄道："何苦这样为难她？"

眉庄只拉着我的手坐下："你在甘露寺里可受尽了委屈吧？"

我摇头："并没有。"

"你便是太好性儿了，还这样瞒着我。打量着我都不知道么，你是从宫里被废黜了送出来的，这世上的人哪有不是跟红顶白、拜高踩低的，即便是佛寺我也不信能免俗。"眉庄冷笑一声，"你不知道，方才我要来看你，那个静白推三阻四、百般劝阻，一说天冷，又说路滑。我见了你才说几句话她就心虚成那样，可见是平日欺负了你不少。我便是个眼里揉不进沙子的，当你的面发落了她，一则叫她有个教训，二则也不会以为是你挑唆了我，更为难你。"

我心下温暖："难为你这样细心。"

眉庄看不够我似的，上下打量着，忽而落下泪来，道："还好还好，我以为你吃足了苦头，又听住持说你大病了一场挪出了甘露寺，一路上过来心慌得不得了。如今眼见你气色既佳，我也能放心些。"

我喜道："听说你晋了贵嫔，我可为你欢喜了好多天。"

眉庄蹙一蹙眉，唇角轻扬，却含了一点厌弃之色，道："贵嫔又如何？我未必肯放在心上！"

眉庄原本绮年玉貌，脾性温和，心气又高，如今性子冷淡至此，于人于事更见淡漠，不禁叫人扼腕。我想起一事，愈加难过，唏嘘道："你何苦如此呢？"

眉庄抚一抚脸颊，道："很苦么？我并不觉得。你走之后，皇上也召过我两次侍寝，然而对着他，我只觉得烦腻。我这样清清净净的身子，何必要交给他这样一个薄情之人。我只要想一想，就觉得烦腻，连我自己也讨厌了起来。所以，保留着嫔妃的名位与敬妃一同照顾胧月，为你伺机谋求而不为他侍寝，于我是最好不过的事情。"眉庄的笑意凉薄如浮光，"近些年新人辈出，皇上也顾不上我，只对我待之以礼。不过也好，有了贵嫔的位分，有些事上到底能得力些。"

眉庄这般为我，奋不顾身，我心中感动不已，柔声道："芳若姑姑能常常来瞧我，也是因为你求太后的缘故。你这般尽心尽力地为我……"

眉庄摆一摆手，道："若换作今日受苦的是我，你也一定这般为我的。我听了你的劝，这些年收敛锋芒，不叫皇后她们注意，只一心侍奉太后，与敬妃照顾胧月。只为找一个时机可以一举帮你洗雪沉冤，奈何我留心多年也抓不住把柄。"

"不要紧，不要紧。"我紧紧握住她的手，"眉姐姐，我只要你们都平安。"

今日得以重见眉庄，是想也想不到的事情，几乎是欢喜极了。然而欢喜之中更是有难言的酸楚。一别多年，终于能彼此见上一面，然而玄清回来，等他回来我服下"七日失魂散"，便要离开甘露寺，离开凌云峰，从此隐姓埋名生活，再也见不到眉庄了。想到此处，心下漫漫散出一股生冷的离愁。我忽地想起一事，便问道："出宫不易，你今日怎么能出来的？且还在正月里。"

眉庄的神色骤然复杂而不分明，阴翳得如下雪前沉沉欲坠的天际，她轻轻叹了一口气，道："你还记得瑞嫔么？"

我一怔，过往的记忆分明在脑海中划过。瑞嫔洛氏，那个会说"若堕尘埃，宁可枝头抱香而死"，眼神澄静无波的女子。终究一语成谶。

眉庄道："瑞嫔是自缢而死的。宫嫔自戕本就有罪，又加上安陵容一意挑拨，坐实她挟君的罪名，所以她死后棺椁一直停放在延年殿，连送入妃陵安葬的资格也没有。这么些年了，因为皇上皇后都没有开口，所以谁也不理会，就一直停在延年殿里。到了腊月初的时候，昌贵嫔的和睦帝姬突然高热不止，虽然看了太医，可通明殿的法师说是有妃嫔亡灵未得超度所致，算来算去只有瑞嫔一个，因为是死后获罪的，所以不能在通明殿超度，只得把灵柩送来了甘露寺。"

我道："这事在正月里办终究不吉利，怎么交给了你？"

“通明殿的法师说要长久没有被皇上召幸的女子身心清静才能办这样的差使。其他的妃嫔嫌晦气不肯，才轮到我来的，瑞嫔是个可怜人，我也想着可以来看看你。”

我淡淡“哦”了一声，忽然隐隐觉得不对，然而哪里不对，却是说不上来。我怔怔支颐思索，忽然瞥见眉庄眼角微红，仿佛欲言又止。

我心下起疑：“眉姐姐，你一向在生死之事上检点，平日决不会沾染奉送亡灵超度这种事。当真是只为了送瑞嫔的灵柩来甘露寺超度顺道来看我么？”

她的目光倏然沉静到底，恍若幽深古井。她牢牢盯着我，一字一字道：“既然你察觉了，我也不能再瞒你，这次出来见你我是煞费苦心。我给和睦帝姬下了点发热的药，又买通通明殿的法师，说起瑞嫔要超度一事还要长久不得宠幸的妃嫔护送到甘露寺，才能想法子见你一面。”

我的心口沉沉地发烫，喉头微微发痛，愈加觉得不安，盯着她道：“你这样费尽心机，一定是出了什么要紧的事——是不是胧月出事了？”我不敢再往下想，胧月，我的胧月——不！

我的身子微微发颤，眉庄一把按住我，迫视着我的眼眸：“不是胧月，她很好，什么事也没有。”我骤然松下一口气，还好不是胧月。眉庄的神情忧虑而焦急，她银牙微咬，闭眼道：“是你的兄长，甄珩……他疯了！”

我怔怔呆住，几乎不敢相信。我的哥哥，我英气逼人的哥哥，他怎么会疯了？怎么会！他只是流放岭南而已，玄清一直派人照拂他，怎么会呢？

我心口剧烈地跳动着，下意识地咬着嘴唇，生疼生疼的。那么疼，不是在做梦，眉庄也不会和我开这样的玩笑。我怔怔地呢喃：“不会！绝不会！哥哥好好的怎么会疯呢！”

眉庄深沉道：“的确不会。你哥哥虽然被流放，但身子一直好好的。清河王同情你哥哥，暗中派人照拂，这事我与敬妃也知道。但就在清河王奉旨去滇南后十来日，清河王府安在岭南照拂你哥哥的人传来的消息——你哥哥晓得了你嫂嫂薛氏和你侄子的死讯，一时承受不住打击吐了血，醒来就神志失常了。这本该是报到清河王府的消息，清河王不在，他们也拿不定主意，只好来禀报了我。我自己也犹豫了两天该不该告诉你，这些事你知道了只会伤心。可是担心你的安危，我不得不自己来告诉你。”

我静静地听着，身子一动也不能动，热泪酥酥地痒痒地爬过脸颊，像有无数只蜈蚣锋利的爪子森森划过。

我惊觉起来："哥哥怎么会知道嫂嫂和致宁的死讯，不是一直瞒得好好的么？怎么会突然知道了！"

眉庄容色深沉，压低声音道："问题便出在这里，明明是瞒得纹丝不漏，怎么清河王前脚去了滇南，后脚岭南那边就走漏了消息？若真是天意也罢，要是人为，那才可怕。"

我心思电转，刹那分明，恨道："她们是有备而来的！一定是宫里的人知道六王去了滇南，便有了可乘之机把嫂嫂和致宁的死讯露给了哥哥！"

"不错。"眉庄沉吟片刻，"我只怕是皇后那边动的手脚，除了她们，要么是管氏在外头的人。只是事情已经过去了那么久，她们竟还这样穷追不舍。"

我身上一阵阵发冷，嘶哑了声音，沉沉道："更叫人费解的是，为什么哥哥刚流放去岭南时没有走漏消息，偏偏到了今朝还有人穷追不舍。"

其中种种，加之去年秋游时见到顾佳仪，种种不解与哀痛，我脑中一时纷乱如麻，纠结一团，几乎无法想得明白。

眉庄目光雪亮如刀，刀刀分明："如今不是痛哭流涕的时候。第一要紧的事就是你兄长已经被人暗算，焉知下一个她们要对付的不是你？你虽然在修行中，已远离宫廷，还是要早做打算，这也是我为什么想尽办法出来见你的缘故。二是想法子把你兄长从岭南接回来医治，悉心调理或许还治得好。你与清河王不太往来想是不熟，这事我会想办法告诉清河王，等他回来即刻就可以做打算，偷偷接你哥哥回京医治。"

我勉力镇定心神，死死抓着自己的衣角："眉姐姐，你说得对。死者已逝，要紧的是为活人做打算。为哥哥医治的事我也会尽力想办法。"

眉庄意欲再说些什么，外头白苓进来道："回禀娘娘，时辰到了，咱们得赶在天黑前回宫去的。该启仪驾了。"

眉庄点一点头："本宫晓得。你让轿子先准备着吧。本宫与莫愁师太再说两句。"

白苓欠身道："是。娘娘别误了时辰就好。"说罢恭敬退去。

眉庄握住我的手臂，容色沉静，道："我要走了，你只记住我一句话，好好保全自己。这才是最要紧的。"

我用力点一点头，热泪不止："宫中险恶，你自己也要小心才是。再相见，也不知道是什么时候了。"

眉庄闻言伤感不已，微微转过脸去："只要彼此安康，见面不见面又有什么要紧呢。”

采月为眉庄披上鹤氅，又唤了白苓进来，一左一右搀扶了眉庄出去。眉庄频频回首不已，终究礼制所限，再不能多说一句，上了轿去了。

眉庄的暖轿迤逦而去。我极目远远望去，群山隐隐深翠，零星有残雪覆盖，逶迤叠翠之上似有数道裂痕，叫人不忍卒睹。

我沉痛转首，我甄家的苦难便这般无穷无尽么？

因了哥哥一事，我盼玄清归来的心思更加急切。浣碧与我相对之时亦是垂泪不止，焦急万分，只盘算着如何把哥哥悄悄接回京都医治。

然而度日如年，苦心期盼，腊月将要过去，玄清却依旧迟迟未有归期。不仅没有归期，并且连一点音讯也无，清河王府不晓得他何时归来，清凉台也不晓得他何时归来，连太妃亦不晓得，仿佛断了线的风筝，全然失去了消息。

十天过去，十五天过去。眼看快要新年了。

我心中焦灼不堪，太妃安慰我道：“滇南路远迢迢，远隔数千里，而且体察民情这种事最是细致不过，怕是路上耽误了时间也是有的。”

我担心着哥哥的病情，他又孤身在岭南，不免心中焦苦。我依在舒贵太妃膝下，太妃抚着我的脖子，柔声劝慰道：“嬛儿，你别急。等清儿回来，接你离了这里，再把你哥哥接到京中好好医治，虽说神志混乱是难症，但也不是治不好的。京中杏林圣手不少，顶多花上两三年总能治好的。你别忧心太过了。”太妃的语气轻柔而疼惜，轻声道，“等清儿回来就好了，什么都好了。”

太妃的道袍上有檀香的气味，柔软的衣料紧紧贴着我的面颊。已经是二月里了。天气渐渐回暖，万物复苏，新草吐露嫩芽，鹅黄浅绿的一星一星，夹杂着遍地开如星辰的二月蓝，一小朵一小朵的蓝花，春暖的气息就这般逼近了。

我如何能不忧心如焚呢？若玄清再不回来……我脸上微微一红，胸腹中窒闷的恶心再度袭来，我抵挡不住胃里翻江倒海的感觉，终于忍不住别过头跑了出去。

干呕虽过，头脑中的晕眩却没有减轻。太妃急急奔出来拍着我的背，急切道：“怎么了？可是吃坏了什么东西了么？”

我看了太妃一眼，旋即低下头去，满面绯红。太妃略略思索，惊喜道：“难道你……是什么时候的事？”

我羞涩低首，手指不自觉地捻着袖口的风毛，声如蚊蚋：“他走的那时候……已经一个多月了。”

太妃喜不自胜：“好好好！眼见我就要做祖母了。”太妃眼眶微润，“好孩子，只是委屈你了，要无名无分地跟着清儿。”

我微微低首，下颔抵在粉蓝色的衣襟上，衣襟上疏疏地绣了一枝玉兰花纹，细密的针脚带来的触觉叫人妥帖。我轻声道：“我心里看重的并不是名分。”

太妃眼角有一点柔亮的光泽，动容道：“好孩子，你这点性子最像我。这世间，终究是一个情字比虚名富贵都要紧的。”

我低声呢喃：“愿得一心人，白头不相离。”

太妃拉着我一并坐下，推心置腹道：“嬛儿，我这个儿子我最晓得，他若一心喜欢一个人，就会一心一意待她，哪怕你没有名分，他也不会再娶。对着外头，就让他去做一个孤零零的清河王好了。只要你们能长长久久在一起，别这样暗中偷偷摸摸的，你不拘是住王府或是清凉台都好。做人呢，总是里子最重要。”

这样的未来，或许是可以期盼的吧。第一个孩子没能生下来，胧月我不能亲手抚育。而现在我腹中的孩子，我和清的孩子，我可以亲自陪着他一起长大了，感受一个母亲真正的喜悦和幸福。

我心中无不和软，依依道：“清对我如何，我对清如何，太妃都看得明白。我不负他，他也不会负我的。”我含羞道，“若清回来，太妃先别告诉他。”

太妃明朗的笑意如春风拂面，道：“这个自然，你们小夫妻自己说就好。我只等着抱孙子呢。”

我伸手抚着还不显山露水的小腹，心里翻涌出蜜甜的期望，只要清回来，只等清回来。

时光在等待里缓缓地流淌过去，浣碧凝望我的眼神有偶尔的凝滞，仿佛被天空牵扯住的一带流岚，凝视在我的小腹上。

她的心结，我未尝不明白。我招手让她过来，握住她的手放在我的小腹上，语声温软：“你听，里面是你的小外甥。浣碧，玉姚和玉娆都不在，余生恐怕只有我们姐妹相依为命了。我的孩子，也是你的孩子。今后咱们一同抚养他好不好？”我的语气是诚挚而恳切的，带着长姐对妹妹的怜惜和疼爱。

浣碧眼中泪光莹然，如一枝负雨梨花，且疑且喜道：“果真么？”她放在我小腹上的手微微有些战栗，然而无尽喜悦，“长姐与王爷的孩子，也是我的孩子。”

“是。”我郑重允诺，“浣碧，有些事已成定局无法改变，有任何改变也只会伤人伤己。但是我能给你的我都会给你。”

浣碧低头微微恻然，如清露含愁：“我晓得的。命里没有的事终究不能强求。”

我揽住她的双肩，低低而放心地叹了一口气。

这样殷切的等待中，等来的却是温实初的一袭身影。

温实初拿了几服安胎宁神的药来，道：“这药是我新为你开的。你先吃着吧。”他看我眼下一抹黛色，不免心疼道，“这两日夜里都没睡好么？”

浣碧隐隐含忧道：“王爷说了去一个月便回来的，可是现在一走已经五十日了。新年都过了，还是半点归来的消息也没有。小姐难免焦急，昨晚又做噩梦了，可不是又没睡好。”

我的手指拂过绵软厚实的雪白窗纸，淡淡笑道：“噩梦是不当真的，浣碧，他一定很快就回来了。”

温实初闷了片刻，难过地转过头去，忽然冒出一句：“他不会回来了。”

我一时没有听清，回头笑道：“你说什么？”

温实初的脸色不断地灰败下去，他用力闭一闭眼睛，突然硬声道：“清河王死了，他再也不会回来了。”

他的话生冷地一字一字地钻入耳中，像是无数只灰色的小虫杂乱地扑打着翅膀，在耳中嗡嗡地嘈杂着，吵得我头昏眼花。我的面孔一定失去了血色，我全身冰冷，愣愣转过头来，喝道：“你胡说什么！”我的声音凄厉而破碎，“你怎么能这样咒他？咒我孩子的父亲！”

温实初一把按住我的手，急切道：“长这么大我什么时候骗过你。嬛儿，我一直不敢告诉你。清河王前往滇南迟迟未归，宫中也没有一点消息，皇上派人出宫去寻，得到的消息是清河王乘坐的船只在腾沙江翻了船，连尸骨都找不回来。”

我怔怔地听他说着，很安静地听，只觉得身上像被一把钝刀子一刀一刀地狠狠锉磨着，磨得血肉模糊，眼睁睁看它鲜血蜿蜒，疼到麻木。我咬破了自己的嘴唇，腥甜的汁液蔓延在口中齿间，胸腔的血气澎湃到无法抑制。温实初絮絮而谈，我只不言不语，恍若未闻。

他说，明年，就是新的一年了。等他回来，我们就可以永远在一起了。

可是已经是新的一年了，他却死了！

清死了！他就这样死了！这样骤然离我而去，说都不说一声，他就死了。

温实初含泪依旧道："腾沙江的水那样急，连船身都冲散了。就算尸身找到，也……"

我心中咯咯地响着，仿佛什么东西狠狠地裂开了，心里某种纯白的希望被人用力踩碎，踩成齑粉，挥洒得漫天满地，再补不回来了。

此时浣碧正端着煮好的安胎药进来，听得温实初的话，药碗"哐啷"一声跌破在地上摔得粉碎，浓黑的药汁倾倒在浣碧天青色的裙裾上，一摊狼藉。浣碧怔怔地呆在那里，顾不得药汁滚热，也不去擦，呆了片刻，跌坐在地上锐声尖叫起来。她的声音听起来凄厉而尖锐，一声又一声，仿佛是一块上好的衣料被人狠狠撕裂的声音，听得人心神俱碎。

我的泪一滴一滴滑落下来，无声蜿蜒在面颊上。我只闷头闷脑想着，他死了，连最后一面也见不到！

温实初死命地晃着我的身体："嬛儿！你清醒一点，清醒一点！人死不能复生了！"

人死不能复生？他连魂魄也不曾到我的梦里来啊！这样想着，胸中愈加大恸。五脏六腑像被无数只利爪强行撕扯着，扭拧着。唇齿间的血腥气味蔓延到喉中，我一个忍不住，呕出一股腥甜之味，那猩红黏稠的液体从口中倾吐而出时，仿佛整个心肺都被痛楚着呕了出来。

强烈而痛楚的绝望，让我的身体如寒冬被吹落枝头的最后一片落叶，不由自主地倒了下去。

第十五章
浮云蔽白日

我的神志并没有晕去，我的身体被夺门奔入的槿汐慌乱抱在了怀里，她忙同温实初一同把我放到床上。温实初满面痛悔：“嬛妹妹，是我不好，我不该这样突然告诉你的，我……”

我迷茫张口，心神剧痛之下声音粗嘎得连自己也不相信，只问：“他为什么会死？好端端的，为什么会翻船，连尸身也找不到？”

温实初的声音有些低迷的潮湿：“已经找到清河王所乘的那艘船的残骸，那船的龙骨和寻常船只并没有分别，但船底木材却并非用铁钉钉结，而是以生胶绳索胶缠在一起，在江河中一经行驶，生胶绳索断开，船便沉没了。”

我想起那一日在灞河边送他离开，河浪滔滔，船只无恙而行。我泪眼迷离：“这船应是官府调遣的，原该不会这样！”

“不错。去时坐的那艘船并没有问题。据造船的工匠说，船身虽然与他们所造的那艘相像，可是船底却不是了。可见是船停在腾沙江岸边时被人调了包。”

我越听越是心惊：“谁要害他？是谁要害他！”

温实初摁住我不让我挣扎，急痛道：“事情已经发生了，是谁做的也不可知。现在宫里已着人去知会清河王的生母，但在找到清河王尸首之前，皇上的意思是秘不发丧。”

我的情绪激动到无法克制，只要稍稍一想玄清已不在人世……我的腹中隐隐作痛，我几乎不能去想。我惶然地激烈摇头："我不相信！我不相信！尸首都没有找到，他是不会死的！"

温实初死死摁住我的身体："嬛儿，你要镇定一点。腾沙江的水那么急，泥沙滚滚之下，尸体就算找到也认不出来了。"

我痛得冷汗涔涔，不自觉地按住小腹，槿汐一壁忙不迭为我擦汗，一壁忍不住埋怨温实初："温大人这个时候还说这些做什么。娘子怀着身孕，这样的事情即便要说也得挪到娘子生产完了再说。温大人一向体贴娘子如同父兄，怎么这个时候倒犯了糊涂呢？"

温实初用力一顿足，道："我不忍心瞧她为了等那个等不回来的人这样吃力。"他握着我手臂的力气很大，声音却愈加温柔，那样温柔，几乎让人想依靠下去，"你虽然伤心，但有些事不得不打算起来。若你执意要生下这个孩子，七日失魂散我会照旧让你服下去，由槿汐她们报你病故。然后带你离开这里，咱们找个地方清清静静地过日子。"他的眼里隐约有泪光簌簌，温然闪烁，"嬛妹妹，我会待你好，把你的孩子当作是我自己的孩子一样爱护。你相信我，清河王可以做到的，我也可以做到。"

我泪流满面，全身的气力在得知玄清死讯的那一瞬间被骤然抽光，软弱而彷徨。他的话，我充耳不闻，只痴痴地流泪不已。

槿汐愁容满面道："温大人现在和娘子说这个也是枉然，只怕娘子一句也听不进去，等娘子清醒些再说吧。"

浣碧哭泣着爬到我的床头，一把夺过温实初握着的我的手臂，搂在自己怀里。浣碧悲痛不已，痛哭着向温实初斥道："你如何能把王爷的孩子当作自己的孩子？你如何能做到王爷可以做到的事情？你如何能和他比！"说罢不再理会面红耳赤的温实初，抱着我的手哀哀恸哭，仿若一只受伤的小兽，"长姐，我只要能看看他就好了，只要每天看着他笑——不！不用每天，偶尔就好，哪怕他不是对着我笑，我也心满意足。"她的哭声字字尖锐扎在我心上，扎进又拔出，那种抽离的痛楚激得我说不出话来，她哭道，"可是他死了，我以后，我这辈子，再也见不到他了……"

浣碧的哭声几乎要撕裂我的心肺。这一辈子，两情缱绻，知我、爱我的男人，我竟然再也见不到了，见不到这个与我约定"执子之手，与子偕老"的男人了！

我胸中一痛，身子前倾几乎又要呕出血来。槿汐慌忙捂住浣碧的嘴，唯恐她再说了叫我伤心，转头向温实初使眼色道："浣碧姑娘方才的药洒在身上了，温大人给看看有没有烫伤吧。"

温实初忙着掀起浣碧的裤腿，她的小腿上烫了一串晶亮的水泡。她也不呼痛，也不管温实初如何为她上药，只一味哀哀哭泣。

温实初忙得满头大汗，一壁帮浣碧上药包扎，一壁与槿汐强行灌了我安神药让我休息。

醒来时已经是夜半时分，我昏昏沉沉醒转过来，身上出了一层又一层冷汗，黏腻地依附着身体。我几乎以为是在做梦，只是梦到温实初向我说起玄清的死讯罢了。然而浣碧的哭声几乎是在同一瞬间传到我的耳朵里，她呜咽的抽泣似孤魂野鬼的哀叹，幽幽不绝如缕。叫我记得，玄清是真真切切不在人世了。

我微微睁眸，眼中流不出一滴泪来，唯有泪水干涸带来的灼热痛楚，提醒着我的失去和伤心。

槿汐见我醒来，忙端了一碗汤药来，道："温大人说娘子方才太激动已经动了胎气，断断不能再伤心。娘子先把安胎药喝了吧，温大人明日会再来看娘子。"我茫然地就着她的手一口口吞下药汁，喝完，只倚着墙默默出神。

秋日的谨身殿里，我因思念胧月而伏地痛哭，他自身后扶起我，声音温和如暖阳，漫天漫地挥落了蓬勃阳光下来："没事了。没事了。"

河水滔滔，十年修得同船渡。他说："此刻一起坐着，越过天空看云、说着话，或是沉默，安静享受片刻的平静吧。"

他的手心贴在我的手背上，掌纹的触觉，是温暖而蜿蜒的。他说："我总是相信心有灵犀的。"

他的声音有沉沉的愁绪和坚定："我会等你，等你心里的风再度吹向我。只要你愿意，我总是在你身后，只要你转头，就能看见。"

萧闲馆里推窗看去，满眼皆是怒放的、他为我精心培植的绿梅。

夜雨惊雷，雨水自他的脸上滑落。他怀抱着我，几乎不能相信，喃喃道："嬛儿……是你么？"

他答得郑重而坚定："在我心目之中，你便是我的天地人间。"

他说："我总以为，这一辈子，能留得住的，也只有那枚小像了。"

他深情款款地写："陌上花开，可缓缓归矣。"

“即便前途未卜，这也是我最真切的心意。”他语带哽咽，“嬛儿，这世间，我只要你。”

他用力点点头，语气坚如磐石：“等我回来，我便和你再也不分开了。”

泥金薄镂鸳鸯成双红笺的合婚庚帖。玄清左手握住我的手，右手执笔一笔一画在那红笺上写：

玄清　　甄嬛

终身所约，永结为好。

我提笔续在玄清的字后：“愿琴瑟在御，岁月静好。”

合婚庚帖还没有用上，所有的美好和盛大都已在前方等待，只消他回来……他却永远回不来了。腾沙江冰冷的江底，他的尸骨沉溺到底，他再也回不来了。

他睡觉时微蹙的眉头，他深深琥珀色的眼睛，他夹着我的鼻子说话时的俏皮，他微笑时那种温润如玉的光彩，他说那些深情的话时认真执着的表情。

我再也见不到了！

小妹子待情郎呀——恩情深，你莫负了妹子——一段情，你见了她面时——要待她好，你不见她面时——天天要十七八遍挂在心！

阿奴的歌声依稀还在耳边，可是玄清，哪怕我把你一天十七八遍挂在心，你也不会回来了。

转眼瞥见案几上的“长相思”，七弦反射着清冷微光，我心内大恸。“长相思”还在，“长相守”却是永远也奢望不到的一个绮梦了！

这样呆呆地抱膝而坐，任它星移月落，我不眠不休、水米不沾。不知过了多久，浣碧的哭泣仿佛已经停止了，温实初来了几次我也恍然不觉。

这一次，却是槿汐来推我的手，她端着一碗浓黑的汤药，那气味微微有些刺鼻，并不是我常吃的那几味安胎药。

槿汐的容色平静得看不出一点情绪的波澜：“这药是奴婢求了温大人特意为娘子配的，有附子、木通和鳖甲，都是活血化瘀的良药。更有一味红花，娘子一喝下去，这腹内的烦恼就什么都没有了。反正奴婢瞧娘子的样子，不吃不喝、不眠不休，这条命也是不要的了。不如让腹内的孽障早走一步，别随娘子吃苦了。”

我听她平静地讲着，仿佛那只是一碗寻常的汤药，而不是要我腹中骨肉性命的落胎药。药汤的气味刺鼻得让人晕眩，槿汐的语气带了一点点蛊惑：“这药的效力很大，一喝下去孩子必死无疑。不过不会很痛的，温大人的医术娘子是知道的。”她把药递到我唇边，“娘子请喝吧。”

我死命地别过头去，双手紧紧护住自己的小腹。我怎么能喝？这是我和清的孩子，我不能让他被红花灌出我的身体……我的孩子。

我惊惧地一掌推开槿汐手中的药汁，以母兽保护小兽的姿态，厉声道：“我不喝！”

药汁倾地时有凌厉的碎响。浣碧几乎是冲了过来，一把抱住我的双腿凄厉呼道：“长姐！你不能不要这孩子！”她伏地大哭，“这是王爷唯一留下的骨肉，你不能不要他！”

我的左手轻轻抚摩过浣碧因伤心而蜡黄消瘦的脸颊。腹中微微抽搐，我沉缓了气息，静静道：“槿汐，这碗落胎药我不会喝。我要这个孩子！”微冷的空气被我深深吸入胸腔，“不仅这个孩子，还有我的兄长家人，我都要保住他们。”再没有泪意，所有的眼泪在得知他死讯的那一日全部流完了。“清死了。再没有人保护我，我就得保护自己，保护我要保护的所有人。”

槿汐面露喜色，深深拜倒，沉声道：“这才是奴婢认识的甄嬛。”

呼吸间有锥心的焦痛，每一次呼吸，都是一次割裂般的痛楚。可是再难再痛，我依旧要活下去。为了我未出世的孩子，我不能死；为了我的父母兄妹，我不能死；为了死得无辜的玄清，我不能死。

我要活着，一定要好好活下去。

脑中像有一根雪亮的钢针狠狠刺入又缓缓拔出。那样痛！然而越是痛我越是清醒。我已经不是曾经会因为伤心而颓废自弃的甄嬛了。

我安静坐正身子，接过浣碧换过来的安胎药，我仰头一气喝下，眸光似死灰里重新燃起的光亮。我沉静道：“你放心，我容不得自己去死。”

槿汐淡淡微笑道：“娘子可曾听见温大人这几日的深情劝说？若要和温大人在一起安安稳稳过一辈子也是不错的。”

我摇头：“槿汐，你最明白我又何必要来试我？我是不会和温实初在一起的。”我的心头凄厉得分明，“我的哥哥神志不清被困在岭南，我甄氏一族没有人来照顾，从前清会为我去做的事情如今我都要一力扛起来。”我轻轻道，“槿汐，我要做的事温实初帮不了我，我也不要依靠他一辈子，我只能依靠自己。”

槿汐的笑容愈发明澈：“娘子心意已决就不会是一个人，奴婢和碧姑娘必定追随娘子。可不知娘子要怎么做？”

我一字字道：“清死得蹊跷，我不能不理会。他去滇南之前曾和我说过，滇南乃兵家重地，又是大周一半粮草所在，赫赫向来虎视眈眈，常有细作混入。他的意外是滇南乱民所致还是赫赫所为都不得而知，更或许还和宫里有关。但无论是哪一种，凭我眼下一己之力根本无法为他报仇。”我的思路异常清晰，“我肚子里这个孩子注定了是遗腹子，可是清河王一脉不能因我而终止。这个孩子，我一定要给他一个名分好好长大。还有我的父兄，从前我步步隐忍只为能保他们平安，可是如今哥哥生生被人逼疯了……佳仪又近在眼前，我不能眼睁睁瞧着他们……”

我没有再说下去。槿汐已经明白：“娘子要做到这些，天下只有一个人可以帮娘子……”

“不错。”我的目光在瞬间凌厉如刀锋，唇齿间没有丝毫温度，连我的心，也是没有温度的。

我默然无语。玄凌，这个记载着我曾经欢乐与荣耀、痛苦与绝望的名字，这个本以为再也不会重遇重逢的名字，重又唤起我对被埋葬在深宫幽歌、情爱迷离的那段胭脂岁月的记忆。那一度，是我生命里最好的华年。

大周后宫中婉转承欢的宠妃，一朝也沦落为青灯中的缁衣弃影。如今重因这个名字而在内心筹谋时，我才骤然惊觉，我的命数，终究是逃不出那旧日时光里刀光剑影与荣华锦绣的倾覆的。

我抑制住心底无助的苍茫，缓缓道：“清告诉我，他曾在梦里唤我的名字。虽然没有十分把握，但我会尽力去做。我要用他的手、他的权来报仇，来保护我要保护的。”

槿汐深深抽了一口凉气，道：“这条路险之又险、难之又难，娘子可想清楚了么？”

我轻轻一嗤，冷道：“你以为我还有路可以退么？”我抑制不住心头的悲切，“他已经死了，我这一己之身还有什么可以顾忌的？”

浣碧猛地抬头，眸中闪过一轮精光，惊道：“小姐要和皇上重修旧好么？只是小姐若和皇上只此相会，纵有几夕欢愉可以瞒天过海，但若惊动宫里，有人动了杀机，咱们只能坐以待毙。”

心中有犀利的痛楚翻涌不止。我平一平气息，缓缓吐出两字：“回宫！”

浣碧语气微凉：“眼下回宫中是最好的法子，只是小姐要怎么做？诚如小姐过去所说，大周的废妃都是老死宫外，无一幸免。”她的语气心疼而不忍，“皇帝这样对小姐，小姐还能在他身边么？况且小姐一旦回宫，是非争斗必定更胜从前，其中的种种难挨小姐不是没受过。”

我低首，轻轻冷笑出声：“要斗么？我已经是死过一次的人了，怎么还会害怕这样的斗。即便要斗死在宫中，只要保得住我要保的人，我什么都不怕。”我停一停，“要重修旧好不过是个盘算。如何做得不露痕迹、做得让他念念不忘才是最要紧的事。”

浣碧泪痕中微见凌厉：“浣碧此生是不嫁之身，小姐去哪里我便跟去哪里。”

我沉默着不再作声，一口一口吞下槿汐为我拿来的食物。滚烫的粥入口时烫得我几乎要落下泪来。然而，我不会再哭。

槿汐服侍我服下一剂安神药，轻声道：“娘子好好睡一觉吧，睡醒了要筹谋的事多着呢。”

我闭眼，我要好好地睡一觉。此觉醒来，恐怕再也不会有好睡了。

温实初来时，我也不对他细说，彼时我正对镜自照，轻声道：“我很难看，是不是？”

他微微惊愕，不明白我为何在此时还有心情关注自己的容颜是否姣好，然而他依旧道：“你很好看，只是这两天气血不足脸色才这样黯淡。”

我淡淡道：“我有着身孕，气血不足对孩子不好，劳烦你开些益气补血的药给我。还有，从前的神仙玉女粉还在么？”

他更吃惊：“好好的怎么想起神仙玉女粉来了？”

浣碧在旁道：“小姐决意要把孩子生下来，可是小姐现在这样憔悴支离，生下来的孩子怎么会好看呢？所以要吃些益气补血的吃食，再用神仙玉女粉内外兼养。”

温实初静默片刻，喜道：“你肯好好的就最好。益气补血尤以药膳为佳，我会每日配了来给槿汐。”他的声音沉沉而温暖，“这些都交由我去做，你安心调养就是。”

我淡淡道：“那些益气补血的药膳要见效得快才好，我最讨厌见着自己病怏怏的样子了。”见温实初离去，我向浣碧和槿汐道：“先不要叫他知道。”

两人低低应了一声“是”。浣碧轻声道：“若温大人知道小姐有这个打算，只怕要跳起来拦着小姐了。”

我低低“嗯”一声：“何必叫他自寻烦恼。”

因着槿汐说“桃花可以悦泽人面，令人好颜色”，彼时又是春上，百花盛开，庭院里一株老桃树开得灿若云霞，于是槿汐与浣碧日日为我捣碎了桃花敷面。温实初让槿汐摘了杏花和槐花来熬粥，又日日滚了嫩嫩的乌鸡让我吃下。

玄凌一向爱美色，这也是我赖以谋划的资本。以色事他人，再不甘，也要去做。

如此十余日后，哪怕心的底处已经残破不堪，容色到底也是恢复过来了。

我黯然想道，原来人的心和脸到底是不一样的，哪怕容颜可以修复，伤了的心却是怎么也补不回来了，任由它年年岁岁，在那里伤痛、溃烂、无药可救。

浣碧有时陪我一起，会有片刻的怔怔，轻轻道：“小姐那么快就不伤心了么？”

我恻然转首：“浣碧，我是没有工夫去伤心的。”我低头抚摩着小腹，“在这个孩子还没有显山露水的时候，我要把所有的事情都办妥。”

浣碧叹息一声道：“我明白的。”

夜间槿汐服侍我梳洗，柔声道：“今日浣碧姑娘的话娘子别太放在心上。”

我道：“我清楚的。她的难过并不比我少。”

槿汐轻轻叹了一声，道：“娘子的伤心都在自己心底呢。有时候，说不出来的伤心比说得出来的更难受。”

我黯然垂眸：“或许浣碧觉得，我的伤心并不如她，我对清的感情也不如她。槿汐，有的时候甚至连我自己也这样觉得。”

槿汐拢一拢我的鬓发，语气和婉贴心：“浣碧姑娘的伤心是为了自己再看不到王爷，而娘子，却是伤心得连自身都可以舍弃了。”

夜色似冰凉的清水湃在脸上，我苦笑道：“槿汐，你看我又一味伤心了。”我屏息定神，“这不是我能伤心的时候。你得和我一起想想，这宫里有没有能在皇上面前说得上话的人？”

槿汐默默凝神片刻，眼中忽然闪耀过明亮的一点精光。她的声音执着而坚毅：“唯今能在皇上面前说得上话的只有李长，他从小陪伴皇上长大，最清楚皇上的性子。娘子如今要设法回宫，就一定要有碰得上皇上的机会。”

我神志清明如闪电照耀过的大地：“你的意思我清楚，我要回宫，必定得要人穿针引线。我本来是思量着能否找芳若。”

槿汐思虑片刻，道：“不可。芳若如今在太后身边侍奉而不是在皇上身边行走，一则传递消息不方便，二则不能时时体察皇上的心意，万一提起的时候不对便容易坏事。”

我的容色在烛光下分外凝重：“不是芳若，那便只有李长。我在宫中时虽给了李长不少好处，可如今我落魄至此，回宫的机会微乎其微，李长为人这样精明，怎会愿意出手帮我？”

槿汐神色冷清而理智：“即便李长不肯帮，咱们也一定想法子要他帮。不仅安排娘子与皇上见面需要他，以后种种直至回宫都需要他。”我很久没有见到这样的槿汐了，我甚至觉得，这样在宫中时就事事为我谋划的槿汐才是我最熟悉的槿汐。她道，“皇后若知道娘子怀着身孕回宫是一定要想尽办法阻拦的，或许还会把娘娘怀孕的消息瞒了下来。太后如果不知道娘子有孕，那么对娘子回宫的态度也就会模棱两可。即便太后知道了，关心子嗣要把娘娘接回宫去，皇后若使出什么法子要耽搁下来也不是不能。而宫中的美人繁花似锦，皇上若一时被谁迷住了忘记了娘子，奴婢说是一时，只要有一时皇上对娘子的关心放松了，那么皇后就有无数个机会能让娘子‘无缘无故’没了这个孩子。如果真到了那个时候，娘子是经历过的，皇上有多么重视子嗣，没了肚子里这个孩子，娘子真是连葬身之地也没有了。”她的声音带着一丝决绝，“所以，娘子现在在宫外，要让皇上想起来要见娘子，将来要让皇上时时刻刻惦记着要把娘子接回宫去，时时刻刻惦记着娘子和娘子腹中的孩子，最好的办法就是有一个皇上近身的人可以随时提醒皇上。那个人——就是李长。而收买李长最好的办法，不是金帛也不是利益。”

我隐约猜到了些什么，心下不禁漫起一点惶恐，原本是一点，但是随着槿汐脸上那种凄清而无奈的笑意越来越深，我的惶恐也一点一点扩散得大了，我紧紧地握住她的手：“槿汐，你要做什么……”

槿汐的手那样凉，我的手是温暖的，却温暖不了她的手。我恍惚记起从前在太后宫，太后抄佛经常用的那支毛笔是玉做的笔杆，坚硬而光滑，冷意就那样一点一点沁出来。冬日里握着写上片刻，就要取手炉来取暖。槿汐嘴角漫起一点心酸的笑意：“内监是身子残缺的人，不能娶妻生子是一辈子最大的苦楚。所以他们常常和宫女相好，叫作‘对食’[1]，就当聊胜于无，也算是安慰彼此的孤苦。”

我身上一个激灵，几乎不敢置信：“槿汐，我不许你去为我做这样的事。”

槿汐的身影那样单薄，她淡淡道：“这是最好的打算了。奴婢虽然已经年

---

[1] 对食：原意是搭伙共食。指宫女与宫女之间，或太监与宫女之间结为“夫妇”，搭伙共食。

近四十，但也算不得十分老。李长垂老之辈不喜年轻宫女，亦要个能干的互为援引。何况奴婢与李长是同乡，刚进宫时多受他照拂，多年相识，他也未必无意，奴婢愿意尽力一试。”

我几乎想也不想就要拒绝：“槿汐，你跟着我已是受尽了旁人没受过的辛苦，现下还要为了我……”我说不下去，更觉难以启齿，只得道，“‘对食’是宫中常见的事，内监宫女私下相互照顾。只是他终究不是男子，你……”

槿汐缓缓拨开我的手，神色已经如常般镇定了，她道：“这条路奴婢已经想得十分明白了，娘子再劝也是无用。槿汐身为奴婢，本是卑贱不得自由之身，如今就当求娘子给奴婢一个自己做主的机会吧。至于以后……不赌如何知道。万一幸运，李长就是奴婢终身的依靠了。”

月色透过薄薄的窗纸映在槿汐脸上，她的容色白得几乎如透明一般，一点血色也没有。她缓缓站起身子，轻轻拂一拂裙上的灰尘，转身向外走去。

我惊呼道：“槿汐，你去哪里……”

槿汐转身微微一笑：“李长在宫外有座外宅，奴婢知道在哪里，也有把握能见到他。”

我清楚她这一去意味着什么，苦劝道：“槿汐，你实在不必这样为我。咱们总还有别的法子，是不是？”

槿汐只是一味浅浅地笑：“娘子回宫本就对李长无害，若得宠，更是对他有益，再加上奴婢，娘子放心就是了。”她拨开我拉着她的手，轻轻道，“娘子说自己是一己之身，没有什么不可抛弃。那么奴婢早就是一己之身，更没有什么可以害怕。”

她再不理会我，慢慢走到屋外。月色如惨白的一张圆脸，幽幽四散着幽暗惨淡的光芒。屋外群山如无数鬼魅怪异地耸着的肩，让人心下凄惶不已。

我第一次发现，槿汐平和温顺的面容下有那么深刻的忧伤与哀戚。她缓缓离去，一步步走得极稳当，黯淡月光下她的身影被拉得又细又长。那么漆黑的影子，牢牢刻在了我心上。

长夜，就在这样的焦灼与无奈中度过。槿汐在天明时分归来，她的神色苍白，一点笑容仿佛是尘埃里开出来的沾染着风尘的花朵，轻轻道：“该办的事都已经办妥了，娘子放心。”

我心慌意乱地扶住她：“我让浣碧下了鸡汤面，你先热热地吃一些。”

槿汐的笑容实在微弱："我告诉李长，世上的事千回百转，还是什么人该回到什么人身边去。此刻我肯了，娘子却只剩一个人了。若能事成，皇上和娘子在一处，我与他也就顺理成章在一处了。所以今晚入夜时分李长会亲自来拜访，娘子且好好想要怎么说吧。"

我含泪道："我知道，你且去休息吧。天都亮了。"

槿汐疲倦地笑一笑："奴婢想去眠一眠。"

我忍着泪意，柔声道："好。你去吧。"

眼见槿汐睡下，我睡意全无，只斜靠在床上，默默无语。浣碧心疼道："小姐为槿汐担心了一夜，也该睡了。"她脸色红了又青，"小姐方才觉着了吗？槿汐仿佛很难过呢。"

我忙按住浣碧的手，道："昨晚的事不要再提，免得槿汐伤心难堪。"

浣碧微微红了眼圈，低声道："晚上李长过来，只怕槿汐难堪。"

我怅然想起的，是槿汐昨夜离开前哀戚而决绝的面容，她的"一己之身"又是为何呢？槿汐的故事她从来没有对我说过，也不会轻易提起，各人都有各人的往事啊！

是夜，李长如期而至。他一见我便已行礼如仪："奴才给娘娘请安。"

我扬手请他起来，又叫浣碧看茶，苦笑道："我早已经不是娘娘了，李公公这样说是取笑我么？"

李长胸有成竹："奴才这么称呼娘娘必定是有奴才的缘故，也是提前恭贺娘娘。"

我端详他："公公这话我就不懂了。"

李长眼珠一转，道："槿汐昨日来找奴才虽没有说什么，但奴才也隐约猜到一些。今日见娘娘虽居禅房却神清气爽、容光焕发，奴才就更有数了。"

果然是个人精！我笑意渐深，道："公公此来又是为何呢？"

李长道："奴才是来恭贺娘娘心愿必可达成。"

"公公何出此言？"

"奴才在皇上身边多年，皇上想些什么也能揣测几分。当年皇上盛宠与娘娘容貌相似的傅婕妤……"

我打断李长："傅婕妤是与我容貌相似呢还是与别人相似，李公公可不要糊弄我。"

"奴才不敢。"他躬身道，"傅婕妤死后皇上为什么连一句叹息都没有，就像没事人似的。傅婕妤貌似那一位与娘娘有几分相似，皇上初得之时宠得无法无天。然而也因傅婕妤之死，奴才始知娘娘在皇上心中之重。”他的目光微微一沉，道，“娘娘可知道皇上为什么会沉迷于五石散，娘娘又可知道皇上和傅婕妤服食了五石散后抱着傅婕妤的时候喊的是谁的名字？娘娘又可知道，皇上病重昏迷的时候除了呼唤过纯元皇后之外还喊了谁？若不是心志薄弱，以皇上的修养、自幼的庭训，又怎会沾染五石散这样的东西。纵然傅婕妤要以此固宠，皇上也不至于被迷惑。”李长低眉敛容，“当年若非娘娘不肯向皇上低头，皇上怎么会舍得要娘娘出宫，如今也总在昭仪一位了……”

我森森打断，齿间迸出的语句清洌如碎冰：“从前的事，不必再提了。”

李长微微蹙眉，看向我道：“娘娘的意思……”

我知道他疑心了，亦晓得自己失了分寸，忙转了愁困的神色：“总是我当年太过任性，然而我家中得罪，我又有何面目再侍奉皇上。离宫这几年，我亦十分想念皇上。种种情由，还请李公公代为转圜。”

李长叹气道：“娘娘当年是奉旨去甘露寺修行，如今却在这里。奴才明白，必定是甘露寺的姑子们叫娘娘受了不少委屈。荒山野岭的，娘娘受苦了。”

“其实日子苦些又怕什么，只是心里更不安乐。”我泪眼汪汪望着李长，唏嘘道，“若此生还有福气见皇上和帝姬一面，我死也瞑目了。如此种种，还望公公成全。”我停一停，“只是世事无常，皇上身边的新宠不少，只怕早忘了我这个人了……”

李长忙道：“娘子言重了。其实奴才若没有几分把握，也不敢来见娘娘。”他停一停，“其实自娘娘离宫修行之后，皇上心里也十分惦记。可是皇上天子之威，是绝不肯低头来迁就娘娘的。娘娘冰雪聪明，往细里想就明白。若不是皇上默许，即便有太后赞成，那两年芳若能这样频频来看娘娘么？”

我轻声道：“皇上也只不过病中叫了我的名字而已。”

李长垂着眼睑道：“皇上病重的时候，从没唤过纯元皇后以外的人，娘娘可是头一个，那一日清河王也在，可惊了一跳。这是皇上对娘娘的旧情，也算是最要紧的旧情。”

清河王，这个名字瞬间拨动了我的心弦，纵使在极痛之中，亦泛出一丝幽细的甜蜜来。

我静一静神，温实初是从来不会骗我的，然而即便他从不骗我，有些事我也一定要确定一番。我深深吸一口气，或许……我还可以不用按眼下的计划走下去。

我挤出一抹轻微的笑容："既有人证也好，找王爷来问一问就知道是不是公公诓我了。"

李长的神情倏然被冻住，喉头溢出一丝呜咽："不瞒娘娘说，王爷若还在，一定愿意作证的。只可惜王爷他是再回不来了！"他略略几句将玄清的死讯提过，又道，"这是宫中秘事，皇上的意思又是秘不发丧，本不该说的。可奴才心里头想着，若是娘娘知道，在皇上面前也好安慰几句。毕竟为了六王爷的死，皇上也是伤心的。"

他到底是死了！哪怕我早就知道，如今听李长证实，心口亦是剧烈一痛，痛得几乎要弯下腰来。槿汐眼见不对，忙捧了茶上来道："娘娘累了，喝口茶再说吧。"又捧了一杯到李长面前，轻声道："你只喝湃了两次的茶水的。"

李长默默接过，也不言语，只把目光有意无意拂过槿汐的脸庞，恍若无事一般。

滚热的茶水流淌过喉咙如火灼一般，我极力抑制住心神，强自镇定道："王爷年纪轻轻的，真是可惜了。"

李长叹道："是啊！可怜清河王一脉，到这里生生给断了。"

清河王这一脉……我下意识地把手搭在小腹，只是无言。

李长的年纪也不小了，总有五十出头，这样面容愁苦地耷拉下眉毛，越发显出老态。我心下不忍，偷偷望了槿汐一眼，她却是面无表情，安然立在我身旁。

李长叹了口气道："年前半个月的时候，皇上纳了名御苑中驯兽的女子为宫嫔，虽然按宫女晋封的例子一开始只封了更衣，可两个月来也已经成了选侍。位分其实倒也不要紧，顶了天也是只能封到嫔位的。只是驯兽女身份何等卑微，如何能侍奉天子？为了这件事，太后也劝了好几回了，皇上只不听劝，对那女子颇为宠幸。或许娘子与皇上相见之后，皇上也会稍稍收敛一些。"

我吃惊道："那女子果真是驯兽的？"

李长忧心道："驯兽女叶氏，原本是御苑里驯豹的女子，整日与豺狼虎豹为伍，孤野不驯，可皇上偏偏喜欢她。"

我只能笑："皇上眼光独到。"

李长愁眉不展，焦心道："五石散的事还可以说是傅婕妤引诱，可这位叶选侍得宠……太后病得厉害无力去管，只能吩咐了敬事房不许叶氏有孕。"李长长长地叹息了一句，"奴才眼瞧着，皇上是想着娘娘的，娘娘也是孤苦，不如……”李长低头片刻，笑道，“其实娘娘想见一见皇上也不是不能，前两日正说起正月里要进香的事，从前皇上都在通明殿里了此仪式的，今年奴才就尽力一劝请皇上到甘露寺进香吧。”

我用绢子点一点眼角，唏嘘道：“难为公公，只是这事不容易办，叫公公十分费心。”

李长夹一夹眼睛，笑道：“且容奴才想想法子，未必十分艰难。”

我半是感谢半是叹息：“李公公，眼下我真不晓得该如何回报你这片心。”

李长笑得气定神闲：“奴才是帮娘娘，也是帮奴才自己。”说罢叩一叩首，道，“天色晚了，娘娘早点歇息吧。有什么消息奴才会着人来报。”

我“嗯”了一声，道：“浣碧去送一送吧。”

槿汐前走两步，轻声道：“浣碧姑娘服侍娘子吧。奴婢正要出去掌灯，就由奴婢送公公出去吧。”

李长微微一笑，向槿汐道：“外头天那么黑，我自己下去就是。”说着从怀中掏出一包银子塞进她手里，“这个你先用着。过两日我着人送些料子来，你身上的衣裳都是前几年的样子了。”

第十六章
芙蓉帐暖

次日傍晚时分便有人来，槿汐道：“是李长私宅里的总管。”

那人磕头道：“公公叫奴才说给娘子，后日正午，有龙引甘露的吉兆，娘子若有心，可以盛装去看。”说罢又指着桌上的几件华衣首饰，“这些是公公叫奴才带来给娘子的。”

那人走后，我随意翻一翻桌上的衣衫，只上面几件珍珠纹花的衣衫是按着我的尺寸做的。我招手让槿汐过来，取出下面几件姜黄、雪青、蔚蓝的缠枝夹花褙子，感叹道：“也算李长有心，只怕这衣裳是他昨日回去后就叫绣工连夜赶出来的。衣裳的尺寸正合你的，连颜色、花样都是你素日喜欢的。”

槿汐微微一笑，那笑容亦淡得像针脚一般细密，道：“也就如此吧，好与不好都是命。”她把衣裳首饰理一理，“方才李长府里的总管说要娘子盛装，送这些东西来也是这个意思。”

我微微颔首，心底却哀凉如斯：“李长的意思我晓得，他是希望我盛装一举赢得皇帝的心。”嘴角漫起一缕连自己也不能察觉的冷笑，“只是未免落了刻意了。”

槿汐默默良久，锦绣珠光，映得我与她的面容皆是苍白。

槿汐淡淡道：“那日听李长说起皇上对娘子的心意，真是闻者亦要落泪的。”

"当真情深一片么？"我漠然微笑，"这样总把别人当作影子的情深，伤了自己又伤了别人，有什么可要落泪的。"指甲划过掌心有稀薄的痛楚，"我是纯元皇后的影子，那么傅婕妤是纯元皇后的影子还是我的影子？她更可怜，可怜到做了一个人的影子还不够，死了连一句惋惜都没有。皇上既然宠她，又这样待她凉薄，凉薄之人施舍的所谓真情，槿汐，你会感动么？"

槿汐温和的目光锁在我身上，轻声道："可是李长说的一刹那，娘子眉心微动，难道真的什么念头都没转么？"

我仔细体味自己的心思，轻声道："当时确是动容，然而转过念头，也只觉得不过尔尔。"我敛容，淡然道，"先把你伤得体无完肤，再施一点无济于事的药物，有什么意思。"

槿汐凝神片刻："无论有没有意思，只消皇上有这个心，咱们就能事半功倍。"

这日起得早，不过淡淡松散了头发随意披着，早起用前两日就预备好的玫瑰水梳理了头发，青丝间不经意就染了隐约的玫瑰花气味。

浣碧认真帮我梳理着头发，一下又一下。我闭着眼睛，感觉梳齿划过头皮时轻微的酥栗。忽然，浣碧手一停，低身伏到我膝上，声音微微发颤："小姐，我害怕。"

我的手拂过她松松绾起的发髻，轻声道："怕什么？"

浣碧的发丝柔软如丝缎，叫人心生怜意："我怕小姐今朝不能成功，但要是成功了，以后的路只怕更险更难走。我前思后想，总是害怕。"

浣碧的手涔涔发凉，冒着一点冷汗。我沉住自己的心神，反手握住浣碧的手，定定道："除了这条路，我没有别的路可以走。所以，我只会让自己一直走下去。"

害怕么？我未尝不害怕。只是如果害怕有用的话，天下的事只消都把自己捂在被子里昏睡逃避就能解决。人生若能这样简单，也就不是人生了。

我穿上平素穿的银灰色佛衣，并不着意打扮。

浣碧担心："会不会太素了些？小姐既下了心思，总要细心打扮些才是。"

我微笑："皇上在宫里头浓艳素雅都看得多了，有什么稀奇。我便是要这样简净到底。"

槿汐扶正镜子，道："出居修行，任何修饰在这山中都显得太突兀了。娘子眼下正好。”

我不语，只拣了一串楠木佛珠，点了一支檀香，安静跪在佛龛前。外头已经隐隐闻得礼乐之声，浣碧在旁冷然道：“是皇帝上甘露寺的仪仗，可真是显赫得不得了！”

心下几乎要沁出血来。

清，你走了。我所有的美梦和希冀都已一地狼藉。

清，佛不能度人，我只能自己度自己，靠一己之身去保全。

所以，请你原谅我，原谅我的不得已，原谅我要再度回到他身边去。

良久，也不知过了多久，只觉得两颊湿凉一片。却是槿汐的声音：“有小内监过来报信，皇上快到凌云峰了，娘子也请准备着吧。”

默默起身，用经文的梵音压抑住心底的戾气，思来想去，淡淡而温暖的神情是最相宜的。恍惚想起昔年冬天去倚梅园争宠的路上，那时失子失宠，再难过，心里也总是有对玄凌的期盼的。而此刻，当真是半分也没有了。人生种种，千回百转，唱念做打，都不过是场戏罢了。而身在其中的戏子，是不需要任何感情的。

举目见五色九龙伞迎风招扬，玄凌扶着李长的手沿路而上，在看见我的一瞬，目光分明晃了几晃，驻步不前。

我微微一笑，向身边的槿汐道：“槿汐，我又发梦了。总好像四郎就在我眼前。”

槿汐背向玄凌，伸手扣一扣我的衣襟，心疼道：“娘子昨晚又没睡好，不如去歇一歇吧。”她转身，骇然瞧见玄凌站在面前，失声叫道：“皇上……”

我依旧是恍惚的神情，益发显得整个人飘忽如在梦中：“槿汐，我想得多了，难道你也在发梦么？”

槿汐死命地掐一掐我的手：“娘子，的确是皇上。奴婢不敢欺骗娘子。”

“是么？”我淡淡地扬一扬嘴角，伸手去抚玄凌的脸，缓缓道，“四郎，我每天都要见他许多次呢。”

我脚下一软，已经站立不住，槿汐惊叫着要来扶我，玄凌一步上前已经伸臂把我抱在怀里，轻轻唤：“嬛嬛……”

嬛嬛，这也是旧日的称呼了啊！

我唤他“四郎”的时候并没有真心，而他这样唤我的时候，又有几分呢？

这样的重逢，既是乍然，亦在算计之中。这么些年没有见了，这样突然见了，只觉得他仿佛老了些，目光亦有些浮了，不像那些年里，总是深沉的。

他眼中的我，必定也不似从前了吧。

毕竟，我与他，都不是旧时人了啊。

我缓缓闭上双目，明明已经是无情了啊。这样突然相见，心中竟还有一丝微微的抽痛——毕竟，他是胧月的父亲啊！

他的怀抱中有龙涎香迷离的气味，我一时不习惯，被呛得咳嗽了两声。玄凌斥向李长道："方才甘露寺的姑子不是说昭仪因病才搬到这里住着，现下已经大好了。怎么朕瞧昭仪还是病恹恹的？"

李长急得抹汗："奴才也是头一回和皇上过来，怎么晓得莫愁师太……昭仪还病着呢。"

玄凌一时不好发作，看向槿汐道："你方才说昭仪昨晚又没睡好，什么叫又没睡好？"

槿汐的语气有些悲切，哽咽道："当初娘子……昭仪被人说成是肺痨赶出甘露寺，冰天雪地地出来那病就重了。其实也不是肺痨，只是昭仪生育之后月子里没调养好落下的病根，一直咳嗽着。本来吃着药到春天里已经大好了，于是在这里静养。只不过昭仪自出宫之后就一直想念皇上与帝姬，神思恍惚，夜里总睡不好。"

玄凌顾不上说什么，一把将我打横抱起走向内室，李长一迭声地在后面道："槿汐、小厦子，快帮忙扶着，也不怕皇上累着。"

温热的水从喉中流入，我咳了两声，睁开眼来迷茫望着眼前的一切。我半躺在玄凌臂弯中，他焦灼的神情随着我睁开的眼帘扑进眼中。

他握紧我的手，无限感叹与唏嘘尽化作一句，道："嬛嬛，是朕来了。"

我怔怔片刻，玄凌，他亦是老了，眼角有了细纹，目光也不再清澈如初。数年的光影在我与他之间弹指而过，初入宫闱的谨慎，初承恩幸的幸福，失宠的悲凉，与他算计的心酸，到出宫的心灰意冷。时光的手那么快，在我和玄凌之间毫不留情地划下冷厉而深不可测的鸿沟。

我与他，一别也已是四年了。

岁月改变了我们，唯一不变的，是他身上那袭明黄色的云纹九龙华袍，依旧灿烂耀眼，一如既往地昭示他九五之尊的身份。

我几乎想伸手去抓住这明黄。唯有这抹明黄，才是能够要到我想要的啊！

我微微伸出的手被他理解为亲昵的试探，他牢牢抱住我，叹息道："嬛嬛，你离开朕那么久了。”

长久的积郁与不可诉之于口的哀痛化作几近撕心裂肺的哭声，我倒在他的怀中啜泣不已：“四郎、四郎——我等了你这样久！”泪水簌簌的余光里，李长拉过槿汐的手，引着众人悄悄退了出去。

我知道，我只有这一次机会。唯有这一次，要他做到对我念念不忘。

小衣被解开的一瞬间，在陌生而熟悉的接触中，心里骤然生出尖锐的抵抗和厌恶。我下意识地别过头去——这张床榻，岂是玄凌能碰的。

我与玄清——哪怕禅房中的这张床榻简陋如斯，亦是属于我和清的，怎能容得我与其他的男子在此欢好呢？

我情急生智，含糊地在玄凌耳边笑道：“这里不好。”

我朝着南窗下午睡时用的一张一人阔的长榻努了努嘴儿。玄凌“哧”的一声轻笑，将我拥了过去。

窗外的桃枝孤零零伸着寂寞的丫杈。不过是一年前，春深似海的时节，玄清与我在窗下写着合婚庚帖。

终身所约，永结为好。

琴瑟在御，岁月静好。

他死了，所有的岁月静好都成了虚妄。任凭花开花落，我的生命里，已经再没有春天。

我悲哀地闭上眼睛，幻出一抹看似满意的笑容。

玄凌伏在身边缓缓喘息片刻，沉沉睡去。

其实他沉睡中的背影，不仔细去看是与玄清有几分像的。这样微微一想，眼泪已经几乎要落了下来。

玄清，玄清，哪怕穷尽我一生也再无法与你相见了。

估摸着玄凌快要睡醒了，方才任由泪水恣肆滑落，一滴一滴滴落在玄凌的背心。我的手抚上玄凌的右臂，他的右臂是这样光洁，带一点已久不习武的男子的微微松乏的皮肉。而玄清，他的右手臂上有那样狰狞的刺青，你完全想象不出来，他这样温润如玉的男子，竟会有这样凌厉的刺青，唯有最亲密的人才可以看得到。

玄凌的叹息满足而轻微，翻身抱住泪眼迷蒙的我，吻着我的脸颊：“嬛嬛，为什么哭？”

情欲，不过是人的一种欲望而已。肉体的结合于玄凌来说算得了什么呢？尤其是对于一个拥有天下女人的男人，一夕之欢之后，他可以完全否认，可以完全把你忘在脑后。

而男人，尤其是他在满足地力竭后，是最容易说话、最容易被打动的。

这才是我要把握的时机。

我枕在他手臂上，垂泪道："人人都说嬛嬛当年任性离宫，错到无可救药。唯有嬛嬛自己知道，也是到了今天才知道，当时这样做，真真是半分错也没有。"玄凌眉头蹙起，眼中的冷色渐渐凝聚得浓重。我假作不知，动情道，"从前嬛嬛总以为四郎对我是半分情意也没有了，不过因为我是胧月的母亲、长得与纯元皇后有几分相似才要我留在宫中。嬛嬛这样倾慕四郎，却实实被那一句'莞莞类卿'给伤心了。"我渐渐止泪，道，"出宫四年，嬛嬛无时无刻不在想，若四郎还对我有一分，不，只要一点点情意，嬛嬛都可以死而无憾了。如今嬛嬛离开四郎已经四年，四年未见，四郎还惦记着我好不好，因为听甘露寺的姑子说我因病别居，还从甘露寺赶到凌云峰。嬛嬛只要知道四郎对我有一点真心，这四年别离又有何遗憾呢？如果能早知道，嬛嬛情愿折寿十年……"

他的手压在我的唇上，半是心疼半是薄责："嬛嬛，朕不许你这样胡说！"

眼中的泪盈盈于睫，将落未落。我练习过无数此，这样含泪的情态是最惹人心生怜爱的，亦最能打动他。

他果然神色动容，抚着我的鬓发道："嬛嬛，甘露寺四年，你成熟柔婉了不少，没那么任性了。"他拥住我，"若非你当年那般任性意气用事，朕怎么舍得要你出宫——你才生下胧月三天，于是朕废去你的名位，让你好好思过。若有名位在，你怎知道离宫后的苦楚。"玄凌看一看我，唏嘘道，"你也真真是倔强，恨得朕牙痒痒。你晓得朕为了你发落了多少嫔妃，连如吟——你不晓得如吟长得有多像你？"

傅如吟么？她是像我呢还是像纯元皇后？我没有问出口，像谁都不要紧，不过是用一个影子替代另一个影子罢了。何况他再宠爱傅如吟，不是也未曾为她的惨死落一滴泪么？

然而我口中却是一点懵懂的好奇："如吟是谁？她很像我么？"

玄凌吻一吻我的额头，轻笑道："像谁都不要紧，已经过去了，再没有她这个人了。"

我不语，一个他宠爱了一年的女人，因为他的过分宠爱而成为众矢之的的女人，被他这样轻轻一语抹去，不是不悲凉的。

我伏在他肩头，啜泣道：“是谁都不要紧，嬛嬛只要四郎在这里。四郎，我多怕这一生一世都再也见不到你了，还有胧月……我们的胧月。”

玄凌温柔地扶着我的肩，低笑道：“朕不是一直抱着你么？胧月很好，你不晓得她有多乖巧可爱，敬妃疼得不得了。”他微微蹙眉，“只可惜朕不能带她出来给你看。”

我含情凝睇，泣道：“只要是四郎亲口告诉我胧月都好，我就很放心了。”我沉默片刻，哀哀道，“其实没有嬛嬛这个生母，胧月也可以生活得很好。”

玄凌凝视我须臾，叹道：“其实当年你若不出宫，胧月有你这个生母照顾自然更好。只是如今托付给敬妃，亦不算所托非人。”

泪水的滑落无声无息，只是落在他手背上时会有灼热的温度溅起。“嬛嬛久病缠身，在甘露寺备受苦楚，未尝不是当年任性倔强的报应。嬛嬛虽然离开紫奥城，然而心心念念牵挂的无一不是紫奥城中的人。芳若来看望时我甚至不敢问四郎近况如何，只怕芳若会告诉我四郎已有新人在侧，全然忘了嬛嬛，嬛嬛不敢问……只能每日诵经百遍，祈求四郎与胧月安康长乐。”我凝噎不止，良久才能继续道，“如今能与四郎重会，已是嬛嬛毕生的福气了……”

他伸手温柔地拭去我的泪珠，轻怜蜜爱：“嬛嬛，朕在来时想，只要你对朕还有一丝情意，只要你知道你从前错了，朕都可以原谅你。嬛嬛，你不仅没有让朕失望，朕甚至觉得，当初或许朕并不该任由你出宫。”

我默然：“四郎，当年我并非有意冒犯先皇后的。”

他轩一轩眉毛，目光中含了一丝清冷之色：“过去的事你已经受了教训，朕是天子，不会再与你计较这事。”他的目光温软了几分，“若不是你为此离宫四年，朕又怎晓得竟会如此牵挂你。本来正月进香之事在通明殿就可完成，若非李长提了一提到甘露寺上香可以散心，朕也不能借机来看你一次。其实朕在甘露寺时也正犹豫要不要见一见你，只怕你还是倔强如初。哪知一问才晓得你因病别居在凌云峰，虽说是好了，可是你生胧月的时候是早产，又未出月而离宫，只怕是当年落下的病，哪怕不合礼制朕也要来看一看你了。”

我含悲而泣：“四郎这样的情意，嬛嬛越发要无地自容了。”我的手指抚过他的眉、他的眼，蕴了欣慰的笑意柔声道，“嬛嬛无论病与健，都日日诵经祝祷四郎平安如意，如今看到四郎如此健朗，嬛嬛也就安心了。”

我说的话，仿佛有许多柔情蜜意在里头。眼色里有柔情，语气里也是柔情。

而我心底，却在凝视他时生出轻微的嘲笑，是嘲笑他，也嘲笑自己。

他俯身抱一抱我，将脸埋于我青丝之间："嬛嬛，你可知道这些年宫里出了多少事，朕连一个说贴心话的人也没有。"他的声音微微悲戚，"你晓得么？六弟回不来了。"

我轻轻拍着他的背，咬牙忍住将落的泪水。他是天下的君王，然而亦有这样多的烦心事。玄清之死，他与我一样，也是悲痛的吧。

"六王是四郎的手足，想必四郎十分伤心。只是伤心归伤心，四郎是天下至尊，一言一行皆关系到天下苍生，不能不珍重自己的身子。"

玄凌抬起头来，面有悲色："其实六弟去之前朕已经晓得有不少赫赫细作混入滇南，又有乱民伺机闹事。只是朕要他微服去体察民情不能大肆张扬，所以没有安排他以亲王仪仗出行，也不便派人暗中保护。若是朕能放一放政事，以他的安危为先，也不至于如此了。"

我瑟瑟齿冷，心头瞬时如被冰雪覆住一般。我极力忍耐着，头脑痛得几乎要裂开一般——是他，竟然是他！又是因为他！哪怕他也是无心，可是我所有的未来、所有的美梦、所有的希望，再度因为他而破灭。

床头的针线笸里搁着一把剪刀，冷眼瞧去，竟有一丝雪亮的寒光。只要我，我伸手过去拿到一击插进玄凌心口，他就会死了，跟着我腹中孩子的生父一起死了。

然而这样的杀机只是一瞬。若他死了，我的孩子也保不住了。甚至我的父母兄妹、胧月、槿汐，甚至连敬妃也会被牵连。我要报复他，不一定要用让他死这个法子，太得不偿失，亦不够叫他痛苦。

越是疼痛，越是要忍耐。我收住冷厉的目光，温言道："四郎也不想的，毕竟是自己的手足兄弟啊。六王一向闲云野鹤，能为大周政事有所裨益，总是一位贤王了。"

玄凌伏在我怀中，沉沉疲惫道："是朕不好，没有为他的安危考虑周全。嬛嬛，你知道么？从小父皇最疼的人就是六弟，最宠爱的是他的母妃舒贵妃，六弟什么都比我强、比我好。朕和母后在父皇心里虽然仅次于六弟和舒贵妃，可是父皇眼里只有他们，从不把朕放在眼中。嬛嬛，你明白那种屈居人下的感受么？那种眼睁睁看着天下只有他比你好的感受。"

"所以除了他，你就是最好的了，是么？"我心头凄楚，喃喃自语。

"嬛嬛。"玄凌看我，"你在自言自语什么？"

"没有。"我和婉微笑，"嬛嬛只是觉得六王并没有那样好，先帝疼爱六王并非因为六王什么都好，只是因为舒贵妃的缘故爱屋及乌罢了。而且就算六王小时候多么优秀，如今看来亦只在诗书闲游一道精通罢了。"我停一停，极力压制住自己因言不由衷带来的激痛，道，"何况既然身在君王之位，时时处处总是要以天下为先的。"

他悲叹："嬛嬛，唯有你最体贴朕的心意。六弟的死讯传来之后，朕也十分难过，立即命滇南各府在腾沙江一带打捞寻找，可惜一无所获。再怎么样，六弟和朕是从小一起长大的情分，母后抚养他这么多年，他也一直安分守己，并无出格之处。"

我低低道："六王对四郎是很忠心的。"

玄凌掩面片刻，已经镇静下来："终究已经是过去的事了。六弟的身后事朕自有安排，大周的一个亲王不能就这般不明不白没了。"他顿一顿，"六弟的死多半与赫赫少不了牵连，因此六弟的死讯必定要瞒下来，将来若要对赫赫动兵先发制人，这是最好不过的借由。"

我忍住心底的悲恸与恨意，低首绵顺道："皇上好计谋。"

玄凌起身从衣中取出一枚鏊金玫瑰簪子，那是玄凌旧年赏赐中我的爱物了。那玫瑰花的样子精致华美，细腻入微。更好在无其他琐碎点缀，华贵而简约。因着心爱，戴得久了，连簪身都腻了一点经手抚摩的光滑。

"当年朕下旨废去你所有名位，循例你的所有饰物与衣衫都要充入内务府重新分给位分低微的宫嫔。可是不知为什么，朕当时竟下旨把你所有的东西都封在棠梨宫中。"他停一停，眼中闪过一丝悲伤，"朕在你走后去过一次棠梨宫，除了'长相思'，你什么都没有带走，连这枚簪子也搁在了妆台上。"

我掩面唏嘘："'长相思'是当年皇上亲手所赐的。除了相思，别的身外之物嬛嬛有什么不能舍弃的呢？"

玄凌伸手用簪子绾起我的长发，温柔道："嬛嬛，朕曾命你落饰出家，如今为了朕，再度妆饰吧。"

我举手正一正簪子，锋锐的簪身缓缓划过头皮，我抬手婉媚一笑："四郎说什么，嬛嬛都是愿意的。"

玄凌扶着我素白的肩，半是无奈半是慨叹："只是嬛嬛，世事不可转圜。既然你已经离宫，只怕朕也不能再接你回宫了。大周开国以来，并无废妃再入宫闱的先例。"

我神色哀婉如垂柳倒影，切切道：“能有今日已是非分之福。只要四郎记得我，嬛嬛不会计较名分。”言罢，如柳枝一般柔软伏倒在玄凌怀中，“嬛嬛只有一事祈求，嬛嬛身为废妃，能再侍奉四郎已是有幸，实在不愿宫中诸位妃嫔因今日之事而多起争端。”

玄凌轻笑：“还说自己是废妃么？方才当着李长与槿汐的面朕称你什么？虽然不能颁册受封，这些年你在朕心里就当是从没离开过，你还是朕的昭仪。”

这些年的一切，当真就能一笔勾销么？我冷笑，宫中四年，宫外四年，我与玄凌注定是要纠缠不清了。

玄凌依旧道：“至于宫中，你不愿多生事端，朕也不愿多生事端，朕连皇后面前也不会提起。以后你的起居，朕会让李长一应安排好。”

我依依不舍：“只要四郎记得嬛嬛，哪怕嬛嬛以后在此一生孤苦修行，也是甘之如饴。”

玄凌抬一抬我的下巴：“嬛嬛如此善解人意，朕怎舍得叫你孤苦一生呢？”他想一想，“太后病重未愈，朕就下旨让甘露寺每月举行一次祝祷，朕亲来上香就是。”

我扭着身子低声微笑：“太后洪福，很快就会凤体康健。”

玄凌的唇一点一点沿着我的脸颊滑落至锁骨：“朕就让甘露寺为先帝做法事，再后就祈祷国运昌隆……嬛嬛，你瘦了许多，然而容貌更胜从前……”他的声音逐渐低迷下去，嘴唇悄无声息地覆上我唇角的凄迷冷笑。

李长再度来请安时带上了不少的衣食用具，满脸堆笑，道：“奴才所言如何？皇上心里可惦记着昭仪呢，一回宫就打发了奴才拣好的来奉与娘娘。”

我彼时正在梳妆，恬淡微笑道：“有劳公公了。只是如何帮着皇上瞒住宫里，就是公公的本事了。”

李长忙不迭道：“奴才一定尽力而为。”

我默然不语，哪怕瞒得再好，玄凌每月来一次甘露寺，即便以祝祷之名，皇后她们并不是坐以待毙的傻子，很快也会发觉的。我的手有意无意抚摩过小腹，泛起一丝淡漠的微笑，只需要一两个月，瞒住后宫中的人一两个月就好。

我转首去看李长，亲切道：“我兄长之事想必槿汐已经和你说了。我刚与皇上重逢，并不方便开口请求皇上，这件事就要有劳公公适时在皇上面前提一提了。”

李长恭顺应了一声，笑道："奴才省得。这事若是娘娘来开口，就会让皇上觉得上番相会之事娘娘是有所图谋了。所以奴才已经寻了个机会提起过，皇上爱屋及乌，自然关怀娘娘的兄长，虽说甄公子还是戴罪之身，却已派人从岭南接公子入京医治了，想来不日后就能顺利抵京。"

我按住心头的惊喜，慢条斯理地戴上一枚翠玉银杏叶耳坠，笑道："那么我该如何谢公公的盛情呢？"

李长"哎哟"一声，忙俯下身子道："娘娘是贵人，奴才怎么敢跟娘娘要赏。"

我嗤笑一声，悠悠道："以我今时今日的地位，即便你开口向我要什么我也未必给得起，你又何必急着推托呢。"

李长笑而不答，只悄悄打量了我身边的槿汐两眼，捧起一叠衣裳道："这些是皇上叫奴才挑了京都最好的裁缝铺子新裁制的，因皇上回去后说娘娘那日穿的佛衣别有风味，所以也叫奴才选了银灰色的纱绢为娘娘做宽袖窄腰的衣衫。"

我笑一笑，叫浣碧收起，道："皇上有心。"我转脸看身边的槿汐，不动声色道："今日你穿的这件雪青褙子倒很合身，点枝迎春花也是你喜欢的。"槿汐看一眼李长，微微有些局促。

李长忙笑道："槿汐穿什么都没有娘娘好看。"

我莞尔道："哪里是好看不好看的事，是公公有心了。"

李长呵呵一笑："奴才不过是略尽绵力罢了。"他欠身，"奴才打心眼儿里为娘娘高兴呢。"

我任由浣碧梳理着发髻，闭目轻声道："李长，连我自己都觉得讶异，竟然可以这样顺利了。"

李长的语气带着轻快的笑音："这才可见娘娘的隆宠啊，皇上也是真心喜欢娘娘呢。"他停一停，"两个彼此有情意的人，只要一点点机会都可以在一起的，何况娘娘与皇上有这么多年的情分在呢。"

彼此有情意的人？我几乎要从心底冷笑出来，不过是一场筹谋罢了。费尽了心机与谋算，何来真情呢？

然而浮现到唇角的笑却是温婉："一时喜欢又有什么用。若要让皇上对我心心念念，靠公公的地方还多着呢。"

我维持的柔和端庄的笑容在李长离去后瞬即冷寂下来。浣碧晓得我心情不好，寻了个由头出去了，只留下槿汐陪我。

我的心情烦乱而悲恸，顺手拔下头上的金簪，恨恨用力插在木质的妆台上，冷言不语。

槿汐唬了一跳，忙来看我的手："娘娘仔细手疼！"

"娘娘？"我微微冷笑，心底有珍贵的东西已经轰然碎裂，不可收拾，良久，才轻声道："槿汐，你知道清为什么会死？"

槿汐目光倏然一跳，仿佛抖缩的火苗，轻声道："奴婢不知。"

心痛与悲愤的感觉化到脸颊上却成了淡漠微笑的表情，一字一字说得轻缓而森冷："清坐的船只是被人动了手脚不错，可是玄凌……"我收敛不住唇齿间冷毒的恨意，"明明知道滇南一带并不安定，偏偏让他微服而去，才有今日之祸！"我紧紧握着一把梳子，密密的梳齿尖锐扣在掌心，"槿汐，我好恨——"

槿汐把我的脸搂到怀里，不忍道："事已至此，娘娘别太苦了自己才好。"

我按住小腹，冷冷道："从前把这个孩子归到他名下，我总也有些不忍。可是现在，半分不忍也没有了。槿汐，他虽然无心，可是若不是他……"我的哽咽伴随着恶心和晕眩一同袭来，一时说不出话来。

槿汐的目光中有凛冽的坚韧，按住我的手，镇声道："爱也好，恨也好，这条路照样也要走下去，不是么？"

"是。可是恨少一点，自己也好过一点。"我欲哭无泪，眸中唯有干涩之意，"清的死与玄凌有关，可是我连浣碧都不能说。万一她的气性上来，只怕比我还要克制不住。"

槿汐扶住我的肩，拔出妆台上的金簪，端正为我插好，轻轻道："娘娘做得对，这件事告诉浣碧姑娘只会乱了大局，不如不说。反正有无这件事，娘娘都要回宫保全下清河王这一脉。与皇上重会之事做得很好，却也只是第一步。于娘娘来说，最痛最难挨的时候已经过去了，以后的日子里即便再苦，也要熬下去。若有片刻的软弱，只会叫敌人有可乘之机。"她拣了一朵粉色复瓣绢花簪在鬓边，"娘娘现在要做的就是拢住皇上的心，所以再苦再痛，也要娇艳如花。"

逝者已矣，所有的苦痛都要活着的人来承担。

我安静举眸，铜镜的光泽昏黄而冰冷，镜中人面桃花相映红，而我的眼神，却冷漠到凌厉。

第十七章 星河欲曙

如此一个多月之中，玄凌又寻机来看了我两三次，两情欢好，愈见深浓。谈笑里说起宫中事，玄凌欢喜道："徐婉仪有了两个多月的身孕呢。自从蕴蓉生了和睦帝姬之后，宫中鲜有喜讯了。说也奇怪，朕也并没有太宠幸她几回，就这样有了身孕，倒是蕴蓉和容儿半点儿动静也没有。"

我只作无意："这样的事也看天命的，是徐妹妹好福气呢。"

玄凌感慨："宫中一直难有生养，如今燕宜有了，朕晋了她从三品婕妤之位，也盼她能为朕生下一位皇子。宫中已有四位帝姬，皇子却只有一个，漓儿又不是最有天资的。"

我微笑道："皇上正当盛年，必然还会有许多聪颖俊秀的小皇子的。"

然而徐婕妤一事，我听在耳中倒也喜忧参半。忧的是玄凌被徐氏身孕羁绊，只怕出宫来看我的机会更少；喜的是宫中有人有孕，皇后她们的目光自然都盯在徐氏身上，我更能瞒天过海拖延一段时日。

身形即将明显，我与槿汐谋划再三，大约已经成竹在胸。

于是那一日李长照例送东西来时，我的恶心呕吐恰恰让他瞧见了。

李长微微踌躇，很快已经明白过来，不由得喜形于色，忙跪下磕头道："恭喜娘娘。"

我微微红了脸色，着槿汐取了一封金子来，笑盈盈道："除了槿汐和浣碧，公公可是头一个知道的呢。"

李长忙躬身道："恕奴才多嘴问一句，不知娘娘的身孕有多久了？"

槿汐掰着指头算道："不前不后，恰好一个半月。"

李长想一想，喜道："可不是皇上头一次上凌云峰的时候。奴才可要贺喜娘娘了。"李长微微抿嘴一笑，似是有些欣慰，"娘娘这身孕有的正是时候，娘娘可知道徐婕妤也有了三个月的身孕么？"

我慵懒微笑，闲闲饮一口茶盅里的桂花蜜："我与徐婕妤都有了身孕，怎么叫我的身孕就正是时候呢？"

李长神色一黯，略有些不自然："娘娘不知道，这事晦气着呢！徐婕妤刚因身孕晋封婕妤没几天，钦天监夜观星相，发现有二十八星宿北方玄武七宿中危月燕星尾带小星有冲月之兆。娘娘细想，徐婕妤闺名中有一个燕字，又住北边的殿阁，那么巧有了身孕，应了带小星之象。这危月燕自然是指怀着身孕的徐婕妤。宫中主月者一为太后，二为皇后。如今太后病得厉害，皇后也发了头风旧疾，不能不让人想到天象之变。皇上又一向仁孝，是而不得已将徐婕妤禁足。皇上这两日正为这事烦心着呢，若知道娘娘的身孕岂有不高兴的？"

我与槿汐互视一眼，俱是暗暗心惊，暗想此事太过巧合，危月燕冲月之兆，玄凌即便不顾忌皇后，也不能不顾忌太后。

我缓一缓神色，只问："太后身子如何？"

李长忧心道："天一冷旧疾就发作了，加之滇南报来六王的死讯，六王是太后抚养的，太后难免伤心，病势眼瞧着就重了，到现在还一直病得迷迷糊糊呢。"

我心中有数，微微垂下眼睑："不省人事？"

"是。偶尔醒来几次，又有谁敢告诉太后这事叫她老人家生气呢。"

我低头拨一拨袖口上的流苏，轻声道："皇上知道我有孕了难免会高兴过头，公公得提点着皇上一些。皇后头风发作，又有徐婕妤危月燕冲月之事，宫中诸事烦乱，我的身孕实在不必惊动了人。"我瞧他一眼，"你是有数的。"

李长沉吟片刻，旋即道："奴才省得，只皇上晓得即可。只是娘娘既然有了身孕，皇嗣要紧，总要请太医来安胎的。"

槿汐早已思量周全，娓娓向李长道："娘娘现在身份未明，许多事情上都尴尬，更怕张扬起来。倒是太医院的温实初大人与娘娘曾有几分交情，不如请他来为娘娘安胎。”

李长哪有不允的，一迭声地应了，又道：“从前娘娘生育胧月帝姬就是温大人照顾的，皇上一向又赞温大人妙手仁心、忠心耿耿，必定会应允的。”

我微笑道：“公公在皇上身边久了，自然知道怎么说才好。我就在这荒山野岭之中安安静静待产就好了。”

李长笑吟吟道：“娘娘说笑话了，皇上怎么会让娘娘在这里待产呢，必定要接到宫里去好好养着的。”

我微微冷下脸来，愁眉深锁：“公公这就是笑话我了。我如今是妾身未明，皇上宠幸几回不过转眼就忘了，我哪里敢存了什么盼头。公公若说回宫养着，我既是废妃出宫的，哪里还有回去的理，我只盼能平安抚养这孩子长大就是。”

李长蓦地跪下，磕了一个头道：“娘娘这话从何说起呢。娘娘怀的是凤子龙孙，又是皇上亲口唤您为昭仪的。如今徐婕妤因天相一事被禁足，皇上又一向重视皇嗣之事，一定会珍而重之。”

“皇上如今能这样待我已经是我最大的福分了，哪里还敢多奢求什么呢。若是皇上能让我腹中的孩子有个名分，哪怕只以更衣之份回宫，我也感激涕零了。”

李长慌忙摆手：“娘娘有着身孕呢，千万伤心不得的。娘娘和皇嗣要紧，奴才会想法子和皇上说的。”

槿汐忙忙向他使了个眼色，道：“一要着紧地办，二要别走漏了风声才好。娘娘只身在外头，万一被人知晓有了身孕，不晓得要闹出多少事来呢。”

李长思忖着道：“你好好伺候娘娘，回头我就回了皇上指温大人来为娘娘安胎。”说罢急匆匆告辞回宫去了。

这日午后，我因着身上懒怠，睡到了未时三刻才起来。浣碧服侍着我梳洗了，梳了灵蛇髻，又取了支玳瑁云纹挂珠钗簪上，垂下两串光彩灿烂的流苏。她又选了件淡粉色挑花纱质褶裙出来，道：“这颜色倒衬外头的景致，皇上若来了，瞧见也欢喜。”

我微微蹙眉，满腹愁绪化作良久的默默无声：“他走了才这些日子，我总在热孝之中。别的事没有办法，这些颜色的衣裳能不穿就不穿吧。”

浣碧闻言黯然，她转头的瞬间，我才瞧见她埋在发丝里的一色雪白绒花，我心下酸涩，轻声提醒：“平日无妨，只别叫皇上来时瞧见了，多大的忌讳。”

浣碧含泪点了点头，我心下只消稍稍一想到玄清，便是难过不已。我从梳妆匣里择了一枚薄银翠钿别在发后，又择了一身月白色纱缎衣装，叹道："如此也算尽一尽心了。"

正说话间，却见温实初挑了帘子进来。我见他神色败坏，心里已经明白了几分，索性安闲适意道："浣碧去泡盏茶来，要温大人最喜欢的普洱。"

温实初微微变色："我并没有心思喝什么茶。"他停一停，"你哥哥已经回京医治了。皇上没有下旨，可是我瞧见是李长的徒弟小厦子亲自着人去接回来的。李长是什么人，怎么会突然接你哥哥回京？"

我沉默片刻："既然你心里有数，何必还要费唇舌来问我这些？"我扬起头，明灿的日色照得我微眯了眼睛，"那么李长有没有告诉你，我有了身孕，要你来看顾我为我安胎？那你是不是又要问李长为什么会知道我的身孕，而且还不是你所知道的三个月，而是一个多月？"

他的神色痛苦："嬛妹妹，为什么？为什么会这样？"

我定一定神："因为我和皇上遇见了。这个孩子是皇上的孩子，所以李长会请你来为我安胎。"

温实初张口结舌，指着我的小腹道："这孩子……这孩子明明是……"

我镇声道："是谁的都不要紧。现在要紧的是皇上认定了这个孩子是他的，认定了我腹中的孩子只有一个多月。"

温实初颤声道："你疯了！——这是欺君之罪，万一……"

我生生打断他，冷声道："没有万一！如果有万一，这个万一就是你不肯帮我，你去跟皇上说这个孩子已经三个月了，根本不是他的。那么，这个欺君之罪就被坐实了，我就会被满门抄斩、诛灭三族，而你就是皇上面前的大功臣。"

"你明知道我不会……"他又是气急又是痛苦，脸颊的肌肉微微抽搐，"嬛妹妹，你这是何苦？若你要生下这孩子，我已经说过，我会照顾你们母子一生一世，你大可放心。"

我接过浣碧手中的普洱，轻轻放在他面前，悲叹道："你能照顾我和孩子一生一世，可是能帮我把已经神志不清的兄长从岭南接回好好照顾么？你能帮我保全我的父母兄妹不再为人所害么？你能帮我查明玄清的死因、为他报仇么？"

我的一连串发问让温实初沉默良久："嬛妹妹，说来说去终究是我无用，不能帮到你。"

我掩去眼角即将滑落的泪珠，慨然道："实初哥哥，不是你不能帮我，而是我命途多舛。我好不容易离开了紫奥城，如今还是不得不回去。因为这天下除了皇帝，没人能帮到我那么多。”我颓然坐下，“清已经死了，我也再没有了指望。若我不回去保全自己要保全的，还能如何呢？”

窗外的日色那样好，我心中却悲寒似冬。

我凄然落泪，转首道：“若有别的办法，我未必肯走这一步。如今你肯帮我就帮，不能帮我我也不会勉强。我和这孩子要走的路本来就难，一步一步我会走到死，即便死也要保全他。”

明暖的阳光拂了温实初鲜艳锦绣一身，他的面色却像是融不化的坚冰。“我保着你这样走下去，最后只会保着你回宫踏上旧路。嬛妹妹，我眼睁睁看你从紫奥城出来了，如今又要眼睁睁看着你把你保进宫里去。从前我向你求亲你不肯，我看着你进了宫斗得遍体鳞伤；如今还要我再看你进一次宫么？”

往事的明媚与犀利一同在心上残忍地划过。我正对着温实初的湛湛双目，调匀呼吸，亦将泪意狠狠忍下，轻声道：“若不回去，怀着这孩子，宫里的人会放过我么？我在凌云峰无依无靠，不过是坐以待毙罢了。宫里的日子哪怕斗得无穷无尽，总比在这里斗也不斗就被人害死的好。实初哥哥，有些事你不愿意做，我也未必愿意。只是事到临头，我并不是洒脱的一个人，可以任性来去。”

良久，他喟然长叹，满面哀伤如死灰：“嬛妹妹，这世上我拿你最没有办法，除了听你的我再没有别的帮你的法子。你怎么说就怎么做吧，你要保全别人，我拼命保全你就是了。”他颓然苦笑，“你认定的事哪里有回头的余地，我也不过是徒劳罢了。”他坐下，捧着茶盏的手微微发抖，“你要我怎么做就说吧。”

我低头思量片刻：“首先，你要告诉皇上，我怀的身孕只有一个多月；其次，帮我想办法让我的肚子看起来月份小些；再者，为了掩饰身形，你要告诉皇上我的胎象不稳，不宜与他过分亲近。最后，瓜熟蒂落之时告诉皇上我是八月产子，就和生胧月时一样。至于其他，也只能听天由命了。”

他默默饮着杯中的普洱，凝神的片刻，深邃目光中拂过无限的痛心与温柔：“早知有今日……我情愿你永远也不知道清河王的死讯。”

有微风倏然吹进，春天的傍晚依旧有凉意，带着花叶生命蓬勃的气味。于我却宛若一把锋利的刀片贴着皮肤生生刮过，没有疼意，但那冷浸浸的冰凉却透心而入。我微微扬唇：“偏偏是你亲口告诉我的。”

他凄然一笑：“所以，我是自食其果。除了帮你，我别无他法。”他稍稍定神，“你说的我会尽力做到，也会禀明皇上你胎象不稳，要好生安养。至于你的肚子……或者用生绢束腹，或者穿宽大的衣衫，一定要加以掩饰，否则再过些日子看起来，四个月的肚子和两个月的终究不一样。”

我惊疑：“生绢束腹会不会伤及胎儿？”

“汉灵帝的王美人因为惧怕何皇后的威势，有了身孕也不敢言说，每日束腹一直瞒到了生育之时。嬛妹妹不必每日束腹，只消束上两三个月即可，也不必束得太紧，中间我会一直给你服用固胎的药物。况且如果束腹得法的话，亦能防止腰骨酸痛，未必有弊无益。”

我盈盈欠身：“如此，往后之事都要依赖你了。”我停一停，“我要回宫之事光皇上说了还不算，还得太后点头。眉庄姐姐日日侍奉在太后身旁，这件事你只可对她一人说，由她在太后面前提起最好，只是一定要在皇上开口之后才能说。”

温实初颔首：“我晓得。”他的目光悲悯，“你好好照顾自己才最要紧。”

送走了温实初，槿汐进来扶我躺下，抚胸道：“奴婢在外头听着觉得真险。若温大人不肯帮忙，咱们可不知要费上多少周折了。平心而论，娘娘在外头一日，温大人到底还有一日的希望，一回宫去他可真没什么指望了。”

我斜靠在软枕上，低声道：“他虽有私心，却也不是一个十分自私的人。”

槿汐唏嘘道：“温大人对娘娘的情意还是很可贵的。”说罢打开箱笼，取出两幅生绢道，“温大人走时嘱咐了奴婢如何为娘娘束腹，还是赶紧做起来吧，皇上不知道什么时候就会过来。”

我“嗯”了一声，由着槿汐为我缠好生绢，又服了安胎药，方才稳稳睡下。

又过去了两日，这日上午我懒怠起来，依旧和衣躺在床上。外头下着蒙蒙春雨，极细极密，如白毫一般轻微洒落，带来湿润之气。屋子里焚着檀香，幽幽一脉宁静，我只闻着那香气阖目发怔。

有低微的细语在外头：“嬛嬛还在睡着么？”

“娘娘早起就觉得恶心，服了药一直睡着呢。奴婢去唤醒娘娘吧。”

“不用，朕等着就好。”

心中微微一动，索性侧身装睡。约莫半个时辰，才懒洋洋道：“槿汐，拿水来。”睁眼却是玄凌笑意洋溢的脸，我挣扎着起身要请安，玄凌忙按住我的手道：“都什么时候了，还讲这样的规矩。”

我揉一揉眼："四郎是什么时候来的，嬛嬛竟不知道。"又嗔槿汐，"槿汐也不叫醒我。"

李长笑眯眯道："皇上来了半个时辰了，因见娘娘好睡，舍不得叫醒娘娘呢。"

玄凌亦笑："不用怪槿汐，朕听说你怀着身孕辛苦，特意让你多睡会儿。"他不顾众人皆在，搂我入怀，喜道，"李长告诉朕你有了身孕，朕欢喜得不得了。"

我笑着嗔道："皇上也真是，欢喜便欢喜吧，不拘哪一日来都可以。今儿外头下雨呢，山路不好走，何必巴巴地赶过来。"

李长在旁笑道："原本皇上听奴才说了就要过来的，可巧宫里事儿多，皇上一时也寻不到由头过来。昨日看了温大人为娘娘诊脉的方子，当真高兴得紧，所以今儿一早就过来了。"

我温然关切道："皇上也是，这样赶过来也不怕太后和皇后担心。"

玄凌只握着我的手看不够一般，眸中尽是清亮的欢喜："朕只担心你。温实初说你胎象有些不稳，又说不许这样不许那样，朕可担心极了。幸好温实初嘱咐了一堆，说照着做便不会有大碍，朕才放心些。"

李长笑道："正为着太后和皇后的身子都不爽快，皇上才能说要来礼佛寻了由头，要不然出宫还真难。"

我低眉敛容："太后和皇后身子不好，嬛嬛还要四郎这样挂心，当真是……"

他的食指抵在我的唇上，脉脉温情道："你有了身孕是天大的喜事，朕高兴得紧。到底是你福气好，朕第一次来看你你就有了孩子。"他慨叹，"容儿福薄，管氏也是，朕这样宠爱还是半点动静也没有。"

李长满面堆笑道："这是娘娘的福气，也是皇上和咱们大周朝的福气啊。"

正巧槿汐进来，端着一碗热热的酸笋鸡皮汤，笑道："娘娘昨儿夜里说起想吃酸的，奴婢便做一碗酸笋鸡皮汤来，开胃补气是最好不过的。"

我望了一望，蹙眉道："看着油腻腻的，当真一点儿胃口也没有。"

槿汐发愁道："娘娘好几日没有胃口了，这样吃不下东西怎么成呢。"

玄凌一怔，向槿汐道："昭仪好几日不曾好好吃东西了么？"

槿汐道："正是呢。娘娘怀着身孕本就睡不好，这两日胃口又差。前两日一时想吃糖霜玉蜂儿，奴婢与浣碧都办不来，当真是为难。"

李长为难道："果然是难为娘娘了。这是宫里御膳房周师傅的拿手点心，外头哪里办得来呢。难为娘娘，有着身孕想吃点什么还不成。"

我愧然道："是嬛嬛嘴太刁了，其实不拘吃什么都好。"

玄凌转脸吩咐李长："把带来炖好的燕窝热一热，浇上牛乳，从前昭仪最爱吃的。"李长忙下去办了，我与玄凌闲话片刻，不过一盏茶工夫，燕窝便端了上来，玄凌就着槿汐的手取过，笑道："朕来喂你吧。"

我微微发急："四郎如何做得这样的事呢？"

玄凌低低一笑，眉眼间说不出的温存体贴，仿若窗外的春风化雨："为了你，为了咱们的孩子，没有什么不能的。"他在我身后塞一个鹅毛软枕，轻轻嘘了嘴吹一吹燕窝的热气，"再没胃口也吃些，不为了自己也为了孩子。"

我就着他的手吃了一口，侧首微笑道："嬛嬛知道。"

玄凌看我吃了大半，方叹了口气，道："本来燕宜有了孩子也是喜事，朕才欢欢喜喜晋了她的位分，偏生钦天监说有危月燕冲月的不吉之兆，太后病重，皇后也躺下了，闹得合宫不宁，朕不得已禁了她的足。"他缓一缓，柔声道，"嬛嬛，若不是你的身孕，宫里的事那么多，朕真没有个高兴的所在了。"

我抚住他的手枕在自己脸颊边，恬和微笑："嬛嬛能让四郎高兴，自己也高兴了。天象不过是一时之兆，等厄运过去，徐婕妤为皇上顺利产下一位小皇子就好了。"

玄凌安静拢我于怀，轻轻道："嬛嬛，'长相思'还在你处，就为朕弹上一曲吧。"他似是感怀，"你离宫四年，再无人能弹出这样有情致的曲音了。"

我熟稔而机械地拨动琴弦，心中生生一痛，曾几何时，与我琴笛合奏的人，再也不会出现在这世上了。

这样的念头才动了一动，眼中的泪水已经戚然坠落，倾覆在泠泠七弦之上。

玄凌忙来拭我的泪："好好的怎么掉起眼泪来，谁给你委屈受了么？"

我摇头，只一径含了泪道："嬛嬛久不弹'长相思'，如今能再当着四郎的面奏起，只觉恍如隔世。"

玄凌亦是不胜唏嘘："朕再得你在身边，亦如隔世之感。嬛嬛，你从前最爱弹《山之高》，不如今日再弹一次吧。"

我应声拨弦：

山之高，月出小。月之小，何皎皎！我有所思在远道。一日不见兮，我心悄悄。

信手徐徐拨了两遍。《山之高》，我从来只弹前几句的。只因为前几句的相思之意绵绵入骨，更觉得下半阕的伤怀与不祥。然而神思恍惚的一瞬间，素手一转，已经转成了下半阕的调子：

采苦采苦，于山之南。忡忡忧心，其何以堪。

汝心金石坚，我操冰雪洁。拟结百岁盟，忽成一朝别。朝云暮雨心来去，千里相思共明月。

拟结百岁盟，忽成一朝别啊！

内心的惊恸繁复如滚滚的雷雨，几乎要伏案恸哭一场。《山之高》，原来我一直不敢弹出的下半阕，却是如此凄凉而昭然地揭开我与玄清的命途。甚至……甚至连“千里相思共明月”的遥遥相望也不可得。

一阕《山之高》，竟是我与玄凌和玄清的半世情缘了。

然而再难过，浮上脸颊的却依旧是一个温婉的微笑。

这样沉默相对的刹那，玄凌忽然道：“随朕回宫吧。”

我一怔，心头却徐徐松软了下来——他终于说出了口。我含泪相望，依依道：“嬛嬛如何还能回宫呢？昔年之事，已经无法回头了。”

玄凌拉过我的手拥我入怀，感叹道：“嬛嬛的琴声一如昔日，未曾更改分毫，那么人为何不能回头呢？”

原来，他是这样不明白，琴是没有心的，所以不易变折。而人是有心的，懂得分辨真情假意、用情深浅。而回头，就是要容忍下从前种种不堪和屈辱，是多么难。这样难，难得我连想也不愿去想。

却不能不去想。

我悲叹一句，恻然低首：“嬛嬛是废妃，乃不祥之身，即便身怀帝裔，也不敢妄想再回宫廷了。”

“废妃？”他唇齿间郑重地呢喃着这两个字，目光中掠过瞬息的坚决，“既然是废妃，就重新再册，随朕回宫去。”

我犹疑：“太后……”

“你有了子嗣，想必太后也不会阻拦。为了徐婕妤的事人人烦心，就当冲喜也好、安慰太后的心也好，你跟朕回去就是。”

我跪下，眼中含了盈盈的泪珠：“皇上盛情厚意，嬛嬛感激不尽。可是臣妾这样贸然回宫，虽然太后嘴上不说什么，心里总是介意皇上不与她商量就把臣妾这样的不祥之身带了回去，不如皇上先禀明太后为好。再者，”我神情哀伤而委屈，“宫中的嫔妃少不得议论纷纷，嬛嬛情愿一个人安静在凌云峰度日。”

他温柔扶起我：“朕晓得你怕什么。别人爱怎么议论就怎么议论去。如今妃位尚缺其一，朕就昭告天下册你为妃，与端、敬二妃并立。你的棠梨宫现在惠贵嫔住着，朕就再为你建一所新殿居住，禀明太后之后以半幅皇后仪仗风光接你回宫，看谁还敢背后议论。你就安心养胎，为朕生一位皇子吧。”他凝视我片刻，手温情地抚上我的脸颊，怜惜道，“嬛嬛，朕已经让你离开了四年，四年已经足够，朕再不会让你离开。”他吻着我的手心，“这四年，朕也是无时无刻不在想念你啊。”

无时无刻不在想念么？我微微冷笑，正如芳若所说，即便玄凌知道自己错了也不会承认，因为帝王的威严才是他所在乎的，其他人即便被牺牲了又有什么要紧。

我喜极而泣，而这喜之后更有无数重的悲哀与恨意在澎湃。我温柔伏在他胸前，将胸腔内的冷毒化作无比柔顺，道：“四郎有这样的心，嬛嬛就心满意足了。”

窗外细雨涟涟，他无比郑重：“等朕安排下去，就让人来下旨。你再忍耐几天吧。”

第十八章 如意娘

玄凌走后，我一颗心才放了下来。槿汐到底沉稳，道：“回宫只是个开头，以后的路千难万难，娘娘可要有个准备。若皇后和安氏知道娘娘要回宫，必定不会善罢甘休。”

我微微沉吟：“皇上是铁了心要接我回去，皇后也未必阻拦得了。只怕她顺水推舟，来个请君入瓮，待我回去后再凭借她的中宫之权来对我动手，倒不易应付。”

槿汐微微一笑：“眼下皇后一门心思都在徐婕妤身上，娘娘猝不及防地回宫，她恐怕也要措手不及。”

浣碧切齿冷笑，有尖细的锋利：“我耳边听着这几年间宫里竟然没一个能与她抗衡的人，她也算得意够了。不过即便她真要做什么也是枉然，小姐以妃位回宫，不出几个月生下孩子又要晋位。小姐要和她斗，未必没有资本。”浣碧执着道，“只盼小姐身在荣华富贵之中，千万不要忘了咱们的恨。”

我的心沉如磐石，冷然道：“自然不忘。我如今回宫又哪里是为了自己呢。”

槿汐温婉一笑，透出一抹沉着：“咱们一步一步来，日子长得很呢。”

正说话间，却是积云闯了进来，带着哭腔道：“娘子，不好了！太妃她……”

她话未说完，我遽然变色，迅即起身道：“我去瞧太妃。”

安栖观内翳翳无烛，我从室外奔入，视线一下子无法适应这样暗的光线。待到适应过来时，才见太妃平躺在内室长榻上，一身素白衣裳，面无血色，两颊消瘦，仿佛一朵开到萎败的鲜花凋落在冰冷的床上。

我的眼帘被银色的雨丝扑湿，全身都带着山雨的潮湿气味，一见如此，不觉悲从中来，伏倒在她榻边。

积云哭诉道："太妃自知道王爷的死讯，已经整整三日不吃不喝了，怎么劝都不听，我瞧着太妃是一心求死了。"说罢垂泪呜咽不止。

我止一止泪意，抬头道："姑姑请且出去，我陪太妃说说话。"

我起身关窗，凄清道："逝者已逝，难道生者也要个个跟随着去么？太妃，我未尝不想跟了清去，跟着他去了也就一了百了，什么烦恼也没有了。"

太妃无动于衷，依旧平躺着纹丝不动，仿佛已经没有了气息一般。

我安静伏在太妃榻边，轻声道："清是太妃的命根子，太妃只有这一个儿子，清死了必定会伤心不已。可是太妃只要儿子就不顾孙子了么？我肚子里的孩子可是要等着唤太妃'祖母'的。"

太妃闻言，身子轻轻一震，眼角滑落一滴清泪。太妃面无表情地坐起身，仿佛一缕幽魂。她整个人都颓败了下来，昔日美好的容颜在她脸上消失殆尽，唯剩一个母亲失去儿子后的身心俱碎、无望到底。

她愣愣片刻，骤然爆发出裂帛般的哭声："清儿！清儿！"复又大哭不止，呼号道，"先帝！我与你就这么一个儿子，竟没有好好看住他！如今……如今竟要我白发人送黑发人了！"我见太妃如撕心裂肺一般，忙上前搀住，太妃扶住我的肩，痛哭道，"我已经饱受丧夫之痛，为什么连我的儿子也要离我而去。嬛儿，连你也要饱尝这种失去挚爱的痛楚！"

太妃的哭声如一记记重拳击在我心上。我心中一软，强忍了半天的泪意再也忍耐不住，伏在太妃膝上直哭得声嘶力竭。

我长久没有这样痛快地哭一场，隐忍了那么久，煎熬了那么久，却只能在人前强颜欢笑，把自己的心一点一点地按在滚油里熬着。

哭泣良久，我们都镇定了一些。我轻声道："太妃，我此来是要安慰太妃，也是来向太妃辞行。恐怕我以后再也不能来安栖观了。"

太妃大为意外，道："什么？"

我屏一屏气息，静静道："皇上的意思，要我回宫侍奉，我也已经应允了。"

太妃神情一凛，继而缓和了道："你要回宫去也无妨，皇帝的意思你也不能违抗。只是你肚子里的孩子……”

我平静道：“皇上以为是他的孩子，所以执意要接我回宫。”

太妃神色陡变，几乎不能相信：“清儿与你两情相悦，现在他尸骨未寒，你就要跟着皇帝回宫去了也没有办法。我也怪不得你。”她直直盯着我的肚子，“可是你肚子里是清儿的孩子，你怎么能以这个孩子为你回宫的资本，让他认了皇帝做父亲！”

我忍着心酸，缓缓道：“太妃知道么？清的死不是意外，他是被人害死的。他坐的船被人动了手脚，才会命丧腾沙江。害他的无论是赫赫还是滇南乱民，都不是我以一己之力可以为他报仇的。我要在凌云峰安生过下去，就必须打掉这个孩子；我要保全这个孩子，就要隐姓埋名一辈子，默默生活在乡野间。如果我既要保全这个孩子，又要为清报仇，还要保全我的父母兄长——太妃知道么？我哥哥流放岭南四年，又被人害得神志失常，我实在已经经不起了。而要做到这些，唯有我重回皇帝身边。太妃，活着比死了更难熬，然而再难，也要熬下去。”我只觉得身心俱疲，仿佛身体里被一只手无穷无尽地淘澄着，淘得五内皆成了齑粉，空空荡荡。

太妃温热的泪水一滴一滴滑落在我的肌肤上。她伸手拢住我，悲泣道：“好孩子，是母妃错怪了你！我不晓得你为了清儿要这样煎熬。宫里的日子有多难，你和我都知道。清儿他这样一走……你为了替他寻一个公道，为了延续他的血脉……当真是苦了你。”

我哀哀垂泪，拉着太妃的手求恳道：“我受多大的委屈都不要紧，只要太妃保重自身。这个孩子我必定会好好生下来。皇上已经有了皇长子，来日若有机会，我会想尽办法把这个孩子过继到清的名下，延续清河王一脉。太妃还有子孙在，难道都要抛下不顾了么？”

太妃哀戚的面容上透出一点求生的意气，垂泣道：“好孩子，你为了清这样委曲求全、忍辱负重，我这个做母妃的还能撒手求死么？我即便什么也帮不到你，为你日日念经祝祷也是好的。”

我让积云端了一碗参汤进来，舀了送到太妃嘴边，道：“太妃几日没有进食了，先喝些参汤提提神吧。”

太妃喝了几口参汤，气色微微好些，匀了气息道：“你要保全所有人，只有进宫承宠一道，这是没有错的。但是，光有帝王的宠爱是远远不够的。你曾经被贬出宫一次，自然比谁都知道当今这位皇上和先帝大是不同，光他的宠爱是极不可靠的。——你只有将天下至高的权力牢牢握在手中，才能保护你想要保护的人，拥有你想拥有的一切。”

我陡地一惊，沉吟道：“至高无上的权力？”

“不错。”太妃渐渐沉静下来，仿佛沉溺进往事的河流之中，“先帝死后我自请出宫修行，其实并非我自愿要出宫修行，而是情势所逼不得不如此。当时宫中摄政王支持四皇子，也就是当今的皇上继位，琳妃朱氏成为太后母仪天下，宫中尽是她的势力。若我不自请出宫放弃宫中一切，以此为交换将清儿托付给她抚养，恐怕清儿早活不到如今。”

我惊疑道：“太妃如何保证太后能善待清呢？若她暗下毒手……”

太妃微微摇头：“那时我蠢，直到最后才晓得，她与我一直情同姐妹，其实最恨的便是我。只要她的儿子顺利当了皇帝，只要我离开后宫，她不会太为难清儿。我离宫之时，在先帝灵前当着数百嫔妃朝臣的面，要朱氏起誓善待我的清儿，我方肯出宫，从此不出安栖观一步。”舒贵太妃垂泪叹息，“清儿长成之后不得不韬光养晦，以游手好闲来打消朱氏母子的疑心。他的心里其实有多少男儿之志不能施展，也是为我这个母妃所牵累。”太妃定一定神，目光中攒起清亮的火苗，在暗夜里灼灼明耀，“我在隆庆一朝占尽风光宠爱，唯独从未沾染权势，以致到最后不得不任人宰割，无还手之力。嬛儿，我穷其一生才明白，帝王的宠爱并不可靠，唯有权力……我出身摆夷，自然不能染指大周之权。而你，却不一样！”

我默默沉思，蓦然想起在上京辉山那一日，红河日下之时，江山如画的场景。那是世间男子尽想掌握手中的天下啊。

舒贵太妃怜惜地凝视我：“你怀着身孕回宫之后必定树大招风，艰险重重。旁的人我不知道，唯有太后，你必定要慎重待之，千万小心。”

“太后……其实还算疼惜我。”

舒贵太妃微微蹙眉，须臾，松了一口气：“她肯疼惜你就好。”她停一停，“此人心机之深让人难以揣测，翻手为云，覆手为雨，连心爱之人也可以痛下杀手，实在叫人后怕。想当年……她何尝不与我姐妹相称。”

姐妹相称？我心底微微发冷。陡然听见这句话，仿佛被人用力扇了几记耳光，眼前金星直冒，只觉耻辱和疼痛。

我沉思不已，舒贵太妃的话叫我陡然想起很久以前的一件事情，不由自主便问了出来，“我曾无意间听太后的近身侍婢孙姑姑说起，仿佛……太后与摄政王……”

窗外细雨潺潺，舒贵太妃双唇紧紧地抿着，良久，她的嘴唇亦抿得发白了，才缓缓吐出一句："朱成璧……她与摄政王确是有私情！"

我脑中一阵发麻，头皮上似乎有无数细小的黑虫爬过去，惊得几乎连寒毛也要竖起来了，几乎能清晰地感觉到那些小虫的触角从皮肤上划过的粟栗。若真如舒贵太妃所说，太后与摄政王真有私情，那么后来的朝政纷纭、波云诡谲，太后竟然亲手刺杀了摄政王，夺回王权，一举扫平其所有羽翼，是何等厉害的手段。亦是要何等的心志与狠心才能杀得了自己的情人？

仿佛很久的时候了，好似是在我小产之后，我的绢子落在了太后的寝殿里，我想去取回的，却在太后寝殿外的桂花树下，听见服侍太后的孙姑姑说："太后昨晚睡得不安稳呢，奴婢听见您叫摄政老王爷的名字了。"

若不是爱着恨着惦念着，一个女人何以会在睡梦之中叫一个不是自己丈夫的人的名字呢？他和她是政敌，为了权力针锋相对，为何她会叫他的名字呢？

而太后，却在沉默之后肃然道："乱臣贼子，死有余辜！我已经不记得了，你也不许再提。"然后她叹息了，极缠绵悱恻地叹息了一声。

是了，她那一声叹息，分明是为了摄政王的。她说她已经不记得了，却还在梦中念念不忘，呼唤他的名字。

她是记得他的，或许还爱过，却亲手杀了他。

如此心机深沉的女子，绝不是我从前在宫中所见的那个不问世事、只知理佛的已经垂垂老矣的病老妇人。想到眼前舒贵太妃的境遇，从前我对太后的敬畏尊重，此刻却被蒙上了一层莫名的清冷而深刻的畏惧。

太妃拉着我的手，眉眼间有灰色的忧虑："你这一去便再没有退路了，一定要自己小心。"

我颔首："死者长眠地下无知无觉，而生者还要挣扎着承受活下去的担当。今后我与太妃再不能互相照应了，太妃也要珍重自身。毕竟这世上清的至亲，也只有我们了。"

帘外雨已停了，檐上不时滑落一滴残雨，太妃慨叹道："能彼此好好活着，也算是安慰了。"

如此，我便安心养胎，静静把自己的心思磨砺成一把寒锐青霜剑。李长不便常常出宫，却遣了他的徒弟小厦子每日晨昏出来探望，十分殷勤。我心中焦灼，便问："皇上为何不来了？可是宫里有什么事，还是忘了咱们母子？"

小厦子连连摆手道："娘娘万不可多心。只是这些日子里太后病势反复，皇上不得开口提娘娘的事。另外，皇上说，娘娘已经有孕，若多来必定太显眼。而且等娘娘胎象满了三个月稳当了，回宫也一切方便。”

如此快两个月过去，玄凌的旨意还没有下来，却是芳若来了。

这日芳若领着一行宫人，捧了食盒衣料迤逦而来。一见面便拈了绢子笑道：“长久不见，今日真当刮目相看了。”说罢盈盈拜倒，“奴婢芳若参见甄妃娘娘，娘娘金安。”

我忙扶她起来，含笑道：“皇上的旨意还没下来呢，姑姑这样说是要折杀我了。”

芳若一径微笑：“娘娘的事皇上已经和太后说了，太后也没有异议。”说着指一指身后宫女手中的东西，道，“这些都是太后叫赏下来的，给娘娘安胎。”

我忙问：“太后凤体如何？”

芳若脸色一黯，低声道：“费心伤神，病得极重。太医一直守了一个多月，才慢慢好些了。如今人也清醒些。”

我忙欠身谢过，命浣碧端上茶来给芳若，芳若眼角微有泪光闪烁：“奴婢自从选秀当日就在甄府侍候娘娘，总算盼到今日娘娘苦尽甘来了。”

我颔首微笑：“不过是皇上垂怜罢了。不过，我要回宫的事宫里可都知道了么？”

芳若道：“太后是几天前知道的，皇上见太后好多了，就在请安时提了这件事。正好惠贵嫔也在旁侍奉太后，那可真是又惊又喜，哪有不帮着说话的。本来太后还犹豫，说没有废妃回宫的先例，皇上却说当年是娘娘您自请出宫为大周祈祷国运昌隆的，虽然没有名位，却也说不上废黜。再一提娘娘有了身孕，太后自然不反对了。”

我微微垂下眼睑，看着自己逐渐养起来的指甲，道：“那么旁人呢？皇后可是六宫之主。”

芳若轻轻扬起唇角，露出得体的笑容，道：“危月燕冲月乃是不祥之兆，皇后连日来头风病发得厉害，起不了床。皇上也吩咐了不许任何人拿宫里的琐事去打扰皇后，只叫安心养着，所以大约还不知道。娘娘是有着身孕回宫的，又有谁敢拿皇嗣的事作反呢。”她停一停，“其实皇上也有皇上的打算，娘娘的身孕未满三月，总是不妥当。宫中人多事杂，已经因为天象困了一个徐婕妤了，若再有什么闪失不当，皇上也是忧心。所以干脆让娘娘先在外头。不过现在娘娘的胎象都安稳了，等到诏书下来，就一切顺理成章，任谁也没办法了。”

芳若言毕，意味深长地看了我一眼。我晓得她的意思，在玄凌的诏书未下之前，任何事都会发生，她自然是要我好好把握，让玄凌一旨定乾坤。

我眉间微有忧色："可是皇上已经许久没来看我了。"

芳若微笑道："皇上可忙着呢。娘娘既要回宫总得有住的地方，内务府挑了好几所地方敞亮、形制又富丽的宫殿，可皇上都不满意，只说要建一所新殿给娘娘。但内务府说娘娘和徐婕妤都有着身孕，不宜大兴土木，所以皇上的意思是把离仪元殿最近的昭信宫打扫出来，要叫工匠画了图纸改建，小修小改，也算不得大兴土木了。皇上身边的人口风紧，宫里的人眼下只当皇上又要晋哪位娘娘的位分，都一团乱地猜着呢，总不曾想到娘娘身上。"

我微笑道："其实不拘住哪里，我又怎么会挑剔呢，皇上太费心了。"

芳若道："娘娘如今要封妃回宫，和端妃、敬妃并立，虽然资历最浅，可是已经生育了胧月帝姬，如今又有了身孕，当真是前途无量，皇上能不着紧么？"

"此外皇上还忙什么呢？"

"皇上的意思是把昭信宫改建完之后就接娘娘回去。且这些日子来政务繁忙，又要看顾太后和皇后两头，皇上实在是分身乏术了，叫娘娘委屈。"

我因了然而放心，和颜悦色道："我有什么委屈的呢？皇上都是为了我。"我沉吟片刻，"皇上除了忙政务，在后宫之中可否……"我见芳若微有探询之色，索性开门见山道，"我与姑姑打开天窗说亮话，离宫四年有余，宫中已不只从前那些旧人了。我很想得到姑姑指点。"

芳若恭顺道："最得宠的自然是和睦帝姬的生母昌贵嫔了，出身又高，长得又好。若不是还没生下一位皇子，父亲家里又早破落了，依着这份尊贵，恐怕这妃位的空位也轮不到娘娘了。眼下为着娘娘要回宫，也要晋位昭仪了。另一位虽不是最得宠，却是一直长盛不衰，便是从前与娘娘交好的安贵嫔，如今住在景春殿。再者管婕妤也要封为祺贵嫔。"

"那么怀着身孕的那位徐婕妤呢？"

"皇上对婕妤小主的情分不过如此而已。只是徐婕妤此番若能顺利产下一位皇子的话，自然也就能得宠非常。"芳若顿一顿，"此番太后那么爽快应允娘娘回宫，其实另有一个原因在里头。李公公想必跟娘子提起过驯兽女叶氏吧？"

我不动声色道："略有耳闻。"

"此女身份之卑微堪称大周百年之最。一月前还是选侍，如今皇上又封了她常在。还给了个'滟'字做封号，就号滟常在。只怕再这样下去，皇上要为她打破下女不得生育皇嗣的规矩了。”她缓缓道，“所以太后想着若娘子回宫又有所生育，皇上必定能回转心思。”她叹一口气，“娘娘不晓得，为了当年那个傅如吟，皇上闹到了什么份儿上。太后是很需要后宫有深明大义、通情达理的女子侍奉皇上。”

我粲然一笑：“傅婕妤我是见不到了。只是叶氏能以驯兽女这样低微的身份而得选宫嫔，圣眷隆重，我倒很想看看是何等样的标致人物。”

芳若道：“娘子回宫以后总会见到她的，只是娘子小心，此女孤僻桀骜，非常人能够接近，又因为得宠，愈加目中无人。”

我一笑对之：“我只管我的，她也只管她的，井水不犯河水就是。”

芳若宁和微笑道：“娘子也不必太把她放在心上。叶氏出身卑微，按照宫里的规矩，每次侍寝之后都要服药，是断断不许有孕的。换言之，她没有为皇家绵延子嗣的资格。即使皇上要为她破例，她的位分也尊贵不过娘娘去。”

我微笑起身：“姑姑的教诲我都记在心上了。只是等昭信宫改建完成，也不晓得多早晚了，中间这些日子，我自会留心的。”

芳若笑道：“如此最好。奴婢往来不便，就在宫中等候娘娘的到来。”送走了芳若。我倚榻沉思须臾，唤来浣碧取出纸笔便要写字。

浣碧奇道：“小姐好端端的要写什么？”

我静静思量，芳若说得对，玄凌出宫不易，如今又被琐事缠身，他身边的新宠随时都会出现，只消我一日得不到册封回宫的圣旨，就一日不得安稳。我必得要牢牢抓住玄凌的心才可。

于是蘸饱墨汁，笔触柔媚逶迤：

看朱成碧思纷纷，憔悴支离为忆君。不信比来长下泪，开箱验取石榴裙。

这是唐朝武后困居寺院时写给高宗的情诗《如意娘》，细诉相思等候之苦。我便信手拈来，我写不出的相思之情，只好借人家的心思一用。

我写好折起，交到浣碧手中：“等下小厦子过来请安，便让他亲手交到皇上手中。”

浣碧点头：“咱们现下的一言一行都关系将来，我一定小心。”

第十九章
两茫茫

李长再来时说起此事很是唏嘘："娘娘书信一到，皇上牵挂得了不得呢。"见我只一笑置之，他又道，"宫中一切都打点好了，本来不日就可接娘娘回去。只是皇上说住在凌云峰不太像样，还得委屈娘娘至甘露寺暂住两日，再从甘露寺接回娘娘。"

我点头："皇上安排就是，谅来甘露寺也不会有异议。"

浣碧连连冷笑，扬眉道："如今再回去，甘露寺那起子小人可不知要成什么样子呢，想想也觉得痛快！"

等到事事安排好，又是十数日。我回甘露寺暂住，依旧是那座小小院落，却打扫得干干净净，显是用香熏过，入门便是浓浓的香郁。静岸早早引人等在门外，她神色如常和蔼，其余人等却早换了一副毕恭毕敬的神色。我心中不屑，面上却不露出来，只与静岸叙过不提。

浣碧环视一周，袖着手冷笑道："怎不见静白师父，往日拜高踩低她都是头一份儿，怎么今日娘娘回来暂住却不见她了？"

我唤了声"浣碧……"，众人面面相觑只不敢答话，到底是静岸道："静白病着，恕不能拜见娘娘了。"

浣碧冷着脸横眉不语，槿汐微笑道："静白师父或许是心病也未可知。今日也就罢了，过几日宫里迎娘娘回去，合寺毕送，可由不得静白师父病了。”

我当下也不理会，只安静住下不提。甘露寺殷勤供应，十分周到，我只瞧着她们战战兢兢的样子唏嘘不已。这日晨起，槿汐为我梳头，篦子细细的，划过头皮是一阵警醒的酥凉。槿汐轻轻道：“听李长说，他午后就要来宣旨。”

我看着镜中薄似蝉翼的鬓角，淡淡道：“也好，免得夜长梦多。”

槿汐颔首道：“只是今番要回宫，有些东西娘娘是一定要舍弃了。比如，心。不是狠心，狠心亦是有心的。娘子要做的，是狠，而没有心。”

我转身，恳然握住她的手：“槿汐，除了你，再没有人对我说这样的话。”

“槿汐惭愧。”她的温婉的声音里有深深的歉意和自责，“槿汐白白在宫中活了数十年，竟不能维护娘娘分毫。”

我微微一笑：“你已经尽力了。恰如你所说，有心之人如何和没有心的人相抗衡呢？”我定一定神，窗外是渐渐暖热的夏初天气，热烈的风让我的神思愈加冰冷，“玄清已死，我再没有心了。”

昏黄的铜镜中，我乌深的眸底似有血染的锋刃般的薄薄影子，极淡的一抹。压一压心口，再抬头时眉目间已换作柔情似水，婉转如盈盈流波。

这日巳时一刻，日光浓得如金子一般，明亮得叫人睁不开眼睛。五月的天气甚是晴朗，连天空也凝成了一湾碧蓝澄澈的秋水，格外高远。

然而，我怆然想，有些人，哪怕一生一世望穿秋水，也再望不见了。

我依礼梳妆，带着槿汐和浣碧盈盈站在庭院中，李长笑嘻嘻打着千儿：“叫娘娘久候，请娘娘接旨。”

我浅浅欠身，道：“有劳公公。”

小院里开了一树一树的石榴花，清净的寺院里甚少有这样艳丽的花朵，然而五月时节，唯有榴花开得最热烈最放肆，无心无肺一般开得如火如荼，整个甘露寺便掩映在这般红艳艳的浓彩里。

我与槿汐、浣碧跪地，发髻上的璎珞垂在眉心有疏疏的凉意。李长的声音是内监特有的尖细：

朕唯赞宫廷而衍庆，端赖柔嘉，颁位号以分荣。咨尔昭仪甄氏，温恭懋著，慈心向善，舍尊位而祈国运，掩自身而祷昌明，其志其心，堪为六宫典范。曾仰承皇太后慈谕，册为正二品妃，赐号“莞”。尔其时怀祇敬，承庆泽之方新，益懋柔嘉衍鸿庥于有永。钦哉。

神情有瞬息的凝滞，圣旨已下，终身既定，再无翻转了。转瞬如有冰水劈面湃下，整个人连纤微的发丝都冻住了一般，分明看见一道裂缝慢慢横亘上如坚冰般的心底，轰然塌碎的声音之后，森冷锋利的冰棱直直硌在心上。今生今世，只消在他身边一刻，我竟如何也逃不离这个“莞”字了。

磕头谢恩毕了，李长笑得欢天喜地，亲手将圣旨交到我手里：“恭喜娘娘，皇上的意思，三日后大吉，请册封使引娘娘回宫。皇上重视娘娘，一定会选一位大吉大利的贵人来做娘娘的册封使呢！”

我含笑道：“能回宫就是福气了，何必拘泥这些呢。”

李长恭敬道：“皇上重视，才显娘娘的尊荣啊。”他笑眯眯，“奴才能替皇上来宣旨，也是奴才的脸面了。不像上回册封叶氏，奴才可是跑去狮虎苑宣的旨。那回可把老奴吓得半死，还有只老虎蹲在滟常在后头，除了常在谁也哄不走。到底人和人哪也是不一样的。”

他絮絮几句，又叮嘱了槿汐好一会儿才回宫去。

我微微生了几丝倦意，握着手中明黄卷轴，怅然望向碧色澄净的天空：“槿汐，回宫的圣旨已经下了，以后，我再也看不见宫外的蓝天了。”

槿汐正要答应，忽听得外头马蹄声疾，如突然而至的暴雨。骤然一声马嘶，伴随着一声熟悉的呼唤，有人踏破满院缤纷而至。

那一声呼唤，分明是唤我——嬛儿！

我耳中轰地一响，直如打了个响雷一般，无数细小的虫子嗡嗡在耳边鸣叫着扑扇着翅膀——这世上怎么会有那么像的声音？怎么会？

我迫不及待地抬头，目光所及之处，那人一身月色底竹纹长袍，满面风尘，疾奔而至。心中有一股滚热的强力激荡汹涌，只觉得一直抵在心头的那束坚冰被这样的暖流冲击得即刻化了，整个人欢喜得手足酸软，一动也动不得，几乎要委顿下来。然而这样的欢喜不过一刻，心底越来越凉，凉得自己也晓得无可转圜了，只怔怔落下泪来。仿佛无数巨浪海潮拍在身上，玄清！玄清！我几乎不能相信，不能相信自己的眼睛，双足本能地一动，只想扑到他怀里去大哭一场，哭尽所有的艰难与委屈。

“嬛儿！”他的呼声尚未落地，乍然一声娇嫩的惊呼：“王爷——”却见一个碧色的俏丽影子已飞奔出来，直扑到他怀中啼哭不已。

心中一阵悲凉，果真不是我的幻觉。连浣碧也知道，是他回来了，他没有死！没有死！

一切已成定局的时候，一切再无转圜之地的时候，他回来了。

玄清一手扶开浣碧，眼眸只牢牢盯着我，劫后重生的相逢喜悦里安着那么多那么多的错愕、惊痛和不可置信，如同惊涛骇浪，澎湃在他眸中。

他定定道："嬛儿，你在等我么？"

我心中哀凉至绝望，无言以对。

槿汐见如此情境，忙道："碧姑娘，你这是怎么了？王爷好端端地回来可是大喜事啊，姑娘倒哭成这样了。"槿汐不动声色从玄清身边拉过浣碧，笑道，"娘娘的大好日子，姑娘哭湿了衣裳算什么呢，随奴婢去换件喜色的衣裳吧，好叫王爷和娘娘好好说说话。"

浣碧泪眼婆娑地抬起头来，方觉大为失态，依依不舍地看看他，又望望我，低低道："王爷平安无事，奴婢这就给菩萨上香去。"说罢涨红了脸急急奔进屋去。

槿汐福了一福，匆匆跟在浣碧后头追进去。她经过我身边，接过我手中的圣旨，悄悄在我耳边道："圣旨既已下来，万事不能再回头，娘娘可要想清楚了。"她把"娘娘"二字咬得极重，提醒着我此时的身份，说罢幽幽一叹，"一时感情用事，只怕来日后患无穷。"

我怔怔地站着。他走近我，脸上的笑意淡而稀薄，像透过千年冰山漏出的一缕阳光，带着深重的寒气；又似在夜雾深重的林间里飞过的几只萤火虫的光芒，微弱而辽远。

他淡淡一哂，似是自嘲："娘娘？你果真是要回宫去了？"

这两个字似两块烙铁重重烙在心上，呼吸的痛楚间几乎能闻到皮肉焦烂的味道，我痛得说不出话来，强忍了片刻，方缓过神气勉强道："没想到有生之年，竟然能看到王爷平安归来。"

"王爷？"他满目怆然叫人不忍卒睹，拱一拱手道，"不过一别五月，不想世事颠覆如此之快，娘子已成娘娘了。"他退后一步，"良久未曾听娘娘如此称呼，清大觉生疏了。"

他如此语气，不啻是在怨我了，更不啻在我心口狠狠扎了一刀。然而，我即便分辩又有何用呢？那些不能启齿的缘由能告诉他么？

"一别五月？世事变幻之快往往在一夕之间。王爷依旧是王爷，只不过本宫不再是一介废妃罢了。”我定一定神，含泪笑道，“你回来就好了。”

“回来？”他笑意痛楚，冷冽如碎冰，“我九死一生回来，先赶去看了母妃，满心欢喜要来见你，可是母妃却告诉我，你要回宫，回到皇兄身边……”

我顿时警觉，下意识地按住肚腹，立即问：“太妃，太妃还说了什么？”

他并没察觉我的异样，哑声道：“母妃说你与她一样，都听信了谣言，以为我不在了。母妃说人各有志，要我千万不要记恨你，要我明白你的难处。可是嬛儿，我不能不来问清楚，到底是为了什么？”

他不知道！万幸，他还不知道！

阳光那么猛烈，灼痛我的头脑，微微睁开眼，触到那一双隐忍着不亚于我的焦灼和苦痛的眼睛。“我千辛万苦，我拼死回来，要不是想着你——嬛儿，我想着你才能回来。却要亲眼见你万千荣宠被迎回宫去，迎回皇兄身边。”他踉跄着退了两步，喑哑道，“我情愿自己身死赫赫，永远不要回来！”他停一停，“我若不回来……”

现实如一把钝重的锈刀，一刀一刀割裂我与他之间所有的情系，我泪流满面：“你若不回来，就不会知道你才走半年我便琵琶别抱[1]；你若不回来，就不会知道我在以为你尸骨无存后又迫不及待回到紫奥城，回到你皇兄身边；你若不回来，就会一直以为我会等着你、盼着你，在凌云峰等你归来，就不会知道我是这样一个无情无义的女子。”我哽咽，狠一狠心道，“我本就是这样无情无义的女子。”

有风吹过，树叶哗哗作响，像落着一阵急促的冰冷暴雨。阳光透过叶子细碎的间隙落下来，仿佛在我与他之间设下了一道没有温度亦无法攀越的高墙，此时此刻，我们再不能是至亲爱侣了。

“无情无义……”他喃喃良久，仰天疏狂大笑，眼角隐有清泪涌出。

我不忍再听，亦不忍再看。我怕自己会忍不住，忍不住扑进他的怀里，要他带我走；我怕忍不住我的眷恋，我的思念。

仓皇转身，风扑簌簌吹落满地殷红的榴花花瓣，如泣了满地鲜血斑斑。

芳魂何处去，榴花满地红。

我只身离去，只余他一身萧萧，隐没于风中。

---

[1] 琵琶别抱：白居易《琵琶行》诗有“门前冷落车马稀，老大嫁作商人妇”“千呼万唤始出来，犹抱琵琶半遮面”句。后遂以“琵琶别抱”喻妇女再婚。孟称舜《鹦鹉墓贞文记·哭墓》：“拚把红颜埋绿芜，怎把琵琶别抱归南浦，负却当年鸾锦书。”这才是最准确的。

第二十章
负却当年鸾锦书

是夜，槿汐见我不曾用饭，便盛了一碗银耳来，好言劝慰道："娘娘好歹吃些什么，别伤了自己的身子。"她怅然一叹，"王爷平安归来固然是好事，只是……天意弄人。"

浣碧抱膝坐在榻边，嘴角的一抹笑意被眼中无尽的愁绪和担忧代替："王爷怕是伤心得很。小姐……"她看着我，嘴角一动，终于还是没说出口。

我拨弄着盏中雪白的银耳，只觉人便如这一盏银耳一般，被肆意调弄，半点由不得自身。良久，我低声道："我何尝不知道你想我去劝他，只是事到如今，相见无地，再说又有何益？即便他知道我的种种为难，我却连挽回也做不到。"

浣碧小心翼翼觑着我的神色道："那个七日失魂散还在槿汐处收着……"她咬一咬嘴唇，"小姐若是吃下，管他什么圣旨也都完了。"

我心中一动，不觉站起身来，然而即刻惊觉悚然："我已是册封的妃子，我暴病而亡，身边人如何能脱得了干系？就连你和槿汐也落得个侍奉不周的罪过。"我颓然坐下，"我已不是一名无人问津的废妃，只消我暴病，皇上会派多少太医来查，到时连温实初也要连累。何况除了他，我有多少撇不下的干系？"说罢心下更是烦乱，只紧紧攥着绢子不语。

浣碧似有不甘心："小姐……"

"天下不只一个王爷足够牵念，碧姑娘只想一想顾佳仪吧。"槿汐抚着我的背，温然道，"娘娘千万不要自乱了阵脚，奴婢且请娘娘想一想，这道圣旨可否不屑一顾？娘娘若觉得什么都可以放下，奴婢即刻为娘娘收拾包袱，天涯海角只管跟了王爷走，哪怕来日被抓赐死，得一日的快活也是一日的快活，总归不枉此生。若娘娘在意这道圣旨里的分量，那么且三思而行。"

薄薄一卷黄色的丝帛，用湖蓝和浅金丝线绣双龙捧珠的图案。一爪一鳞，莫不栩栩如生，赫赫生威，满是皇家威仪。短短几行字是正楷书写，为显郑重，字字皆是玄凌的亲笔，而非礼部代拟的冠冕文章。我的指尖拂过丝帛，微微颤抖，短短几行字，已经落定了我的终身，如果要转头，如果要退缩……我的眼中几乎要沁出血来。

槿汐握住我的手，看一看浣碧，又看一看我："碧姑娘的顾虑不是没有道理，王爷如此伤心，又在气急之下，有些话娘娘不能说，但有些可以出口的话多少也能让王爷断了念想。否则日后到底会在宫中碰面，彼此总要留个相见的余地，何苦两下里伤心煎熬呢。"

浣碧推开窗，夜风倏然灌入的瞬间，带入满地如霜冷月。浣碧倚窗望月，起伏的群山似静静伏着的巨兽，伺机把人吞没。浣碧的叹息似落地的冷月寒光，凄凄道："此时此刻，想必王爷是伤心透了。"

我怔怔，若真如槿汐所说，他能对我断情，想必也不会再伤心了吧。

我铮然转首，看牢浣碧清秀的面庞，轻轻道："浣碧，你过来……"

李长传旨之后，甘露寺外已有数十兵士守卫。槿汐早已吩咐了外头，叫浣碧自去凌云峰收拾些旧日什物过来。

浣碧去了一趟，取了一包袱衣裳过来，槿汐随手一翻，靠在窗前皱眉大声道："姑娘真是的，这些东西分明拿错了。奴婢请姑娘取些娘娘夏日的换洗衣裳来，姑娘却包了一包袱冬日的大毛衣裳来，真真是……"

浣碧赌气，大声道："不就拿错了衣衫么？我再去一回就罢了。"说罢低低在我耳边道，"奴婢已请了王爷在长河边等候，小姐快去吧。"

我披了浣碧方才出去时披的碧色斗篷，头发打得松散，似与人赌气一般，怒气冲冲便往外走。我本与浣碧身形相似，夜色浓重更掩了一层，外头的守卫知道浣碧是我近身侍女，自然不敢阻拦，一路放了我出去。

去长河边的路早已走得熟了，却没有一次似今夜这般为难。晚风飒飒吹起我的斗篷，心跳得那么急，我迫不及待想见他，却又无颜相见。

见一次便伤心一次，人世难堪，或许，相见亦不如不见吧。

河水清凉的潺湲声远远便能听见，遥遥望去，他的身影在明亮的夜色下显得格外茕茕，似苍凉的一道剪影。

他等待的姿势，在那一瞬间激起我所有温柔的记忆与渴慕，多少次，他便是这样等着我。只是那姿态，从未像今日这般荒芜过。

他黯淡的容颜在看见我的一刻骤然明亮起来，像灼灼的一树火焰，瞬间照亮了天际。他几步向前，重重地松了一口气："你终于还肯见我。"

我冷一冷道："看你平安，我才能心中无愧，安心回宫。"

他的眼神微微一晃，笑容冷寂了下来："只为这个？"

我悲极反笑："否则王爷以为我露夜前来所为何事？"

月光如银，他清明的眼神并未放过我："一别良久，你不问我为何，去了哪里？"

"很要紧么？"我力图以疏离的笑分隔我与他的距离，"大约我回宫之后，皇上也很乐意与我谈论此事。何况问与不问，你我都无力回天。一切已成死局，看你安然无恙站在我面前，我已经无所牵挂了。"

他眼里黯然的神色微微一亮，似跳跃的烛火："我安然无恙你才无所牵挂，可知当日人人传我身死，你必然是日夜牵挂了。嬛儿……"

我心下一慌，恨不得将自身缩进斗篷里不见了，即刻转身回避："素闻王爷心有七窍，可知真是多心了。"

他的口气里有难耐的急切和不愿相信："嬛儿，你我早已两心相映，今日你乍然回宫，又刻意冷淡我。嬛儿……"

农历四月已是春末时分，荼蘼花正开得蓬勃如云。荼蘼又叫佛见笑，因而甘露寺一带漫山遍野开得到处都是，大捧大捧雪白浅黄的花朵在夜色中看去似茫茫然的大雪纷扬。我不得不止住他的话，截然道："开到荼蘼花事了。清，我们的缘分实在尽了。"

山风入夜强劲，鼓鼓地贴着面颊刮过去，似谁的手掌重重掴在脸上，打得两颊热辣辣地痛。有片刻的沉默，似是河水东流不能回头的呜咽如诉。他的声音清冷冷的，似积在青花瓷上的寒雪："从前你说于男女情分上从不相信缘分一说，唯有软弱无力、自己不肯争取的人，才会以缘分作为托词。以缘分深重作为亲近的借口，以无缘作为了却情意的假词。”

风夹杂着荼蘼花的浅浅清香，那种香，是盛极而衰时的极力挣扎，我淡淡道：“我亦说过，或许有一天真到了无路可去、无法可解的地步，我才会说，缘分已尽。或者……”我强抑住心底翻涌的痛楚，“清，我实在可以告诉你，我只想了却我与你的情意。”我按住小腹，低低道，“想必李长已经告诉你，我已有了四个月的身孕。四个月，你该知道这孩子不是你的。”

他颓然转首，声音里掩不住的灰心与伤痛：“不错，四个月，便是我才走一个多月，你便和皇兄在一起了。”他牵住我的手，他的手那样冷，那种冰天雪地般的寒意从他的指尖一直逼到我的心口，“嬛儿，人人都以为我死了，那不要紧。你要自保求存也没有错，我只是痛惜你，你是从紫奥城里死心出来的人，何必再要回到伤心地去苦心经营？我实在不忍……我情愿是温实初一生一世照顾你。至少，他是真心待你的。”

“温实初？”我轻轻一哂，“我想要的唯有你皇兄能给我。我父兄的性命，我甄氏一门的活路，我想要的荣华富贵。甘露寺数年我受尽凌辱与白眼，我再也不愿任人鱼肉！人为刀俎，我为鱼肉的日子我过得怕了，为何不是我为刀俎，人为鱼肉——”

他牢牢看着我，那琥珀色的眼眸几乎能看穿我所有的掩饰。我不自觉地别过头，躲避他让人无可躲避的眼神。“你说旁的我都相信，可是嬛儿，荣华富贵何曾能入你的眼里？你若非要以此话来压低自己，岂非连我对你的情意也一并压低了？我玄清真心爱护的女子，岂会是这样的人？”

我狠下心肠，强迫自己逼出一个骄奢而不屑的笑意：“那么，王爷，你当真是看错人了。甄嬛也是凡夫俗子，她想要活，想要活得好，想要身边的人活得好，不愿再被人践踏到底。”

良久，他怅然叹息，微抬的眼眸似在仰望遥远处星光闪烁的天际。他的神色有些凄惘的迷醉，低低道：“那一日我初见你，你在泉边浣足。那样光亮华美，幽静如庭院深深里盛放的樱花，又嫣媚如小小的白狐。”

我垂下双眸，足上锦绣双色芙蓉的鞋子被露水濡湿，金丝线绣出的重瓣莲花，在月光下闪烁着璀璨的金。双足已不再着芒鞋，连一丝金线都能提醒我今时今日的束缚，我再不是无人过问的废妃，再不是凌云峰独自自在的甄嬛。我掐着手心，冷然道：“也许今日心狠手辣的甄嬛早不是你当日心中那只小小白狐。”我凄涩一笑，缓缓抬头看着他，“其实你说得也不错，我何尝不是狡诡如狐？”

他握住我手腕的十指似僵住了的石雕，一动也不动。夜风吹落大蓬洁白的荼蘼花，落在长河里只泛起一点白影，便随着流水淙淙而去。他的声音有些空洞，像这山间空茫而静寂的夜："那日我的船在腾沙江沉没，江水那么急，所有的人都被水冲走了。若非我自幼懂得一点水性，只怕早已沉尸江底。我好容易游上岸边，却早已精疲力竭，被埋伏在周遭的赫赫细作制伏。怕我反抗，他们一路迫我服下让我全身无力的药物，从滇南带往赫赫。"他看我一眼，"那日你我在辉山遇见的那名男子，你可晓得是什么人？"

我凝神思索："看他衣饰气度，必然是赫赫国中极有威望之人……"骤然心下一动，忙看玄清道，"莫不是……"

"不错！他正是赫赫的汗王摩格。早在辉山之日，他已揣测我是朝中要人，又恰逢皇兄派我远赴滇南，正好落入他囊中，中他暗算。"玄清长眉紧蹙，"他既知我身份，挟我入赫赫，意欲以我亲王身份要挟皇兄，控势滇南。"

我想也不想，脱口道："皇上不会答允的。"

玄清的眸中有暗沉的辉色，流转如星波皓皓："他自然不会答允。在他眼中，一个兄弟如何及得上大好河山，何况……那兄弟又是我。"

我的叹息被河水的波縠温柔吞没："多年前皇位之争——只怕赫赫真杀了你，反而了却他心头一块大石。"

他颔首："赫赫既知我身份来历，我自然成了他们眼中的鸡肋，更不必费神再知会皇兄已挟持了我。大约他们也只等着来日两军相见，把我当作阵前人质，赚得多少便宜算多少罢了。我被扣在赫赫，那一日趁人不防抢了匹马出来，日夜奔逐到上京边界才得平安。"他苦笑，"彼时国中人人都以为我已死在滇南，上京守卫竟以为我是魂魄归来。我怕你等得伤心，日夜兼程回京，谁知回京之日，便是你离开我之时。"

我怆然不已，然而这怆然之中更是对世事的怨与悲。然而我能怨谁，人如掌心棋子，往往是身不由己，却不得不孤身向前。

我望住他，数月的悲辛只化作两行清泪，无声无息绵湿衣衫。

他的手掌有残余的温度，有薄薄的茧，为我拭去腮边的冷泪。那是一双能执笔也能握剑的手，如果不是摩格卑鄙到用药物制住他，或许他早早回到我身边，再无这么多的辛酸起伏。然而……"如果"和"或许"是多么温暖慈悲的字眼，若真有那么多假设，人世岂非尽如人意了。

他的语气里有温柔的唏嘘："你还肯为我落泪，嬛儿。"他扣住我的手腕，

"我只问你一句，你是否当真已对我无情？"

呼吸变得那么绵长，我望住他的眼睛，竟生生说不出"无情"二字。

即便在宫中厮杀残忍了那么多年，我也从未停止过对情意的追求。而如今，我止住脚步，这一切，竟是要我亲手来割舍。

不知过了多久，他拥我入怀，他的怀抱那样温暖，似乎能为我抵御住这世间所有的风刀霜剑。连他的气息亦一如从前，清爽恬淡的杜若气息，只愿叫人沉溺下去，沉溺到死。他的话语似绵绵的春雨落在我耳际："嬛儿，现在还来得及，只要你肯跟我走，我情愿不要这天潢贵胄的身份，与你做一对布衣夫妻，在乡间平凡终老。"

跟他走，和他厮守到老，是我长久以来唯一所想。

然而时至今日，他真说出了口，这句话似一盆冷水，倏然浇落在我头上，浇得我五内肺腑都激灵灵醒转了过来。

我霍然从他怀抱中抽出，不忍看他惊愕而失望的神色，凄怆道："有情如何，无情又如何？人生在世，并非唯有一个'情'字。"我眺望甘露寺后山的安栖观，神色肃然，"若我与你一走，首先牵连的便是你避世修行的母亲。即便你还要带太妃走，那么其他人呢？我们能带走所有么？"我的声音微微发颤，从胸腔里逼狭出来，"清，我们的爱情不可以自私到不顾我们身边的人，不能牺牲他们来成全我们。"我看着他，"我做不到，你也做不到。"

他的神色愈加悲戚下去，然而这悲戚里，我已明白他的认同与懂得。他是温润的男子，他不会愿意因自己而牵连任何人，这是他的软弱，也是他的珍贵。

泪光簌簌里望出去，那一轮明月高悬于空，似不谙世间悲苦，一味明亮濯濯，将我与他的悲伤与隐忍照得无处容身。

那么多的泪，我那么久没有肆意纵容自己哭一场。我足下一软，伏在他的肩头，任由心头乱如麻绪，只逼着自己将残余的冷静宣之于口："如果我可以跟你走，我何尝不愿意抛下所有就跟你走。什么也不想，只跟你走。可是你我任性一走，却将父母族人的性命置于何地？却将太妃置于何地？我们一走，受灭顶之灾的就是他们！"眼泪堵住我的喉咙，"从前也就罢了。"我茫然四顾，"如今，我们还能走去哪里？天下之大，容不下一个玄清、容不下一个甄嬛，即便天地间容得下我们，也容不下我们一走了之后终生愧悔的心。清，由不得我们选择——不，从来就是没有选择。"

他拥着我的肩，声音沉沉如滂沱大雨："嬛儿，哪怕你告诉我你对我从无情意，我也不会相信。但是你告诉我这番话，却比你亲口对我说无情更叫我明白，明白你再不会在我身边。”

夜色无穷无尽，往昔温柔旖旎的回忆似在夜空里开了一朵又一朵明媚鲜妍的花。

我却，只能眼睁睁任由它们尽数萎谢了。

河边的树木郁郁青青，我轻声道：“你看，此处叶青花浓依旧，可是玄清，你我一别五月，却早已是沧海桑田了。”上苍的手翻云覆雨，把世人的欢乐趣、离别苦置于手心肆意把玩，我凄然道：“清，所有的事情，都已经，变了。”

他手上微微用力，他的额头抵着我的额头：“嬛儿，让我再抱抱你，只消一刻就好。从今往后，我能抱这世上所有的人，却不能再这样让你停留在我的怀里了。”

心中的软弱和温情在一瞬间喷薄而出，我在泪水里喃喃低语：“清，遇见你让我做了一场梦。我多么盼望这梦永远不要醒。我一生中最快乐的日子都在这个梦里，都是你给我的。”

他吻一吻我的脸颊：“于我，何尝不是。”他温柔凝睇着我，似要把我的样子嵌进脑海中去一般，“有你这句话，我当不负此生。”

我情不自禁地伸出手，抚着他的脸庞，凄苦道：“何苦说这样的话？清，你当找一个真心待你好的女子，和她相扶相持，白首到老。你们会有很多子孙，会过得很好，会一辈子安乐。”我仰望他，“清，来日我日日在佛前焚香，终生祈愿，为你祝祷，只盼你如此。”

他捂住我的唇，凝泪的双眼有隐忍的目光，明亮胜如当空皓月。他低低道：“你说这样的话，是要来刺我的心么？我所有的心意，只在那一张合婚庚帖里说尽了。只有你，再不会有旁人了。”

我止不住自己的泪意，顿足道：“你才是来拿这话刺我的心……”天际扑棱棱几声响，是晚归的昏鸦落定在枝头栖息，一分皓月又向西沉了一沉。

再没有时间了。

我缓缓地、缓缓地脱开他的手臂，含泪道：“你瞧，月亮西沉，再过一个时辰，天都要亮了。”

他摇一摇头，神色如这夜色一般凄暗，再瞧不见那份从容温润的光彩。他苦笑：“我只觉得自己恰如一缕孤魂野鬼，天一亮大限就到了，再不情愿也得放你走。”

夜色渐渐退去，似温柔而紧迫的催促，我垂首黯然：“大限已经到了。我已经出来很久，再不回去，只怕槿汐和浣碧便是首当其冲。”我的手从他的掌心一分一分抽出，似用尽了全身的力气一般，“一起坐着，越过天空看云、说着话，或是沉默，安静享受片刻的平静。”我恻然道，“清，咱们再也不能了。”

流光里泛起无数沧桑的浮影。再相见时，我与他都会重新成为紫奥城重重魅影、万千繁华间的瓦石一砾，割断彼此的前世。

寂夜里落花芬芳，那样的婉转委地，扑簌簌如折了翅膀的鸟，早已失了那种轻灵而自由的婉转飞扬，只留下凄艳的一抹血色，所有的希望和幸福轰然倒塌。只余世事的颠覆和残忍把人一刀又一刀凌迟不断。

始觉，一生凉初透。

漏夜更深，屋内一盏残灯如豆，槿汐披衣端坐，我的脚步再轻飘如絮，也惊醒了一旁打盹的浣碧。她见我回来，不觉一惊，很快平伏下来，道：“小姐这么晚不回来，奴婢还以为……”

我淡淡道：“以为我不回来了是么？”

槿汐为我斟上一碗茶，柔和道：“奴婢知道，娘娘一定会回来的。”

她的发梢有未干的露水，我稍稍留神，她的鞋尖亦被露水打湿了。我看她：“方才出去了？”

槿汐微微一笑：“知道娘娘一定会回来，所以奴婢为娘娘去了一个地方。”见我微有不解，她伸指往后山方向一点。

我随即明了：“太妃是明白人，自然知道这个孩子的事不能叫他知道，否则便是一场雷滚九天的大风波了。”

槿汐曼声细语道：“娘娘思虑得是，太妃也是这样想，所以一见王爷也没说。太妃说，若告之实情，以王爷的脾气，他必不顾一切想带娘娘远走高飞，皇帝也必将知道娘娘腹中孩子非他所生。所以那是咱们一辈子都得烂在肚子里的秘密，永远不能叫王爷知道。”我抚一抚浣碧疲倦的面颊，柔声道：“你放心，王爷不会伤心很久的。安心睡去吧。”浣碧点一点头，敛不住眉心深深的担忧与凄惶，步履沉重地进去了。

我睡意全无，取下发上的银簪子一点一点拨亮火芯，仿佛这样就能拨亮自己的心。“槿汐。”我低低道，“小时候爹爹总是说我聪明，聪明的心性总是占足便宜的。可是我再聪明，却永远参不透一个‘情’字，永远作茧自缚。槿汐，假若可以，我情愿一辈子不知情爱为何物，一辈子庸碌做一名凡俗女子，或许更能快活。”

槿汐为我抖去斗篷上的雾白露珠，披上一件干净衣衫，手势温柔而轻巧。月光落在我逶迤的长发上，是点点泪光似的星芒。

“温柔女儿家却硬是须眉刚硬的命，一世冰雪聪明也抵不过一个‘情’字。身为女子，谁能参得透‘情’字，即便是……”她叹一叹，“不过是已经死心和没有死心的分别罢了。”

我无力倚在窗边：“从前看《牡丹亭》的戏文，杜丽娘为柳梦梅死而复生，仿佛情可遇神杀神，遇佛杀佛。如今才晓得，戏文终究是戏文罢了。”

“所以奴婢说‘火烧眉毛，且顾眼下’。可是如今，却要瞻前顾后，步步为营了。时机不同，行事也不得不同。”

我沉默，小时候看《牡丹亭》看到这样一句话：“情不知所起，一往而深。生者可以死，死可以生。”年少时，总把情意看得泾渭分明，爱便是爱，不爱便是不爱，如同生与死一般界限清晰。总以为只要爱着，就能够抵越生死，敌得过这世间的一切。

却原来，情到深处，很多事仍是我们的单薄之力所不能抗拒的。

我举起茶盏，痛然笑道：“常说一醉解千愁，我却连想一醉都不可得。”说罢，只仰面大口吞下茶水。温热的茶水入喉的一瞬间，那样苦那样涩，仿佛流毒无穷的伤怀直逼到心里，不觉泪光盈然，向槿汐道：“我这一生到此，即便再身膺荣华，也不过是一辈子的伤心人罢了。”

第二十一章
掌上珊瑚怜不得

我刻意回避玄清，回避对往事的留恋和期望。从甘露寺眺望，遥遥能望见清凉台白墙碧瓦的一角，然而才看一眼，已觉心酸不已，不忍也不敢再去看。

三日后晨起，李长便喜滋滋迎候了来，道："娘娘知道皇上千挑万选，选了谁来做册封使？"

我疏懒道："不过是文臣、国公，再尊贵也不过是丞相。"

李长喜不自禁道："娘娘万万也想不到，是清河王呢。他可平平安安回来了呢！"

我虽已心知，却不得不做出惊讶万分的神色，道："真的？"

李长眼波一转，低声道："可不是？皇上想着王爷如此后福无穷，和娘娘是一样的，才特特地请了王爷来做册封使哪！三日前王爷回宫，平平安安，毫发无伤，皇上可高兴坏了，直在宫中留了一宿。这可是咱大周的洪福齐天哪。可是那日在奴才宣旨离开后，有腿脚慢的侍卫眼花，告诉奴才，清河王似乎来过这里。推算起时辰来，仿佛清河王是先到了这儿才回宫的呢。娘娘难道不知王爷来过？"

我心中大惊，人多眼杂，果然易生波澜。我正踌躇，身边槿汐见得不对，跺一跺脚向他使了个眼色道："人家久别重逢的，你在这里添什么话乱问，快出去吧！”

李长一怔，一时不解：“你这话，我竟不懂。”

槿汐指一指替我梳头发的浣碧，努了努嘴儿道：“从前你来说到王爷的噩耗，浣碧姑娘哭出了两大缸眼泪呢。我们也是那时才明白……”

浣碧抿嘴一笑，两腮绯红，悄悄看我一眼，嗔了槿汐道：“可别胡说，小姐……”

我这才一笑：“你们都知道，只瞒着本宫呢。李长，若非你问，本宫都懵懵懂懂呢。”

李长眼珠一转，一拍脑袋，笑呵呵道：“原来是这个理儿，我说碧姑娘今儿气色怎么那么好，原来是王爷平安归来啊！难怪难怪！看来碧姑娘也是个有福之人啊！”他躬身道，“时辰不早，娘娘该梳妆了，清河王为册封使，已经在外等候。”

说罢，他带了人出去。我缓缓沉下脸来：“槿汐、浣碧，李长是好打发的。若来日还有这样带着半点疑心的话出现在宫里，咱们和王爷、太妃都是死无葬身之地了。”

二人谨慎点头。

我不得不另换了一副心肠。冷眼看着铜镜中的自己，面色沉静如波澜不起的古井。已然沉寂了那么久，穿惯了身上灰仆仆的佛衣，铅华不施，素面朝天。玄凌见我时是素衣简髻的佛门女子，淡朴无华。那么今日重返后宫，我便要艳绝天下，极尽奢丽，让我的姿容在瞬间夺人心魄，震慑玄凌的心魂。

开箱启锁，挑选最华贵妩媚的衣裳。迷离繁花丝锦制成的芙蓉色广袖宽身上衣，绣翟凤凌云花纹，纱衣上面的花纹乃是暗金线织就，点缀在每羽翟凤毛上的是细小而浑圆的蔷薇晶石，碎珠流苏如星光闪烁，光艳如流霞，透着繁迷的贵气。臂上挽迤着丈许来长的烟罗紫轻绡，一袭金黄色的曳地望仙裙，用蔷金香草染成，纯净明丽，质地轻软，色泽如花鲜艳，并且散发出芬芳的花木清香。裙上用细如胎发的金银丝线绣成攒枝千叶海棠和栖枝飞莺，刺绣处缀着珍珠，与金银丝线相映生辉、贵不可言。

我举目示意浣碧、槿汐不许动手，径自拆散头上象征出家的太虚髻，散下一头几欲委地的青丝，拿犀角碧玉梳慢慢梳通，散如墨缎。反手细细绾了惊鸿归云髻，发髻后左右累累各插六支白玉响铃簪，走起路来有细碎清灵的响声，发髻两边各一支碧玉棱花双合长簪，做成一双蝴蝶环绕玉兰花的灵动样子。发髻正中插一支凤凰展翅六面镶玉嵌七宝明金步摇，凤头用金叶制成，用细如发丝的金线制成长鳞状的羽毛，上缀各色宝石，凤凰口中衔着长长一串珠玉流苏，最末一颗浑圆的海珠正映在眉心，珠辉璀璨，映得人的眉宇间隐隐光华波动，流转熠熠。发髻正顶一朵开得全盛的“贵妃醉”牡丹，花艳如火，重瓣累叠的花瓣上泛起金红色的光泽，簇簇如红云压顶，妩媚姣妍，衬得乌黑的发髻似要溢出水来。颈上不戴任何项饰，只让槿汐用工笔细细描了缠枝海棠的纹样，绯红花朵碧绿枝叶，以银粉勾边，一枝一叶，一花一瓣，绞缠繁复，说不尽的悱恻意态。同色的赤金镶红玛瑙耳坠上流苏长长坠至肩胛，微凉，酥酥地痒。

画的是远山黛，脸上薄施胭脂，再用露水匀了珍珠粉淡淡施上，成“飞霞妆”，脸上幽暗的苍白便成了淡淡的荔红。一眼瞥见妆奁里的胭脂笔，心下一颤，想在眉心描画一朵梨花形状，想起当日酒醉春睡在棠梨宫后院的梨花树下，梨花花瓣正落在眉心，玄凌曾说我肤色白如梨花，花落眉间不见其色，于是亲手执了胭脂笔将梨花形状描在我眉心，遂成“姣梨妆”，一时宫中人人仿效。那是我昔年的荣宠，也是昔年与玄凌的情意。如今若特意画上让玄凌见到，必定能勾起前情，激起他对我的怜惜之意。

于是拾起胭脂笔，浣碧立刻奉上一小盒紫茉莉胭脂让我润了润笔。侧头忽见窗外一抹颀长的身影已在等候，心里生出漫无边际的隐痛来。那样熟悉，仿佛是永生永世刻在心上的。纵使我已决定重回玄凌身边婉转承恩，纵使我已决定一心一意扮演好“莞妃”的角色保住一切，仍是忍不住眼前一黑，手中的胭脂笔软软地坠到地上。

槿汐不动声色拾起笔来，柔声道：“娘娘劳累了。奴婢来吧。”说罢细心描绘，粲然笑道，“娘娘倾国倾城，更胜往昔，皇上必定宠爱如初。”

我凝眸向镜，镜中人已经一扫黯淡容光，遍体璀璨，明艳不可方物。如同一张光艳的面具，掩盖住我此刻晦暗的心情。我勉强笑道：“长久不穿戴宫装凤冠，现在穿上仿佛整个人重了几十斤，难受得紧。”

此话一出，自己也觉得怅然不已。这凤冠霞帔于我而言，何尝不是万重枷锁，锁尽一生欢欣希望。

槿汐微一垂目，恭顺道：“皇上宠爱娘娘，赏赐丰厚，娘娘日日换新，习惯了便只以为美而不觉难受了。”

我淡然一笑：“世事大概皆是如此吧，习惯了就不觉得难受了。”

我轻轻地说：“出去吧。”浣碧、槿汐立刻打开房门，一左一右扶我起身。

五月的灼亮的日光下，玄清独自负手站在石榴树下，殷红的花瓣碎碎落了一身，他只浑然不觉。浣碧出声唤他：“六王。”他立即醒过神来，神色自如地跪下，一字一顿地说：“臣弟清河王玄清参见莞妃娘娘。”

仿佛是被人用利刃直刺下来，我极力抑制住声音中的颤抖，温婉地笑：“清河王请起。”

他迅速地抬起头，眼底深处闪过一丝雪亮的哀凉之色，仿佛流星划过夜空转瞬不见。他道：“娘娘请移驾，鸾轿已在寺外等候。”

我的声音泠泠响起，仿佛不是我自己的声音：“有劳清河王了。”我停一停，“你原本可以不来的。何必，一定要来？”

“皇兄想找个有身份地位之人为册封使迎娘娘回宫，但是几位年长的亲王都避嫌推辞。皇上便托付臣弟以宗亲身份平息废妃回宫的物议。”他的声音倒还平静，“臣弟问过皇兄一句话，是否臣弟为册封使，可添莞妃荣光？皇兄回答臣弟，是。”

我心头颤动，这样的时候，他还这样为我着想。我极力克制着心绪，徐徐走过他身旁，轻声道：“王爷身沾落花。落花残败，不是王爷该沾染上身的物事。”他恍若未觉，只站着不动。

浣碧眼见不对，上前两步拂下玄清身上的花瓣。玄清叹口气，道：“落花亦有人意，拂去它做甚？”

心下一片冰凉，他终究，还是怪我的吧。

槿汐松开我的手臂，福一福，道：“奴婢去看看鸾轿是否妥当。”

浣碧亦道：“小姐的如意佩好像落在房中，奴婢去拿。”

我轻轻唤道：“清。”

他情不自禁地看我，声音悲凉如弦月：“嬛儿，我恨不得旁人，只能恨自己。”

我良久无语，只伸手拈起他肩头一瓣绯色的榴花：“我自有我的道理。——身沾榴花是喜事，嬛儿恭祝王爷儿孙满堂、福寿绵长。”

他一时未懂，遥遥望着天际，目光萧瑟如秋叶：“没有你，这福寿绵长，于我不过是满目山河皆是空而已！”

心中如重重地受了一击，沉沉密密的痛，像是冰封的湖面裂开无数条细碎的冰纹，那样无止尽地裂开去，斑驳难抑。我难过得说不出话来，只听得耳边风声细细，吹得枝头落花拂地，软绵绵的“嗒”一声，又是一声。

几许沉寂，浣碧不知何时已在我身侧，低声道："时辰不早，小姐该上轿了。"说罢伸手在侧待我扶上。

我猛一醒神，正要伸手出去，玄清的手一把扶住我的手，他的手那样冷，像是正月的天气浸在冰水中一般，没有任何温度。浣碧神色已是一惊。我心知这于礼不合，正要挣出手来，听他的声音凝伫在耳边："臣恭引娘娘归宫，以示皇恩浩荡。"

我神色立刻恢复自如，婉声道："那就有劳清河王了。"

扶了他的手，一路迤逦而出，甘露寺佛殿重重，那一道道门槛似乎跨也跨也不完，檀香的气味袅袅在身边萦绕，金殿佛身，宝相庄严。寺中所有的人都已跪候在寺门外，殿中静得如在尘世之外，只闻得三人徐徐而行的脚步声和我衣裙曳地之声。忽地想起那日在山路上，暮色沉沉，玄清侧过头对我说："这种牵手的姿势叫作'同心扣'，据说这样牵着手走路的男女，即便生死也不会分开。"我黯然地笑起来，仿佛还是不久前说过的话，不过年余间，世事已然翻天覆地，这条路已经那么快，到了尽头。

谨身殿，已经是最后一重殿宇了，也终于走完了。寺门外垂首恭谨跪着两排宫女内监，明黄色凤鸾仪仗灿如阳光，皇后专乘的华翠云凤肩舆停在不远处。肩舆高六尺、宽六尺、深八尺，古檀底座，朱红梁脊，镂金丹青纹饰，华盖的四角都坠有镂空的金球，顶上以金银铸云凤花朵为檐，檐内两壁镂大团牡丹环绕瑞兽，画神仙永乐图，四周垂绣额珠帘、白藤间花，肩舆前后用六十四幅红罗销金掌扇遮簇。玄凌，他果然动用了半副皇后仪仗来接我回宫。

李长与槿汐早候在外头，忙迎上来，行三拜九叩大礼，道："给王爷、娘娘请安。恭迎娘娘回宫。"

我点点头，示意他们起身，道："皇上如此郑重，本宫怎么敢当？擅用皇后仪仗是大不敬，纵使皇上天恩，皇后贤德，本宫也不敢逾礼。"我看一眼李长，淡淡道，"李公公，请即刻回宫禀明皇上，请许本宫用妃子仪仗，否则，本宫绝不敢回宫。"

李长赔笑道："娘娘一早知道的，这是皇上的心意……"

我微笑："本宫也一早说过，本宫不敢担当。"

李长只抬眼看槿汐，额头上渗出密密的汗珠，忙跪下道："这一来一去费的时间不少，怕皇上心急，还请娘娘先回宫再议。"

我看也不看他，只道："尊卑有别，本宫不是恃宠而骄、僭越无礼的人，也不愿来日见了皇后无地自容。”李长不敢起身，只拼命磕头不语。

槿汐连忙扶他起来，低声道：“还不快去快回！”李长连忙躬着身退去，急急向山下奔去。甘露寺建在甘露峰顶，遥遥望去京中景物一览无余。山脚下的平林漠漠，阡陌田野，极目远处依稀能看见城郭连绵，万户人家，炫目的日光下激起一片金黄耀眼光芒的地方，便是我远离数年的紫奥城。

时近中午，阳光越发明亮，亮得我睁不开眼睛。浣碧道：“日头太毒，还请小姐和王爷在谨身殿前稍坐片刻，等仪仗到来。”

我侧头道：“请王爷一同去殿下稍候，以避暑热。”玄清一点头，依旧扶着我的手走回殿下，一同坐下。

满寺的尼女依旧跪在寺门外一动不动，天气渐热，她们的佛衣领上被汗濡湿，不过一个时辰，又被日光蒸发，只留下一圈白花花的迹子。我一眼看见跪在主持身后的静白，不知是不是体胖的缘故，她的汗比旁人多得多，整件佛衣全都濡湿了。

我召她上前，缓缓道：“本宫在此清修数年，多蒙静白师太照顾了。”

静白脸色煞白，颤声道：“出家人……本该慈悲为怀，娘娘……娘娘无须多谢。”

我冷冷道：“师太对本宫的‘照顾’本宫没齿难忘，必当报答。”烈日下，静白的身体微微发颤。

玄清以为我要在此了结了她，以解昔日之怨，看我一眼低声道：“嬛……娘娘，不宜动气。”我但笑不语，伸手拂一拂她的佛衣，她如同利刃割身，激灵灵地一抖，冷汗簌簌而下。

我不理她，又召了静岸上前，含笑说：“本宫向来恩怨分明，师太昔日的照拂，本宫感激在心。”转头吩咐槿汐：“拿两部本宫手抄的《太平经》来，赏赐静岸师太。”又笑着对静岸说：“本宫知道你不爱金银，这两部经书，略表本宫一点心意吧。”

静岸果然欢喜，含笑谢过受了，道：“贫尼有一心愿，请娘娘成全。”

我看一眼一旁跪着发抖的静白，向静岸道：“师太要说的本宫全然明白。本宫便饶她一条贱命罢了，希望她能痛改前非，一心向佛。”

静岸垂首谢道：“多谢娘娘慈悲，我佛必定护佑娘娘。”静白亦是连连叩首谢恩。

我看着她们退远，沉声对槿汐说：“此人死罪可免，活罪难饶。当年她诬赖我偷她的燕窝，今日就赏她一顿板子略作惩戒吧。”

槿汐略微点头：“奴婢自会去办妥。娘娘放心。”

我伸手召唤莫言上前，微笑道：“静岸师太虽为住持，但是心肠太过慈软，从今后就由你接替静白的位置，管教甘露寺众尼，好好一纠她们的风气。”

莫言微微恻然，恳切道：“娘娘自己珍重吧。”

过不得一顿饭工夫，李长带着人抬着仪仗和妃子专用的翟凤肩舆来了。所有的人一齐跪下：“恭迎娘娘回宫。”

我缓缓起身，玄清扶住我的左手，一步步踏上朱红卷毯。我的凤纹绣鞋久未踏足柔软的卷毯，绵软厚实的卷毯让我的双足一瞬间有难以习惯的柔软之感。我微一低首，看见自己还不明显的小腹，看见身畔执手相扶的那人，心中一凛，不由得扬起头看那耀目日光。

日色璀璨之下，万物都如尘芥一般，湮没为万丈红尘中不值一提的一点微末。这般居高临下，仿佛还在那一日的辉山，猛然涌起一股凛冽的心肠：我要这天下都匍匐在我脚下，我要将这天下至高的权力握在手中，保护我腹中这个孩子，保护我要保护的所有的人！

妃嫔入宫，自来只走偏门贞顺门。紫奥城自贞顺门往内宫一路迤逦洞开，銮仪卫和羽林护军并守城外，赤色巨龙般的朱壁宫墙下着着暗红衣袍的内侍并月白宫装的侍女垂手而立，安静得如泥胎木偶一般，引着鸾轿往重华殿去。

汉白玉台阶上的红锦金毯漫漫延伸至上殿，红毯尽头，便是等待着我的玄凌。虽只是迎妃入宫，他也穿了九龙华袍以示郑重，皇后素来逢迎玄凌，亦着了一身紫华蹙金广绫凤越牡丹罗袍。二人并肩而立，遥遥望去，风姿高贵而绰约。

我心内冷笑，相违数年，帝后之间依然是一对好夫妻，相敬如宾，奢尽表面文章。

我略整一整环佩衣衫，步下鸾轿，重重罗衣锦服，璎珞环绕，我下轿十分不便，还未等小内监送踏凳来，玄清已立在辇边，自然而然伸手扶住我的手，搀我下来。

脚尖才触到地面，手已欲从他掌心抽回。玄清五指微一用力，我竟挣脱不得，不觉立刻面红耳赤，大是尴尬。

他迎风迢迢，坦荡道：“清奉皇兄之命亲迎娘娘归来，可见娘娘在皇兄心中的地位，自是越隆重越好。请由清扶持娘娘上殿。”

是最后一刻的温存了吧。我眼中一酸，强忍下泪意，低低道："有劳王爷。"

他的面色肃然而郑重，托起我左手引我向前。手指上戴着硕大而明耀的嵌虎睛石玉扳指，似宿命的约束牢牢扣住我的命途，微凉的玉硌在我的手心，那股凉意渐渐浸到心底去。我稳稳行于红锦金毯之上，缓缓走向玄凌。走得越近，心中哀凉之意更盛，玄清的手心不是他素日的温暖，冰得似没有温度一般。我手指微曲，他感觉到，握我的手更紧了紧。心下大是哀恸，深深漫出一股恐惧，只盼时光驻步，这条路永远永远也走不完。

时光的印刻残忍而分明，在依稀能看清玄凌容颜的一瞬间，心底骤然刺痛，我下意识地闭上双眸，再睁眼时，已是殷切而期待的神情，仿佛有难掩的喜悦。

我屈膝："臣妾来归，恭祝皇上、皇后圣体安康，福泽绵延。"

膝盖尚未完全弯曲，玄凌已一把将我扶住，从玄清手中接过我的手，笑吟吟道："一路可还吃力？"

我摇头，被他牢牢握住的手指有不适的感觉，叫人心底腻起一层油白的腻烦。

皇后笑容满面，修饰过的纤手拉住我的手道："皇上一告诉本宫，本宫可欢喜得不得了，左右数着日子盼了莞妃这么久，真真要度日如年了。"许是在风口站久了，皇后指尖的冰冷不亚于我，犹自含笑端详我道，"莞妃清瘦了些，回宫后该当好好调养才是。"

如此嘘寒问暖、无微不至，当真要见者动容了。我垂首感激不已："皇后关怀备至，臣妾如何敢当。"

玄凌道："清河王既为册封使，便代朕将册封莞妃之旨晓谕六宫。此刻诸妃皆在，劳六弟宣读吧。"

玄清眼皮一跳，也不动声色，只从槿汐手中接过圣旨，泠然宣读道：

朕唯赞宫廷而衍庆，端赖柔嘉，颁位号以分荣。咨尔昭仪甄氏，温恭懋著，慈心向善，舍尊位而祈国运，掩自身而祷昌明，其志其心，堪为六宫典范。曾仰承皇太后慈谕，册为正二品妃，赐号"莞"。尔其时怀祗敬，承庆泽之方新，益懋柔嘉衍鸿庥于有永。钦哉。

他的尾音里有一丝不易察觉的颤抖，似一片薄薄的锋刃从我身上刮过去，一时不见血出来，只觉得疼，唯有自己知道，已经是伤得深了。

何必，何必，要他亲口宣一遍圣旨，玄凌眼中的厚爱，于我，于他，何尝不是屈辱的凌迟。

玄清长身玉立，微微欠身："莞妃至此，臣弟也算功德圆满了。"

多年隐忍，玄清早已失去一切，亦学会表面的波澜不惊。玄凌满意点头，满心喜悦道："六弟奔波劳碌，朕也该大大地谢六弟才是。"

皇后亦笑："皇上真该想想如何谢六弟才好。"

玄凌微微沉吟："六弟已是亲王俸禄，衣食无忧，朕再赐清河王食邑三百户，清凉台方圆百里为其汤沐邑[1]，六弟可还满意么？"

皇后笑道："皇上好阔气的手笔，当真手足情深。"

玄清尚未开口，却听一把娇俏如露珠的声音脆生生越出道："皇上如此隆重迎来了这位莞妃，只以食邑相赐，未免低估了六表哥的劳苦功高、左右逢源。"

此话大有酸意，我不用抬头，便知唯有出身亲贵的胡昭仪才敢如此大胆。我轻轻一笑，粲然道："王爷亲赴甘露寺迎回臣妾，可见皇上用心。这位妹妹很体贴皇上心意，那么请皇上赐这位妹妹一斛明珠作赏吧。"

玄凌亦不欲因我之事而起风波，便道："如此甚好，朕就赐昭仪明珠一斛。"他扬一扬眉，笑道，"既然昭仪如此体贴，不如再去库房选几幅吴道子的画来赠予六弟吧。"

玄清的眼中唯有深不见底的空漠，淡淡道："皇兄雅趣，臣弟却之不恭。"

玄凌招手示意那位丽人走近，笑向我道："这位是胡昭仪，最风趣可爱不过，你们尚未见过，此时见见正好。"

我只作初见，微笑颔首，她看清我容貌，微有愕然，略欠身示意，也不问安，只唇角含笑看着玄凌。一身银朱红细云锦广绫合欢长衣更衬得她娇小的身量如一抹绯红的云霞，灿然生光，足见她之受宠与尊贵。我细细留神，一样是艳烈的美人，比之华妃，胡昭仪更多几分娇俏与蕴藉，并不像一个口无遮拦之人。

胡昭仪毫无顾忌地瞧着我，脆生生笑道："果真美如仙子，和胧月帝姬一个模样呢。"我留神细看已生育的妃嫔左侧各自立了子女的乳母，几位帝姬立在一起，个个如粉雕玉琢一般。敬妃身边，正是快五岁的胧月。我心下一热，忙上前几步，唤了句"胧月"，才要伸手去抱，那孩子却往乳母怀里一缩，小脸都皱了

---

[1] 汤沐邑：一指周代供诸侯朝见天子时住宿并沐浴斋戒的封地。二指国君、皇后、公主等收取赋税的私邑。

起来。

我见胧月如此，一时有些尴尬，却是敬妃向我一笑："帝姬有些怕生呢。"我心下稍稍释然，澹然含了一缕笑意："昭仪是和睦帝姬的生母，福气过人，连容貌也如此令人倾倒。"

胡昭仪笑时鬓边的海水纹青玉簪上明珠濯濯瑟动，如娇蕊一般："怪道从前听人说莞妃聪颖过人，原来甘露寺清净之地，也能教莞妃听到如此多宫闱之事。"

她虽是笑靥婀娜，然话中挑衅之意已然了然。我微微垂眸，她愈灼烈，我愈谦和就是，断断不争这一日的长短。何况她所说的，怕是日后宫中人人都要讥之于口的。

玄凌一步上前，握住我的手走至重华殿前。殿前嫔妃数百，自皇后以下以端、敬二妃为首皆按位分立于两侧。望去衣裙缤纷，个个都精心装扮过，唯恐落了人后，个个鬓如青云，花团锦簇，仿佛上林苑的万花朵朵散于重华殿庭前。

然而，宫廷里的女人，何尝不是万花散于庭，朵朵皆寂寞。

玄凌朗声笑道："当年为祈国运昌隆，甄昭仪不顾一己之身自请出宫清心修行，如今五年期满，朕感其心意，特册为莞妃迎回宫中。"

他平平淡淡一语，胜过我万千分辩。我盈然一笑，凝视于他。只听一声娇啼，却见安陵容似一只展翅的蝴蝶先扑了上来，牢牢拉了我的裙摆，含喜含悲啜泣道："姐姐可回来了，姐姐一别数年，妹妹只当此生不能再相见了，不意还有今日，当真是……"话未说完，一行热泪滚滚落下。陵容早年已册封为贵嫔，却只以"安"为号，她打扮得并不华丽夺目，只一身月白色的云天水漾留仙裙，用细碎的米珠缀成一朵朵曼妙水仙，在日光下折出莹透的光色，愈发楚楚可怜。

我心中烦恶，却不肯露出一份异样来，只淡然道："久不见妹妹了，妹妹一切如旧，并未变改分毫啊。"

我细细留心周遭人等的神色，妃嫔对我的到来大多神色异样而复杂，然而新进宫的十数人大约因我与傅如吟的相似而惊愕不已，有几个胆大的已忍不住面面相觑，窃窃私语起来。玄凌如此声势迎我回宫，众人也不敢不敬，及至陵容主动与我亲近，有几个耐不住性子的妃嫔已露出不屑的神情来。

陵容恍若未觉，益发拉着我问长问短不已，我虽不耐烦，到底顾忌着她是玄凌的宠妃，一时不能发作，更是尴尬。端妃冷眼片刻，缓缓向我道："莞妃气色不是上佳，今日劳累，更不宜站在风口说话，合该好好歇息去了。"我喜她为我解围，微闻衣袖窸窣，目光只在人群中逡巡，果见眉庄眼中泪光浮涌，悄悄拿了绢子去拭。

敬妃扯一扯眉庄的袖子，笑道："惠贵嫔可欢喜过了，莞妃要休息，不如一同陪着皇上先去未央宫吧。"她亲密地笑一笑，"皇上为接妹妹回来，修葺了昭信宫，后又御笔亲改为未央宫，赐妹妹为柔仪殿主位呢。"

安陵容温婉一笑，娇怯怯道："皇上为了姐姐的未央宫费尽心思，在库里寻了多少积年的珍宝出来，只听说跟蓬莱仙岛似的，又不许咱们去瞧新鲜，只等姐姐来了才开宫呢。"她软语娇俏，叫人不忍拒绝，"不如姐姐带咱们去开开眼吧。"

陵容声如黄鹂滴沥啼啭，众妃神色变了几变，终究按捺了下去。

玄凌笑语道："日后总有去的时候，何必急于一时，先让莞妃安顿下再说不迟。"

陵容忙低头道："皇上说得极是，是臣妾心急姐姐回来了呢，总想和姐姐多待一刻也好。"

我但笑不语，眼神将周遭之人一一留意，只觉如今宫中之女美艳者更多于从前，直教人眼花缭乱，一时看不过眼来。

第二十二章
未央旧客

当下玄凌携我上辇轿，不过一盏茶时分便行至一座巍峨宫宇前，正门前“未央宫”三个金铸大字明晃晃的色彩在日光下分外耀眼。仪门至正殿只一条两车宽的汉白玉道相接，两旁凿开池水清明如镜，满种白莲，此时新荷初绽，小小莲花绽开如玉盏凌波，数百朵玉白花簇开在一起，仿若一捧捧雪铺成的皓洁冰雪的路途。

玄凌轻笑耳语：“朕晓得你喜欢赏莲，你有孕不便常常出门，朕便挪一座太液池到你宫里，勉强赏玩也罢。”

此时节风动莲香，整个未央宫沉浸在荷露清风之中，别有一番雅趣，我低低笑道：“皇上有心。”

正殿为柔仪殿，旁侧各有东西别殿三座，环绕成众星拱月状。李长引我与玄凌入正殿，殿中刻画雕彩，居香涂壁，锦幔珠帘，穷极纨丽。隐约闻得椒香细细，正是熟悉的椒房暖香。香意似细雨洒落，四处晕开，无所不及，兜头兜脑地袭来，让人几欲迷醉。玄凌轻声叹道：“昔日椒房贵宠，今又在矣。可当不没嬛嬛了。”

李长忙笑着道：“是呢。论谁再得宠，这些年皇上也没再赐过椒房恩典呢。”

我盈盈看着玄凌："皇上厚爱，臣妾已不敢承受。"

玄凌只是笑，执过我的手："再去看看你的寝殿，如何？"

寝殿便在柔仪殿后，转过通天落地的云母神仙折花插屏，寝殿内云顶檀木作梁，水晶玉璧为灯，珍珠为帘幕，范金为柱础。六尺宽的沉香木阔床边悬着鲛绡宝罗帐，帐上遍绣洒珠银线海棠花，风起绡动，如坠云山幻海一般。榻上设着青玉抱香枕，铺着软纨蚕冰簟，叠着玉带叠罗衾。殿中宝顶上悬着一颗巨大的明月珠，熠熠生光，似明月一般。地铺白玉，内嵌金珠，凿地为莲，朵朵成五茎莲花的模样，花瓣鲜活玲珑，连花蕊也细腻可辨，赤足踏上也只觉温润，竟是以蓝田暖玉凿成，直如步步生玉莲一般，堪比当年潘玉儿步步金莲之奢靡。如此穷工极丽，饶是我自幼见惯富贵，又在宫中浸淫多年，亦不觉讶然称惊。

玄凌环顾许久，颇为满意，笑道："佛前莲花开三朵，又尤以五茎莲花为珍。佛母诞子而落莲花，嬛嬛仁性佛心，莲花最是适宜。"

我欠身屈膝，谦卑道："柔仪殿如此奢华，臣妾不敢擅居，还请皇上让臣妾别殿而居。"

玄凌扶住我，眸中沉沉尽是柔迷光华："昭阳第一倾城客，不踏金莲不肯来。[1]萧宝卷给得起潘妃步步金莲的盛宠，朕又如何造不起一座玉寿殿[2]来。你在外头为朕受了许多苦，朕今日所做的，不过只能补偿万一罢了。"他见我双眉微蹙，柔声开解道，"你不必心有不安，蕴蓉的燕禧殿也不啻简素，朕把柔仪殿比着四妃正殿的规制来建，算不得奢靡。你住着喜欢就是。"他似想到些什么，停一停道，"你无需忌惮宫中言语，未央宫种种布置皆是朕的意思，皇后更着意添了许多，无人敢妄论。"

我澹然一笑："说什么补偿呢，皇上言重，皇上与臣妾之间没有这样生分的话。"我温婉言毕，心下只疑惑皇后即便顺从玄凌，也只要情面上过得去便可，何须如此为我大费周章。

有和暖的风涌过，鲛绡帐内别有甜香绵绵透出。见我微微疑惑的神情，玄凌笑吟吟道："不错，是鹅梨帐中香的味道。"

---

[1] 出自李商隐的《隋宫守岁》，咏隋炀帝宫中守岁的奢侈，有："昭阳第一倾城客，不踏金莲不肯来。"汉成帝时赵飞燕住在昭阳殿，后来多以"昭阳"指皇后或者宠妃；金莲花贴地，行走其上，用潘妃的典故。

[2] 潘妃是南朝齐东昏侯萧宝卷的宠妃，小名玉儿。萧宝卷当皇帝的时候，为潘妃兴建的神仙、永寿、玉寿三座宫殿，穷奢极欲，在宫中凿金莲花以贴地，让潘妃在上面行走，称为"此步步生莲花也"。

我微露赞叹之色，不觉含了一缕笑意：“此香原是南唐国后周娥皇所调，南唐国破后，此法失传已久，不知皇上何处得来？”

“容儿素擅制香，此便是她的手笔。也难为她，配了数千种香料才配得这古方，若换了旁人，必没有她这份细心。朕有时不能安眠，闻得此香便会好受不少。”玄凌如此极口夸赞，便知这几年安陵容如何圣宠不衰，平步青云。我按捺住气性，只想着要叫温实初看过方能用此物。

我淡然道：“果真奇香，教臣妾想起棠梨宫的梨香满院。”

玄凌微微懊丧：“正为棠梨宫梨树奇佳却不能移植，才只好以此物代替。”

李长双掌一击，有内监领着宫女鱼贯而入，满面含笑道：“娘娘如今位贵身重，奴才好好选了些人手添在未央宫。”

却听一声欢喜的哽咽：“奴才给莞妃娘娘请安。”

声音如此熟悉，我鼻中一酸，口中如常道：“起来吧。”

一行数十宫女内监，为首的正是小允子，他磕头道：“惠贵嫔听闻娘娘回宫，忙遣了奴才回来侍奉，怕旁人伺候着娘娘不惯。”

玄凌闻言慨然：“论起对莞妃的贴心莫若惠贵嫔。只是她送来了小允子，不知身边由哪个内监掌事？”

小允子道：“皇上安心，贵嫔处有小伶子伺候。”

玄凌微微点头，我拨一拨戒指，似笑非笑道：“皇上久不去棠梨宫了吧？”

玄凌但笑不言，只道：“嬛嬛，未央宫比之棠梨宫胜出百倍，你可喜欢？”

我粲然向他一笑，曼声轻盈道：“臣妾喜欢皇上亲修未央宫的用心。”

他牢牢看住我，露出几分欣慰的喜色来，兴致盎然道：“朕为你建未央宫，便要你长乐未央，永无伤悲。”

永无伤悲么？繁华簇锦之下，谁又了然谁的哀苦之心，红墙内外，只怕他终是要怨我了。

我转首看着他笑：“若只一人长乐未央又有什么趣味呢？皇上可要陪着嬛嬛才好。”

他神色动容，将我的手笼在他袖中。良久，他吻一吻我的耳垂，低声道：“朕先去母后处请安，你且沐浴更衣，朕晚上再来看你。”

我含笑送他出去，方唤了小允子进来，直截了当道：“本宫回宫，宫中可有异动？”

小允子微微低头：“那起子娘娘小主说什么，娘娘大可不必往心里去。倒是……”他沉思片刻，“听说为了大修未央宫，外臣们纷扰不止，上书皇上，连老相国都极力反对，说……”

我回过味来，骤然轻笑，伸手看着指甲上鲜红的蔻丹，漫不经心道：“说本宫废妃之身回宫已是闻所未闻，又如此张扬奢靡，是祸乱后宫的妖孽祸水，是不是？”

小允子赔笑不已，槿汐在旁道：“腐儒们只会满口酸话，拿人做筏子显自己清廉，何苦来哉？娘娘不必听这些话，要紧的是——”她目光微转，只朝颐宁宫方向看去。

我连连冷笑道：“未央宫即便大修，也不至于奢靡如此，你没听得方才说皇后更着意添了许多么？我正想着她如何这般好心了，原来一壁哄得皇上高兴博了贤良的名儿，一壁叫外头的人只以为是我狐媚惑主，才引得皇上这般，更落实我祸水之名。”

槿汐沉思片刻，好言劝道：“娘娘知道厉害即可，事已至此，思量以后要紧呢。”我点头，只叫槿汐去请了温实初来。

不过一盏茶工夫他便到了，我也不言安胎之事，只把鹅梨帐中香取了出来给他瞧。

他察看良久，松了一口气，道：“娘娘安心，这里头并没有麝香一类伤胎之物，反而梨香清甜，是上好的安神之物。”

我放下心中疑虑：“本宫也是万事小心为上。”

“娘娘小心是应当的。”他略想一想，“只是微臣多嘴一句，此物用时并无大忌，只是点此香时房中断断不可放有依兰花。”

我疑惑：“依兰无毒，此物也有安神之效，莫不成两者相克么？”

他脸上一红，微微踌躇：“倒不是相克，只是两物相遇会使身热情动……”

我不觉面红耳赤，肃然道：“宫中不许妃嫔擅用媚药迷惑皇上，何人敢用此物？何况依兰花更是少见了。”我大是不好意思，拨着香炉中半透明的晶莹香料，转了话头道，“这鹅梨帐中香十分难得，须以沉香一两、檀香末一钱细锉，鹅梨十枚刻去瓤核，如瓮子状，入香末，仍将梨顶签盖。蒸三溜，去梨皮，研和令匀，梨汁干，才得香味纯郁。如缺了一分功夫，这香味便不纯正清甜，安陵容如此苦心制得这失传已久的古方，可见这些年擅专圣宠并非没有道理。”

“既然失传已久，娘娘如何得知？”

我怅然抚过珊瑚栏杆，轻轻道：“昔年甄府鼎盛之时，本宫曾在一本古书中见过一次，如今人去楼空，即便书在也被虫蚁咬尽了。”

温实初温言道：“娘娘有孕不可再出此伤感之言，以免忧思伤身。听臣一句，既然回来了，那么不怕没有来日。”

我一时默默，吩咐了沐浴熏香，只静下心思等玄凌回来。

如此一夜温柔，次日清晨，我四更时分便起床梳妆，槿汐在旁道：“娘娘起得好早，昨日礼仪辛苦，怎不多睡一会儿呢？”

我笑而不语，只叫绾了一个宫妆最寻常的如意高寰髻，簪一支小巧的三翅莺羽珠钗押发。一件七成新的云雁纹锦滚宽黛青领口对襟长衣，花饰是衣料自有暗纹镂花，连常见的衣领刺绣也一并略去，只在袖口疏疏绣几朵浅黄色的腊梅花。

我才打扮停当，已听见玄凌起来，他正斜靠在软枕上，瞧着我笑道：“怎么起得这样早，是换了地方睡不惯么？”

我转首盈盈笑道：“睡得很好。只是臣妾刚刚回宫，今日一定要早起向皇后娘娘请安才是。”

玄凌打个呵欠，笑道：“你倒有心，只是皇后身子还未大好，只怕你去得早了。”

我对镜扶正蝴蝶押发，恬静微笑：“这有什么呢，臣妾候着皇后起来是应该的。如今皇后身子已经好了许多了，若还在病中，臣妾应当日夜侍奉的。”

玄凌眼中颇有赞赏之意，柔声道：“即便皇后还病着，哪里用得着你去呢。你好好安胎就是。”说话间，宫女已经鱼贯而入，服侍着玄凌梳洗更衣。

我唤浣碧来：“昨日皇上赏了许多补品来，太医院也进了不少滋补养颜的佳品，你去帮我挑出最好的来，等下和我一起送去给皇后娘娘。”浣碧轻快应了，转身去准备。

玄凌一边焐脸一边道：“皇后那里什么没有，你自己吃着就是。”

我笑得大方得体：“皇后那里有多少都是皇后的，臣妾只是尽一点自己的心意罢了。皇上也不许么？”

他走过来扶着我的肩，拨一拨我耳上的银嵌米珠耳坠，道：“去就去吧，怎么打扮得这样素净，朕瞧着楚楚可怜的样子，一点妃子的华贵气派都没有。”

我含笑把脸颊贴在他的掌心，柔声细语：“臣妾终究只是妃嫔而已，皇后母仪天下，臣妾在她面前自该安守本分，谨小慎微，不敢张扬。何况天下间最华贵的就是皇后娘娘，臣妾怎么敢在皇后面前过于奢华呢。”

玄凌半是怜惜半是娇宠，抚着我的脸颊道："若后宫诸位妃嫔都似你这般想就好了，朕果然没有疼错你。"

我亲自把金镶玉束带束在玄凌腰间，盈盈望着他道："皇上安心去早朝吧，若是迟了只怕又要听朝臣的聒噪。"

他停一停，看我道："你都知道了？"

我愈发低头，几乎要抵到他的胸口去："臣妾身份尴尬，外头有些话也在情理之中。况且臣妾的确不配住未央宫……"

他示意我噤声，温言中有眷眷的歉意："旁人的话不必记在心里，朕只是想竭力补偿你这些年的苦楚。"

我轻轻点一点头，送走玄凌，梳洗妥当，便带着槿汐与浣碧同去皇后的昭阳殿。

此时天色还早，晨光金灿明朗，照在昭阳殿的琉璃瓦上流淌下一大片耀目流光，连着雕栏玉砌也别有光辉。昭阳殿外花木扶疏，皇后最爱的牡丹盛开如繁锦，反射着清亮露光，姹紫嫣红一片。

我向浣碧轻笑道："比起我第一次来时，昭阳殿可是华丽了不少，大有气象一新的感觉。"

浣碧嘴角扬一扬，露出几分不屑与恨意："小姐当日初来之时乃是华妃当权，皇后节节退后，如今后宫之中可是皇后一人独大的天下，自然今非昔比。"

我微笑颔首："你看事倒清楚。"我指一指苑中牡丹，"没了芍药，牡丹就开得这样好。若旁的花花草草多了，牡丹自然没有了光彩。"我整一整衣袖，"咱们进去吧。"

话音刚落，却见剪秋打了湘妃细帘出来，忙见礼道："皇后娘娘正梳妆呢，娘娘来得好早，请进去先坐坐吧。"

皇后宫中照例是不焚香的。青金瑞兽雕漆凤椅边有一架海口青瓷大缸，里头湃着新鲜的香橼，甜丝丝的果香沁人心脾。我进去坐了一盏茶时分，闻得香风细细，珠翠之声玲玲微动，忙屈膝下去。昨日按品大妆，倒看不出皇后的病色，只觉端庄肃穆。今日家常装束一看，果然脸色有些黄黄的。一别四年，皇后虽然保养得好，然而眼角也有了不少细纹，即便不笑也显而易见了。

我恭恭敬敬道："臣妾给皇后娘娘请安，恭祝娘娘凤体康健，千岁金安。"

皇后纵然意外，却也十分客气："莞妃起来吧。剪秋看茶。"见我坐下了，又道，"今儿不是初一十五的大日子，没想到莞妃这样早就过来了。"

我恭谨道："臣妾刚刚回宫，一心想来给皇后请安。本该昨日一回宫就来的，因而今日特来向皇后请罪。"

皇后和颜悦色笑道："莞妃有心了。你有孕在身，又奔波劳碌从甘露寺回来，是该好好歇息。反正日后日日都要见的，请安也不急在一时。"说话间眼神深深从我隆起的小腹上掠过，很快又恢复那种雍容恬淡的姿态。

我欠身道："皇后关怀，臣妾也不能太放肆失了礼数。"

皇后打量我两眼，微笑道："莞妃打扮得倒简净，看了倒很清爽。"

我抬头，见皇后今日穿着玫瑰红水绸洒金五彩凤凰纹通袖长衣，金线绣制的牡丹花在纱缎裙子上彩光绚烂，与浅金云纹的中衣相映生辉。与我的简约装束相比，自然是雍容华贵的。

我安分地笑着："多谢皇后娘娘夸奖。皇后母仪天下，如日月自然而生光辉，臣妾怎敢与日月争辉呢。"

皇后眸中尽是温和的笑意："数年不见，莞妃还是那么会说话。"

我唤上浣碧，含笑向皇后道："臣妾在甘露寺修行，念念不敢忘记皇后一直以来对臣妾的关怀，因此日日祝祷，奉了佛珠在佛前开了光，希望有朝一日可以奉送给娘娘，保佑娘娘岁岁安康。"

浣碧端了紫檀木托盘躬身走到皇后面前奉上，那是一串枷楠香木嵌金福字数珠手串。枷楠香木本就贵重难得，又难雕琢，这一串却颗颗打磨得光滑圆润，每颗枷楠香木珠子都是一般大小，上头都精雕细琢了嵌金福字，手串中央还坠了一块大拇指宽的蝙蝠形水绿翠玉串坠。

皇后对着日光细细瞧了，赞道："果然是好东西。枷楠香木气味好，嵌金的做工精细，那翠玉也通透，莞妃实在有心了。"皇后笑吟吟看我一眼，"东西还在其次，要紧的是妹妹的一番心意和聪慧，知道终有一日还能与本宫再见。"

"皇后娘娘宅心仁厚，甘露寺佛家之地，想来娘娘总有去祝祷的一日，臣妾才做此私念。"我谦卑低首，"臣妾的一点小小心意，皇后肯笑纳臣妾就安心了。"

日色明媚，落在皇后微有病色的脸庞上有些绯红的不谐，垂珠抹额上的赤金珠子流转下明丽的光芒，皇后的笑意忽而带了一抹光影的阴翳，道："本宫记得莞妃出宫之时并没带多少东西，怎么甘露寺中也有这样贵重的东西么？"

我柔婉垂首，低声道："臣妾出宫时还有些私蓄，以此倾囊进奉娘娘也是应该的。"

皇后笑得亲切："如此本宫更是要感激莞妃的心意了。"

正值外头的宫女折了新摘的牡丹花进来，色色齐全，朵朵开得正盛，一应盛在一面大荷叶式的粉彩牡丹纹瓷盘里。绣夏跪在皇后面前道："请娘娘簪花。"

我晓得是簪花的时候到了，见皇后伸手拣了一朵大红盛开的牡丹，我忙按着从前的规矩，从皇后手里接过花朵，端正簪于皇后髻上。

皇后深深看了我一眼，笑盈盈道："莞妃礼数倒周全，从前服侍本宫簪花的规矩倒一点都没错。"

我谦卑地躬着身子道："服侍皇后是应当的，臣妾不敢忘记了规矩。"

皇后看着我，笑意微敛道："一晃四年，瞧着莞妃的样子，在甘露寺里倒不改分毫，倒似更见风韵了，当真连岁月匆匆，都格外疼惜莞妃，全不似本宫人老珠黄了。"

皇后说得客气，然而话中隐有自伤之意。我慌忙跪下："娘娘母仪天下，如这牡丹雍容华贵、国色天香。若娘娘说自己人老珠黄，那臣妾便是连鱼眼珠子也不如了。"我再度叩首，"若是因为臣妾而让皇后出此伤感之语，那就是臣妾罪该万死了。"

皇后停顿片刻，方笑道："本宫不过随口说说罢了，莞妃不必这样诚惶诚恐。"说着又嗔身边的宫女，"染冬还不快扶莞妃起来。"

我赔笑道："皇后说起保养容颜一道，昨日臣妾回宫，见太医院送来珍珠养容丸和白术增颜膏，臣妾见都是好东西，不敢一人私用，特意拿来献给皇后。"

皇后微微一笑："莞妃有心，本宫怎么会拂了你一片好意呢？"皇后看一眼盘中供上的东西，道，"都是好东西，莞妃刚一回来太医院就如此有心，可见是皇上预先吩咐了。"

我神色谦卑，道："皇上怕臣妾因孕出斑，才叫拿这些东西养着。其实臣妾姿容粗陋，这些东西吃得再多也无济于事，还不如为娘娘更增光彩。"

如此言笑晏晏，皇后慈爱，妃子恭顺。仿佛我与皇后一直和睦，并无半分嫌隙。

闲话间，各宫妃嫔一一到了，端妃、敬妃分坐皇后东西下首，我紧跟着端妃坐下，敬妃之后便是刚晋了昭仪的胡蕴蓉，依次坐下。嫔妃间互相见过礼，皇后道："莞妃初初回宫，位分仅在本宫之下，与端妃、敬妃并列。端妃与敬妃也就罢了，其余各位妹妹这几日里就该去莞妃宫里向莞妃请安见礼了。"

我显赫回宫，声势隆重，又怀着身孕，嫔妃们莫不恭谨答应，唯有胡昭仪小巧的下颌微微一扬，转眼看向了别处。

皇后又向敬妃道："如今莞妃回来了，敬妃，你也该多带着胧月帝姬去莞妃宫里走走，到底莞妃是胧月的生母。等莞妃生产之后，胧月帝姬也该送回柔仪殿去，你这个养娘再亲，到底也比不上人家生母。"

敬妃神色黯然了几分，口中依旧恭敬道："臣妾遵旨。"

皇后环顾下首，忽而秀眉微蹙道："滟常在呢？怎的今日又没来？"

胡昭仪俏脸一扬，掩唇笑道："滟常在身子娇弱，不是头疼脑热，就是这里疼那里痛的，这样娇贵的身子难怪老不能来向皇后请安。"

欣贵嫔与滟常在居处邻近，便道："回娘娘的话，听说滟常在一早起来不舒服，是而不能来向皇后请安了。"

胡昭仪摇一摇团扇，巧笑道："皇后瞧我说得如何？"说罢往案几上一撂扇子，道，"到底是欣贵嫔性子最好，不仅与祺贵嫔相处相安无事，连最难相处的滟常在也能说话，可见真真是个好人。"

我心中一惊，胡昭仪说话怎这样大剌剌的，不自称"臣妾"，反而以"我"自称，可见是何等大胆了。而胡昭仪的话似有深意，一语话毕，欣贵嫔转过脸，祺贵嫔亦是暗暗咬了咬牙。

皇后见惯了争风吃醋之事，当下也不理会，只温言向欣贵嫔道："既然如此，就叫太医好好照应着，滟常在的身子也忒弱了，怎能好好服侍皇上呢。"说着目光温和转到我身上，"你们都得好好学着莞妃。莞妃已为皇上生下胧月帝姬，如今又身怀有孕，能为皇家绵延子嗣。莞妃，你有着身子要好好养着才是，少走动多歇息，即便到了本宫面前，能免的礼数也就免了吧，有什么不舒服的赶紧要叫太医。"

我忙起身谢过，众人闻言，皆是默然低头，各怀心事。

第二十三章
澜依

我懒怠坐软轿，便打发了抬轿的内监先回去，只扶了浣碧和槿汐的手慢慢走着。

上林苑风光依旧，太液池边青柳亦更见青翠柔长。

一路上新进宫嫔一一叩首行礼，我含笑吩咐了起来，也不多做停留，只微笑着轻声向槿汐道："上林苑的花越开越多，咱们宫里的如花女子也越来越多了。"

槿汐低语道："方才在皇后宫中请安，奴婢留神着娘娘离宫后宫中新人辈出，可是奴婢向小允子打听了，但凡得宠些的，或死或废，无一幸免。"

我轻声叹息："难怪要三年选秀一次，否则宫里可不是空荡荡没人了。"

我扶着浣碧的手坐在亭内歇息，目光只滞留在亭边杏树上，想着从前的花开如云是何等盛事，如今也是"狂风落尽深红色，绿叶成阴子满枝"[1]了。

浣碧站在身后，轻声冷道："今日皇后待小姐真是客气。"

---

[1] 出自唐代诗人杜牧的《怅诗》：自是寻春去校迟，不须惆怅怨芳时。狂风落尽深红色，绿叶成阴子满枝。唐宋人笔记小说中提到杜牧早年游湖州时，见一十多岁少女，长得极美，就与她母亲约定：等我十年，不来再嫁。十四年后杜牧果然当了湖州刺史，但那女子已经嫁人生子了。杜牧怅然写成此诗。

我闭目道："她昨日待我就不客气了么？她从来就是这副和气雍容的模样，怎么会因了我失态呢。"

浣碧"嗯"了一声，低声道："其实小姐何必这般对皇后纡尊降贵，守着礼数就成了。"

我微微睁开双眼，仔细看她一眼，道："今时今日，你觉得我有资格和皇后翻脸么？"

"小姐如今是莞妃，是皇上隆重迎进宫的，又有着身孕……"

"我知道你心急，但也别错了主意。从前害我之事皇后从未出面过，自然担不上她的干系，即便我告诉皇上也只会落一个污蔑皇后的罪责。"我拉过她的手，推心置腹道，"我心里的恨只会比你深，但是进了宫就要步步为营，心急是成不了事的。我回宫之事皇后只怕背地里气得要死，可是当着我的面依旧雍容大度，关爱有加，可见她心机城府之深。她愈是如此，我愈要恭顺，把从前之事只作不知，方能慢慢筹谋。"

槿汐在旁沉默听完，道："娘娘说得不错。娘娘此番回宫，皇上盛重对待，是有利亦有弊。利在娘娘有皇上撑腰，不敢叫人轻举妄动；弊在树大招风，娘娘自然也是树敌无数。此刻皇后已在宫中经营多年，身边又有得宠的安贵嫔、祺贵嫔等人，连胡昭仪亦是她表妹。而娘娘却是离宫四年，一切生疏，必定要按下锋芒，先行表示恭顺。"

我轻嗤一声："即便我恭顺，皇后对我也是心怀敌意。但我若不恭顺，不啻授人以柄。浣碧，你要记得一句，君子报仇，十年不晚。还有一句，路要一步一步走方能稳当。我实在也没有本事能一口气扳倒那么多人，皇上也不会容许后宫因我而乱。"

"路要一步一步地走……"浣碧咀嚼着这句话，倏然微笑，"是了。奴婢明白了，不会再心急。"

我面色沉静无波，道："不只是你，要嘱咐着底下人对各宫各院的嫔妃宫人都要和气。尤其是你，在安陵容她们面前一定要沉住气。"我紧紧按住浣碧的手，亦是按住自己多年的积郁与沉怒，一字一字清冽道："若按捺不住，只会乱了自己的阵脚。"

浣碧看着我手上一串素净沉郁的琥珀连青金石手串，道："小姐要孝敬皇后，给了那串枷楠香木嵌金福字数珠手串也就罢了。皇后娘娘如此陷害小姐，小姐为何要送这样名贵的养颜佳品给她？莫不成……小姐还有别的打算？"

我淡淡道："我送去的东西的确名贵非凡，极是难得。而且我送给皇后，也没有什么别的打算。"我停一停，"更不会下毒那么蠢。"

我望向辽远的天际，日色璀璨如金，如飞花扬絮，照得人几乎睁不开眼睛。嘴角扬起一点莞尔的微笑。我送这些养颜滋补的珍品给皇后，只是因为，我发现她真的老了。

宫里新鲜的美女层出不穷，她要一个一个妥帖而不露痕迹地应付，真的是很劳心费力吧。

皇后开始老了。如果我没有记错的话，她已经三十六岁了。三十六岁的女人，需要这些滋补的东西来挽留她即将消逝的红颜。而这些本该她得到的东西，她却没有。却出现在了比她年轻的我的手里，再经由我的手恭敬奉到她的手里，她会怎样地不甘啊！

天下之母？我冷笑出来。这位尊贵雍容的天下之母敢不敢享用那些我奉上的、可以挽住青春的养颜之物呢？

我微笑："不是奉承，也不是讥讽，我是真心实意想把那些东西送给她。"

槿汐素手冉冉而立，眯了双眼看花，道："皇后那样谨慎，怎么敢用娘娘送上的东西。"

若她真敢服用的话，我倒真真是敬佩她了。可是依她的性子，怎会接受来自敌人的礼物呢？

我倚栏远眺，淡淡道："我也坐得乏了，不如慢慢走回去吧。"

太液池沿岸风光如画，阳光渐渐热烈起来，一行人分花拂柳走在树荫下，偶尔说笑几句。偶有凉风拂过，拂落枝头曼曼如羽的合欢花，浅红粉橘的颜色，淡薄如氤氲的雾气。花瓣粉软盈盈宛若美人口上画得饱满的一点樱唇，风过好似下着一场花雨如注。我情不自禁伸手接起三五瓣托于素白掌心之中，便有若有若无的淡雅香气盈上手心的纹理。

小允子不知就里，见我喜欢便凑趣道："要论合欢花，还是清河王的旧阁镂月开云馆的最好。"

我心中猝然一痛，转首见浣碧亦望着花瓣出神，不由得感伤难言。槿汐在旁轻声道："若娘娘喜欢，不如把合欢花瓣收起来做个香囊吧。"

我无声无息一笑，伸手将花瓣抛入太液池的绵绵水波中，轻道："留得住一时也留不住一世，即便做成香囊，到底也是要枯萎的，不如随它去吧。"

话音刚落，却见合欢树底下站着一位女子，一身琵琶襟大镶大滚银枝绿叶衣裙，肤色是亮烈健康的麦色，不同于宫中女子的一意求白。长眉轻扬入鬓，冷亮的眼睛，眼角微微飞起，有丹凤眼的妩媚，更带着野性不驯的气息。我不觉一怔，从来闻得赞女子双眼如寒星的，却不知世间真有这样的眼睛，冰冷濯然，如寒光四射。她双唇紧抿，笑意清冷疏落，眉宇间皆是淡淡的失意与桀骜。乍一看，似是莹白雪地里赫然而出的一枝亮烈红梅，宛若惊鸿一瞥。

她双手捧着大捧的合欢花瓣，正和侍女一同收到一个绡纱袋子中。眼见走到我面前，才看我一眼，慢慢屈膝下去，道："莞妃娘娘金安。"

我见她的装束奇特，并非寻常宫嫔爱用的金簪玉器一类，而是一对嵌虎睛石银簪，耳上一对平金猫眼耳坠，最惹眼的是胸前一串青金链子，链子中央拇指大的一颗琥珀，色泽暗红通澈，里头横卧着一只蜜蜂。

我含笑受礼，忍住惊讶道："这位妹妹我却没有见过。"

她抚着胸前的琥珀，淡漠道："嫔妾是绿霓居滟常在，因这两日抱病，未曾与莞妃娘娘相见。"

我含着笑意看她："那你如何知道本宫是莞妃？"

她嘴角微微一笑，蕴了几分不屑，道："娘娘这样大的阵仗回宫，有谁不知道呢？"

我对她的不敬不以为意，只是饶有兴味："今日在皇后娘娘处请安也未见到滟常在，听说是病了。"我见她额上有晶亮汗珠，手中袋子里搜罗了不少合欢花的花瓣，想是一早就在这里了，我温然道，"既然病着，怎不好好在宫里歇息，等下日头毒了，越发要难受。"

她不卑不亢道："谢娘娘关怀。"

我瞧着她手中的袋子，含笑道："如何常在收了这样多的花瓣呢？"

滟常在面上的肌肉微微一抽，旋即淡淡道："太医说嫔妾病着，要拿合欢花入药，所以来收了些。左不过落花白白入泥也是可惜。"

我微笑："常在怜香惜玉之心，本宫自愧不如。只不知常在的芳名可否相告，姐妹间以后也好称呼。"

"叶澜依。"她简略道，说罢略略欠身，"嫔妾身子不爽，不能陪娘娘说话了，先告辞。"说罢也不等我应允，攥紧了花袋自顾自便走了。

浣碧骇然惊道："她怎么这样无礼？不过仗着皇上宠爱罢了，难怪芳若说她孤僻桀骜。"

我摆手示意她噤声。地上有一物闪亮，是一枚精巧的珊瑚苍鹰佩，我弯腰拾起，看着不远处缓缓而行的叶澜依，向浣碧道："你去请她回来，问问是不是她的。"浣碧应声而去，很快请了她回来。我举起珊瑚佩，和气道："这是妹妹的吧？"

叶澜依瞥了一眼，道："是嫔妾的。"

我还到她手中："这是贴身之物，妹妹别随便掉了。"

叶澜依看了手中的珊瑚佩一眼，静静看我道："娘娘就是为了这个叫嫔妾回来的么？"见我颔首，她漠然道，"这些东西嫔妾有的是，丢了有什么要紧。"说罢手一扬，"咚"一声随手丢进了身后的太液池，"娘娘无事，嫔妾就告退了。"说罢转身而去。

浣碧气得脸色发白，道："天下竟有这样的人，人家好心好意把东西还她，她却这样不识抬举，果然出身微贱，不识礼数！"又嘟囔，"也不晓得皇上喜欢她哪里，又不是最美，脾气又坏。"

我淡然一笑："你气什么？她的东西，要怎么处置也是她的事，犯不着咱们动气。"

浣碧犹未消气，向我道："小姐瞧她那身打扮，那串链子上的琥珀可吓死人了，竟含的是只蜜蜂。还有头上簪子上的虎睛石，像老虎眼睛似的，果然是驯兽女出身。"

我沉默片刻，道："即便她失礼，也不必这般尖酸。你单瞧她那串链子上的琥珀，就晓得她有多得宠。那颗藏蜂琥珀是小小一个常在可以用的么？"

浣碧微微沉静，良久之后带了一抹隐晦的轻蔑："再得宠，祖制亦是不得诞育。"

我没有接浣碧的话，只默默望着叶澜依的身影，心底亦是吃惊。然而瞧她方才的神情，并不像是故意乔张做致对我无礼，仿佛是真正不把这些珠玉东西放在眼里，视若无物。她修长的脊背凛然有一种清奇之气，不同于平常女子的纤弱袅娜，我不觉暗暗留心。

第二十四章
怨芳时

回到宫中已是巳时一刻，外头暑气渐盛，便有宫女拨下重重纱帷上金帐钩，通梁而下的雪色纱帷便重重累累舒落了下来，恍若千堆新雪，隔断了外头的辉色阳光。

柔仪殿翻修时颇花了些心思，外墙与内墙之间有一尺阔的空隙，夏日将冰块塞进便可降暑。我素性畏热，又怀着身孕，玄凌不免更加着紧，除了寻常在宫殿里放了几十个大瓮供着冰块，十来把风轮亦是从早到晚转着。因我喜欢茉莉与素馨的香气，便专门在风轮边放了应时的雪白香花，风动自有花香来。此外每隔半个时辰便由小允子亲自领着小内监们拿冰凉的井水冲洗合宫四周，又有殿前莲池的水汽及如荫古树的遮蔽，殿中益发清凉沉静。

因着离午膳的时辰还早，小厨房便进了一碗安胎定神的桑寄生杜仲贝母汤，用红枣煨得微甜，并一碟奶油松瓤卷酥一起送上来。

我尝了一口，便对槿汐笑道："这桑寄生杜仲贝母汤很好。同样安胎定神，可比那些苦得倒胃口的安胎药好得多了。"

槿汐笑道："那奴婢就去吩咐了赏那厨子。"

我又指着奶油松瓤卷酥道："我如今见了奶油就腻，叫他们再做个清甜的来，撤了这个。"

槿汐道："那奴婢可要怎么罚那做酥的厨子呢？"

我手指轻敲，思量道："柔仪殿新成，必定要给他们立赏罚分明的规矩。你去拿银子赏那做汤的厨子，做酥那个暂不必罚，只叫他长着眼色。"

槿汐方应了一声，外头已经通报："惠贵嫔来了。"

眉庄打帘进来，未语先笑："如今有着身孕，口味却是愈发刁钻了。"

我见她今日打扮得精神，神采亦好，上身蜜合色透纱闪银菊纹束衣，底下的藻纹绣裙由内外两层颜色稍有深浅的云霏纱重叠而成，眼角眉梢都平添了一段飘逸清雅模样。我益发高兴起来，笑道："柔仪殿新成，我总想着还缺了你这位贵客，不想你就来了。"一面唤浣碧："去拿眉姐姐最爱的枣泥山药糕来，茶要碧螺春，快去。"

眉庄眉眼间皆是抑不住的笑意："你惦记着我的枣泥山药糕，我可记着你有了身孕怕甜腻的，特特做了口味清甜的藕粉桂花糖糕来。哪知道才到柔仪殿门口，就听见你拿着点心要做规矩。"

我笑道："柔仪殿人多，我有着身孕以后只怕更懒怠，现在不立规矩不成。"

眉庄命采月上前，打开雕漆食盒，取出一碟子藕粉桂花糖糕，微笑道："莞妃娘娘先尝着吧，不好再罚嫔妾。"

我掌不住笑道："原来姐姐爱开玩笑的脾气并没有丢。"说着咬了一口糖糕，感慨道，"这么多年了，还是你做的藕粉桂花糖糕最好，我在甘露寺里也时常想着。"

"你若喜欢吃，我便天天给你做了来。"她拉着我的手坐下，认真道，"你一回来，我高兴得什么都醒过来了。真没想到——没想到咱们还有再见面一起说话的日子。"她语音未落，已带了哽咽之声。

我心头亦是一酸："我既回来了，你该高兴才是，怎么好好的要招得人哭呢？"

一旁采月道："娘娘走后咱们小姐日忧夜愁，就怕您在外头过得不好。如今可好，娘娘和小姐又在一处了。"

眉庄神色一凛，已经按着规矩屈膝："嫔妾给莞妃娘娘请安，娘娘金安。"

我大惊，手中的碧玉串一松，滑落了下来，骨碌碌散得满地都是翡翠珠子，铮然有声。我忙弯腰去扶："姐姐何必这样？你我倒生分了。"

眉庄礼毕，已是含笑如初，拉着我的手起来，一同坐下了，道："一来规矩是错不得的，你回宫已是大喜事，还有了身孕晋了妃位，我还没好好向你道喜。二来你如今在妃位，我这一礼也是提醒你，如今地位显赫，已经有了与人并立抗衡的资本了。”眉庄说这话时眉眼皆是如春的笑意，而那笑意里冰凉的隽永之味亦是细辨可出。

彼时殿内纱帷重重垂垂，整个柔仪殿恍若深潭静水般寂寂无声。鎏金异兽纹铜炉内燃着清雅的百和香，氤氲的淡烟若有似无地悠然散开，铺在半透明的纱帷之上，袅袅婷婷，更是恍若置身瑶台仙境之中。

纱帷之外，隐隐可见垂手直立着的如泥胎木偶一般的侍从。我转头轻斥了一句："糊涂东西，已经奉了这么多香花，还焚什么香，也不管冲了气味！”槿汐忙着人把香炉搬了出去，又收拾了地上的珠子，一并带着人退下。我方道："你的意思我不是不晓得——位高人愈险，更何况我怀着身孕，这么郑重其事地回来。”

眉庄微微一笑："那也好，给人一点警醒。若是悄无声息地回来——你也晓得这宫里的人有多势利的。”

我微笑弹一弹指甲："这个我自然明白，有利亦有弊，世上没有两全的事儿。”我端详她的气色，道，“你如今气色倒好，今日在皇后宫里没见你来请安，还以为你病着。”

眉庄淡淡一笑，头上的双支金簪花微微颤动："我如今大半算是太后身边的人了，又因在太后身边日夜侍疾，不必日日去皇后处请安。”

“说到皇后……”我微微沉吟，颇有疑虑，“她是真病还是假病？”

眉庄轻轻一嗤，目光清净如波澜不兴的水面，唯见水光，不觉波动："她是心病，头风也不过是老毛病了。”纱帷的柔光柔软拂落在眉庄面上，益发显出她的沉静，“一个徐婕妤已经足够头疼了，兼之多年劳心，如今再多个你。”她的笑容再度飞扬，“嬛儿，连我都不曾想到，你还有回宫的一天。”

我浅浅微笑："别说姐姐，连我自己也不曾想到还有今日。”

眉庄柳眉因笑扬起，耳上的芙蓉环晶坠便随着笑语闪出粉紫星辉样的光芒，更衬得她端庄中别有一番妩媚："温实初跟我说你有了身孕我还不敢相信，谁知过了几日我在太后处侍疾，皇上兴兴头头进来，一开口便说你有了身孕，要请太后裁夺。你回宫的事虽然有违祖宗家法，可事关皇嗣，如今皇上宠爱的那些人也太不成样子，太后也只能让你回宫。”

我淡淡道："我不过是运气罢了，到底是太后肯垂怜做主。”

眉庄看着我的肚子，道："终究你是个福气好的。听说皇上头一次去看你你便有了身孕。"她的笑容倏然隐晦了下去，仿佛被疾风吹扑的花朵，黯然神伤，"只是你一回来，少不得又要和从前一般过不得安生的日子。只怕你身在高位，斗得比从前更要厉害、更要殚精竭虑。"眉庄黯然中有点手足无措，"嬛儿，我不知道这样的日子是对你好还是不好，虽然我们又能像从前一样日日在一起。"她的指尖微凉，似一块上好的和田白玉，凉且润，轻柔拂过我的鬓边。

我微微侧首，鬓角点缀的一支珠钗垂下细碎的银线流苏，末梢垂下的蔷薇晶掠过鬓下的脸庞，只觉一阵轻微的冰凉隔着肌肤沁心而入。殿外日影狭长，隔着竹帘细细筛进，连铜漏声也越发清晰入耳来，缓缓"咚"一声，似砸在心上一般，连那暖光也被砸得微微摇晃。

我低头抚着小腹，低低道："若不是为了这个孩子……"

眉庄的叹息简洁而哀伤，仿佛一个短促而不完整的手势："嬛儿，或许我上次不该告诉你你兄长的事。"

我看着她，语气里骤然失却了所有温度："若不告诉我，难道眼睁睁看我兄长疯死在岭南么？"

眉庄按住我的手，带着明了的体贴："我明白，咱们这些人从来不是为了自己活着的，父母兄弟，亲族门楣，无一不是牵挂拖累。不管为了什么，咱们在一块儿就好了。"

心中有融融的暖，这冷寂宫廷，万花寂寞，还好有眉庄。我说不出话来，只静静望着她，许多言语不用说皆已明白。

我默默片刻，温然唏嘘："幸好哥哥已经被接回京城医治，我也可以安心一点。"声音里泛起一丝凛冽的狠意，好似刀锋上流下的一抹猩红血光，"眉姐姐，人若被逼迫，就会做出自己也想不到的事情。那些害我们甄家的人，此刻只怕正在头疼不已。"

眉庄素白的手指抵在纤巧的鼻端下，赤金护甲闪耀清冷的金光："那一位只怕头风要发得更厉害了。不过她也不是傻子，一句危月燕冲月困住了徐婕妤，就好腾出手来对付你，你可要自己小心。"眉庄叹息道，"若不是你说，若不是这几年这样细细留心，我实在也不能相信素日慈眉善目的皇后是这样的人。"

我只手支颐，莞尔一笑，手却紧紧护住了小腹："她如何不贤德呢，宠妃废黜，后宫无子，她样样都是殚精竭虑的。"

眉庄蹙眉厌恶道："如今有安陵容和管文鸳两个如虎添翼，她的位子自然是稳如泰山了。”

我冷笑一声：“到底如何谁也不晓得呢，走着瞧吧。”我微微疑惑，“那位徐婕妤我虽未见过，然而想必也不弱，否则皇后严控之下如何能怀得上孩子。料来即便是在禁足之中，也不会坐以待毙的。”

眉庄微微摇头，鬓角一朵珠花亦微微而动：“你没见过徐婕妤，不晓得她的为人。她人是聪明，可最是敏感多思。身子纤弱，又是头胎，若是想不开自己伤了自己的身子，便难以预料了。”

我冷冷哼了一声：“困住徐婕妤便是我了。她一味病着，即便两位妃嫔都落胎也赖不到她身上去。咱们这位皇后娘娘还真是聪慧绝伦。”

眉庄微笑：“你回来了我心里也有些底气。这些年和敬妃抚养胧月也是如履薄冰，你这个生母在到底也好些。”

我想起胧月昨日见我时的生疏态度，心下不免惶然：“可是昨日胧月的样子，当真是不认识我这母妃了。”

眉庄抿嘴儿一笑：“胧月从小就是敬妃抚养在身边的，她生下三天你就离了她，皇上又不许人提，你要她如何认识你这个生母。她一时生疏也是有的。好在日子还长，慢慢熟了就会好的。要不然，你把胧月要过来自己抚养也好。”

我正要出声，蓦地想起晨起请安时皇后当着敬妃的面说的那些话，心下一凉，只道：“这事慢慢再说吧。”

正巧内务府总管梁多瑞亲自送了时新的料子来，满面堆笑道：“给莞主子和惠主子请安。皇上说新贡来的蜀锦和苏缎，请莞主子尽着先挑。”

我挑了一块石榴红的联珠对孔雀纹锦道：“姐姐如今是贵嫔了，虽然比往常穿戴华丽了好些，可总觉得颜色不够出挑，这块给姐姐做衣裳是很好的。”

眉庄在身上比了一比，道：“好是好，总觉得太过鲜艳了些，我如今也不年轻了，哪里还经得住这样的颜色。”说着挑出一块铁锈红的云昆锦，微笑道，“我总觉得是铁锈红的颜色最大方沉稳。”

我与眉庄并肩站着翻赏料子，论着做什么衣裳好。我忽地想起一事，道：“小允子过来，把这匹如意虎头连壁锦给绿霓居的滟常在送去，她大约喜爱这些花样的，也衬得起她。”

眉庄微微诧异，道：“你见过叶氏了？”

我只顾低头看料子：“见过了，当真是与众不同。”

一旁浣碧听见了，不快道：“小姐忘了她上午的样子了么？这样好的料子送她做什么。”

“我不过是看她的首饰多是虎睛、猫眼一类，想着她喜欢这花样，才叫小允子送去。”我蹙眉，“人家不过和你见过一面，你怎么弄得像冤家似的。”

浣碧撇嘴道：“奴婢不过是瞧不上她那桀骜不驯的样子，把自己当什么似的。”

我笑道：“就你那么多话，不过一匹料子而已。”转头向小允子道，“告诉滟常在，大热天的，不必过来谢恩了。”

眉庄低声道：“我可劝你一句，不必对叶氏太好。别说其他嫔妃，太后就头一个不待见她的。她的性子又孤傲，合宫里没有与她处得来的人。”

我淡淡笑道：“我也不过是做个场面罢了，瞧她的样子这两天里必然不会来给我请安，我也不能当面赏她些什么。可论起来她总是皇上宠爱的人，有些场面不得不过。”

眉庄微微点头：“别人也就罢了，给胡昭仪的东西你万万得当心，寻常的东西她未必看得上眼。”

我笑着掰指头道：“胡昭仪是九嫔之首，和睦帝姬的生母，晋康翁主的小女儿，舞阳大长公主的外孙女，皇上的亲表妹。如此贵重的身份，我能不重视么？”

眉庄安然浅笑：“你晓得就好。”她微微抿一抿嘴，“你可晓得，她如此得宠，和她的封号‘昌’字也大有关联呢。”眉庄附耳过来，细细说与我听。

看着时辰差不多，便一同在柔仪殿用了午膳。我笑道：“刚吃饱了也不想睡，不如姐姐陪我再说说话。”

眉庄笑吟吟道：“咱们这么久不见，自然有几车子的话要说。不如你我坐了做做绣活说着话，可好？”

我掩唇笑道：“自然是好的。我的孩子要赖着你做姨娘，你不多给做几个兜肚么？”

眉庄的笑靥明澈动人：“这些年给胧月做得还少么，差不多的都是我和敬妃亲自动手。若是你生上一辈子的孩子，我可不是要给你做上一辈子的衣裳，你那主意可也打得真好。”

如此说笑着，却听见外头道：“敬妃娘娘和胧月帝姬到了。”

我手上微微一抖，已经迅疾站了起来。敬妃一进来便笑：“好凉快的地儿，皇上叫人费了三个月的工夫建成了柔仪殿，果然如仙境一般。”见了眉庄，更笑得不止，“本想去棠梨宫请惠妹妹一同过来的，哪知惠妹妹宫里的小内监说不在，也没在太后那里，我一想便晓得你是心急难耐要来见莞妃了。”说着与我以平礼相见。

含珠手里抱着胧月，后头跟着乳母靳娘，并几个拿着衣裳与玩具的保姆。我一见胧月，心下又酸又喜，情不自禁便伸了手要去抱。

胧月一溜从含珠手里滑下来，规规矩矩请了个安道：“给莞母妃请安。”

她小小一个人，却十足做出大人的规矩来，叫人又怜又爱。旁边跟着的靳娘已经红了眼圈，跪下哽咽道：“莞娘娘，咱们一别可快五年了。”

我亦是含泪：“靳娘，这些年多亏你跟在敬妃身边服侍帝姬。”我看着胧月玉雪可爱的样子，更是心酸感触，“帝姬长得这样好，自然有你的功劳在。”

靳娘忙叩首道了“不敢”。我含泪向敬妃道：“昨日人多不好言谢，今日见到姐姐，妹妹也没有别的话好说。”我屈膝行了一个大礼，道，“唯有多谢姐姐多年来对胧月悉心照顾、视如己出。”

敬妃慌不迭扶我起来，亦是热泪盈眶：“妹妹如今与我同在妃位，是一样的人了，怎么好向我行这样大的礼呢，可要折杀我了。”一行又拉了我坐下，“这些年要不是有胧月在身边说说笑笑……从前看悫妃、欣贵嫔都有孩子，连端妃膝下都有温宜，我真真羡慕得紧。”

胧月行完礼，早黏在了敬妃身边，见敬妃含泪，忙扯下身上的绢子，踮着脚递到敬妃面前，嚷嚷道：“母妃擦擦眼泪。胧月乖乖听话，母妃可别哭了。”

敬妃破涕为笑，一把搂了胧月入怀，指着我道：“什么母妃不母妃的，莞母妃才是你的亲母妃，还不快去叫母妃抱抱。”

眉庄亦哄道：“好孩子，快叫母妃亲一亲。”

我心下欢喜，张开手臂向胧月微笑。胧月看一看我，又看一看敬妃和眉庄，忽然“哇”的一声大哭起来，“母妃不要我了，要把我送人了。”

敬妃一见她哭，急得脸也白了，忙哄道：“胧月这样乖，母妃怎么会不要胧月呢。”

胧月扭股糖似的挂在敬妃脖子上，敬妃紧紧搂着她哄着，唯余我尴尬地伸着手，空落落地留下一个无奈而心慌的手势。

眉庄见如此，忙打圆场笑道：“绾绾过来，惠母妃来抱。”

胧月泪痕满面地望了眉庄一眼，依旧死死搂着敬妃的脖子。望了片刻，方伸出手去投入眉庄怀里。眉庄爱怜地抚着她，道："母妃不是不要你，只不过多个人疼绾绾不好么？你瞧莞母妃多疼爱你。"眉庄说着朝我挤了挤眼睛，示意我不要心急。

我会意，按捺住心思，改口微笑道："是。莞母妃也疼胧月，月儿亲一亲我可好？"

胧月迟疑片刻，敬妃笑着羞她道："父皇一向夸你大方，今天可是怎么了？"胧月见敬妃与眉庄都点头应允了，方探过头来在我脸颊上亲了一亲，忙又缩了回去要靳娘抱了。

我心下甜蜜而欢喜，身为人母的欢喜大约就在于此吧。我从盘子里递给胧月一个金黄灿烂的大佛手，胧月便搂在怀里同靳娘玩耍去了。我微笑哄她："莞母妃这里凉快，又有佛手可以玩儿，胧月若有空，可愿意常来么？"

胧月低头只顾玩着佛手，笑得灿烂："胧月爱来，只不过母妃来胧月才来，胧月不能丢下母妃一人自己来玩。"

敬妃闻言愈加欢喜，也有些不好意思，笑道："这些年若不是有胧月，我这日子也不知道怎样熬过去才好，到底是咱们母女相依为命着过来了。"

我忙笑道："是。多亏了姐姐，我才能稍稍安心。"

靳娘在旁笑道："敬妃娘娘可疼帝姬了呢，一应的衣衫鞋袜都不叫别人动手，皆是娘娘自己亲手做的。"

我瞧着胧月一身胭脂红的樱花薄绸衣衫，身上黄金明珠，璎珞灿烂，果真打扮得十分精神可爱，心下愈加感念，道："姐姐有心了，妹妹不晓得如何感激才是。"

敬妃让靳娘抱了胧月下去，抿嘴笑道："你要谢我么？我可还要谢谢妹妹你。若不是你当时去时想得周全，把一应忠心得力的宫人都留给了我，只怕我要照顾胧月周全还没那么容易。"说着扬声道，"都进来吧。"

应声而入的却是品儿和小连子，见了我皆是乍惊乍喜，慌忙跪下了请安。敬妃笑道："知道你回来了，她们俩也欢喜得不行。我便想着要带她们过来。"

我忙示意她们起来，却见少了佩儿，不免疑惑道："怎不见佩儿呢？"

小连子才要说话，却见敬妃似笑非笑地看着他，便低下头举袖抹泪道："佩儿前年冬天得了急病殁了。"

敬妃微微用绢子拭一拭眼角，怜悯道："佩儿命薄，不能来服侍你了。妹妹柔仪殿新成，少不得要有些忠心耿耿又会办事的旧人在身边，做姐姐的就把这些人奉还妹妹身边吧。”

我连连摆手，忙道：“这样可使不得，姐姐使唤惯了的人怎么还好送回我身边呢。”

敬妃含笑道：“咱们之间说这样的话做什么呢。从前你把他们给我，一是为我思虑，好有人一同照应胧月，二是也让他们有个容身之所。可是眼下你回来了，自然有无数人要把心思动到你宫里的人身上来，所以用着旧人放心些。”

我看一看小连子，道：“旁人也就罢了，小连子是有些功夫的，留在姐姐身边也好看顾胧月。”

敬妃微微伤感，眼角如下弦月一般垂下，叹息了一声，道：“胧月是迟早要到你身边的，我还留着小连子做什么。何况你有着身孕，多少人虎视眈眈着呢，有个能防身的人也好。”

仔细留心敬妃，其实她也三十出头了，只是素来保养得好，又无心事操劳，故而显得年轻些。一应的打扮又简素，因而与我几年前见她时，并无什么分别。只有面露愁色眼角微垂时，才能窥出岁月留给她的种种痕迹。然而微小的鱼尾纹附着在她的眼角，也只觉温和好看。

我感念她的细心，笑道：“姐姐垂爱，妹妹也不便拒绝了。”于是招手示意小连子和品儿向敬妃磕了个头道：“好好谢一谢敬妃娘娘多年的关照吧。”

小连子和品儿依言磕了个头，敬妃忙叫起来，指着外头守着的小允子道：“我到底没有惠妹妹这般体贴莞妹妹的心思。方才一进来见小允子守着殿门，我便猜到是惠妹妹早把人还来了。”

眉庄笑吟吟道：“我与敬妃姐姐是一样的心思，怕没人与嬛儿打点着照顾柔仪殿。”

敬妃素手摇着一柄水墨绘江南山水的白纨扇，手上的碧玺香珠手串翠色莹莹，光华静润，与发髻上的碧玺挂珠长簪相映成趣。她只含笑望着我的小腹道：“妹妹久经波折反而福气更盛。胡昭仪有了帝姬之后，皇上多盼望她能再结珠胎，到底也是没有那个福分。”

我微笑：“徐婕妤也是好福气，不过眼下为星相所困罢了。”

敬妃闲闲地摇一摇团扇：“说起危月燕冲月，更有一桩好笑的事跟你说。端妃姐姐的闺名便叫月宾，旁人说徐婕妤的名字里有个燕字，又住北边，所以是危月燕。所以这样论起来，她冲的可不是皇后和太后，而是端妃姐姐了。你说那危月燕一说可不是牵强附会？为着怕别人议论，前段时候端妃姐姐病着也不敢吭声，怕人说她以‘月’自居，是大不敬。”

眉庄蜜合色镶金丝袖下露出纤细白皙的指尖，握着一叶半透明刺木香菊轻罗菱扇，扇柄上的湖蓝色流苏柔软垂在她衣袖上。她微微一笑，道：“病了也不吭声，端妃姐姐的为人也忒和气了，这样好的气性只该守着菩萨过的。”

我饮一口木樨花茶，悠悠一笑，也不言语。只想着端妃何曾是懦弱的人，不过是不愿在这节骨眼儿上惹是非罢了。

敬妃警敏，撞一撞眉庄的手肘，低声笑嗔道：“什么菩萨不菩萨的话，妹妹没睡午觉，人也犯困了呢。”

我轻扬唇角，微笑道：“敬妃姐姐过于小心了，眉姐姐与咱们亲密，不是那层意思。”

眉庄一时省悟过来，微微红了脸色，道：“我原不是有心的。只是咱们说话也要留心，嬛儿才回来，以后不晓得有多少人要拿这件事去生是非呢。”

敬妃叹了一口气，微微蹙眉，道：“妹妹此次回宫，皇上对外说是妹妹当年为大周祈福才去的甘露寺。可是宫中略有资历的人谁不晓得妹妹当年是为何才出宫的，宫中人多口杂，只怕传来传去是非更多。”

我淡淡笑道：“有人的地方总有是非，咱们都是活在是非里的人，还怕什么是非呢。”

于是言笑一晌，看靳娘抱了胧月玩耍，三人也说笑得有趣。正说着，却见白苓进来，向眉庄请了个安，垂手道：“娘娘，太后午睡快醒了呢。”

眉庄淡淡道：“知道了。轿辇都备下了么？”

白苓答道：“采月姐姐说娘娘上莞妃娘娘这儿来了，一时半会儿怕回不了棠梨宫，便叫奴婢领了轿辇在柔仪殿外候着了。”

眉庄向我笑道：“你昨日刚回来，太后说你有着身孕还舟车劳顿，就不必去请安了。今日就和我一同过去吧。”

我颔首：“是想着要过去呢，只把不准时候怕反倒扰了太后清养。姐姐是最晓得太后的起居与脾性的，我就跟着去就是。”

敬妃见我们都要起身，忙笑道：“莞妃和惠贵嫔同去吧，一路也好照应，本宫就先回去了。”说着站起身来。

一边胧月正抱着佛手玩得高兴，见敬妃要走，也不带上她，一双大眼睛一转，一下子就急得哭了。

敬妃心疼不已，一壁为难一壁哄道：“乖月儿，如今你就住在柔仪殿了，陪着你母妃可好？”

胧月一听不能回昀昭殿，哪里肯依，愈加哭闹得厉害，只抱着敬妃的腿大哭不已。敬妃也是留恋不已，胧月厌恶地盯着我，哭道：“莞母妃一回来，母妃就不要我了。做什么要叫莞母妃回来！”

我大怔，仿佛被谁狠狠扇了一耳光，直打得眼冒金星，鼻中酸楚。

敬妃一时也愣住变了脸色，急急辩白道：“莞妃妹妹，我从未教过月儿这样的话！”说罢呵斥胧月道：“谁教你胡说这样的话，叫母妃生气。”

胧月有些怯怯，抓着衣裳嘟囔委委屈屈道：“从来没见过什么莞母妃，她来了母妃就不要我了，骗我说她才是我母妃……”说罢又抽抽噎噎地哭了起来。

敬妃脸上一阵红一阵白，面有难色局促着向我道：“胧月还小……而且从前，皇上从不许咱们在她面前提起你……我……”

我的神色已经转圜过来，极力克制着心中的酸楚道：“我此番回宫的确给姐姐添了不少麻烦，我本乃废妃之身，皇上不告诉帝姬也是应该的。有我这样的母妃很得脸么？”

敬妃慌忙安慰道：“胧月不懂事，妹妹不要太自伤了！皇上虽然有心隐瞒……可是……终究是疼妹妹的。”说毕柔声向胧月道：“惹了母妃生气，还不快快认错。”

胧月虽然不甘，但到底乖乖屈膝福了一福，低低道：“莞母妃不要生气了。”说着握住敬妃的手，带着孩子气的天真撒娇道：“月儿已经向莞母妃认错了，母妃可不要生气了吧。”她委屈着嘟囔，“从前母妃从不这样说月儿的。”

胧月年纪虽小，然而刻意在称呼上分清了“莞母妃”与“母妃”的称呼。我愈加心凉，强忍着不落下泪来，不得不别过了头。却见眉庄微微举起扇子遮面，已经递了一个眼神过来。

我心下顿悟，少不得忍了眼泪笑道：“姐姐别怪胧月，原是我的不是。这样大剌剌地叫她认我这个母妃，殊不知自她出生三日后我们就未见过面，姐姐又真心疼她，孩子心里总是把你当作了亲母妃。为了她对姐姐这一句‘母妃’，我可不知要如何感激姐姐才好呢。”

敬妃稍稍和缓了神色，忙道：“妹妹这样说就见外了，咱们是什么情分呢。当年妹妹把胧月托到我手里，也是为我。”

我拉起敬妃的手牢牢去握胧月的小手。胧月的手这样小、这样柔软，却是要我亲手交到别人手里去。然而再难耐，我依旧与敬妃笑得亲切：“如今我还有一桩事情要劳烦姐姐。”我一手拉着敬妃的手，一手抚着小腹，“我现下怀着身孕，实在没工夫照料胧月。说实话咱们母女分开那么多年，我也不晓得该如何照料孩子。所以在我生产之前，还是得把胧月托付在昀昭殿，劳烦姐姐照顾着。只不晓得姐姐肯不肯费这个心？”

敬妃脸上闪过一丝分明的喜色，旋即掩饰了下去，道：“既然莞妃妹妹信得过我，我哪里有不肯的呢？别说帮妹妹几个月，便是帮妹妹一辈子也是成的。妹妹安心养胎就是。”一壁说话一壁已经紧紧攥住了胧月的手。

胧月紧紧依在敬妃裙边，全不见了活泼伶俐的样子，一副生怕敬妃不要她的样子，只可怜巴巴的，似受了惊慌的小鹿。

眉庄在衣袖下握住我的手，笑盈盈道：“嬛儿说得正是呢。她有着身孕，太医又说胎象不稳，不能轻碰也不能动气。胧月年纪小，万一磕了碰了的可怎么好呢。敬妃姐姐看顾胧月这么久了，就请再费心吧。”

敬妃神色松快了下来，牵着胧月道：“如此也是。我回去也教导着胧月要小心，再这样胡天胡地的，若碰了母妃肚子里的弟弟妹妹可要怎么好呢。”见我只是一味地和颜悦色，仿佛心甘情愿，又道，“时候不早，不耽误着两位妹妹去给太后请安，我就先带胧月回昀昭殿了。”

胧月巴不得这一声儿，急急忙忙便要跟着敬妃回去，再不看我一眼。

第二十五章 成璧

如此一番敷衍送走了敬妃，我才把憋着的委屈和伤心神色露了出来，心灰意冷道："这孩子竟这样疏远我。"

眉庄冷然道："你不必怪敬妃，更不用怪胧月，怪只怪皇上从不肯让胧月知道有你这个生母。你以为佩儿真是得急病死的么？只因为两年前她在胧月面前说漏了嘴，说她的生母在甘露寺，又偏碰着咱们那位九五之尊不痛快，一怒便叫人打死了。如今恶果深种，亲生女儿已不认自己的娘了。"

柔仪殿清蕴生凉，此时只觉得寒风森森入心，如堕冰窖之中。

我凄然道："瞧胧月对我的样子，我真是伤心，也是安慰。"

眉庄扬眉疑惑："安慰？"

我颔首："她这样舍不得敬妃，可见这些年敬妃真真是待她好。"

眉庄看我一眼："你所说的伤心，大约也是怕敬妃这样疼爱胧月，是不肯将孩子还你的了。"

我只是出神："敬妃未必不肯还我，今日她带胧月来，也是想试探胧月与我是否亲近。"我叹息道，"她也不容易。好容易有了个女儿抚养到这么大，我一回来少不得要把胧月还到我这个生母身边，换了谁也不愿意。况且我方才看着她与胧月情分这样深，即便我强要了胧月回来，胧月与我也只会更生分，也伤了我与敬妃多年的情分。”

眉庄柔声道：“胧月的事得缓缓。你刚刚回宫，不要树敌太多才好。毕竟胧月还小，孩子的性子嘛，你对她好她也会对你好的，慢慢来就是。”

我低低“嗯”了一声。眉庄又道：“方才听你一口一个胧月叫她，连她的小字绾绾也不叫，更是生分了。”

我听得“绾绾”二字，心下更觉黯然。眉庄自然不知道，这“绾绾”二字，有多少辛酸与耻辱，我如何叫得出口。于是只道：“我去更衣吧，再不去，给太后请安便要晚了。”

说罢和眉庄二人去太后处不提。

颐宁宫花木扶疏，一切如旧。只是因着太后缠绵病榻，再好的景致也似披靡了一层迟钝之色，仿佛黄梅天的雨汽一般，昏黄阴翳。

眉庄与我一同下了轿辇，搭着小宫女的手便往里走。芳若满面春风地迎了上来，笑道：“太后适才醒了，刚喝着药呢。”

眉庄笑吟吟进去，向太后福了一福，便上前亲热道：“太后也不等我就喝上药了。”说着伸手接过孙姑姑手里的药碗：“有劳姑姑，还是我来服侍太后吧。”

太后慈爱笑道：“你来得正好，除了你孙姑姑，也就你伺候得最上心最叫哀家舒坦。”

虽在病中，太后却穿着一身七八成新的松绿鹤纹薄绸偏襟褙子，头发光滑拢成一个平髻，抿得纹丝不乱，只在发髻间别了一枚无纹无饰的浑圆金簪。

其实她久病卧床，显得干瘦而病气恹恹。只是不知为何，却自有一种威仪，从她低垂的眼角、消瘦的脸颊、浑浊的目光中流露出来。

我想起舒贵太妃对太后的描述，油然而生一股畏惧之情，跪下道：“臣妾甄氏拜见太后，愿太后凤体康健，福泽万年。”

太后抬眼淡淡看我：“回来了？”这样平平常常一句，仿佛我并不是去甘露寺修行了四年，而是寻常去了一趟通明殿礼佛一般。

我低首敛容：“是。臣妾回来了。”

她看也不看我：“未央宫住得还习惯？”

我心下一紧：“未央宫太过奢华，臣妾很是不安。”

太后“嗯”了一声，道：“虽然奢华，倒还不曾越过从前舒贵妃的例，皇帝要宠着你些也不算什么。”她皱眉对眉庄道：“药喝得哀家舌头发苦，去倒掉也罢。”

眉庄笑嗔道：“臣妾说太后越活越年轻呢，太后偏不信，非说臣妾哄您。如今怕苦不肯吃药闹小孩子的脾气，太后可不是越来越年轻了。”

太后掌不住笑道：“哀家原瞧着你多稳重的一个人，如今也学会油嘴滑舌了。”

眉庄笑道：“药喝着太苦，怄太后笑一笑。”

太后抬手刮一刮眉庄的脸颊，笑叹道：“原本实在不想喝了，就瞧着你这点孝心吧。”说着将药汁一饮而尽。眉庄眼明手快，见太后喝完药，取了绢子在手为太后擦拭。太后见我还跪着，道：“倒疏忽了莞妃了，有身子的人还叫跪着。”说着向我招手，“你来服侍哀家漱口。”

我忙起身端起太后床边的金盆，已有小宫女在茶盏里备好了漱口的清水交到我手中，我服侍着太后漱了口，转头向孙姑姑道：“太后从前吃了药最爱用些眉姐姐腌渍的山楂，不知如今还备着么？”

孙姑姑含笑：“娘娘记性真好，早就备下了呢。”

太后微微冷笑：“服侍人的功夫倒见长了。难怪去了甘露寺那么久还能叫皇帝念念不忘，还怀上了龙胎，倒是哀家对你掉以轻心了。”我刚要分辩。太后微眯了双眼，浑浊的目光骤然变得锐利而清明，“一别数年，你倒学会了狐媚惑主那一套！”

我见太后动怒，慌忙叩首道：“太后言重，臣妾实在惶恐不安。”

“不安？”太后抬手抚一抚鬓发，似笑非笑地缓缓道，“怎么莞妃身怀六甲，君恩深厚，这样风光回宫也会不安么？”

我惊得冷汗涔涔而下，含泣道：“臣妾是戴罪之身，皇上念及旧情来甘露寺探望，臣妾已经感激涕零。不想一朝有孕，皇上体恤孩儿生下之后会备受孤苦，不忍其流落在外，所以格外怜悯臣妾。至于风光回宫一说，臣妾实在惭愧。”

太后目光如剑，只周旋在我身上：“如此说来，甘露寺一事只是你与皇上偶遇，并不是你故意设计了又重博圣宠么？”

我不敢抬头，也不敢十分说谎，只顺伏道：“臣妾不敢欺瞒太后，皇上与臣妾并非偶遇。其实臣妾当日未出月而离宫，身子一直不好，在甘露寺住了两年之后因病迁居凌云峰长住。那日皇上到甘露寺不见臣妾，以为臣妾还病着，故而到了凌云峰探望，如此才遇见的。”

太后的目光冷漠如一道蒙着纱的屏障，声音却是柔软的，仿佛含着笑意与关切一般：“你当日执意离宫修行也是自己的主意，中间为了什么情由想必你我都明白。为了家族之情，也为了先皇后，你连初生的女儿都可以撇下，如今怎么还肯与皇帝重修旧好，还有了孩子？”

眉庄在旁听得着急，轻声道：“太后……”

太后横目向她：“哀家问甄氏的话，你插什么嘴！”

眉庄无奈噤声，我磕了一个头，直起身子道：“朝堂之事臣妾虽为父兄伤心，却也不至愚昧到恨责皇上。即便臣妾父兄真被冤枉，臣妾也只会恨诬陷之人。”眼中有热泪沁出，“当日臣妾执意离宫，太后明察秋毫，自然知道是因为臣妾冒犯先皇后之事。臣妾伤心至此，以为皇上对臣妾毫无情分，因而万念俱灰。可皇上来看臣妾，臣妾就知道皇上并非无情。何况人非草木，当年一时气盛，多年修行也让臣妾静下心来。臣妾侍奉皇上四年，甚得钟爱，与皇上亦是有情。如今臣妾侥幸回宫，只想安分侍奉皇上弥补过去的时光……”我语中含了大悲，呜咽道，“甘露寺清苦如此，臣妾实在想念胧月……胧月她……”

我的啜泣在寂静空阔的颐宁宫听来分外凄楚，有这样静默的片刻，沉缓的呼吸间清晰地嗅到草药的苦涩芳香，以及混合其中的一个垂暮老人的病体所散发的浑浊气息。

太后凝神片刻，再出声时已经是慈爱和蔼的口气：“好孩子，看你跪着这样累。”又吩咐孙姑姑道，“竹息，快去扶莞妃起来。”说着又向眉庄笑道，“一向总说你最体贴，怎么看莞妃这样跪着也不提醒哀家叫她起来。哀家病糊涂了，你也病糊涂了么？”

眉庄笑道：“臣妾哪里敢提醒太后呢，莞妃跪着也就是她肚子里太后的孙儿跪着，一家人给太后请安行礼，难道臣妾还要去拦么？”

太后只是含笑，我心下终于松出一口气，忙欠身向太后福礼：“多谢太后关爱。”

太后道：“赐座吧。”见我颊边泪痕未消，不由得叹道：“你别怪哀家苛责你，皇帝是哀家亲生的，哀家也怕再招进一个狐媚的。你能懂事，也不枉哀家这些年疼你。”

我感激道：“臣妾在甘露寺时幸亏有太后百般照拂，臣妾没齿难忘。”

太后神气平和，悠悠道：“前些日子皇帝乍然跟哀家说你有了身孕要接你回宫，为着子嗣的缘故哀家要答应，也信得过你的人品。只是这两年后宫里出的事多，哀家不能不留个心眼，只怕有人狐媚了皇帝。”

我默然低首，小心道：“太后切勿气坏了身子。”

太后目光微微一动，缓缓道：“生气？若哀家真要生气可生得过来么？”她见我默默垂首，叹息道，“你刚回宫，这话哀家本不该急着和你说，只是你既然回来了，有些事心里不能没有个数。”

我道：“臣妾洗耳恭听。”

太后微微一笑，而那笑意并没有半分温暖之色，直叫人觉得身上发凉：“宫中人多事多，这也寻常，只是这些年皇帝宠幸的那些人忒不像样。先头死了的傅如吟一味地狐媚，现下又选了个低贱的驯兽女叶氏在身边。皇后不中用，连蕴蓉也不能叫哀家省心。如今你既回来了，凡事都该规劝着点皇帝。”

我恭谨低首：“太后的话臣妾牢记于心，必定不忘妾妃之德。”

太后颇为满意，笑道：“你最聪明机慧，哀家的话自然一点就透。不过既说到妾妃之德，如今你是妃位之一，更要好好尊重皇后。”

我谦卑道：“皇后待臣妾很好，臣妾感激不尽。”

太后无声无息地松了一口气：“那就好。”说着拉过眉庄的手道：“莞妃都要有第二个孩子了，你还不加紧些么？”

太后见她只是垂首不语，感慨道：“皇帝身边哀家真正瞧得上眼的人不多。端妃和敬妃自然是好的，只是年纪渐长，大约不容易生养了。年轻的里头蕴蓉还过得去，却稍嫌浮躁了些。徐婕妤不错，只是太老实。哀家一向看重你，你却不把心思放在皇帝身上。皇帝身边没个稳当的人，你叫哀家如何能放心。”

眉庄低低道：“臣妾知道了。”

太后微微沉吟。在这片刻的寂静里，我悄悄留意她的神情。太后昔日的美貌日渐因早年宫廷中的刀光剑影与阴谋诡计而黯然，退隐之后又被病痛纠缠消噬，然而多年宫廷生涯赋予她的智谋与心机并没有完全消退，在她力有所及的时候恰到好处地看顾着这个后宫，让人不寒而栗。

我笑道：“眉姐姐侍奉在太后身边也是为让皇上安心政务，无后顾之忧。太后的嘱咐姐姐自然会上心的。”

太后颇为称意。忽然，她似乎想到了什么事：“你在甘露寺修行的时候，可遇见过什么身份贵重的人么？”

我一念间想到玄清，即刻警觉：“甘露寺群尼杂居，并没见到其他人。”

“那么……有没有什么美貌的女子？”

我心中诧异，当下明白太后所指是舒贵太妃，便道：“臣妾在甘露寺潜心修行，所见不过是姑子罢了。”

太后微微颔首，外头芳若进来道：“启禀太后，胡昭仪与和睦帝姬来了。”

太后忙仰起身道：“快叫她们进来。”

外头小宫女们赶紧打起帘子迎了胡昭仪进来，胡昭仪俏生生福了一福：“蓉儿还当太后午睡着没醒，却原来关上了门户和两位姐姐说体己话呢。”

太后笑吟吟道：“外头天气热，就叫关了门窗纳凉。”

胡昭仪这才施施然起身与我见礼，笑道：“莞妃位分尊贵，如今又刚为国祈福回宫，我是应该去柔仪殿正式拜见的。”她才要做出欠身的样子，我已经一把扶住了：“妹妹快别多礼了。”

胡昭仪笑得自矜：“只是我素日带着帝姬，帝姬年幼，只怕脱不开身。”说着不动声色地推开我的手，双手笼在刺金镂花的衣袖中。

我微笑道：“妹妹照顾帝姬要紧。我们姐妹素日都能见着，何必专程跑一趟柔仪殿。”

她含笑不理会，只向眉庄见了平礼。

我暗暗称奇，她的位分原比眉庄高了半阶，反倒主动与眉庄见了平礼。

太后道：“竹息，去拿新鲜的蜜瓜来，蕴蓉是最喜欢吃的了。”

胡昭仪谢过，走到太后跟前亲昵道：“多谢太后疼蓉儿，和睦也想着太后呢。”说着叫乳娘抱过和睦来，“叫太后瞧瞧，和睦又长高了呢。”

和睦帝姬才两岁多，长相又酷似胡昭仪，娇小圆润，十分喜人。和睦想是见惯了太后，十分亲昵。

胡昭仪笑道：“太后今日穿戴得既慈祥又庄严，真是好看。难怪和睦要黏着您呢。”

太后越发高兴，胡昭仪见蜜瓜送上来，便拈了一片蜜瓜送到太后唇边：“蜜瓜新鲜，太后也尝一尝吧。”

太后抚着怀中的和睦帝姬道：“和睦如今看起来像女孩子了，刚出生那时谁看了都觉得像个皇子呢。”

胡昭仪的神色有瞬间的黯然，很快笑道：“孩儿听说先开花后结果，和睦长得英气，说不定会招来一位弟弟呢。”

我骤然想起胡昭仪再不能生育之事，心下也有些恻隐，微笑道：“是啊，妹妹还这样年轻呢。”

如此说笑了一晌，天色渐晚，三人齐齐告辞。太后殷殷嘱咐我道：“下回来把胧月也带上，孩子多了热闹。”

我微微尴尬，依旧笑道：“是。”

起身踱过颐宁宫的重重殿宇时，我才惊觉，背心的衣衫已被方才在太后跟前被逼出的薄汗洇透了。

出了垂花拱门，胡昭仪娇媚一笑，甜糯糯道：“听闻莞妃如今住的宫殿名叫未央宫。本宫孤陋寡闻，却也听说未央宫是专住宠妃的地方，汉武帝的卫子夫、李夫人和尹婕妤都曾居未央宫，可见是个聚宠集爱的好处所。”

我淡然一笑：“卫子夫、李夫人和尹婕妤都是出身寒微之人，再得恩幸也不过如此罢了。论起武帝一朝，唯有钩弋夫人才是后福无穷。”我凝眸她姣好脸庞，不觉感叹年轻当真是好，也或许是自幼养尊处优，她的脸庞完满得如明月一般。“妹妹可知钩弋夫人又号拳夫人，这位夫人自幼双拳紧握，无人可以打开。自在赵地逢见武帝，才双手展开露出一双玉钩。为此武帝对她宠爱异常。夫人怀胎十四月后生下昭帝，身后荣耀至极。”我停一停，“本宫略有耳闻，昭仪自幼右手不能张开，皇上在宫外遇见昭仪时才掰开了昭仪的手，露出一块玉璧，上书‘万世永昌’四字，可有此事么？”

胡昭仪轻轻扬唇：“莞妃耳闻的琐事倒是不少。听母亲说起，这玉璧是本宫胎中带来的。”

我惊异道：“祥瑞之事自然是人尽皆知，也难怪皇上如此喜爱昭仪。来日昭仪得空，也让本宫瞧瞧那块玉璧，只当让本宫长长见识。”

她嫣然一笑，云袖轻拂如霞光轻盈：“莞妃深得皇宠，宫中什么宝物没有。”说罢径自盈盈踱开，再不理我。

眉庄同我上辇，见走得远了，方敛容道：“玉璧之说不过是传闻罢了，你何必留意？”

“姐姐也以为她费恁多功夫只为争宠么？”我凝视她离去的身影，“如此处心积虑，只怕野心不小。”我见无人，方对眉庄道，“我瞧着胡昭仪很是自矜的一个人，对你倒客气。”

眉庄抿嘴一笑：“你不知道其中的缘故，一则是因为我是太后跟前的人，二则么……”她微微压低了声音，“她怀和睦帝姬的时候不小心摔着了，又不敢随便召太医来看，还是我荐了温实初给她。所以她倒还肯给我几分薄面。不过，若不是因为我避宠多年，她也不肯用我荐的太医。再后来，她晓得了身边有太医的好处，自己也有了个心腹的井太医了。”

我淡淡道：“我说呢，她不把别人放在眼里，却肯尊重姐姐。”

眉庄看着我道：“也难怪她生气，你若不回来，这妃位的空缺迟早有她的。”

我不以为意：“她要与我过不去，我却偏偏要和她过得去。你想太后方才的神气，也是要看我是否能忍得下她的气焰，是否真真和顺……”话未说完，轿辇一个猛烈颠簸，几乎是整个人向前冲了出去。

第二十六章 倾落

突如其来的失衡让我陡然惊恐起来，浣碧一看不好，忙挡在轿辇的出口，死死抵住我将要倾落的身体。与此同时，抬轿辇的内监们赶紧站稳了脚步，见我与眉庄受惊，惊惶跪下道："奴才们有罪。"

我见眉庄脸色发白，忙道："姐姐没怎么样吧？"低头只见她双手牢牢抓住我的手臂，整个身子挡在我身前。心口一暖，忙道，"我没有事。"

眉庄几乎愣了片刻才回过神来，长长嘘出一口气来："好险！"

我眼中一热，心疼道："你这样挡在我面前，万一真掉下去也是掉在你身上，怎么反说我好险。"

眉庄道："就是要这样，万一真掉下去，你伤了身子怎么好，你可是有身子的人。"

心口有明光一样的温暖："我的孩子要紧，姐姐的身子难道不要紧么？"转头见浣碧为挡着轿辇倾倒，死力抵在轿口，手臂上有清晰可见的几道粗粗的青紫印子，忙关切道："浣碧，你怎么样？"

浣碧连忙摇头："小姐没事就好。"说罢转头厉声呵斥，"一群糊涂东西，怎么抬的轿子！小心我叫内务府砍了你们的狗头！"

若刚才的轿辇倾覆，即便有眉庄……我几乎不敢想象。这个孩子，是我的所有啊！

一念之下不由得勃然大怒，呵斥道："该死！"我自回宫以来总是和善温柔，众人见我动怒，早已慌乱跪下，吓得拼命磕头不已。

眉庄冷道："好好的怎么会绊了一跤，不会走路么？"

为首的一个内监忙叩首道："这石子路本是六棱石子铺成的，走着极稳当。可是今日不知怎么的有鹅卵石混在里头，所以奴才们滑了脚。"

我低头去看，果然六棱石子铺成的小路上，混着长满了厚厚苔藓的鹅卵石。那苔藓还新鲜得很，用力一掐几乎能掐出水来。我向小允子递了个眼色，他会意，趁人不注意伸手捡了几颗袖在怀里。

浣碧大怒："你打量着蒙我？往哪里走不好非要走这条道路，回未央宫难道是这里最近么？"

那内监哭丧着脸道："奴才们怎么敢欺瞒碧姑娘。这条路原不是最近，可夏日里走这条路最阴凉不过。谁知出了这样的事。幸好两位娘娘没事，否则奴才们就是有一百颗脑袋也不够砍的呀。"

我见周遭参天树木枝叶繁密，一丝日光也透不进来，果真阴凉清静，便问："这里是什么地方？"

眉庄看了看，道："再往前走，就是徐婕妤的玉照宫了。"

我望向前去，果然有一座不大的宫室，匾额上用金粉漆着"玉照宫"三字。我一时未放在心上，只想着天气炎热，走这条浓荫遍布之路便是必然之理，所以便有人留了心了。当下也不多言，只道："眼下且饶了你们。等下回去再查出什么错处，仔细你们的皮。"

眉庄一言不发，只凝望着玉照宫出神，片刻道："我先陪你回去，省得路上再有什么差错。"

回到柔仪殿，槿汐迎上来道："皇上方才来过了呢，听说娘娘去给太后请安了，说晚上再过来。"

我点点头，道："知道了。"

眉庄温言道："方才受惊，还是叫温实初来瞧瞧，也好放心。"

我摇头："并没伤着哪里，不必麻烦。"又叫品儿："浣碧撞伤了手，你且去给她仔细敷药。"

槿汐听得惊疑不定，忙合上门道："出了什么事？"

眉庄沉着脸道："终于有人耐不住性子了。"说着将方才之事拣要紧的说了一遍，她说起来还是后怕，“那轿辇是八人抬的，都抬在肩上，要真那么高跌下来还掉在石子路上，孩子必定保不住。”

槿汐沉思道：“宫中要铺路的石子都是再三选过的，绝不会掺进鹅卵石去，看来是有人……存心。如今宫里有身孕的就是娘娘和徐婕妤，徐婕妤已被禁足，那就只剩娘娘了。”

眉庄冷笑道：“说到是哪位做下的事，可不是昭阳殿那位么？除了她心思最重，还会有谁？”

我靠在紫绒绣垫的杨妃榻上，沉静道：“若说是为了皇嗣，她自然最有这心思，可是旁人也未必没有。”我言毕沉思，只觉身上冷意涔涔。这样往深里想去，宫中人人皆有嫌疑，叫人如何能防！

眉庄屏息片刻，慢条斯理道：“我疑心皇后自然有我的道理，方才出事的地方你可记得是哪里？”

我沉吟：“是玉照宫附近。”

眉庄凝视于我：“你应该知道徐婕妤为何被禁足。”

“危月燕冲月。”我几乎倒吸一口冷气，瞬间明白过来，“若我在她宫门前出事，一可说是被徐婕妤所冲才出事。而月主太后与皇后，我若出事便是有主月之兆，皇后健在，而我有主月之兆便是大不敬。别说太后，便是皇上也容不得我，这是其二；其三便是徐婕妤已冲撞了太后与皇后，若再危及我与腹中之子，便是祸害皇嗣，那么皇上再不会容她了，即便她有所出，那孩子也会被皇上厌弃。如此一箭三雕之事……”

眉庄接口道：“如此一箭三雕之事，除了皇后的城府，还有谁能想得出来。”

槿汐忧心道：“娘娘的身孕还在，她们就会一直下手，不是咱们日夜防备就能防得住的。娘娘还是把此事告诉皇上才好。”

我沉思片刻，扬声唤小允子进来，道：“方才你捡的鹅卵石呢？”

小允子从袖子里掏出来，小心搁在桌上道：“在呢。”

“你去花房找个靠得住的匠人，叫他仔细看这鹅卵石有什么古怪。”小允子知道是要紧的东西，忙收好赶紧去了。

我牢牢护住自己的小腹，道：“不管是谁，既做得出来，就别怪我容不得她！”

眉庄道：“你好自珍重着，我先回棠梨宫，免得皇上来了要与他照面。”我晓得眉庄对玄凌是避之不及的，便亲自送了她出去，回宫和衣睡下。

不过一盏茶时分，外头一声递一声地通报进来："皇上驾到——"

我只作没听见，索性用辈子蒙上头装睡。隐约听得槿汐带着众人迎了出去："皇上万福金安，娘娘身子不爽，正在内殿睡着呢。"

玄凌进来的脚步便有些匆忙，一壁走一壁道："莞妃身子为何不爽？怎么不早早来告诉朕。"话音未落，人已到了跟前，他掀开被子焦急道，"叫太医瞧了没？"

内殿里暗沉沉的，宫人们迅捷地把鎏金蟠花烛台上的红烛点燃。我睡得鬓发松散的容颜就这样突兀出现在玄凌的面前，连同我松散纠结的蔷薇粉银线浣纱寝衣。蔷薇粉是很娇嫩的颜色，愈加衬得我面色惊惶而苍白，仿佛嫣然花瓣里一点仓皇浮动的花蕊。他在床边坐下，低低道："可是母后给你委屈受了？"

我当即否认："太后一向待臣妾极好的。"

他松一口气："母后待你好就好。"他的语气温软下来，"到底怎么了？脸色这样难看。"

我伏在他胸前，低低道："皇上，你就这样抱着臣妾好不好？"

他的脸颊贴着我的额头，沉吟片刻，唤了浣碧进来，道："你是莞妃的陪嫁，你来说。"

浣碧踌躇着看我一眼，忙又低下头去。玄凌愈加狐疑："你只管说，没人敢责怪你。"

浣碧"扑通"跪下，呜咽着道："傍晚小姐和惠贵嫔从太后处回来，差点儿从轿辇掉下来，小姐受了好大的惊吓。"

玄凌吃惊："是在哪里滑的？好端端的怎会从轿辇上掉下来？"

"是在玉照宫附近的六棱石子路那里。抬轿子的内监们不当心，踩了鹅卵石滑倒。"

"六棱石子最是防滑，怎么会有鹅卵石？"他轻声道，"嬛嬛，你是疑心有人要害你，是么？"

"臣妾不敢这样想。"我带了幽咽的哭腔，"臣妾只是觉得自己福薄，虽然承蒙皇上垂怜得以再度侍奉在侧，可是随意走一走都会滑跤，只怕终究还是没福气保住这个孩子。"

玄凌柔声斥责："胡说，咱们的孩子是最有福气的孩子，今日的事怕是有人故意为之。"他扬声唤李长进来，沉着脸吩咐道："去把今日给莞妃抬轿辇的内监都痛打三十大板，打完了再给朕好好审问。敢动朕的人，朕绝不轻饶！”

李长躬身应了，正要出去。我忙唤道：“皇上——”我起身，扯住玄凌的衣袍凄婉道，“臣妾求皇上不要张扬此事。”

他不解：“此事显然是有人要故意为难你，朕若不罚，以后再有这样的事发生该如何？”

我低声啜泣：“即便真有人要为难臣妾，也请皇上和臣妾一样相信这是无心之失。臣妾不愿为了自己一己之身而使后宫不宁，使皇上烦心。终究，臣妾也安然无恙啊。”

他怜惜：“嬛嬛，朕也是心疼你，怕你再有这样的事发生。而且有过不罚，朕心里总是不舒坦。”

风吹过，花树颤颤摇曳，斑驳的痕迹淡淡地映在冰绡窗纱上，似欲伸未伸的指爪。我拉着他的手柔声道：“人谁无过。若皇上大肆追查，反而让那人狗急跳墙，也当给那个人一个回头的机会，若真有下次，再一并罚过。皇上就当为臣妾和肚子里的孩子积福吧。还有，那些抬轿辇的内监也是无心，出了事他们比谁都害怕，皇上也一并饶过了，好不好？”

殿内静极了，晚风穿越树叶的沙沙声响，好似下着一场朦胧的雨。

玄凌抱着我的肩，轻声赞叹：“嬛嬛，你总是愿意体谅。”

我温顺倚靠着他：“臣妾并非大度，只是不想因臣妾所生的是非烦扰皇上。”我带点撒娇的口吻，轻轻道，“臣妾方才请求的，皇上可依么？”

玄凌气消了许多，道：“如此，朕就先饶了他们这次。若还有下次，朕必定严惩不贷。”

玉帘轻卷，浣碧沉静退下。玄凌似乎疲倦：“前朝事多，后宫也不安生啊。”

我舀了一匙白檀添在青花缠枝香炉里，袅娜的烟雾好似层层轻纱，绵软地一重又一重恣意在重重的垂锦帷帐间。整个大殿内恍若一潭深静的水，寂寂无声地安静了下去。

我亲自捧了一盏酸梅汤来，柔声道：“凉了好久了，皇上喝了可以解晚膳的油腻。”

玄凌眸中有融洽的暖意：“难为你有着身孕还这样细心，胡昭仪今日问起朕为何这样疼你——旁人哪里知道你的好处。”

我笑答：“蕴蓉妹妹这样说了么？今儿在太后那里还碰上她与和睦帝姬了。”

玄凌换了个舒适的姿势躺下，漫声道："蕴蓉的脾气虽然骄矜些，人却是不错的。"

我拾过一把羽扇，轻轻摇着道："皇上累了，不如先睡上一觉，再去别的嫔妃处吧。"

玄凌打了个呵欠，散漫的眸中微有晶亮之光，道："朕哪里也不去，就算你不方便侍寝，朕也陪着你睡着。"

我歉然道："怎么好让皇上为了臣妾如此呢？"

他笑着拉过我的手，随手扯下帐帘，轻声道："朕愿意。"

夜色深沉，窗外满天星光漏进零星几点，亦被红绸样的烛光绵柔化开了。

次日傍晚，照例去见过了皇后，回到柔仪殿中。小允子随我进了暖阁，低低道："已经问到了。"

我慢慢喝了一口清茶："是什么？"

小允子道："花匠说，那鹅卵石上的这种青苔是蜀地特有的，叫作牛毛藓，通常搁在盆景里做点缀。这牛毛藓习性特殊，只有种着蜀中同种的矮子松时才有。而宫里喜欢种这种矮子松当盆景的，只有欣贵嫔。因为她是蜀人，所以皇上专门赏了她。"他想了想道，"最要紧的，欣贵嫔与祺贵嫔同住宓秀宫，倒不能不防。"

浣碧在旁道："昨日皇上为小姐差点从轿辇上滑落的事生了大气，小姐怎么不趁热打铁求皇上做主？"

我把玩着手钏上的一颗明珠："我到底没伤着，皇上去查出个人来也不过是罚一通了事。倒不如先按下不提，到时一并发作出来才好。"

浣碧凝神片刻，抿嘴笑道："奴婢知道了。积小成大，到时一并寻了她们的错处，才叫吃不了兜着走。"

我微笑不语，小允子见机道："玉照宫再往前走上数十步就是祺贵嫔的宓秀宫了。这事是极明白的了。必是祺贵嫔和欣贵嫔一同做的。祺贵嫔本就暗算过娘娘，如今娘娘回来，她恨不得乌眼鸡似的生吞了咱们呢。"

我沉吟着道："事情还没查清楚，再瞧一瞧吧。"

正说着，小连子进来道："启禀娘娘，宓秀宫的祺贵嫔和欣贵嫔来了。"

我轻扬唇角："真是说曹操曹操就到，去请进来吧。"我出去，品儿已经为她们奉上了茶水瓜果。见我出来，依礼道："宓秀宫贵嫔管氏，贵嫔吕氏拜见莞妃娘娘。"

我客气道："两位请坐吧。"我打量着祺贵嫔道："数年不见，祺妹妹可是滋润了不少，真叫人刮目相看。"

祺贵嫔安坐在椅上，半透明的轻纱里隐约透出丰润洁白的肌肤，镂金线的月白暗花抹胸平添娇媚之色，脖颈上一串红玛瑙汪汪如水，有嫣红晶莹的光芒似流波荡漾，一看便知名贵。她淡然道："莞妃娘娘风采如旧，一点也瞧不出在佛寺待过的样子。"

这话是有些挑衅的意味的，她身边的欣贵嫔已然横了一眼。我也不恼："是啊，当初与文鸳你同住棠梨宫时是何等和睦。当年你兄长管路与本宫兄长交好，管溪还差点娶了本宫的二妹玉姚做成了亲家。不承想管路会去告发本宫兄长，可见人呢，为了功名利禄是会枉顾道义的。"

祺贵嫔脸色发青，忍气笑道："莞妃娘娘这张嘴向来是宫里数一数二的好，自然能把白的说成黑的、死的说成活的。"

我似笑非笑看着她："是么？那也是比不上有些人的心从白的变成黑的这样可怕。"话音未落，欣贵嫔已经忍不住笑了一声。那笑声虽然低，祺贵嫔却也听见了，狠狠瞪了她一眼。欣贵嫔丝毫不以为意，只报以一丝嫣然的冷笑："我还以为祺贵嫔多尊重莞妃娘娘呢，把皇后亲赏的玛瑙串都戴上了来盛装拜见，却原来说话这样含酸拈醋。"她话音清脆，我的目光被祺贵嫔颈上的玛瑙串吸引，不由得多看了两眼。

祺贵嫔待要再说，我已不理会她，只看欣贵嫔道："许久不见欣贵嫔了，姐姐别来无恙吧。"

欣贵嫔见问到她，忙起身福了一礼，满面含笑道："莞妃娘娘金安，嫔妾吕盈风拜见娘娘。"

我忙示意槿汐去扶，口中道："姐姐与本宫相识多年，实在不必客气。"

欣贵嫔果然喜悦："多谢娘娘记挂。"

祺贵嫔自顾自饮了一口茶，微微冷笑："欣贵嫔的嘴可真是甜，只不知是不是嘴甜心苦呢？"

欣贵嫔向来直爽，一时忍不住变色，扬眉道："你这话是什么意思？"

我只冷眼旁观，见祺贵嫔立时就要发作，便道："祺贵嫔这是做什么呢？好好地来给本宫请安，倒要和自己宫里人拌起嘴来，岂不是伤了和气。"

祺贵嫔傲然看着欣贵嫔："和气？欣贵嫔与我都是贵嫔，可惜了，进宫多年，又有个女儿，皇上还是让本宫做了宓秀宫的主位。谁有本事，谁才能和气。"

我和颜悦色："原来祺贵嫔也知道欣贵嫔是淑和帝姬的生母，得皇上爱重呢。"

欣贵嫔愈加得意，笑盈盈道："娘娘真是明理的人，可惜未央宫皇上只赐给娘娘一人居住，否则若谁做了娘娘宫里的人，当真是几世修来的福分呢。"

我听了只吟吟含笑不语。祺贵嫔脸上到底搁不住，含了一丝讥诮的冷笑，缓缓道："本宫当是什么呢？原来是欣贵嫔待腻了宓秀宫，想做莞妃的宫里人呢。那有什么难的，本宫就替你去回了皇上的话就是了，省得你眼馋心热，做出这许多腔调来。"

欣贵嫔气极反笑，鬓上的东菱玉缠丝曲簪微微颤动，划过晶亮的弧线："你这话未免说得太瞧得起自己了。你去回皇上？未央宫是皇上亲口下旨让莞妃娘娘独自居住的，你有多大的本事还是有多大的面子，能哄得皇上收回旨意？"

此话说得极厉害，祺贵嫔登时满面紫涨，她反应也快，迅即站起身来，福了一福，道："嫔妾身子不适，就不打扰莞妃休息了。先告退。"说罢扬一扬衣袖，扶着侍女的手径自出去了。

她才出去，欣贵嫔气道："娘娘您瞧，当着娘娘的面她都这样放肆不敬，可知背地里给了嫔妾多少零碎折磨。"

我悠悠道："姐姐颇有蜀地女子的侠义之气，皇上又顾惜姐姐和帝姬，想必是不会吃亏的。"

欣贵嫔性子爽朗爱笑，如今也有了这般愁苦。她道："皇后说宫里有些殿宇要修整，让嫔妾挪到宓秀宫住，可是此后，祺贵嫔就明里暗里为难嫔妾。嫔妾虽然进宫早，但年纪渐长，皇上来看我也是顾及帝姬的情面。嫔妾碍于她是主位，少不得忍气吞声到现在。"

"姐姐一向性子直，有什么说什么，为何不向皇上皇后请旨搬离宓秀宫呢？"

欣贵嫔无奈："祺贵嫔很得皇后的喜欢。有皇后拦着，嫔妾如何走得出宓秀宫。几次向皇上提起，反倒被皇上训斥不安分。可是嫔妾要再不争，只怕连累了淑和也要被人瞧不起了。嫔妾这才知道，素日里自己只会想到什么说什么，却半点谋算也没有，白白被人欺负！"她靠近我一点，轻声道，"娘娘出宫之事臣妾这些年来多少也听说一些。若非祺贵嫔娘家暗害了娘娘一家，娘娘何至于被迫出宫修行。”

我微微抬起眼皮：“欣贵嫔倒是什么都打听得清楚。”

欣贵嫔慌忙跪下：“嫔妾不敢欺瞒娘娘，嫔妾防着祺贵嫔不是一日两日了，是以才知道些来龙去脉。嫔妾的父亲是川蜀成州知府吕息仁，成州与娘娘父亲所在的江州毗邻，因而嫔妾才敢冒昧来和娘娘说这些话。”

我伸手虚扶她一把，亲切道：“姐姐好端端的跪什么呢？倒显得生分了，起来说话就是。”

欣贵嫔方坐了，道：“嫔妾方才伤心，叫娘娘见笑了。”

我静静注目于她：“姐姐既然来了，又说了这一番话，想必是深思熟虑了的。那么想要在本宫这里得到什么，不妨直说。”

我问得直接，欣贵嫔微微错愕，旋即道：“娘娘快人快语，嫔妾也不隐瞒了。嫔妾不愿再寄人篱下，也想淑和有个好前程。”

“哦……”我微微拖长了语调，“你是要本宫为你向皇上开口离开宓秀宫？”

她摇头，爽利道：“与其再寄人篱下看人眼色，不如自己做一宫主位来得痛快。”

“如果本宫应姐姐所求又有什么益处呢？本宫吃斋念佛久了，有些时候多一事不如少一事罢了。”

欣贵嫔不假思索道：“嫔妾在宫中除了帝姬之外无依无靠，可帝姬到底不如皇子，嫔妾娘家又远在千里之外，可说与娘娘同病相怜。如今娘娘虽然荣耀回宫，然而风光之后未必没有辛酸，嫔妾愿与娘娘一同分担，略尽绵力。”

我以手支颐，浅笑道：“妹妹的心思本宫心领了，只是本宫但愿与世无争，有些事或许力不从心。”

欣贵嫔微见沮丧之色，旋即笑道：“以娘娘今时今日的地位，怎会力不从心？何况娘娘已经回宫，再想与世无争也不得不争。嫔妾今日来得突兀，想来娘娘必定心存疑虑，思量些时候也是应该的。嫔妾今日就先告退了。”

我含笑道：“姐姐所说之事本宫自会思量。”说着扬声向小允子道：“把本宫的那盆矮子松的盆景拿来。”小允子应声而去，很快捧了盆景回来，我道：“听说姐姐是蜀人，本宫特意叫人备下了这盆蜀中特产的矮子松给姐姐赏玩。”

欣贵嫔喜不自胜，连连笑道：“娘娘竟晓得嫔妾喜欢些什么。”说着叫自己的宫女进来捧着，我一看，进来的竟是从前服侍我的晶青。我依旧笑着道：“姐姐瞧瞧里头那鹅卵石，花纹既好，磨得又光滑。”

欣贵嫔一颗颗看了，赞道：“是呢，连石头上长的牛毛藓也颜色极正，当真娘娘宫里的东西比别处的都好。”我冷眼瞧她只顾欢喜看着鹅卵石，见浣碧悄悄随晶青出去了，便对着欣贵嫔笑道：“其实姐姐得皇上宠爱，什么稀罕东西没有，本宫这点东西不过是给姐姐当玩意儿罢了。”

欣贵嫔笑得如春风拂面，道：“金珠玉器的又有什么稀罕，娘娘心细如发，体贴入微，才真真叫人赞叹呢。”

我心思一转，想起一事，微含了一缕浅笑，道：“说到金珠玉器，本宫倒想起方才祺贵嫔那串红玛瑙串了，水头好，颜色又正红，当真是好东西。本宫方才听得不真切，仿佛是皇上赏的？”

欣贵嫔一笑，讥诮道：“那是她巴结皇后巴结得好，皇后给赏的。她为示恩宠，十日里总有八日戴在身上。不过说起来那东西真是好的，不仅如娘娘所言，而且独有一股异香，味道虽然淡，可是好闻得紧呢。”

浣碧送了欣贵嫔出去，回来扶着我进里间躺下，浣碧笑道：“奴婢瞧着欣贵嫔与祺贵嫔不睦，小姐方才一说，这两位回去可有得闹了。”

我笑道：“即便没我，她们关起门来也要闹得翻天。”

浣碧道：“方才欣贵嫔说的话，小姐可信么？”

我歪在杨妃榻上道：“五分信，五分不信。只是我刚才拿矮子松送她时倒真是一点看不出来，若不是真无辜就是她城府太深太会做戏了。”我问她，“方才和晶青说了么？”

浣碧点头道：“说了。晶青还念着娘娘呢，说一得空就过来回娘娘的话。”

我“嗯”了一声，浣碧冷笑道：“奴婢只瞧不上管文鸳那轻狂样子，这样拿腔拿调，忘了她从前在小姐面前百般讨好的嘴脸么？”

我不以为意：“你以为她傻么？她知道与我积怨已深，与其此刻在我面前俯首称臣，我未必能容下她，皇后更不会容她。索性与我翻了脸，我反而不能立时拿她怎样。”我抚着下颌轻笑道，“左右她跟着皇后，是生不出孩子挣不到出路的。”

浣碧吃惊地瞪大了眼睛：“小姐何出此言？”

护甲的指尖有的冰冷触感，滑过脸颊时尤为明显：“你可看见管文鸳脖子上的玛瑙串了么？”

浣碧笑道："凭她什么好东西，咱们柔仪殿难道没有么？"

我冷冷一笑，泄出心底冰冷的恨意："这玛瑙串有的祺贵嫔苦头吃——那是红麝串。"

浣碧讶异道："红麝串？瞧着分明是红玛瑙。"

我掩不住心底的腻烦与厌恶，道："这两样东西本就瞧着像。可红麝串稀罕多了，只怕连宫里都找不出几串来。要不是那年随娘在珍宝阁选首饰时见过一次，只怕连我也不认得。方才欣贵嫔说那东西有香味儿，我便更肯定了。那回娘一见了这东西连赞稀罕，可马上叫人远远拿开。因着那红麝串是取雄麝的麝香做的，做中药可开窍避秽、活血散结，可用久了损伤肌理，便再也生不出孩子了。这也是宫里为什么慎用麝香的缘故。"

浣碧微微凝神，蹙眉道："奴婢只是奇怪，她怎么堂而皇之地把红麝串挂在身上，也没人告诉她缘故。"

"一来这东西难得，寻常人分辨不出来。二来你没听见欣贵嫔说么，那红麝串是皇后赏的，即便有太医知道，谁又敢告诉祺贵嫔呢。"

浣碧连连冷笑，拍手道："这才叫报应不爽呢。活该叫她投的好主子，昧着良心来坑咱们家。她不能生也好，省得生下黑心种子来再祸害旁人！"

我顿觉心寒，祺贵嫔显见是皇后身边的人，多年来得宠且位分颇高，可见皇后对她的倚重。然而如此倚重，也防备着她有孕，可见皇后的处世老辣，谋虑深远。想必安陵容得宠多年而无子嗣，也是因为皇后的戒备吧。我微觉脑仁酸涩，道："去把备给胡昭仪的礼拿来给我看。"

浣碧捧来一对白玉三镶福寿吉庆如意，我看了一眼，摇头道："礼太薄了，再去取一对红木银丝百寿紫玉如意来。这两对如意给胡昭仪，再拿一个赤金盘螭朝阳五凤璎珞圈并扣合如意堆绣荷包，就说给和睦帝姬的。"

我想一想，叫槿汐进来："为表郑重，这些东西由你亲自送去。该说什么你自己有数。"

槿汐笑着去了。浣碧道："胡昭仪为人倨傲，小姐何必这么笼络她。"

我笑一笑："她自有她倨傲的资本，何况我笼络她，不正是笼络太后和皇上么？"

我想一想道："方才给和睦帝姬的那个璎珞圈再去拿三个来，一个先留着，等我有空去看端妃时亲自送去。另两个一个送到欣贵嫔处去给淑和帝姬，一个送去敬妃处给咱们胧月。"我又吩咐浣碧挑了几个菜送去了敬妃处给胧月，才走到庭院里踱步。

彼时月华清明，照在柔仪殿前的汉白玉阶之上，如水银泻地。殿前一池清水在月下泛着清粼粼的窈曳波光，水中白莲盛开如玉，只余一条水上小桥，横越在莲叶田田之上。

品儿笑道："皇上待娘娘最有心思，在柔仪殿的前殿前头凿一个池子，把太液池的莲花移种到这里，就省得娘娘怀着身孕远走赏莲了。"

我望着满池莲花，心思逐渐飞远，那一年有人为我在春日开出满湖莲花，后来人再怎样做也不过是东施效颦罢了。品儿小心觑着我的神色，赔笑道："皇上可心疼娘娘呢，陪娘娘用午膳时说那么多娘娘小主来给娘娘您请安，生怕累着了您。"

我道："那有什么，迟早都是要见的，趁我现在还有精力，再下去可真不济了。"

正要进内殿，小允子悄悄进来道："晶青来了。"

我扬一扬眉，道："快叫进来。"

晶青见我时乍然生了喜色，哽咽着跪下道："给娘娘请安。"

我唏嘘道："起来吧。本宫瞧你跟着欣贵嫔人像是瘦了一圈，欣贵嫔待你不好么？"

晶青拉着品儿的手伏在地上痛哭道："是奴婢无福。除了死了的佩儿和菊青，只剩奴婢不能回来伺候娘娘。今日听欣贵嫔说是来给娘娘请安的，奴婢喜欢疯了，忙来见娘娘一眼。"

我叫品儿扶着她起来，诧异道："你方才说菊青没了，是怎么回事？"

菊青与晶青向来如同姐妹一般亲厚，晶青伤心道："娘娘出宫没多久，菊青在一天夜里突然就没了，安贵嫔说菊青得了肠痨暴病死的，留不得，当夜就拉出去把尸身烧了。安贵嫔为菊青的死哭了两天，皇上心疼得了不得。"晶青见都是自己人，方痛哭道，"菊青身子强健，怎会好好地得了肠痨。奴婢有些疑心，偷偷去看过，菊青的口鼻里都是黑血，分明是被毒死的。"

我伤感道："菊青到底是从我这里出去的。可怜年纪轻轻就这样没了。若欣贵嫔待你不好，本宫自然会为你做主。"

晶青摇头道："自娘娘走后，奴婢就被分到了徐婕妤宫里。徐婕妤被禁足撤了人手，奴婢才去服侍欣贵嫔的。"晶青捋起手臂上的衣袖，委屈得直哭，"欣贵嫔人好，可祺贵嫔恨奴婢曾经服侍过娘娘，动辄便打骂不休。"

晶青的手臂上青一块紫一块，斑斓若锦，品儿与小允子不忍心，低低啜泣了起来。我心疼不已，忙叫小连子拿了药酒来亲自给晶青擦拭。晶青受宠若惊，忙道："奴婢身份卑微，怎么能叫娘娘为奴婢做这些事呢。"

我轻轻抚着她的手臂道："什么奴婢不奴婢的话，你受今日之苦本宫难辞其咎，做这些又算什么呢。"我叹息，"本宫当年这一走，虽然也为你们安排了，到底也是力所不能及，终究还是连累了你们。"

晶青哭着道："能服侍娘娘一场已经是奴婢们的福气了。在娘娘身边那些日子咱们才得些照拂，在别的娘娘小主眼里，咱们这些人何尝不是命如草芥。"

我轻手轻脚为晶青擦着药酒，纵然如此，她还是疼得咝咝倒吸冷气。我道："你到底是欣贵嫔的人，她也不为你说话么？"

晶青忍着痛，咬唇道："欣贵嫔虽然也护着奴婢，可祺贵嫔到底是一宫主位，小主也奈何不得。有时候小主觉得祺贵嫔责打奴婢伤了自己脸面，也会为奴婢分辩几句，可是下回祺贵嫔下手就更重了。"

一宫主位权力颇大，可自行责罚自己宫中任一宫人，即便晶青是欣贵嫔的人，也维护不得。

我凝神思量片刻，忖度着问："欣贵嫔与祺贵嫔当真不睦已久么？"

晶青认真点了点头："奴婢去服侍欣贵嫔时就是这样。小主总说祺贵嫔借着她的方便亲近皇上，占自己的便宜，又不让她搬出宓秀宫另住。"晶青低头想一想，"奴婢冷眼瞧着，祺贵嫔和欣贵嫔的恩宠也差不多，只是皇上有时去看淑和帝姬多些。祺贵嫔就想尽法子哄了皇上去看她。"

我唏嘘不已，关切道："你在欣贵嫔那里过得不好，本宫倒可以想个法子把你要回来。只是祺贵嫔和本宫的恩怨你是知道的。你可愿意为本宫留意着欣贵嫔和祺贵嫔的动静，暂时委屈着住在宓秀宫里？"

晶青连连点头："能为娘娘做事，奴婢万死不辞。"

第二十七章
偶遇

嘱咐完一切已经觉得倦，正要卸妆歇下，槿汐领着一名宫女进来道："胡昭仪身边的琼脂来给娘娘请安。"

那名叫琼脂的宫女颇有些年纪，打扮得也格外贵重，眉目间很是精明强干。她向我福了一福，道："奴婢琼脂给莞妃娘娘请安，娘娘万福金安。"

我忙叫槿汐搀了她一把，客气道："姑姑规矩十足，怪不得是昭仪身边的人。"

琼脂笑眯眯道："奴婢从前是晋康翁主的陪房，跟着小姐进宫的。"

我笑道："不知姑姑这么晚怎么还来跑一趟柔仪殿，可是昭仪有什么话么？"

琼脂恭敬道："我们小姐让奴婢来谢娘娘赏的礼，也让奴婢送了回礼来。"说着让几个小内监搬了回礼上来，正是一架满地浮雕象牙镜架，架上整錾的龙须、凤翼、雀羽、兔毫、花心、叶脉皆细如发丝，纤毫毕现，堪称精妙无双。

琼脂颇有些得意："这镜架虽说不上极尽一时之力，却也是聘得巧手工匠费了整年才做成的。我们小姐说娘娘赏的如意极好，特意叫人从库里寻了这个出来。"

我含笑道："请姑姑为本宫多谢昭仪，这礼搬来可得大费周章，本宫心领了。"又唤小连子上前，吩咐道："外头天黑难行，你打着灯送姑姑回去。"琼脂也不推辞，笑吟吟告退了。

见她出去了，槿汐与浣碧才与我坐下了卸妆，槿汐见小允子领着一群内监小心翼翼将镜架和头面收到库房里去，不由得摇头道："胡昭仪好阔的手笔，只是这东西夜深人静地送过来可是兴师动众，只怕宫里都知道了。"

浣碧努了努嘴，道："若不知道，怎么能借这个讨皇上的好儿？"

我抹了点舒神静气的薄荷膏在太阳穴上，缓缓道："我倒觉得她不只想做给皇上看呢。"

槿汐铺好了铺盖，笑道："管她看不看得透呢，日久见人心罢了。娘娘还是早些安歇吧。"

这一日午睡醒来，见天色郁郁生凉，便去看望端妃。我进殿时，端妃背对着我，吉祥用犀角梳子蘸了乌发膏小心翼翼地梳着。端妃从镜子里瞧见我，转身笑道："贵客来了，我却不曾远迎，真是失礼了。"

我盈盈一笑，走近道："多年不见，姐姐的气色更见好了。"

端妃叹道："什么好不好的，宫里的女人老得快，才三十二岁就用上乌发膏了，当真是岁月不饶人。"

我忍不住笑道："姐姐这样说可要愧煞人了，那些十五六岁的嫔妃们也急吼吼地拿着乌发膏往自己头发上抹呢，姐姐越发拿自己和她们比了。"

端妃掌不住笑，撂下手中的镜子道："猴儿嘴真当是猴儿嘴，这些年竟没改些。"

"怄姐姐笑一笑罢了。"说着顺势在端妃的妆台边坐下，随手拿起她方才把玩的乌发膏细瞧，"这乌发膏是用淘澄净了的茉莉花汁子和着首乌膏做的，不像是内务府的手艺。"端妃满面笑意："去年我长了一根白发，自己没发觉，倒是温宜留心了，催着太医院配出这个东西来，一定要我用。"

我连连点头："温宜当真是个好孩子，想必很听话吧？"

端妃的笑容有母亲的甘愿和满足："乖巧得很，也很孝顺。快九岁的孩子像个小大人似的懂事，有时候连我自己都以为温宜是我亲生的。"

吉祥在旁笑道："我们娘娘待帝姬疼得跟什么似的，比亲生的还好，帝姬怎么能不孝顺呢。"

端妃细细的眼角皆是笑意："怨不得我疼温宜，性子文静不说，素日里我咳上一两声，她便抱着我要叫太医。连我也纳闷，襄妃这样的人物怎么生出这样好的女儿来。"

我听她絮絮说着温宜的点滴，想起胧月待我的情形，心下难过不已。

端妃见我的神情，随即了然："敬妃心疼胧月更胜于我心疼温宜，到底是打出生就养在身边的，胧月难免与她亲近一些。想必现下敬妃也不安，将心比心，若是现在襄妃突然活过来要要回温宜，我也是百般不情愿的。"

我低头拨着护甲上镶成梅花状的珍珠，低低道："我这个做母亲的的确没有尽到半分做娘的心思，哪里敢奢求胧月有多亲近我呢，只盼她还能认我这个娘就好了。"

端妃安慰道："当日你生了胧月三日就离宫，那三日里殚精竭虑，哪一点没为她想得周周到到，为她一辈子做尽了打算。胧月还小，等长大了能体会你的苦心就好了。"

忽听得外头有金铃清脆响起，一个女孩扑进端妃怀里，笑嚷着道："母妃，良玉回来了。"她举着手里一束芙蓉花道，"母妃看可好看么，良玉瞧着这花最美，摘回来给母妃戴上好不好？"

端妃搂了她笑道："自然好，玉儿选的这个颜色真好看。"

那孩子踮起脚把花插在端妃鬓边，又仔细看是否插得端正，方开怀笑了起来。

她的声音清脆而明亮，似檐间玎玲的风铃宛转。她瞧见了我，询问地望向端妃。端妃笑吟吟道："这是你莞母妃。"

温宜退开两步，按着礼数规规矩矩道："温宜给莞母妃请安。"

我见她一身湖蓝衣裙，腰间扣着粉紫柔丝串明珠带，身形虽未长成，却已见窈窕之态。眉眼间并无其母曹襄妃的世故精明，十分娴静温文。

我向温宜笑道："你叫良玉？好漂亮的名字。"我转头向端妃："这名字可是姐姐取的？"

端妃点头笑道："良玉到了四岁上还没有名字，整日拿着封号当名字叫，我便给她取了这个名字，希望她能温良如玉。"

我赞道："果真是个好名字，足见姐姐望女成凤之心。"

端妃用绢子仔细擦着她的脸，柔声哄道："跑了一会子也累了，去歇一歇就用晚膳吧。"说着便叫如意领下去了。

端妃转脸问我："但凡有女儿的，哪个不是爱如珍宝。欣贵嫔的淑和帝姬叫作云霏，便是因为欣贵嫔是在云意殿被皇上挑上的，所以给帝姬起了这个名字以作念想，也好叫皇上念及旧情多多垂怜。"

我笑着叹道："真是可怜天下父母心。"

端妃轻轻一笑，眼波流动："可怜天下慈母心罢了，她们的父亲可未必顾得上。像和睦帝姬皇上倒看得上些，满月时就给起了名字叫珍缡，可见是爱重了。犹是这样胡昭仪还是不足，抱怨胧月早早就有了名字。她哪里晓得妹妹你为了胧月的苦楚。当真是身在福中不惜福了。"

我不以为意，只微笑道："她福多人贵重，自然不怕折损了一些半些。"当下端妃留了我一同用了饭，方才送我到仪门外，看着我一路去了。

路上安静，我便向引路的小允子道："左右天色还早，不如去太液池边走走也好。"于是一路穿花分柳，沿着太液池徐徐行走。

彼时夕阳西下，天空里尽是五彩斑斓的晚霞，铺开了满天缤纷。

这样静静地看霞光万丈，仿佛是很久以前的事了。

其实也还没有多久，有个人对我说："此刻一起坐着，越过天空看云、说着话，或是沉默，安静享受片刻的平静吧。"

而如此平静，我此生亦不可再得了。

心如这一面太液池水，表面来看平静无波，而暗潮纷叠的瞬间，连自己也不能自制。

有欢悦的笑语之声从身后的美人蕉丛传来，我振作精神笑道："才用过晚膳呢，端妃又许温宜帝姬出来跑了，仔细肚子疼。"

小允子赔笑道："听着很热闹呢，娘娘要不要去瞧瞧。"

美人蕉开得如火炬一般，一树一树炽烈地红着，或是吐露娇嫩的鹅黄与艳媚的橘色，一朵一朵妩媚柔软，似慵懒春睡的美人。从丛舒卷自如的嫩绿之后，却是敬妃抱着胧月小小的身躯，正仰头看着天边的云彩说笑。胧月双手钩着敬妃的脖子，头靠在敬妃肩上。敬妃一手抱住她，一手拿绢子不时为她擦拭额头的汗水，时而吻一吻她的脸颊，逗得胧月咯咯直笑。

我心下酸涩，正要悄然退开，敬妃已经瞧见了我，略略有些尴尬，道："莞妃来了。"

胧月不情愿地从敬妃怀里跳下来，勉强行了一礼，道："莞母妃好。"

我张开双手向她，微笑道："胧月过来，母妃抱你去玩。"

胧月别过头，倏然往敬妃裙子后头一躲，瘪着嘴低低道："我不去柔仪殿。"

敬妃大为尴尬，下意识地挡在胧月前头，又觉得我与胧月到底是母女，不该她来挡着，便有些进退两难，赔笑道："胧月刚玩到兴头上，怕不愿意去别处呢。”

我是一句玩笑话，却不想这个样子，顿时觉得难堪。敬妃以为我是因为胧月不肯回柔仪殿而不快，便放低了语气：“为了那日说了句要和莞妃你回去，胧月整整哭闹了一天。不如就让她在昀昭殿再住几日吧。”

敬妃的语气里颇有些哀恳之意，我微微不忍，忙笑道：“姐姐说什么呢，我不过是想领她玩耍一会儿罢了。我不是与姐姐说过，在我生育之前胧月都要托付给你照顾呢？”

敬妃暗暗松一口气，转瞬已经恢复平日的恬和淡定，笑道：“是呢，我也是和莞妹妹说笑的。”说着招呼我，“绾绾要去千鲤池喂鱼，妹妹同去吧。”

我微笑摇头：“宫里还有些事，我且回去。姐姐陪胧月慢慢玩吧。”说着扶了小允子的手往未央宫的方向走。

走了片刻，直到看不见敬妃一行人了，小允子方怯怯道：“方才敬妃邀娘娘陪帝姬一同去喂鱼，娘娘若去的话不是正能和帝姬多亲近么？”

我心底发冷，道：“敬妃若真心邀我去的话，适才一见我就会开口了，且她们去是母女情深，本宫去了又得生出多少嫌隙来，好没意思。”小允子见我如此，吓得大气也不敢出，低着头只管扶着我走。

背后悠悠然传出一声柔婉的呼唤：“姐姐——”

我转首，却见安陵容从假山之后盈盈转将出来，轻盈行了一礼，眉目含笑道：“莞妃姐姐好。”

她穿了一袭莲青色万字曲水织金连烟锦裙，整个人似乎浮在一团雾蒙蒙的绿气之中。安陵容原本就身量苗条，如今更见清瘦，身子纤细得如弱柳扶风一般，不盈一握。

独自相对的一刻，我原以为自己会将积郁多年的怒气与愤恨一并爆发出来，至少会克制不住狠狠扇她一个耳光。然而事到临头，却是微微含了一缕嫔妃相见时应有的矜持笑容，道：“许久不见，妹妹真当是贵人了。”

她以团扇障面，发髻上一支纤长的缠丝点翠金步摇闪闪明晃，映着象牙骨的扇子更是盈然生光。她笑得亲切：“姐姐才是真正的贵人呢，原以为姐姐要飘零在外孤苦一世了，叫妹妹好生牵挂，不承想峰回路转，竟有了今日添丁添福的好时候。”

我只淡淡笑道：“哪里真有十全十美的好时候呢，做人总有不足之处。就如妹妹，即便今天身为贵嫔，掌一宫主位，想必也有意难平的时候吧。”

安陵容丝毫不以为意，只含羞带怯，道："陵容在姐姐走后替姐姐服侍皇上那么久，竟也没有个一子半女，当真是陵容福薄呢。"她向我嫣然一笑，幽幽道，"不过陵容是否福薄不要紧，我只关心姐姐前几日在宓秀宫前差点滑落轿辇，幸好姐姐无恙，妹妹可真是捏了一把汗呢。"

她说的是"宓秀宫"而不是"玉照宫"，我淡淡道："妹妹的耳报是真快。不过妹妹所指宓秀宫——欣贵嫔心直口快，性子烈些也是有的。"

"姐姐真的以为是欣贵嫔做的么？"安陵容微微惊诧，"姐姐细想去，宓秀宫里谁与姐姐积怨已久了？"

我假装凝神思索："她哥哥归她哥哥，她到底也不曾对我怎样？"

陵容摇头道："姐姐心肠益发仁厚了。她哥哥一心想取甄公子而代之，她呢一直想取姐姐而代之，姐姐如何就不明白呢？"

我目中闪过一丝冷凝的疑惑："她是皇后娘娘面前最得脸的红人，妹妹如何敢在背后说这些无凭无据的话？"

陵容温柔的双眸黯淡垂下："姐姐想问我是如何得知这些的吧？妹妹从前做过的错事太多，见别人的错事也多，有些事本是想烂在肚子里的。可是姐姐刚回宫就差点被人暗算，我如何还敢再隐瞒。"她含了一丝悲凉，"昔日之错已经铸成，妹妹只能在如今稍稍弥补了。"

"哦？"我微眯了双眼，"这话我却不知从何听起了，皇上眼中妹妹最是温顺安静，难道也曾做下什么见不得人的错事么？"

"姐姐。"她满脸愧悔难当，"姐姐这样说便是不肯原谅陵容了。当日我知道姐姐的嫂嫂与侄儿在牢中得了重病，妹妹已让近身太医去服侍了，可还是保不住她们的性命。这些年来每每想到此事，我总是寝食难安，恨不得拿自己的命去换她们的命。姐姐……"说到此间，她忍不住哀哀啜泣起来。

夜幕降临的瞬间，是传说中人魔不分的时刻。在那一瞬间，连人的背影也会有类似于兽的形状，天地间阴阳之气交混，群魔乱舞。而在今日的这一瞬间里，安陵容哀哀的哭泣听起来分外让人心生怜意。

我长叹一声，低低道："陵容，咱们也这么些年了……"

她哀婉哭泣："这辈子的罪孽总是赎不清了。姐姐能够平安回宫再得皇上怜惜，陵容已经欣慰不已了。陵容不敢奢望姐姐能谅解，只盼姐姐能平安诞下麟儿。"她见左右无人，又凑近叮嘱了一句，"姐姐要万事小心啊。"

她靠近的刹那，有熟悉的香味从她的身体传来。我凝神屏息望去，她的衣带上系了一个小小的金累丝绣花香囊，十分精巧可爱。

我应声道："你的心意我知道了。我自会小心。"

陵容点一点头道："宫中眼多口杂，陵容不便与姐姐久谈。天色不早，妹妹先告退了。"

方至柔仪殿，浣碧一声不吭跟着我进了内殿，也不许旁人进来，垂手默不作声地站着。我看她一眼，温和道："有什么就说吧。"

浣碧按捺不住怒气："她假惺惺哭了两声，小姐，你就又信了她么？"

我缓缓吹着茶叶："我为什么不信她？"

浣碧又气又急，道："奴婢方才和她离得近，她那香囊里分明是……"

我以目光示意她噤声："你知道就好。"

浣碧疑惑："小姐既然知道……"

我微笑："你既知道她香囊里带着的是什么东西，就知道她是苦心孤诣要做些什么。但她今日所说未必全是谎话，倒也有几句可信。"

浣碧道："小姐觉得欣贵嫔可信么？"

"我与她也算相识，只是相交不深罢了。在这件事里她的确无辜，不过是祺贵嫔拿了她宫里的石子儿来嫁祸罢了。若我真没了孩子，欣贵嫔也逃不了干系，是一箭双雕的事。只是她的算盘未免打得太满，得意过了头。"我唤进槿汐："你去见了李长，他怎么说？"

槿汐低声道："祺贵嫔与安贵嫔都是皇后身边之人，然而从来是面和心不和。如今皇后颇重视祺贵嫔，祺贵嫔这两年虽不是很得宠，却已经和得宠多年的安贵嫔平起平坐了。"

我道："祺贵嫔较于安氏性子更浅薄张扬些，换了我是皇后也会觉得祺贵嫔更容易驾驭。安陵容生性阴狠、城府颇深，与皇后是一路性子的人，纵使是皇后也未必能将她完全掌控。"

浣碧哼了一声，轻蔑道："这些人蛇鼠一窝，也有这样内斗的时候，真是痛快！"她停一停，"那小姐准备怎么做？"

我褪下护甲，将十指放在加了玫瑰花的热水里浸泡，道："祺贵嫔在皇后身边就是阻碍安陵容晋位的一块绊脚石。想来祺贵嫔也看不起安陵容的出身，二人不和也在情理之中。只不过安陵容既特特来告诉了我祺贵嫔要害我一事，我也不妨泰然受之。"于是低声叮嘱浣碧几句，"你去告诉晶青，叫她转告欣贵嫔就是。"

第二十八章 空翠孤燕

这一日从太后处请安回来，细蝉在柳枝间声声烦躁，一声长过一声。我大约疲倦，坐在软轿上便有些恍惚。隐约听得细细的哭泣声入耳而来，仿佛有女子躲在假山后头哭。

我挥一挥手示意停轿，转头吩咐小允子：“去假山后头瞧瞧。”

小允子连忙去了。只听得“哎哟”一声，小允子探出头来道：“回禀娘娘，是晶青呢。”说着把晶青带到我面前。

我见她哭得伤心，忙道：“这是怎么了，谁给你委屈受了么？”

晶青呜咽着道：“奴婢不敢瞒着娘娘，奴婢是为玉照宫里禁足的徐婕妤难过。”

我安慰道：“你忠心旧主是好事，徐婕妤虽然禁足，但不是犯了大错，想必还是有人照顾的。”

晶青摇头道：“娘娘不知道，虽然衣食无缺，可是小主的身子一向不好，奴婢怕她怀着身孕胡思乱想伤了自己身子。而且宫中的嫔妃一直难生养，奴婢怕……怕……”她没敢再说下去，然而我已经明白。晶青求道，“婕妤以前就不太得宠，禁足之后更是没有一位妃嫔敢去看她，皇后还裁减了婕妤身边服侍的人。求娘娘……”

我会意："你是想让我去探视她安好是么？"

晶青哭道："娘娘最得圣宠，所以奴婢只敢求娘娘去。"

我取下自己的绢子递给她拭泪："你与本宫主仆一场，既然你开口，可见徐婕妤待你不错，本宫也没有不去的道理。你先回去，本宫得空就过去。"

回到柔仪殿，槿汐半跪在贵妃榻前为我捏脚："娘娘真要去看徐婕妤么？"

我点头："晶青是我的旧仆，既然她这样来求我，我倒很想见见这位徐婕妤是何等人物。况且没有她的身孕吸引着皇后的目光，我要回宫也没那么容易呢。"

正巧温实初来请脉，我便问："徐婕妤的身孕如何？"

温实初答得爽快："已经六个月了，按脉象看，有七八成是个男胎。"

我一怔："皇上和皇后那里知道了么？"

温实初沉默片刻："这种事太医院也是讳莫如深。若说了是男胎，怕引太多人注目；若说是女胎，又怕皇上不高兴。所以只说断不出来。"

我轻笑一声："你们太医院的人也足够滑头。"

温实初微微迟疑："为徐婕妤诊脉的正是微臣的门生卫临，他曾说徐婕妤脉象不稳，这一胎未必能母子平安。"他顿一顿，"徐婕妤是心思细腻、多愁善感之人，为了禁足一事寝食难安，影响了胎气。"

难怪皇后在把徐婕妤禁足后无所举动，原来她是吃准了徐婕妤会自乱阵脚。我心下微微发急："那能不能保住？"

温实初低头想一想："若徐婕妤能自安便是无碍。可若是心思太重，只怕……"

我心下明白，送走温实初，我吩咐浣碧："备些东西，咱们去一趟玉照宫。"

玉照宫是紫奥城北边一所宫室，不大不小，中规中矩的规制。玉照宫中尚无主位，位分最高的便是徐婕妤。因徐婕妤被禁足，出来相迎的便是仅次其下的德仪刘令娴。

刘德仪屈膝的瞬间眼圈已经红了，低声道："嫔妾参见莞妃娘娘，娘娘金安。"

我仔细留神，不由得唏嘘："数年不见，慎嫔已是德仪了。"

刘德仪含悲亦含了笑："娘娘故人心肠，还记得臣妾。"

刘令娴与我同年进宫，但七年来只进了一阶，可见也是早早失宠了。我见她神色悲苦，衣衫简约，颇有凄凉之色，心下更是明白了几分："这几年德仪当真辛苦了。"

我转头吩咐小连子："徐婕妤如今在禁足中，少不得缺些什么，你去挑一些绫罗首饰来，再照样封一份送到刘德仪这里。"

刘德仪慌忙道："娘娘如此，嫔妾怎么敢当。"

我和缓道："咱们又是同年入宫的老姐妹了，互相帮衬着也是应该的。"

刘德仪神色微微一黯，轻声道："娘娘心肠好，顾念旧情。可是有些人自己攀了高枝儿当了贵嫔，就全然不顾咱们同年进宫的情谊了。"

我知她说的是陵容，忙低声道："眼下不是说这话的时候。"

刘德仪省悟过来，道："娘娘是来瞧徐婕妤的吧。"她略显为难之色，"只是徐婕妤是皇上下旨禁足的，只怕不好探视。"

"徐婕妤怀着皇嗣，禁足只是为了避免冲撞太后与皇后，并不是犯了什么大罪，有什么不能探视的呢？"

我话说得和气，然而话中之意不容置疑。刘德仪忙笑道："娘娘说得是。嫔妾这就引娘娘过去。"

空翠堂堂如其名，草木阴阴生翠，并不多花卉，自苑中到廊下，皆种满了应季的唐菖蒲、蛇目菊、龙胆草与飞燕草，满院翠意深深。外头日晒如金，然而一进空翠堂，只觉自然而生凉意，心头燥热也静了下来。

万绿丛中，一名纤瘦女子背身而立，叹息幽幽："四张机。鸳鸯织就欲双飞。可怜未老头先白。春波碧草，晓寒深处，相对浴红衣。"念罢，悠悠长长地叹息了一句。

她念诵之时，仿佛有无穷无尽的哀愁凝蓄在里头，令人恻然。

我示意刘德仪出去，轻轻咳嗽了一声。转脸过来却是一名穿玉兰色纱缎宫装的女子，孱弱似一抹刚出岫的轻云。她的容颜并不十分美丽，只是一双秋水潋滟的浓黑眼眸在润白玲珑的面庞上分外清明，仿佛两丸光芒灿烂的星星在漆黑夜空里濯濯明亮。因在禁足之中，脸上几乎不施脂粉，唯见左眼眼角下一点暗红色的泪痣，似一粒饱满的朱砂。她的神情亦是淡淡的，整个人仿佛不经意地描了几笔，却有说不出的意犹未尽，恰如一枝笔直于雨意空濛中的广玉兰。

她见是我，不觉一怔，低低道："傅婕妤……"

浣碧忙道："这是柔仪殿的莞妃娘娘。"

她愣了一愣，即刻省悟过来，于是恭谨欠身："玉照宫婕妤徐氏拜见莞妃娘娘。”

我搀了她一把，微笑道：“妹妹有礼了。”

徐婕妤一双澄清眼眸悠悠看向我：“娘娘……与胧月帝姬长得很像。”

“母女之间自然是相像的。只是胧月年纪还小，本宫自己却不太看得出来。”我微笑，“方才婕妤似乎把我认作了旁人？”

“是。今日得见娘娘，始知傅婕妤缘何受宠无比。”语毕微有黯然之色，摇头道，“可惜了她。”

我环顾四周：“婕妤这里别致，很让人觉得心静生凉。”

徐婕妤淡淡盈起恬静的微笑，那笑意亦像树荫下漏下的几缕阳光，自生碧翠凉意：“好花不常开，好景不常在。嫔妾不爱那些四季凋零的花，倒不如多种些草木。”

她身边的宫女笑道：“小主怎么这样站着和娘娘说得起劲呢，不若请了娘娘进去坐吧。”

徐婕妤一笑：“嫔妾禁足空翠堂已久，竟忘了待客的礼数了，还请娘娘宽恕。”又侧头向身边的宫女道：“桔梗，亏得你提醒。”

于是一同进去，空翠堂里装点疏落，不大的居室内放了半架子书。徐婕妤命一个叫黄芩的宫女奉了茶上来，目光落在我束好后仍显得微微凸起的腹部：“娘娘也有快五个月的身孕了吧？”

她整个人瘦得不堪一握，更显得六个月的身孕格外突出。我含笑：“婕妤好眼力。”

徐婕妤扑着素纱团扇，恬淡道：“嫔妾这里是不该来的地方，娘娘怎肯踏足？”

我挽一挽滑落的缠臂金[1]，微笑道：“本宫今日来看望婕妤，一是本宫自己的本心，二是听皇上时时提起，十分挂心，所以来为皇上走这一趟。”

徐婕妤眸光倏然一亮，仿佛被点燃了火苗的蜡烛，惊喜道：“娘娘不哄我么？”

我笑道：“若无皇上默许，本宫怎么敢轻易踏足禁足之地呢？”

徐婕妤脸生红晕，如珊瑚绮丽，殷红一抹：“原来皇上并没有不在意嫔妾……”

[1] 缠臂金：又称为扼臂、臂钏等，是一种我国古代女性缠绕在臂的装饰，它用金银带条盘绕成螺旋圈状，所盘圈数多少不等，两端另用金银丝编制成环套，通过它与钏体衔接后调节松紧。

"这个自然。"我指一指身后内监身上捧着的各色礼物，"这些是本宫送给婕妤的，都是请皇上过目了的。"徐婕妤双手爱惜地从礼物上抚过。我微微沉吟，"婕妤禁足，皇上心内也十分不忍，婕妤要体谅才好。"

徐婕妤深深低首，安静道："太后和皇后乃天下之母，最为尊贵。嫔妾不幸危犯双月，禁足是应该的。皇上有孝母爱妻之心，嫔妾又怎会埋怨皇上呢？"

我瞧她的神色，像是真心体谅，只道："婕妤方才作的《四张机》很好，可见婕妤才学不浅，衬得起这满架书香。"

徐婕妤柔和微笑："娘娘饱读诗书，燕宜早有耳闻。今日相见，不知可否请娘娘赐教一二。"

我轻笑道："哪里说得上赐教呢，不过是咱们姐妹间切磋一二罢了。"我抿了一口茶，"婕妤的《四张机》才情横溢，只可惜调子悲凉了些。婕妤现在身怀有孕，虽然一时被禁足困顿，然而来日生下一儿半女，不可不谓风光无限。"

徐婕妤望着堂中一架连理枝绣屏，惘然道："嫔妾不求风光富贵。"说罢侧首微笑，"娘娘亦精通诗词，不如和一首可好？"

我沉吟的须臾，想起当年玄清入宫侍疾，作了《九张机》与我互为唱和，不由得脱口吟道："四张机，咿呀声里暗颦眉。回梭织朵垂莲子。盘花易绾，愁心难整，脉脉乱如丝。"

徐婕妤眸中颇有赞赏之意，眉心舒展而笑："皇上如此喜欢娘娘，果然不是没有道理的。"

我捧着茶盏，轻轻抿一口润喉，温和道："本宫作这首《四张机》比拟婕妤，婕妤可觉得贴切么？"

徐婕妤微微一怔，道："娘娘何出此言？"

"婕妤方才说不求风光富贵，其实不论求什么都好，总之腹中的孩子康健最要紧。本宫瞧婕妤赏花吟诗皆有哀戚之色，希望婕妤看人看事，也该积极些好。"我推心置腹道，"母体开怀些，孩子在腹中也长得好些，婕妤，你说是么？"

徐婕妤深深看我一眼，心悦诚服："娘娘说得是。"

我恬和笑道："婕妤不用这般客气。咱们都是一同服侍皇上的，婕妤若不介意，大可叫本宫一声姐姐，咱们以姐妹相称就好。"

徐婕妤脸色微微一红，欠身道："那就谢过姐姐了。"

我走到那架连理枝绣屏处，驻足细看。连理枝干笔直光滑，枝头两只翠羽红缨比翼鸟儿交颈相偎，神态亲昵，道："这是妹妹自己绣的绣屏么？好精细的功夫。"

徐婕妤微笑走上来道："嫔妾手脚笨拙，不过绣着打发时间玩儿的。若是说到刺绣功夫精湛，宫里又有谁比得上安贵嫔呢，连皇上近身的内衣鞋袜和香囊都是她亲手缝制的。"

我不觉诧异："妹妹的刺绣手艺那么好，难道皇上都不知道么？还是妹妹从没给皇上做过香囊鞋袜一类？"

徐婕妤神色一黯，勉强笑着抚摩绣屏上的比翼鸟，道："嫔妾手脚笨拙，皇上怎么看得上眼呢。在天愿做比翼鸟，在地愿为连理枝。这都是咱们闺阁女儿的一片痴心罢了。"

我笑："谁说痴心就不能成真呢。"我停一停，"做姐姐的送些金银绫罗给你也是俗气，不若把从前所书的一首《九张机》给你。"

"嫔妾愿闻其详。"

和着自己心事难以成双的轻愁薄绪，轻诵道："九张机。芳心密与巧心期。合欢树上枝连理。双头花下，两同心处，一对化生儿。"窗外凉风如玉，连吹进空翠堂的风也别有清凉莹翠的意味。我盈然浅笑，"本宫就以此诗，恭贺妹妹心愿得成。"

我扶着槿汐的手出去，回头见刘德仪躬身跟在身后，和颜悦色道："好好照顾徐婕妤吧。将来皇子顺利生下来，论功行赏也有你的一份。"

刘德仪忙道："娘娘吩咐了，嫔妾一定谨记于心。"

回到柔仪殿，浣碧进了新鲜瓜果进来，陪我坐着纳凉。浣碧拿小银勺子挖了西瓜出来，那银勺子做成半圆，挖出来的瓜肉鲜红浑圆一颗，盛在雪白的瓷碟子里。

我用银签子签了一颗吃，浣碧打着扇子道："徐婕妤也怀着身孕，温大人又说七八成是位皇子，小姐何必还对她这么好？"

我闭目凝神片刻，轻轻道："你方才瞧见她念《四张机》的样子了么？"

浣碧低一低头，嘴角蕴了一点怜悯与同情之色："奴婢觉得徐婕妤念那诗的时候很伤心，她不得宠，怀了孩子又被禁足，实在很可怜。"

我搁下手中的银签子，随手捋着帘子上一个五福金线如意结，缓缓道："我瞧着……仿佛徐婕妤对皇上一片痴心。否则，那《四张机》念出来不是那样一个味道。若她是真心喜欢皇上，那她腹中的孩子于她的意义就不同了，不是争宠的手段，也不是晋位的工具，而是她跟喜欢的男人的骨肉。”

浣碧瞧着我，静静道：“小姐是由人及己了。”

我无声无息一笑：“即便我知道她怀的是男胎又如何？若我生下的也是男胎，我并无意让他去争夺皇位，只想安静把他抚养长大。若是女胎，那就更无妨碍了。我又何必去和她斗得你死我活，何况我自己也是被人算计失过骨肉的，怎能忍心去害别人的？也算是明白她的一点痴心吧。”

浣碧专心剜着西瓜，冷然一笑：“说实话，奴婢巴不得她生下个小皇子，狠狠和皇后斗一场。别叫皇后捧着别人的孩子当成自己的得意过头了。”

“她生不生得下来还是个未知数，若真生下来了，你还怕没得斗么？”我微微扬起嘴角，“不过无论为己为人，我都会保她生下这个孩子。”

正说着话，玄凌跨步进来，笑道：“什么孩子不孩子的？”

我忙要起身请安，玄凌一把按住我道：“又闹这些虚礼了。”

我娇笑道：“臣妾正在说脚有些肿了，穿着内务府送来的鞋子不舒服，只怕肚子里的孩子也跟着不舒服。”

玄凌摘下我脚上的宝相花纹云头锦鞋，笑道：“在自己屋子里便穿得随意些吧。”他扶起我的脚，捡起榻下的一双猩红面的软底睡鞋为我穿上，我口中笑着：“怎么好叫皇上做这样的事情，浣碧怎么眼睁睁看着动手自己干坐着。”

浣碧撇一撇嘴，笑道：“皇上和小姐小两口打情骂俏，拉上奴婢做什么呢。”

玄凌拊掌大笑：“被你主子调教得越来越会说话了——小两口？说得好！”

浣碧忙欠身谢恩，知趣出去了。

玄凌与我并肩躺着：“听说你今日去了玉照宫，那么大的日头去那里做什么？”

我依着玄凌的胳膊躺着：“徐婕妤和臣妾一样怀着身孕，臣妾安坐在柔仪殿里，她就被禁足伤心，想想心里也不忍。”

玄凌道：“宫里的妃嫔见了她禁足都避之不及，唯有你还敢往里闯。”

我笑道：“徐妹妹年轻，又怀着身孕，臣妾不过是代皇上去瞧她罢了，也好叫徐妹妹宽心，好好为皇上生下位白白胖胖的皇子来。”

玄凌揽了我的肩：“难得你有心了。”

我微微凝神：“钦天监说到星相是危月燕冲月，皇上不能不顾虑着太后和皇后，只是若是等太后和皇后大安了，皇上也该惦记着给徐婕妤解禁，臣妾瞧她面色不好，怕是多思伤身。”

玄凌脸色一沉："一群糊涂东西！虽是禁足，可朕也不许缺她什么，太医也日日叫看着，怎么还是这样呢？"

我婉声道："太医是治得了病治不了心，女儿家的心思还是要皇上多体贴着才好，何况徐婕妤又有着身孕。"

玄凌闭着眼枕臂而卧，随口道："朕何尝不想多体贴她，可是她见了朕多是安静。刚开始还觉得她温柔静默，可久了朕也觉得无趣。"

我含笑道："徐婕妤自有徐婕妤的好处，皇上长久就知道了。"

玄凌想一想，唤李长："叫小厦子收拾些徐婕妤素日爱吃的给送去，平日里往玉照宫多送些东西。"

用过晚膳送了玄凌出去，我扬一扬脸，示意槿汐请李长过来。

果然过了约莫半个时辰，李长进来，恭敬道："娘娘有何吩咐？"

我笑道："给李公公看座。"

李长忙道了声"不敢"，又道："皇上在欣贵嫔宫里歇下了，奴才才能过来，娘娘恕罪。"

我笑道："公公能抽空过来就好。"见他坐了，方含笑道，"也没什么要紧的事，只是想跟公公打听下徐婕妤的事。"

李长笑得眯了眼："婕妤小主也是个有福的，有了龙胎。只是她的福气怎么能跟娘娘比呢。"

不过是一句寻常的奉承话，却有着一个积年老宫人的精明与含蓄，我低头一笑："公公有话不妨直说，何必与本宫打哑谜呢。"说着回头吩咐浣碧，"公公一路奔波，想是还没吃饭，去叫小厨房下个鱼面来。"

鱼面要取云梦泽的青鱼烫熟，剔骨去皮留肉斩如泥，和在面粉里揉透了，切成面条煮熟，再浇上清鸡汤，是极费事的一道菜。我这样说，便是要留李长详谈了。

李长自然明白："婕妤并不十分当宠，她工于织绣，为皇上做了不少衣衫鞋袜。说句实话，有安贵嫔的绣工在，这些年来能送到皇上手里的几乎就没有，即便有那一两件，无人留心收拾，不过转眼就寻不着了。徐婕妤初入宫时不过是才人，皇上宠幸了一回之后晋了贵人，连个封号也没给。这样一忘就是一年多，后来皇上因五石散之事病重，徐婕妤还是婉仪，跪在通明殿为皇上整日整夜地祈福，人都虚脱得不成样子了，可是知情能做主的人不报上去，皇上又如何知道。"

"知情能做主的人……"我微微沉吟。

李长不动声色："皇后忙于为皇上忧心……后来还是太后为皇上身体复原

欢喜那档上，敬妃与惠贵嫔婉转提了提，太后才叫升了容华。后来皇上隐约听说了，对徐婕妤颇为怜惜，虽然常去空翠堂坐坐，可若说宠幸也是断断续续的，这龙胎也是机缘巧合。”

正说着，忽见李长的徒弟小厦子行了礼进来，低低叫了一声“师父”，便垂手老实站着。

因今日是小厦子给玄凌上夜，李长微一蹙眉，斥道：“什么事鬼鬼祟祟的，娘娘面前有什么说不得的。”

小厦子看我一眼，慌忙低了头，道：“皇上本在欣贵嫔那里歇下了，谁知祺贵嫔那里闹将起来，说祺贵嫔因着阴气重梦魇，所以请了皇上过去。”

李长苦笑道：“多少年了，还是这个样子。娘娘离宫后皇后说要修葺宫殿，所以将欣贵嫔挪去了宓秀宫与祺贵嫔同住，还让祺贵嫔做了主位。其实不过是想拿祺贵嫔压着是帝姬生母的欣贵嫔罢了。偏偏祺贵嫔性子更伶俐些，最会争宠。”

“本宫离宫前祺贵嫔就这个样子，怎么这些年脾气一点不改么？”

“欣贵嫔爱惜颜面，不肯轻易向外人道出苦处。皇后娘娘也是偏爱祺贵嫔的……”

暖阁中的一脉栀子花幽幽吐露芬芳，闻得久了，那香气似离不开鼻尖一般。我厌烦道：“祺贵嫔的嚣张真是让人难耐。”我转脸吩咐李长，“既然祺贵嫔说梦魇，就给本宫赏赐一壶糙米珍珠汤给她，记得要拿五个海碗那么大的壶。”

珍珠是寻常的薏米仁，也就罢了。糙米是脱壳后仍没有仔细弄干净的米，口感粗，质地紧密，煮起来费时，即便煮熟了也难以下咽。

李长掌不住笑了一声，道：“娘娘的主意好，可以杀杀祺贵嫔的骄气，又叫人挑不出错来。”

槿汐抿嘴儿笑道：“祺贵嫔的梦魇要紧，也不必煮熟，滚了就拿过去吧。”

我大为不屑：“皇上想必还在她那里，李长，你亲自拿了去。当着皇上的面她不敢不喝。不是梦魇么？就让她好好喝一壶，不许喝不完。”

李长忙躬身出去。

槿汐笑吟吟为我斟上新茶，道：“娘娘这样做是大快人心，可是为何娘娘会对祺贵嫔这样动气，若在从前，娘娘必定一笑置之。”

我微微一笑：“你且看着，我自有我的道理。”

到了第二日，宫中人人尽知我赏了祺贵嫔一壶糙米珍珠汤给她解梦魇，喝得她吐得起不了床。玄凌来看我时也不生气，只笑："你和祺贵嫔置什么气，她就是这样的性子，虽然张狂，倒也可爱。"

我对镜梳妆，只看着几缕发丝被浣碧扭在手里左旋右盘，灵动如鲜活一般，施施然道："皇上是想后宫以后都这样明争暗斗成风呢，还是要欣贵嫔一样好性子的都受了委屈才高兴？"

玄凌握着我的肩笑道："欣贵嫔虽然委屈，倒也没说什么。何况这些事怎算得上明争暗斗呢，嬛嬛，你未免言重了。"

我看着浣碧梳成灵蛇髻，将碎发都用茉莉水抿紧了，又在头发里埋进几朵茉莉花，只闻其香不见其形，在蛇口处嵌了一枚硕大的熠熠明珠，再不加多余的妆饰，干净清爽。我正色道："皇上岂不闻千里之堤溃于蚁穴。皇上以为不过纵容祺贵嫔几次，却不想后宫众人以后都会群起而效之，欣贵嫔一流日久难免会心生怨恨，而祺贵嫔之流则恃宠而骄。如此一宫不宁则后宫不宁，长久下去岂非成了大祸。"我见玄凌若有所思，又道，"而且皇上明明是翻了欣贵嫔的牌子，祺贵嫔却拿腔作势。她若真梦魇了就叫太医治着，非要这样劳师动众。皇上日日都要早朝，岂不是连朝政也被祺贵嫔误了。若太后知道了，还要怪皇上不懂得保养自己，又生了事端。"

玄凌若有所思，含了一抹笑色，道："朕一时纵容了祺贵嫔的气性，倒生出这许多不是来。"

我微笑道："哪里是皇上的不是呢，是祺贵嫔太任性了。"我叹了一口气道，"说到底祺贵嫔进宫也这么些年了，还这样不懂事，当真叫人无可奈何。臣妾虽然对她略做告诫，却不知她能否引以为戒。"

玄凌略略沉吟，道："如你所说，朕是该对祺贵嫔略施薄惩，也对欣贵嫔加以安慰。"他拉我的手，赞许道，"嬛嬛此行，很得大体。"于是当下便吩咐停了祺贵嫔三个月的俸禄，又赏了欣贵嫔东西聊表安慰。

此事一出，后宫风气顿时有所改善，甚少再有妃嫔敢恃宠而骄，撒娇撒痴。连眉庄来看我时也笑："太后知道了很欣慰呢，不住口地赞你。"

我与眉庄携手而行，走在上林苑纷灿的花树下，淡然微笑："太后也知道了？"

眉庄道："合宫里还有谁不知道的。莞妃娘娘好大的气势，一下子便压住了后宫争宠倾轧之风。太后原本还对你心存疑虑，现下也一万个放心了。"

我侧首道："你哪里晓得我的为难之处，若不拿祺贵嫔做样子，难免太后总对我心存疑虑，怕我狐媚惑主，现在动手张扬了，少不得更有人把我恨成眼中钉。”

眉庄凝眸道：“讨太后喜欢才最要紧。”

我屏住嘴角将要扬起的笑容，淡淡道：“在太后眼里，我这些不过是雕虫小技罢了，哪里上得了台面。何况后宫倾轧之风哪里能压得住呢，不过能有所收敛罢了。”然而我心里真正在意的却是太后的态度，祺贵嫔之事一则是为打压后宫倾轧之风，让妃嫔有敬畏之心，不敢轻易造次；二则正如眉庄所说，没有了太后的疑虑，我才真正如挣脱了束缚的游鱼，也真正巩固了自己的地位。

想到此节，我兀自淡淡微笑了。

此时的上林苑花色纷繁，绕过假山，忽然听得一把尖细而刻薄的嗓音，她的言语尖刻而流利，像刀尖划过皮肤一般流畅：“倒霉了连走路也不顺，好好的踩一脚泥！”

像是宫女在劝：“娘娘别生气，平白气坏了身体。”

“吕盈风这个贱妇，平时看她不声不响的，一转眼倒学会去旁人面前告状了，当真是会咬人的狗不叫！”

宫女在好生劝说：“娘娘且忍一忍吧，现下连皇上也偏帮着欣贵嫔，给莞妃撑腰，娘娘这样抱怨只会气坏了自己的身子。”

祺贵嫔冷哼一声：“莞妃算什么东西？不过皇上还愿意看两眼她那副妖媚样子，就拿出妃子的款儿来作践我。也不瞧瞧她自己是什么东西，在佛寺里还不安分，绞尽脑汁勾引皇上，以为大了个肚子有什么了不得么？——总要叫她知道我的厉害！”

眉庄摇摇头，我只一笑，扬声道：“你有多厉害本宫不知道，本宫只晓得隔墙有耳，祺贵嫔还是善自珍重的好。有这会子骂人的工夫还不如多吃几碗糙米珍珠汤，好好治一治梦魇的毛病。”

祺贵嫔的声音十分恨恨：“莞妃……”

半晌无声，小允子悄悄绕到假山后一看，笑得打跌：“没有人了，想必听见娘娘出声已经吓跑了呢。”

我不屑一顾：“她这样外强中干的性子，是要给她个厉害才好。”

眉庄握住我的手：“不要生气。”

我从容笑道：“当然。姐姐，任何时候，我们都不要为不值得的人不值得的事费时间费心力。”

眉庄一笑颔首，与我结伴离去。

第二十九章
锦囊计

皇后病着，祺贵嫔又被勒令闭门思过，皇后身边也只有一个安陵容，偶尔也为皇后做一些分赏之事。因玄凌提过照应玉照宫之事，皇后也格外上心，不时挑了些衣料吃食送去。这一日众妃嫔给皇后请安事毕，皇后便让收拾了一些古玩送去玉照宫。因徐婕妤有了身孕，皇后为表郑重，也不叫剪秋、绣夏等大宫女送去，只嘱咐了安陵容。

我见陵容出来，便道："妹妹可是要去玉照宫？"

陵容满面含笑，亲热道："正是。皇后吩咐了要交到徐婕妤手里的。"

我随口道："左右我也要去走走散心，不如陪妹妹到玉照宫门口吧。若是妹妹愿意，我宫里有新到的好茶，妹妹可愿意一起来烹茶闲话？"

陵容笑吟吟道："那自然好。不过得劳烦姐姐等我完了这趟差使才好。"于是言笑晏晏，携手并行。仿佛还是在从前刚入宫的时候。青葱的岁月里，我与陵容也是这样的交好。而如今，世事变更，人心也尽数变了，变得残破而可怖，充满功利与计算之心。这样的笑容下，再不是年少时的真心单纯，而是虎视眈眈的你死我活。

如此想着，玉照宫的路仿佛很近，几步便到了。我站在门外，看着刘德仪迎了安陵容进去，笑道："徐婕妤在禁足中，我不便进去，在这儿等你就是了。"

陵容逗留良久出来了，刘德仪陪在一边，连打了几个喷嚏，双手情不自禁地抓着身体，似乎浑身发痒，十分难耐。

我关切道："刘德仪怎么了？好似很不舒服的样子。"

刘德仪不顾仪态，双手乱抓，样子十分痛苦，道："嫔妾身上突然很痒，实在失仪。"

此时端妃恰巧领着温宜经过，见刘德仪这个样子，不由得驻足："像是吃坏了东西过敏了，赶紧叫太医来看看。"

最近的太医，便是伺候在徐婕妤身边的卫临。他疾步赶出来，请过刘德仪的手臂一看，道："是过敏了，只是不见有疹子发出来，倒也不严重。"又问，"请问德仪对何物过敏？"

刘德仪边想边道："鱼虾都碰不得的。"她微微蹙眉，似乎有些避忌，"还有麝香。"

"那请问小主这两日食过鱼虾没有？"

刘德仪摇头道："我既知碰不得，又如何会去食用呢。"

卫临神色微变，看了我与端妃一眼，道："此事颇为蹊跷，两位娘娘的意思是……"

我与端妃对视一眼，端妃肃然道："既无鱼虾，那就牵涉了麝香。刘德仪方才去了徐婕妤处，徐婕妤又是有身孕的，断断疏忽不得。本宫这就遣人去回禀皇上，玉照宫中人等一例不许走动，全都留在此处彻查。"端妃停一停，"本宫是晚来的，自然没有牵涉其中，那么此事就由本宫做主。"她的目光落在我与安陵容身上，"委屈两位妹妹也要查一查了。"

端妃入宫最早，言行颇有分量。一时间在场人等都被看管了起来。不多时玄凌和敬妃都赶了过来。玄凌见一切如仪，纹丝不乱，不由得向端妃露出赞许的神色。

端妃脸上微微一红，很快别过头去，道："众人皆已在此，皇上可安排人彻查了。"

玄凌点一点头，关切道："嬛嬛，你也怀着身孕，没有什么事吧？"

我低声道："臣妾并没有觉得不适，想来不会受什么影响。皇上放心就是。"

他转脸问卫临："徐婕妤呢？可有什么损伤？"

卫临道："徐婕妤向来身子弱些，现下有些心悸头晕，还未知是什么原因。"

玄凌脸色微硬，目光扫过安陵容、刘德仪与侍奉徐婕妤的宫女桔梗、黄芩、赤芍和竹茹道："如此，你们就由端妃安排着一一搜检吧。"他的目光划过安陵容的脸庞时不自觉地带上了一抹怜惜与温和，"容儿，委屈你了。"

安陵容微显苍白的脸色显得她越发形容绰约，她盈盈道："臣妾并不委屈。"

端妃微微咳嗽了一声，向玄凌道："既然莞妃也在此，少不得也有嫌隙，若撇开她一人不查，岂非不公？"

玄凌看她一眼："莞妃有着身孕，躲麝香都来不及，怎么还会用？"

端妃不卑不亢，只道："既然在场，就一起查一查，也好免了旁人揣测。"

玄凌还要说什么，我已福了一福，道："端妃姐姐说得有理。臣妾既染了是非之事，为免是非，还是查一查好。"

玄凌不再说什么，只叫端妃看着我们一一摘下身上佩戴的饰物搁在紫檀木盘子里让卫临搜检，又请来皇后身边的刘安人一一察看是否有涂抹带麝香的脂粉。

不过一盏茶时分，卫临举起一个香囊嗅了一嗅，眉毛一挑，附在玄凌耳边低声说了几句。玄凌脸色微变，道："那个香囊是谁的？"

盘里托着一个金累丝绣花香囊。安陵容的脸色遽然变得雪白如纸，她慌忙跪下，吃吃道："是臣妾所有。"她仰起头来，一双含泪的大眼睛泪光闪烁，楚楚可怜。

玄凌犹自不信，问道："果真是你的？"

陵容惶然道："是。"

玄凌冷着脸问赤芍："最近有谁常来看你们家小主？"

赤芍磕了个头，道："只有安贵嫔常常奉皇后娘娘之命送东西来，偶尔也陪小主说几句话。"

玄凌登时大怒，随手扬起香囊砸到安陵容脸上，喝道："你佩戴装有麝香的香囊接近徐婕妤，究竟居心何在？"

香囊虽小，然而玄凌激怒之下一击之力甚大，香囊掷到安陵容的发髻上，她的发髻立时堕倒，青丝纷纷散落了下来。玄凌怒气更盛："朕一向看你温顺安分，这些年来待你不薄，连出身世家的妃嫔都未必及得上，你还做出这样伤天害理的事来？"玄凌胸口起伏未定，众人也不曾想到会是陵容，俱是面面相觑。

我婉声道："皇上切莫太生气了，看气坏了龙体可怎么好？"一面又看卫临，"卫太医可察看清楚了么？这可是大事，关系皇上的子嗣和妃嫔的清白，断断不容有错。”

卫临躬身行礼，颇有一丝自负，道：“微臣自信麝香之味是断断不会闻错的。”

一时间众人皆是鸦雀无声，端妃长叹一声，悠悠道：“安贵嫔，你何以这样糊涂呢！”

安陵容也不辩白，只一味地垂首哭泣不休。玄凌更加厌烦：“你还有什么话好说？这几年你在朕身边虽无所出，但是朕也没有说过你半句，何以你还要心存嫉妒，去害别人的胎儿，当真叫朕失望！”

陵容默默哭泣半晌，突然晕厥了过去。我心下狐疑，以陵容在玄凌心里的分量，何以一句也不为自己辩白。

宝莺和宝鹃慌忙扶住了陵容，手忙脚乱地去掐人中捏虎口。玄凌又是气恼又是失望，一时也不发话叫身边的卫临去照看安陵容。

横斜里骤然冲出一个人来，抢过紫檀木盘子里的香囊，双手高举膝行到玄凌面前，大哭一声道：“皇上明鉴！”却是陵容的心腹宝鹃，她伏在玄凌脚下，高声道，“皇上明鉴，这香囊虽然是我们家娘娘贴身所用的，也随身佩戴了两三年，却不是我们娘娘自己做的！”

玄凌一时有些愕然，道：“那是哪里来的？”

宝鹃把香囊高举到玄凌面前，哭诉道：“请皇上细看，娘娘曾做了不少绣活送给皇上，皇上应该看得出来这香囊上的针脚不是娘娘自己的绣功。奴婢记得这还是前两年杨芳仪送来的，娘娘瞧着绣样好看，一直贴身带着。谁承想里头是有麝香的！方才皇上说娘娘在皇上身边多年未有生育，太医又说里头有麝香，娘娘才发昏晕了过去——娘娘不曾生育，安知不是这香囊里麝香的缘故！”

玄凌一时愕然，一壁叫小厦子去传杨芳仪来，一壁向卫临道：“糊涂！还不快去看看安贵嫔怎么了。”

端妃退后两步，不动声色地向我看了一眼，暗示我不要露了神色。我心下也是惊愕，此事之峰回路转大出我意料，一时间连刘德仪也呆住了，悄悄退到一边不作声。

杨芳仪很快被叫了来。她也是近年来在玄凌身边颇为得脸的妃嫔，长得也好，很有些闺秀风范。她尚不知是什么事，只安静行了礼，向玄凌温柔一笑。玄凌也按捺住了暂不发作，只把香囊递到她面前，道：“这可是你做的香囊？”

杨芳仪仔细看了看，疑惑道：“是臣妾所做，几年前送给安贵嫔的。作为回礼，安贵嫔也送了臣妾一个扇坠子。”说着解下手中团扇上的玉色小扇坠子，递到玄凌手中。

玄凌十指发白，紧紧捏住那枚扇坠子负手在身后。玄凌面无表情，只问：“你可看清了，这香囊真是你做的，没有假手于旁人么？”

杨芳仪越发不解，只恭顺答道：“是。当年安姐姐送了扇坠子给臣妾，臣妾为表感激，是亲手做的。”

宝鹃发疯一样指着杨芳仪哭喊道：“是你！是你！若不是因为你，娘娘怎么会一直没有孩子！”

杨芳仪不解其意，只是看见宝鹃那样的神情，也是骇然，指着宝鹃惊道：“你……你说什么？怎敢对我这样无礼？”

杨芳仪这样的神情更叫玄凌生疑，然而他犹未全信，迟疑道：“梦笙，这香囊里的麝香真是你放的么？”

杨芳仪大惊失色，慌忙跪下道：“臣妾并不知道什么麝香呀！”

宝鹃一脸护主的激愤与忠义，道：“杨芳仪适才说了，这香囊是她亲手所制，并无旁人插手。若不是杨芳仪下的麝香让我们娘娘一直未孕，难道会是娘娘自己下的麝香想不要孩子么？”

宝鹃的这一声质问让玄凌神色大为震动，怒色愈盛。杨芳仪张口结舌：“臣妾没有要害安贵嫔啊！”

正当此时，陵容在卫临的银针扎穴下“哎哟”一声悠悠醒转过来，她泪眼迷蒙，轻轻呼道：“皇上……”

玄凌大步上前扶起她，颇有愧色：“容儿，你可好些了么？”

他这句话甫一出口，我与端妃对视一眼，皆知今日这一番功夫算是白费了。我暗暗发急，向玄凌道：“此事蹊跷，若真是杨芳仪所为，她何必坦然承认是自己所为，推脱干净岂不更好？”

宝鹃忙道：“娘娘细想，咱们都知道这香囊是杨芳仪亲手做的，她无可抵赖。若一口推得干净反而落了嫌疑，若自己认了，还可推说是旁人插手了。”

端妃望一眼跪在地上哭得梨花带雨、瑟瑟不已的杨芳仪，轻声向玄凌道：“杨芳仪虽然是亲手制成的香囊，然而已经两年多了，或许到了安贵嫔手里后又有旁人碰过也未可知，未必是杨芳仪做的手脚。”

陵容倚在玄凌怀中，柔弱无依：“臣妾所有贴身佩戴的饰物一向都是由宝鹃打理，她很稳重，绝不会有什么闪失的。”

宝鹃亦道："这个香囊娘娘一向很喜欢，若不是随身佩戴着，就交由奴婢保管，再不会有旁人碰到的，连宝莺和宝鹊也不会。"

杨芳仪慌得连连辩解。玄凌恍若未闻，一手扶住陵容，一手绾起她散落的头发疼惜道："方才你怎不告诉朕这香囊是杨氏送给你的？叫朕这样误会你。"

安陵容依旧垂泪不止："臣妾被人暗算多年而不自知，只顾着自己伤心了。臣妾命薄，无福为皇上诞育子嗣，还因自己的缘故险些牵连了徐婕妤腹中胎儿。幸好刘德仪对麝香敏感而发觉得早，若真是伤到了徐婕妤，臣妾真是罪该万死。"

玄凌的怒意在这句话后再次被挑起，他冷冷转头向李长道："把杨氏带下去吧。"

李长恭谨道："请旨……"

玄凌的话语简短而没有温度："褫夺位分，先关进复香轩。"李长大气不敢喘一声，忙张罗着小内监带着已经吓呆了的杨芳仪下去了。

我按住心底所有的情绪，柔声道："到底是徐婕妤受了惊，皇上可要去看看她安慰几句？"

玄凌迟疑片刻，望着怀中弱不禁风的陵容，道："朕先陪容儿回去，等下再回来看徐婕妤，这里先叫太医好生看着。"

我答应着，眼见她们都走了，刘德仪怯怯走到我面前，低低道："娘娘……"

我忍气温和道："回去吧。等下再让卫太医帮你瞧瞧身上的疹子。"

刘德仪点一点头，回转身去，忽然失声道："徐婕妤……"

不知何时，徐婕妤已经半倚在玉照宫门内，凄楚得似一片无人注目的落叶。她在禁足之中，无旨不得出玉照宫半步，但她到底也没出宫门，算不得违抗圣旨。她嘴角含了一抹凄凉的微笑，驻足看着玄凌拥着陵容离开的身影，眼下的一点泪痣鲜红如血珠一般。

我上前搀住她的手，道："妹妹受惊了，好好进去歇息吧，免得伤了孩子。"

徐婕妤的微笑淡淡在唇边绽开，声音哀凉如冬日里凝结的第一朵冰花，茫然道："娘娘都知道嫔妾受惊了，皇上怎么就没有想到呢？"

心口拂过一丝浅薄的难过，我好言安慰道："皇上等下就会来看你的，婕妤别多心。"

徐婕妤只是一味微笑，她的笑容看起来比哭泣更叫人伤感："那么，今日怀着孩子受惊的究竟是嫔妾呢，还是安贵嫔？皇上，他到底是不在意嫔妾的啊……"

她的伤怀叫我想不出安慰她的话，依稀很久以前，我也曾为了玄凌的一言一行而哭泣难过，心思牵动。只是，那是多久以前的事了。

眼前的徐婕妤，恰如那一年的我，心思至纯，为情所动。我招手让竹茹取了一件披风出来，亲自披在徐婕妤身上，婉声道："妹妹进去吧，伤了自己的身子不值得。"

徐婕妤抚着自己的肚子，低低道："是，我只有这个孩子了。"话未说完，身子往后一个趔趄，已经晕了过去。

幸好卫临就在近旁，我与端妃也顾不得嫌隙，手忙脚乱扶了徐婕妤进空翠堂。卫临搭一搭脉，神色顿时黯淡了下来，低声向我道："婕妤小主脉象混乱微弱，是受了打击心志受损的缘故，且伴有胎动不安之绾。只怕孩子会保不住，大人的母体也会损伤……"

端妃慨叹一声，痛惜道："又是一个可怜人。"

我急火攻心："你是太医，必然能治。再不然，叫温实初来，你们一同来治。若保不住徐婕妤和胎儿……"我直瞪着卫临，"本宫要你拿命来抵！"

卫临一惊，忙道："微臣必当竭尽全力。"

"不是要你竭尽全力，是要你一定保住她们母子两人！"

"是。"他沉吟片刻，朗然道，"那么请温太医一同到此斟酌。"

我头也不回吩咐浣碧："去请温太医到空翠堂，就说本宫以当年托付端妃娘娘一般把徐婕妤托付给他，他自然知道分寸。"

端妃在旁神色惊动，转瞬平静了下去，道："有太医在这里，咱们就别在旁吵扰了，先回去吧。"又吩咐黄芩，"赶紧去回禀皇上一声，说徐婕妤不大好，请皇上即刻来看。"

我扯一扯端妃的衣袖，压低了声音道："姐姐糊涂了，皇上现在在她那里，黄芩一个宫女怎么能请得来，不如叫黄芩把话传给李长，叫李长去请。"

端妃点头道："黄芩，你可要记牢，快去吧。"说着看我一眼，"你随我回披香殿。"说罢径直走了。我吩咐桔梗几句，才选了另一条小路去了披香殿。

到披香殿时，端妃已经泡好了茶水等我了，茶香袅袅之间，让人浑然忘却了方才的种种心机较量，紧绷的神经也渐渐松弛下来。

端妃她笑吟吟向我道："桑菊茶是最下火的，我知道你生气。"

我反问："姐姐不生气么？"

端妃微微一笑："生气归生气，我也只当看好戏罢了。这一次虽不能助你扳倒她，却又何必认真生气呢？"她叹，"只可怜了杨芳仪，无端背了这个黑锅。"

"我与杨芳仪并不熟识，也不了解她为人。姐姐认为她当真无辜？"

端妃点头，清亮的眼眸盈盈有神，低声道："杨芳仪性子很好。"她停一停，"连蚂蚁都不舍得踩的女子，得宠是很应该的。"

我想起敬事房彤史上的记录，不觉感叹："她飞来横祸，只怕是因为得宠的缘故吧。"

端妃脸上泛起凄楚的冷笑："这些年里，连你、连过去了的华妃和傅婕妤，多少得宠的妃嫔都没有好下场。屹立不倒的唯有一个安陵容，可见她的厉害。"

我微微冷笑："安陵容这一招连消带打、借刀杀人真是用得精妙，我自叹弗如。"

"的确很妙。"端妃凝眸于我，"你我算计良久，她自然不会早早就料到咱们突然发难，能机变至此，是咱们小觑她了。"

我沉吟良久，目光只望着端妃窗外的荫荫绿树微微出神，浓荫青翠欲滴，仿佛就要流淌下来一般。"不是的，她一直就是想嫁祸杨芳仪。"我转过脸来，缓缓道出心头所想，"我早告诉过姐姐，她香囊中的气味和她从前给我的舒痕胶完全一样，所以我断定有麝香在里头。"心似被谁的手一把拧住了，我沉痛道，"我当年小产固然有华妃之失，然而归根结底却在舒痕胶上。所以我再次闻到这个气味的时候，比谁都警觉。每次安陵容与我说话的时候都很靠近我，并且都佩戴着这个香囊。而不与我接近的时候，我留意到她并不佩戴这个香囊。所以我揣测，她佩戴这香囊不过是想故技重施而已。能让我落胎更好，即便不能落胎而被人发现时，她也可以把所有的事都推到杨芳仪身上，就如今日一般。所以无论我是否落胎，杨芳仪都迟早会被陷害，只不过是一箭双雕和一箭一雕的区别罢了。"

端妃明了，默然道："我们原本是要刘德仪引出安陵容的麝香香囊，没想到安陵容一口引出香囊为杨芳仪所赠，害自己多年不孕，又借自己危害别的妃嫔的胎儿。如此重罪之下，杨芳仪根本百口莫辩。因为孩子才是后宫女人立足的根本，任谁也不会觉得一个受宠的妃嫔会自己带着麝香避孕。"

我心情沉重如落索的黄叶："所以，不仅能除去得宠的杨芳仪，连安陵容自己也会更得怜惜而固宠，当真是一举两得之事。"

端妃淡漠得没有一丝表情："可是否除去杨芳仪，对安陵容来说并非是紧要的事。"

"姐姐这样聪明，岂不闻借刀杀人——自然也有人借了安陵容的手。"

端妃瞑目片刻，一缕凉意蔓上她清秀的眉目："我只不明白，安陵容为何未有生育？"

我的笑意渐深："皇后不允，她如何能生？"

"也是。她能在宫里立足至今，也是有皇后提携的缘故。只是今日一番功夫，咱们算是为他人作嫁衣裳了。"她停一停，意味深长地看着我，"本来这事该让敬妃帮你，怎么倒来找我？"

"敬妃与我一向亲近，又有胧月的一层关系，倒是束手束脚地叫人疑心。而姐姐从来甚少理事，偶尔在大事上管上一管也是合情合理的。"

我嘴上这样说，心里却隐隐不快，有一层缘故并未向端妃说出口，便是敬妃已经一连数日不曾将胧月带来柔仪殿了，却闻得她向皇后请安的时候多了起来。

端妃"嗯"了一声，望向窗外阴阴欲雨的天色："也不知道徐婕妤这孩子能不能保得住？唉！"

有剧烈的风四处涌动，乌云在天空荡涤如潮，似乎酝酿着一场夏季常见的暴风雨。我幽幽叹息了一声，再无他话。

第三十章 夜雨

雷雨是在夜幕降临时分落下的，潇潇的清凉大雨浇退了不少闷热压抑之气。我在榻上听着急雨如注，心中烦乱不堪。槿汐劝道："万一娘娘也伤了身子，不是更加亲者痛仇者快么。"

等了良久，才见竹茹满身是雨地跑了进来，慌道："我们小主一直昏迷不醒，温太医和卫太医都急得很呢！"

我起身问道："皇上呢？可到了玉照宫了？"

竹茹满身是水，从裙角淅沥滴落，头发都黏成了几绺粘在雪白的脸上。她急得快要哭出来："没有，黄芩去了好几趟了，连李公公都没有办法。皇上只在景春殿守着安贵嫔，怕还不知道呢。"

"皇后知道了么？"

竹茹咬着唇道："皇后身体不适，奴婢根本进不了凤仪宫。"

我沉思片刻，唤过槿汐："叫人打伞备下车轿，咱们去见太后。"我一壁吩咐浣碧去请眉庄同往，一壁又叫小允子和品儿去请端妃、敬妃前往景春殿叩见玄凌禀告此事。

我向竹茹道："赶紧回空翠堂去守着你家小主。婕妤在禁足中，你这样跑出来罪名不小。"

竹茹急得脸色发青，道："刘德仪偷偷放奴婢出来报信的，小主出了事咱们做奴婢的还有好么？拼一拼罢了！"

我点头，道："你倒是个有志气的。"

她福一福，道："空翠堂人手不够，奴婢先告退了。"说罢转身又冲进了雨里。

我换过衣裳，冒雨到了太后的颐宁宫前，正巧眉庄也到了，我略略和她说了经过，眉庄微一沉吟，道："这事关系她们母子的安危，我不能袖手旁观。"当下便让白苓去敲宫门。

白苓才要上前，小允子撑着伞赶来，顿足道："启禀娘娘，复香轩传来消息，杨氏吞金自杀了。"

我大惊失色："还能救么？"

小允子摇头道："宫女们发现的时候身子都凉了。"

眉庄奇道："事情并非半分转机也无，怎么她倒先寻了短见！"

我恻然："又是一个枉死的，这后宫里又添一缕新魂了。"

眉庄亦是黯然。此时风雨之声大作，如孤魂无依的幽泣，格外悲凉凄厉。我身上一个激灵，转头叮嘱小允子："去告诉通明殿的法师，叫他们悄悄为杨氏超度了吧。"

眉庄惋惜地摇了摇头，携着我的手拾裙而上。迎出来的正是芳若，她满面诧异："这么大的风雨，两位娘娘怎么这时候过来了？"

我浅笑中带了一抹焦虑："请姑姑去通传一声，说臣妾有要事要面见太后。"

芳若见我的神情便知要紧，连忙进去了，片刻后又出来道："太后请两位娘娘进去说话。"

夜来风雨凄凄，太后早已卧床将养，见我与眉庄衣衫头发上皆是水珠，不觉心疼责备："有什么话不能明日说，这样下着大雨，眉儿你一向身子不好，莞妃又有着身孕，出了事叫谁担待着。"我与眉庄慌忙跪下，太后皱了皱眉道，"动不动就跪做什么？芳若取椅子来。"

我与眉庄谢过，斟酌着如何开口不会让太后着急受惊，又能说清事情的严重。眉庄看我一眼，我只得向太后道："臣妾深夜赶来惊扰太后，只因太医说徐婕妤的胎似乎不大好，皇后也病得厉害，皇上又忙于政务一时赶不过去，因而只能来求告太后。"

太后一震，脱口道："徐婕妤？那孩子如何？要不要紧？"

眉庄忙劝慰道："太后安心就是，温太医和卫太医都在玉照宫呢。"

太后沉吟片刻，沉声道："若真的太医都在就能无事，你们又何必深夜冒雨前来？"太后的目光中闪过一轮清湛的精光，"徐婕妤虽在禁足之中，然而一切供应如常，为何还会突然不好了？"

我只得将今日发生之事拣要紧的讲了一遍，故意把玄凌在安陵容处而未知徐婕妤一事掩了下去。

太后若有所思，冷笑道："这后宫里可真热闹，哀家一日不出去就能发生这许多事。好好一个杨芳仪，真是可怜孩子。"太后略略一想，"皇上一向重视子嗣，即便有什么国家要事也会放下了赶去，怎么还不见消息？究竟是怎么回事？"

眉庄简短一句："端妃、敬妃已去景春殿求见皇上了。"

太后已然明了，轻哼一声，向孙姑姑道："从前看安氏倒还谨慎小心，如今也露出样子来了。"说着便叫孙姑姑，"扶哀家起来，咱们一同去看看。"

眉庄忙劝道："外头风雨大，太后派孙姑姑去瞧也是一样的。"

太后恍若未闻，淡淡道："子嗣固然要紧，只是宫里不能再出一个傅如吟了。"

太后的凤辇到达玉照宫之时，玄凌也恰巧赶到。见太后亦在，玄凌忙赔笑道："母后怎么来了？这么大的雨，不如儿臣送母后回宫。"见我亦陪在身边，虽当着太后的面，仍忍不住道："嬛嬛，你有着身孕，这样风里来雨里去的，若伤了孩子可怎么好？"

我忙要欠身答允，太后已然笑道："皇帝只记着莞妃的孩子，怎么忘记了玉照宫里的徐婕妤也怀着皇上的孩子。皇帝此刻才想到子嗣要紧，那么方才都在哪里呢？"

玄凌一时讷讷，忙笑道："安贵嫔今日受了惊吓，儿臣看望她时一时误了，并不晓得徐婕妤身子突然不好。"

太后依旧微笑，而那笑意里含了一丝森冷，道："如今的内监宫女们越来越会当差了，出了这样的事竟不晓得要即刻禀告皇帝。"

服侍徐婕妤的桔梗早已随刘德仪迎在了宫外，见太后这般说，忙道："奴婢们跑了几回景春殿都不能面见皇上，连李公公也传不进话去。"

太后含了几分厉色："果然哀家所知不虚。到底是景春殿的人欺上瞒下呢，还是皇帝无心关怀玉照宫之事？”太后不容分辩，冷冷道，“皇帝自然是不会错的，错的是下边的人。去传哀家的意思，景春殿上下人等皆罚俸一年，小惩大戒。”

太后身边的内监旋身去了，只余玄凌侍立在旁，尴尬道：“母后所言极是，只是儿臣当时牵挂安贵嫔，所以……”

太后不置可否，只道：“那么是一个嫔妃的性命要紧呢，还是子嗣要紧？”太后眉目蔼然，语气已转如平日的温然慈祥，“外头雨大，皇帝随哀家一起进玉照宫吧。”

玄凌扶住太后的手进去，我与眉庄、端妃和敬妃尾随其后。

空翠堂的内室里，徐婕妤仿佛虚脱了一般，委软在床上，孱弱得仿佛随时都会被风吹走一般。徐婕妤人事不知，良久，只低低唤一声：“皇上……”

玄凌并非不关心子嗣，此刻亦是心疼焦急，上前拉住徐婕妤的手道：“燕宜，朕在这里。”说罢向卫临低喝道：“白日里还好好的，到底是怎么回事？”

卫临低首道：“小主是郁结难舒，加上今日情绪大变，便一直发烧不止。再这样下去，恐怕……”

玄凌微有怒色，叱道：“糊涂！既然发烧，何不用退烧的方子。”

卫临面有难色，道：“徐婕妤已有六个多月的身孕，不能随意用药。而且……婕妤身体孱弱，喂下去的药都吐了出来，根本咽不下去。”

卫临回话的须臾，徐婕妤清秀的面庞痛苦地扭曲了一下，低低唤道：“皇上……”

敬妃的手试探着抚到徐婕妤的额头，惊道：“怎么这样烫！”

太后扶着孙姑姑的手，一手执了一串佛珠，念念有词。片刻叹息道：“也是个苦命的孩子。”

温实初请出太后与玄凌，低声请示：“请恕微臣直言，徐婕妤若一直吞不下药去只怕有性命之忧。若到万不得已时，母体与胎儿只能择其一保之，请问太后与皇上的意思是……”

玄凌略略沉吟，微有不舍之态，然而不过片刻，唇齿间含了凌厉决绝的割舍之意，道：“要孩子！”

玄凌说得太急，太后微微横了他一眼，捻着佛珠道：“徐婕妤的胎已经有六个多月了，若要强行催产，大约也能安然养下来。皇上膝下子嗣不多，皇家血脉要紧。能保全大小就要尽力保全，若不能……你们该明白怎么做。”

太后说得缓和而从容，我站在旁边，身上激灵灵一冷，几乎从骨缝内沁出寒意来。眉庄眸光悲凉，低首望着地上。端妃一脸凄楚之色，只把身子掩在敬妃身后，二人皆是默然。我趁着众人不注意，悄悄拉住退下的温实初，低低郑重道："一定要保住两个。"

温实初颔首，眼中掠过一丝悲悯："我明白。"

折腾了半晌，太后面上倦色愈浓，眉庄扶住太后，婉声劝道："太后先回宫歇息吧，这边有了消息臣妾会立刻遣人禀告太后。"

太后久病之后精力已大不如前，便道："也好。"她转头嘱咐玄凌："皇帝在这里好好陪陪徐婕妤吧。倘若真有不测，也是皇帝最后一次陪她了。"

这话说得凄凉，我亦酸楚难言。玄凌垂眸答应了。太后顾念我与端妃的身体，只叫先回去歇息，留了敬妃和眉庄陪伴玄凌。

我回到柔仪殿，浣碧和槿汐上来服侍着我换过了干净衣裳，又端了热热的姜汤上来。槿汐见我一脸伤感之色，柔声道："娘娘怎么了？"槿汐的声音是很温和的，带着她方言里语调的软糯，让人安心。

我以手支颐，疲倦地闭上眼睛："唇亡齿寒，我不过是为徐婕妤伤心而已。"姜汤的甜与辣混合在口腔里，刺激性地挑动我疲软的精神，"若母子只能选一人而保之，太后和皇上都会毫不犹豫地选择舍母保子。徐婕妤是这样，若以后我在生产时遇到任何危险，也会是这样。"

槿汐淡淡道："没有人会例外，因为这里是后宫。"

我扬一扬唇角，几乎冷笑："子嗣才是最要紧的。而女人，不过是生育子嗣的工具。皇上会这样想我并不诧异，只是太后也是女人，只因身份不同，她便可以随意决定其他女人的生死。"

"这便是权力和帝王家。"槿汐的声音带着一点诱惑和决绝的意味，"娘娘想不想要掌握女人中最大的权力呢？"她不容我回答，又道，"回宫之前，娘娘曾经答允奴婢，要舍弃自己的心来适应这个地方的一切。"

我抚摩着香露瓶身上绘有的冰冷而艳泽的蔷薇花瓣："对徐婕妤，我有不忍。所以……"我转身，冷住了神色，"我会尽我的力量去救她。"

一夜风雨潇潇，我在睡梦里都不得片刻安稳。挣扎着醒来已是天明时分，依旧是竹茹过来，满面喜色道："皇上守了小主一夜，又亲自喂药，现下小主的烧退了，胎动不安的迹象也没有了，一切都好。"

我长长地松了一口气，仿佛心里有什么重重地落下了。

竹茹笑着退下了。我唤过小允子，低声嘱咐了几句，他便匆匆去了。

因着皇后身子不适，例行的请安也免了。我与槿汐说起昨日太后动怒之事，槿汐抿着嘴唇淡淡微笑："太后既说要责罚景春殿上下，自然安贵嫔也脱不了干系。可笑她白日里才得了皇上的怜惜，入夜就受了太后的责罚。"

我半伏在绣架上，仔细为我腹中的孩子绣"双龙抢珠"的兜肚，赤红色的绣缎上，两枚乌黑浑圆的龙眼赫然有神。"若在平常也就罢了，可是有了傅如吟这个前车之鉴，太后恐怕一想到皇上为了安氏而忽略徐婕妤腹中的孩子，就会坐卧不宁吧。"

槿汐为我比好绣龙鳞的金色丝线，轻笑道："安贵嫔千算万算谋尽宠爱，却忘了还有位皇太后在，真真是失算了。"

我拈好丝线，对着针眼小心穿进去，道："太后久卧病床，若不是有人早早点醒，只怕我也会掉以轻心的。她是聪明反被聪明误了。"

槿汐明了地微笑："太后久不理后宫之事，自从傅婕妤一事之后，倒也不似从前这般不闻不问了，娘娘也要多多争取太后的欢心才好。"

我看着小小一枚银针在外头天光的映照下反着微弱的闪亮的光芒，虽然平时并不起眼，然而缝衣裁布都少它不得，用得不好亦可害人。我静静吸一口气，道："其实太后最喜欢的还是眉庄与敬妃，所以昨日会让她二人陪在皇上身边。这固然是考虑我与端妃的身子，也是太后喜欢玄凌多宠幸她们的心思流露吧。"

槿汐的微笑如浮光一般浅淡，透露着一丝不以为意："太后有心也要皇上有意才好，且即便皇上有意，惠贵嫔又如何呢？"

细亮的针穿过纹理细密的缎子时有紧绷着的细微的哧哧声，听上去光滑而刺耳。我扬一扬头，轻轻道："眉庄不是会轻易变折心意的人。不过经昨日一事，我亦更明白安陵容在皇上心里的分量。"

槿汐微微低首思量："是。以她的得宠，若不能一举压倒，恐怕更难收拾。"

我不语，只仰头望着天色。雨过天晴后的天空，有一种被浸润过的明亮的色泽，如一块清莹的白璧，偶尔有流云以清逸的姿态浮过，叫人心神爽朗。我的心思有些恍惚，这样的天气，让我想念玄清。

我很少敢这样出神地思念他，是真的害怕，怕我这样想念他的时候眼神和神情都会出卖自己。然而这一刻，我几乎无法克制自己的思念。

这样好的蓝天白云，若不是他与我一起驻足观望，也失去了一切美好的意义。

而玄清，在送我回宫后的次日，便去了上京。上京，那个我们曾携手共游的地方。那些美好而灿烂的时光，如珍藏在记忆中的宝石，闪耀着我难以企及的梦想一样的光芒。

我几乎不忍去想。每一次想起，都分明清晰而残忍地告诉我，都已经是往事了啊。

我定一定神，转首见小允子进来，于是问："办妥了么？"

小允子微含一丝喜色："已经办妥了。"

我点一点头，也不再说什么，只顾绣手中的兜肚。

后宫品级次序表

皇后

正一品	从一品	正二品	从二品	正三品	从三品	正四品	从四品
贵妃	夫人	妃	昭仪	贵嫔	婕妤	容华	婉仪
淑妃			昭媛				芳仪
德妃			昭容				芬仪
贤妃			淑仪				德仪
			淑媛				顺仪
			淑容				
			修仪				
			修媛				
			修容				

正五品	从五品	正六品	从六品	正七品	从七品	正八品	从八品
嫔	小仪	贵人	才人	常在	选侍	采女	更衣
	小媛		美人	娘子			
	良媛						
	良娣						